BEN COES
DER RUSSE

Aus dem Amerikanischen von Alexander Amberg

FESTA

Die amerikanische Originalausgabe *The Russian*
erschien 2019 im Verlag St. Martin's Press.
Copyright © 2019 by Ben Coes

1. Auflage Februar 2024
Copyright © dieser Ausgabe 2024 by Festa Verlag GmbH, Leipzig
Titelbild: @_.augustosilva._
Alle Rechte vorbehalten

ISBN 978-3-98676-099-1
eBook 978-3-98676-100-4

Für James Gregory Smith

Es war ein Fehler im System; vielleicht lag es an dem Grundsatz, den er bisher für unumstößlich gehalten hatte, in dessen Namen er andere geopfert hatte und selbst geopfert wurde: an dem Grundsatz, dass der Zweck die Mittel heiligt.

– Arthur Koestler, *Sonnenfinsternis*

PROLOG

118 PARTRIDGE LANE, N. W.
PALISADES
WASHINGTON, D. C.

Rob Tacoma jagte den italienischen Sportwagen durch die Innenstadt von Washington, D. C. Es war ein lauer Frühlingsabend, kühler als sonst, der Himmel voller Sterne. Hin und wieder war das Dröhnen eines Jets zu hören, der den Reagan National Airport anflog. Die Lichter der Hauptstadt glitzerten an diesem Freitagabend aus jeder Richtung. Tacoma hatte das Dach des Huracán Spyder geöffnet, der Wind wehte ihm das lange dunkelblonde Haar zurück und zerwühlte es. Der Motor heulte so laut auf, dass die Fußgänger auf der Wisconsin Avenue den Kopf nach ihm umdrehten, auch wenn es eher ein gemäßigtes, frustriertes Grollen der 630-PS-Maschine war, denn Tacoma überschritt das Tempolimit um nicht mal 20 Stundenkilometer. Er durchquerte den Campus der Georgetown University, wo die Studentinnen sich den Hals nach dem schnittigen Wagen und seinem Fahrer verrenkten, als er eine der gepflasterten Campusgassen entlangschnurrte, und nahm eine Seitenstraße zur Canal Road. Am Potomac entlang trat er ein bisschen aufs Gas, bis er 160 Stundenkilometer erreichte, dabei hielt er sich noch im Zaum, um die anderen Wagen nicht zu gefährden, die er auf der belebten Straße überholte. Er bog nach rechts in die Arizona Avenue ein und kam schließlich in

eine Straße in einer ruhigen Wohngegend, eine Adresse nördlich von Georgetown, ein Viertel mit schlichten Häusern im Kolonialstil in einem Washingtoner Stadtteil, der Palisades genannt wurde.

Tacoma hatte die Adresse vom Direktor der Central Intelligence Agency, Hector Calibrisi. Er sollte dort einen Mann namens Billy Cosgrove treffen – einen Operator, der soeben aus dem Mittleren Osten zurückgekehrt war. Nicht anders als Tacoma war er ein früherer Navy SEAL. Aber im Gegensatz zu Tacoma war er im Regierungsdienst geblieben und war nun der Top-Spezialist des Pentagons für verdeckte Operationen in dem 2500 Quadratkilometer großen Grenzgebiet zwischen Pakistan und Afghanistan. Er leitete alle Einsatzkommandos vor Ort. Dabei bevorzugte er Zwei-Mann-Teams. Hin und wieder, falls für das Ziel zusätzliche Männer nötig waren, ging Cosgrove mit.

Bisher jedenfalls. Jetzt hatte die CIA Cosgrove für einen anderen Job rekrutiert. Tacoma ebenfalls. Sie sollten zusammenarbeiten. Als Zwei-Mann-Team. Dies sollte ihr erstes Treffen werden.

Tacoma stellte den Wagen in der Einfahrt ab, neben einem bordeauxroten Chevy Silverado Pick-up. Er ging an die Haustür und klingelte. Tacoma wartete, lauschte auf Schritte, hörte jedoch nichts. Nach einigen Augenblicken klingelte er noch einmal.

Als Tacoma den Arm zum dritten Mal nach der Klingel ausstreckte, hielt er inne, bevor er den Knopf drückte. Etwa zwölf Sekunden lang verhielt er sich still und rührte sich nicht. Es roch ganz schwach nach Chemikalien, ein rauchiger Hauch nur von Vaseline. Er warf einen Blick zu Cosgroves Pick-up. Tacoma zog eine Picking-Gun aus der Tasche, hielt sie ans Schloss und drückte den Knopf. Ein

kleiner Metallstift fuhr aus dem Gerät heraus und fand seinen Weg ins Schlüsselloch. Sekunden später sprang das Schloss mit einem Klicken auf. Tacoma öffnete die Tür und schob sie langsam nach innen.

Er sagte kein Wort, als er eintrat.

Die Diele war leer bis auf ein paar Pappkartons, die vor einer kahlen Wand gestapelt waren. Er ging in Cosgroves Haus, schloss hinter sich behutsam die Tür und blickte sich um. In der Diele war es dunkel, man konnte kaum etwas erkennen. Er schaute in ein an die Diele grenzendes Zimmer. Von draußen drang genug Licht herein, um den Raum zu erhellen. Er sah mehrere große, übereinander gestapelte Pappkartons, einen Ledersessel und einen zusammengerollten Teppich. Cosgrove hatte nichts ausgepackt.

An dem Haus sah man, was eine Scheidung bedeutete, was geschah, wenn jemand versuchte, als Operator eine Familie zu gründen. Solche Früchte trug das Opfer, das Cosgrove für sein Land brachte.

Obwohl alles still war, ahnte man, dass hier etwas vorgefallen war.

Nach einigen Augenblicken nahm Tacoma am Ende des Flurs ein Flackern wahr. Er ging darauf zu und kam an eine Treppe. Doch was er für eine flackernde Lampe gehalten hatte, war in Wirklichkeit etwas völig anderes.

Oben brannte Licht. Das Flackern rührte daher, dass sich am Fuß der Treppe etwas langsam in der Luft drehte, die Lampe verdunkelte, dann wieder wegtrudelte, hell, dunkel, immer im Kreis an einem behelfsmäßigen Galgen.

Tacoma blickte nach oben. Von der Decke baumelte Cosgrove, ein Seil um den Hals.

Cosgroves Gesicht war puterrot, seine Augen geschlossen und voller Blutergüsse, das Gesicht von getrocknetem

Blut bedeckt. Ein langer Schwellennagel war ihm bis zum Anschlag in die Brust getrieben. Sein Hemd und alles darunter war blutgetränkt.

Mit äußerstem Entsetzen, wenn nicht gar Angst, blickte Tacoma zu Cosgrove empor. Er hatte schon so einige Männer getötet und viele sterben sehen, doch in jenem Moment hatte er das Gefühl, er sehe dem Teufel persönlich ins Auge.

Tacoma zückte sein Handy und rief Hector Calibrisi an. Während er die Kurzwahl drückte, zwang er sich, nach oben in Cosgroves Gesicht zu blicken. Man hatte ihn übel zusammengeschlagen. Es war nicht ohne Kampf abgegangen.

Der Boden unter Tacomas Schuhen fühlte sich klebrig an. Er blickte nach unten und sah etwas feucht und glatt schimmern. Eine Blutlache breitete sich über den Fußboden aus, und mit einem Mal bemerkte Tacoma, dass er mittendrin stand.

Wie gelähmt betrachtete er die immer größer werdende Lache. Mehrere Sekunden lang bekam er kaum Luft. Er rührte sich nicht vom Fleck und überprüfte seine Waffen, während er darauf wartete, dass Calibrisi sich meldete.

Tacoma wusste, dass Cosgroves Frau wieder geheiratet hatte und mit ihren beiden kleinen Kindern in Atlanta wohnte. Tacoma wünschte niemandem eine Scheidung, doch als er in Cosgroves geschwollenes Gesicht emporblickte, war er froh, dass er derjenige war, der ihn gefunden hatte – und nicht Cosgroves Frau oder die Kinder.

»Was gibt's?«, fragte Calibrisi.

»Cosgrove ist tot.«

Tacoma starrte den Schwellennagel an, den jemand Cosgrove mitten in die Brust gestoßen hatte.

»*Was?*«

»Billy Cosgrove, der Typ, zu dem du mich geschickt hast. Ich bin bei ihm zu Hause.«

Langes Schweigen. Durchs Telefon hörte Tacoma im Hintergrund, wie Leute sich in einem Restaurant unterhielten.

»Sag das noch mal, Rob«, flüsterte Calibrisi.

»Er hängt an einem Seil«, sagte Tacoma. »Sie haben ihn an einem Balken aufgeknüpft und ihn mit einem langen Nagel aufgespießt.«

»Rühr ihn nicht an«, sagte Calibrisi. »*Und mach um Himmels willen, dass du aus diesem verfluchten Haus verschwindest! Sofort!*«

Tacoma nahm eine Bewegung wahr. Er blickte nach oben, an Cosgroves Leiche vorbei, die dort baumelte, zu der Treppe, die direkt ins Obergeschoss führte. Er legte auf, steckte das Handy ein und trat hinter Cosgrove an den Fuß der Treppe. Es war bloß ein Lichtfleck – beziehungsweise ein dunkler Fleck, ein Flackern im Augenwinkel.

Tacoma kniete sich hin und zog eine Waffe unter der Achsel hervor, eine P226R, auf deren Lauf ein maßgefertigter, aus einer Legierung bestehender Stummel-Schalldämpfer geschraubt war. Er bewegte sich zur Treppe und wich der herabbaumelnden Leiche aus, die sich nach wie vor langsam drehte und dabei Muster auf die Wand und auf Tacomas Gesicht warf, während er die düsteren Stufen erklomm.

1

SAINT-TROPEZ
FRANKREICH
DREI TAGE ZUVOR

Tacoma flog mit der Gulfstream G150 von RISCON übers Meer und landete um vier Uhr nachmittags Ortszeit in Nizza. Mit einer anonymen Mastercard mietete er eine Ducati 1199 Panigale und raste damit in einem Höllentempo die französische Küste entlang nach Saint-Tropez, der D559 folgend, die sich wie eine Klapperschlange am Rand einer steilen Klippe im Zickzack über der felsigen Mittelmeerküste entlangwand. Es war ein sonniger Tag, und das schwindende, grelle Licht verwandelte die Straße in eine Wüstenlandschaft, blendete Tacoma sekundenlang, als es auf das getönte Visier des Helms fiel, eines schwarzsilbernen Reevu MSX1. Dennoch peitschte er die Ducati auf 252 Stundenkilometer, jagte sie kreischend durch Kurven, die niemand, der bei vollem Verstand war, mit 80 nehmen würde. Als er in der Ferne die Umrisse Saint-Tropez' sah, bremste er und bog rechts ab in eine Straße namens Boulevard des Sommets, die durch einen herrlichen Golfplatz führte. Nach einigen kurvenreichen ländlichen Straßen in die Hügel sah Tacoma am Ende einer Zufahrt Wachposten stehen. Er beachtete sie nicht weiter, so als gehörte er dazu, und sie unternahmen nichts. Er trieb die knallgelbe Ducati an den Posten vorbei einen steilen Hügel empor und kam vor dem hell erleuchteten

Château zum Stehen, in dem es nur so von Gästen wimmelte. Er war nicht eingeladen. Tacoma stieg vom Motorrad und setzte den Helm ab.

Tacoma trug einen blauen, mit weißen Paspeln gesäumten Blazer, darunter ein rotes T-Shirt und weiße Jeans, dazu Adidas-Laufschuhe.

Mit raschen Schritten ging er in den hinteren Hof des wunderbar gepflegten, weitläufigen Herrenhauses, das im 18. Jahrhundert aus Kalkstein errichtet worden war. Er spazierte einen Kiesweg entlang, weg von der Terrasse, durch einen ausgedehnten Garten mit perfekt geschnittenen Buchsbäumen und wilden Lavendelsträuchern, deren violette Blüten zu dieser Jahreszeit ihre volle Pracht entfalteten. Vor ihm stand ein großes weißes Zelt voller Menschen.

Aus dem Innern drangen Musik, Gesprächsfetzen und das Lachen der Feiernden. Irgendwo spielte eine Band. Mit suchendem Blick betrat Tacoma das Zelt.

Morgen sollte die Hochzeit in der Kapelle stattfinden, einem kleinen, hübschen Gebäude aus Stein und Ziegeln, damals gemeinsam mit dem Herrenhaus errichtet, das nun hinter Tacoma aufragte, weit hinter der geometrisch angelegten, in der Dämmerung von Laternen erhellten Gartenanlage.

Es handelte sich um einen festlichen Anlass, ein Rehearsal Dinner für die Tochter eines Milliardärs, eines Mannes, der in der Tat über zehn Milliarden schwer war. Dies war eines von zahllosen Anwesen, die ihm gehörten. Sie war seine einzige Tochter – der Mann hatte drei Söhne – und ihr Probe-Dinner kostete ihn mehr als zwei Millionen Dollar.

Wesentlich günstiger als das Honorar für RISCON, Kosten, die der Vater einer der Brautjungfern trug.

Es war um die 25 Grad warm, nicht eine Wolke stand

am Himmel. In der Ferne schimmerte unter einem frühabendlichen Himmel, der von Orangerot über Blau und Silber bis hin zu Schwarz reichte, dunkelblau das Mittelmeer. Wie kleine weiße Accessoires waren Jachten zu sehen. Es schien, als bewegten sie sich gar nicht, als hätte sie der kleine Pinsel eines Malers in ein impressionistisches Gemälde von beeindruckender Schönheit gesetzt.

Unter dem großen weißen Segeltuchzelt war die Generalprobe für das Dinner in vollem Gang. Mehrere Hundert Menschen waren da, auf große Tische verteilt, Männer, Frauen und Kinder, alle elegant gekleidet, leger, aber adrett. High Society eben.

Tacoma kannte zwar niemanden, dennoch fiel er in der alkoholbedingten Ausgelassenheit nicht weiter auf.

Er fand einen Platz an einem langen, aufwendig gedeckten Esstisch mit weißer Tischdecke, Kristallweingläsern und wunderschönen Frauen in tief ausgeschnittenen Kleidern. Die Männer trugen Button-down-Hemden und lässige Leinen- und Kakihosen. Nicht anders als die Frauen waren sie gebräunt und sahen gut aus.

Es hieß, alle Brautjungfern stammten aus England, eine sogar aus dem Königshaus, und alle bis auf eine aus begüterten Familien, darunter auch die Tochter seines Auftraggebers, die neben der zukünftigen Braut saß.

Der Tisch war brechend voll, das Licht gedämpft. Über Gespräche und Gelächter hinweg war Musik aus einem anderen Teil des Anwesens zu hören.

Das Château lag in den Hügeln oberhalb von Saint-Tropez. Das Essen wurde von Yves Soucant zubereitet, der als bester Küchenchef Frankreichs galt.

Tacomas dunkelblondes Haar war über eine dichte Schmachtlocke zurückgekämmt, die an seiner Stirn ein

wenig hoch stand, nach links gescheitelt war und bis über die Ohren reichte. Sein Gesicht war gebräunt. Er war glatt rasiert, hatte eine markante Nase und volle Lippen. Tacoma war kräftig gebaut, athletisch und bestand nur aus Muskeln. Der Blazer spannte ein wenig und betonte seinen Körper.

Über den MI6 hatte sich jemand wegen des Projekts an RISCON gewandt.

Diese Person – der Klient – hatte einen Anruf von einem hochrangigen SAP-Manager erhalten, dessen Tochter auf einen Schwindler hereingefallen war, das heißt, sie wurde betrogen und ausgenommen von einem äußerst geschickten Dieb, der Frauen in ganz Europa und den Vereinigten Staaten bereits um mehrere Millionen erleichtert hatte.

RISCON war engagiert worden, um die Hochzeitsfeier zu unterwandern und etwas gegen einen 25-jährigen Dubliner zu unternehmen, dessen umwerfendes irisches Aussehen und charmantes Auftreten alle betörte. Er war mit einer der Brautjungfern, der Tochter des Klienten, auf der Hochzeit und hieß Jonathan Greene. Allerdings war Greene ein Hochstapler, ein Serienbetrüger, der Wien, Amsterdam, Paris, San Francisco und Dallas abgegrast hatte und sich nun in London seine Opfer suchte. Seine Methoden waren wie aus dem Bilderbuch, und er setzte sie exzellent um. Bringe eine Frau dazu, sich in dich zu verlieben, versprich ihr die Ehe, und in der Zeit zwischen Verlobung und Hochzeit bringst du sie um ein paar Millionen.

Dem Bericht zufolge, den RISCON erstellte, nachdem man sie engagiert hatte, war dieser Kerl, Jonathan Greene,

mit zwei verschiedenen Frauen in London verlobt und hatte bereits über 900.000 Dollar von der Tochter des Klienten ergaunert. Seine Strategie war im Grunde ganz einfach. Kannst du mir 100 Dollar leihen? Stell mir einfach einen Scheck aus. Nach der 100 schrieb er lediglich noch 1000 hin und fügte ein paar Nullen hinzu.

Anscheinend fiel es niemandem auf, bis er weiterzog, in eine andere Stadt, ein anderes Land, zu einer anderen Frau. Er hinterließ kaum Spuren.

RISCON übernahm den Job auf der Grundlage seiner Standardgebühren. Mindestens vier Monate lang war eine monatliche Pauschale in Höhe von zehn Millionen US-Dollar fällig. Und da die Aktivitäten von RISCON nicht selten zu Gegenmaßnahmen führten, war oft eine Fortsetzung des Engagements notwendig. Im Anschluss an die Pauschale schlug RISCON Honorare et cetera pro Tag vor, abhängig davon, wie gut sich der Einsatz durchführen ließ. Je schwieriger die Zielsetzung, desto höher das Honorar. RISCON zu beauftragen war nicht gerade billig.

Gelang es RISCON in diesem Fall, den Hochstapler zu entfernen, sollte umgehend ein Bonus von acht Millionen Dollar überwiesen werden. Es war zwar nicht das höchste Erfolgshonorar, das RISCON je kassiert hatte, aber auch nicht das niedrigste.

Der Klient, ein Trader aus New York City, der im Ölgeschäft war, hatte sofort zugestimmt. Er scheute keine Kosten, um seine Tochter aus den Fängen eines Gauners zu retten.

Tacoma aß mit Heißhunger, trank jedoch nichts außer Wasser. Er unterhielt sich mit einem Paar mittleren Alters aus London.

Die Hochzeitsgesellschaft fuhr mit Limousinen zu einem Nachtclub in der Innenstadt von Saint-Tropez, ins Les Caves.

Im Les Caves fand Tacoma sich in einer geräumigen Nische mit Lederpolstern wieder. In der Nähe der Bar kam er mit einem Mädchen aus der Hochzeitsgesellschaft ins Gespräch, einer schwarzen Schönheit mit glattem, nachtschwarzem Haar. Sie trug ein hauchdünnes rosafarbenes Kleid. Tacoma unterhielt sich beinahe eine Stunde lang mit der Frau, und normalerweise wäre er an ihr interessiert gewesen. Allerdings arbeitete er gerade. Dennoch machte er sich ihr Interesse an ihm zunutze. Nicht lange, und er saß in derselben Nische wie seine Zielperson, Greene.

Jemand brachte einen Toast aus, und schon bald ging es reihum.

»Auf Thomas und Lizzy«, sagte eine der Brautjungfern mit vornehmem englischem Akzent. »Dieses Probe-Dinner ist einfach großartig, und ihr beiden seid so ein schönes Paar. Ein Hoch auf euch!«

Auf den Lederpolstern saß Tacoma neben einer jungen Blondine in einem weißen Kleid. Sie hatte einen Lockenkopf und sprach mit britischem Akzent. Sie saßen eng nebeneinander, Bein an Bein, und unablässig sah sie zu ihm hinüber, auch wenn sie keinerlei Anstalten machte, sich vorzustellen. Ihr Kleid war kurz, es reichte nur bis zum Ansatz der Oberschenkel, ihre Beine gebräunt. Tacoma kannte einige Models, und sie konnte mit jeder mithalten, die er gesehen hatte. Ihm gegenüber saß ein Brasilianer am Tisch, den er erkannte, ein Fußballspieler.

Die Trinksprüche wollten kein Ende nehmen. Schließlich sah Tacoma, wie Greene am anderen Ende des Tisches aufstand.

Die Beleuchtung war gedämpft.

Irgendwann glitt die Hand der Blondine unter den Tisch, auf Tacomas Knie.

Minutenlang strich sie ihm sanft über den Schenkel, dann wandte sie sich zum ersten Mal an ihn.

»Die Straße runter liegt meine Jacht«, sagte sie mit ihrem hübschen britischen Akzent. »Aber wir müssen vorsichtig sein. Ich möchte nicht, dass mein Mann dahinterkommt.«

Tacoma beobachtete Greenes Bewegungen. Sichtlich angetrunken ging dieser schwankend zu den Toiletten. Nachdem Greene außer Sicht war, stand Tacoma auf und schlug denselben Weg ein, den Greene soeben genommen hatte. Er ging langsam, blieb an der Bar stehen und blickte sich um, um Zeit zu gewinnen. Bis Tacoma endlich die Toilette erreichte, war Greene im Begriff, sich an dem Waschbecken auf der gegenüberliegenden Seite des nur spärlich beleuchteten, marmorverkleideten Raumes die Hände abzutrocknen. Sie waren allein.

Als Tacoma die Tür hinter sich schloss, verriegelte er sie und trat dann ans Waschbecken, um mit Greene zusammenzutreffen, als dieser gerade gehen wollte.

»Entschuldigung«, sagte Tacoma.

»Vollkommen in Ordnung«, erwiderte Greene mit aristokratischem britischen Akzent.

»Jonathan, nicht wahr?«, meinte Tacoma überschwänglich.

Greene machte ein erschrockenes Gesicht, verbarg es jedoch gut und streckte die Hand aus.

»Schön, dich wiederzusehen«, lächelte er und griff nach Tacomas Hand, um sie zu schütteln. »Und du bist?«

»Rob!«

»Stimmt! Schön, dich wiederzusehen, Rob.«

Als Greene den Arm ausstreckte, um Tacoma die Hand zu schütteln, packte dieser Greenes Mittelfinger und bog ihn so stark nach hinten, dass er beinahe brach. Er drückte Greene den Arm neben dem Oberkörper nach unten und drehte ihn brutal um.

Greene zuckte mit einem Aufschrei zusammen.

»*Was zur ...*«, brüllte Greene und versuchte, Tacoma mit dem Knie zu treffen. Doch Tacoma hielt ihm den Finger fest, der Knochen kurz vor dem Brechen. Unvermittelt holte Tacoma mit der anderen Hand aus, als Greene nach ihm trat und schlug. Tacoma brach Greene den Mittelfinger, während er ihn mit der freien Hand im Nacken packte, nahe der Halsschlagader, seine Finger an eine Stelle legte, an der Knochen und Nerven zusammentrafen, und fest zudrückte. Schlagartig sank Greene zu Boden und stieß ein gequältes Stöhnen aus, während er sich an den Hals griff. Gelassen zog Tacoma die P226R unter seiner Achsel hervor und schraubte einen langen, dünnen Schalldämpfer auf, ausgelegt für maximale Geräuschunterdrückung, während Greene nach Luft schnappte. Als es Greene endlich gelang, wieder Luft zu bekommen, hatte Tacoma die Waffe fertig.

»Draußen wartet ein Wagen auf dich, Jonathan«, sagte Tacoma leise, ohne die Stimme zu heben, während er Greene die Waffe an den Kopf hielt. »Du wirst nach Nizza gefahren und dann nach London geflogen. Dort packst du deinen Kram zusammen und bist bis morgen Abend aus London verschwunden – und zwar für immer. Du wirst nie mehr Kontakt zu ihr aufnehmen, und auch zu keiner ihrer Freundinnen. Solltest du sie *je* kontaktieren oder irgendjemanden, den sie kennt, werde ich kommen und dich finden.« Das runde Endstück des Schalldämpfers

zielte aus nicht einmal 30 Zentimetern Entfernung mitten auf Greenes Stirn. »Und beim nächsten Mal, Jonathan, werde ich abdrücken. Verstanden? Sag mir, dass du verstehst, was ich sage, Jon!«

Vom Fußboden aus blickte Greene hoch, das Gesicht nach wie vor verzerrt und puterrot.

»Ja, ich habe verstanden.«

»Gut! Und jetzt mach, dass du hier rauskommst!«

2

AN BORD DER MAXI-JACHT CONSTELLATION
264 MEILEN NÖRDLICH VON BERMUDA
ATLANTISCHER OZEAN

Ein hochgewachsener Mann mit nahezu weißblondem Haar stand am Ruder eines 27 Meter langen Offshore-Rennsegelbootes, einer Maxisaß wenig acht, wie man unter Seglern das schlanke, schnelle Boot nannte, das in der Lage war, noch unter widrigsten Bedingungen um die ganze Welt zu segeln. Der Rumpf war obsidianschwarz und hatte unterhalb des Schandecks rote Streifen. Es war eine »maxZ87«, das erste Boot einer neuen Serie von Reichel/Pugh, gebaut von McConaghy Boats in der Nähe von Sydney, Australien. Das Boot besaß wenig Komfort. Unter Deck gab es einen großen Lagerbereich, der acht separate Segelsätze enthielt, dazu eine Kombüse, zwei Toiletten und eine Kabine mit übereinanderliegenden Kojen – das war alles.

Bruno Darré hatte noch eine weitere Jacht, die in Palm Beach lag und auf Luxus und Komfort ausgelegt war.

Die *Constellation* war dazu konzipiert zu siegen.

Die Crew bestand überwiegend aus Kiwis und Aussies, allesamt jung und extrem fit, alles Weltklassesegler, die zusammen mindestens ein Dutzend olympischer Goldmedaillen und noch mehr America's Cups gewonnen hatten.

Es war Sommer, der Anlass das alle zwei Jahre stattfindende Newport-Bermuda-Race, eine Segelregatta, die Milliardäre unter sich austrugen. In dieser überschaubaren Gruppe von Typ-A-Überfliegern gab es gewisse Rituale, die – außerhalb der Geschäftswelt – das sinnentleerte und dennoch mörderische Maß an Konkurrenz demonstrierten, das diese Menschen zum Erfolg trieb. Gleichzeitig offenbarten diese Rituale aber auch die seltsamen, mitunter unsinnigen Rivalitäten, die zwischen stinkreichen Männern bestanden.

Im Fall von Segelbooten waren es Offshore-Rennen. Ego und Ambitionen kamen im Boot zum Ausdruck und in der Crew, auch darin, wie gut für die Crew Sorge getragen wurde. Der Konkurrenzkampf darum, bei Offshore-Segelregatten der Beste zu sein, war extrem hart und teuer. Die Tatsache, dass hin und wieder jemand ums Leben kam, weil er zum Beispiel in einem Sturm über Bord gespült und seine Leiche nie gefunden wurde, machte den Wettbewerb umso reeller.

Darré sah auf eine kleine schillernde, wasserdichte Digitaluhr am Ruderstand.

00:06:19:39

Die Uhr sah zwar schlicht aus, war jedoch mit einer 14 Millionen Dollar teuren Drohne verbunden, die im Moment 1200 Meter über ihnen flog. Wie das Segelboot

gehörte auch die Drohne Darré. Beim Start der Regatta in Newport, Rhode Island, hatten die Kameras der speziell angefertigten Drohne Fotos von jedem Segler aufgenommen, einer Flotte von 67 Maxisachten, und diese in ein eigens geschriebenes Programm eingeloggt. Es war dazu konzipiert, jedes einzelne Boot auf seinem Weg nach Süden Richtung Bermuda zu verfolgen. Von diesem Zeitpunkt an beobachteten Darré und seine Crew, wie ihre Konkurrenten vorankamen, und verglichen dies mit dem Kurs der *Constellation*.

Der Uhr zufolge lag die *Constellation* zweieinhalb Stunden vor ihrem nächsten Rivalen.

Wahrscheinlich ließen sie Darré deshalb steuern, zu dieser idealen Zeit, mit einem Riesenvorsprung bei einem selbst jetzt nach neun Uhr noch violetten Himmel, ruhigem Wind und einer friedlichen, von Strömungen durchzogenen schwarzen See, die sie geradezu aufforderte, die Ziellinie zu erreichen. Ebendies hatte sein Rennteam im Sinn gehabt, als sie in Newport die Startlinie überquerten. Sie wollten ein weiteres Rennen für ihn gewinnen. Bis zum letzten Mann liebten sie alle Bruno Darré. Er zahlte besser als jeder andere auf der Rennstrecke, gewährte großzügige Zusatzleistungen, und wenn jemandem ein Fehler unterlief, was immer mal wieder vorkam, war er nicht einen Augenblick lang zornig oder bedauerte es, denjenigen mitgenommen zu haben. Er behandelte jeden, als würde er zur Familie gehören.

Sie bauten den Vorsprung von zweieinhalb Stunden nicht nur aus, um das Rennen zu gewinnen, sondern vor allem für Darré.

Pinckney, der Captain, kam mit einem Tablett an Deck. Darauf standen einige Dutzend Tequila-Shots,

eingeschenkt in kleine Plastikbecher. Pinckney war ein gut aussehender 26-Jähriger aus Christchurch, Neuseeland. Wie die gesamte Crew war auch er braun gebrannt.

»Mr. Darré«, sagte er mit starkem Kiwi-Akzent.

Lächelnd blickte Darré auf.

Hinter Pinckney erschien der Rest der Crew. Die Segel waren verzurrt und gesichert. Die Jacht konnte ein paar Minuten von selbst segeln.

Als Pinckney und die anderen näher kamen, hörte Darré das Satellitentelefon zweimal klingeln. Er blickte aufs Display.

Alles bereit
Erwarte endgültige Zustimmung

Darré registrierte die Worte, während er einen Becher Tequila in die Höhe hielt.

»Auf das beste Boot in diesem verdammten Ozean!«, rief Darré. Eine Welle an Jubel- und Hochrufen hallte über das schnittige Deck. Darré führte den Becher zum Mund, stürzte das Getränk hinunter und stellte ihn krachend ab. Er schnappte sich noch einen und trank ihn in einem Zug aus. Dann sah er Pinckney an. »Danke! Ich muss mal eben telefonieren. Können Sie das Ruder übernehmen?«

Darré ging zum Bug der Jacht, drückte eine Kurzwahltaste und lauschte auf das Klingeln des Satellitentelefons.

»Es wird ja auch verflucht noch mal Zeit«, meldete sich schroff eine Stimme mit starkem Akzent. Ein Russe. »Nur noch wenige Minuten, dann schließt sich das Fenster.«

»Bist du sicher, dass die Rückzugsstrategie absolut idiotensicher ist?«, fragte Darré.

»Nichts ist absolut idiotensicher«, erwiderte der Mann.

»Aber ja, es ist alles bereit. Es dürfte so gut wie keine Spuren geben. Jetzt triff endlich eine verfluchte Entscheidung, Bruno.«

Darré zögerte und blickte zum Großsegel hinauf, das sich vor dem purpurnen Himmel abzeichnete.

»Tu es«, sagte Darré.

3

MARRIOTT HOTEL
DES MOINES, IOWA

Die Menge wurde allmählich unruhig, war aber keineswegs verärgert. Sie war aufgeregt, voll begeisterter Erwartung. Mehr als 2000 Einwohner Iowas tummelten sich in dem fensterlosen Festsaal. Die Veranstaltung hätte schon vor Stunden vorüber sein sollen. Stattdessen hatte sie noch nicht einmal angefangen.

Das Hotel war ein typisches Marriott: saubere, gemusterte Teppiche, große, bequeme Ledersofas und Stühle für die Gäste, kitschige Kronleuchter und Spiegel an den meisten Wänden. Das Einzige, was die Leute an diesem Abend interessierte, war, näher an die Bühne zu gelangen.

Die meisten standen. Unmittelbar vor der Bühne waren mehrere Dutzend Sitzplätze für Senioren reserviert. Das Podium war leer. An der Vorderseite des Podiums befand sich ein professionell aussehendes rechteckiges Schild.

NICK BLAKE FOR PRESIDENT
MIT HARTER HAND FÜR EIN BESSERES AMERIKA

Eine abstrakte, leuchtende, rot-weiß-blaue Fahne bedeckte die Wand hinter der Bühne. Das einzige Wort darauf: BLAKE. Sie wirkte wie von einer Profi-Werbeagentur gestaltet und fiel einem sofort ins Auge, selbst denjenigen, die ganz hinten im Saal standen. Leise Gespräche erfüllten den Raum, hin und wieder lachte jemand.

Der Redner, auf den alle warteten, war Gouverneur Nick Blake aus Florida. Eigentlich hätte Blake seine Rede um 18 Uhr beginnen sollen, gerade rechtzeitig zu den Abendnachrichten an der Ostküste. Doch eine große runde Uhr über dem Eingang zum Festsaal zeigte bereits 20:28 Uhr an.

Wer im Saal weder Journalist noch politischer Aktivist war, stammte aus Iowa. Ähnlich wie die Einwohner New Hampshires waren sie verwöhnt, wenn es um die Präsidentschaftspolitik ging. Um für das Präsidentenamt zu kandidieren, musste ein Kandidat nicht nur nach Iowa kommen, er beziehungsweise sie musste praktisch in dem Staat wohnen. Der Weg ins Oval Office führte geradewegs über die staubbedeckten Landstraßen, durch die schlichten Küchen, die mit roten Schindeln verkleideten, heugefüllten Scheunen, durch die Motels, Hotels, Diners und Rathäuser des kleinen, flachen, ländlichen Staates. Die Vorwahlen in Iowa waren der erste echte Wettstreit im Rennen um die Präsidentschaft. Es mochte ein Klischee sein, doch es stimmte: In Iowa zählte jede Stimme, und wollte man Präsident werden, musste man sich jede einzeln verdienen.

Was in Iowa geschah, hallte im ganzen Land nach. Wer bei den Versammlungen in Iowa gewann, ganz gleich auf welcher Seite des politischen Spektrums, wurde mit einem Donnerschlag vorwärtskatapultiert. Andernorts mochte

man womöglich irrational auf diesen unverhältnismäßigen Einfluss und die Macht über die Wahlen reagieren, nicht jedoch in Iowa. Hier hörten die Leute zu und debattierten. Sie nahmen ihre Verantwortung ernst.

Trotzdem waren zweieinhalb Stunden doch eine recht lange Zeit, wenn man in einem fensterlosen Festsaal herumstand. Des Moines litt unter einer in Iowa seltenen sommerlichen Hitzewelle, und selbst im klimatisierten Festsaal herrschten an die 30 Grad. Zwar hatte der Hotelmanager die Klimaanlage hochgedreht, doch im Saal blieb es heiß und stickig.

Im hinteren Teil des Saales befand sich in einem abgesperrten Bereich eine erhöhte rechteckige Holzplattform, dreieinhalb Meter lang und knapp zwei Meter breit, die auf circa einen Meter hohen Stahlstützen ruhte. Ein halbes Dutzend Kameramänner und Fernsehreporter drängte sich darauf. Die Reporter lungerten herum, die meisten sprachen in ihre Handys. Nicht nur dass sie überhaupt diesen Termin in Iowa wahrnehmen mussten. Zunehmend wuchs auch ihre Verärgerung darüber, dass sie auch noch auf einen Kandidaten warten mussten, der fast zweieinhalb Stunden überfällig war.

Auf der linken Seite der Plattform saß eine hübsche blonde Frau lässig auf einem Hotelstuhl. Ihr Name war Bianca de la Garza. Sie trug eine marineblaue Bluse mit kurzen Ärmeln, dazu einen roten Rock und High Heels. An ihrer Bluse steckte direkt über dem Herzen eine silberne Anstecknadel mit den Buchstaben CBS. Ihr Haar war in der Mitte gescheitelt und auf die Schultern zurückgekämmt. Sie trug nicht viel Make-up. Das brauchte sie auch nicht, was für eine Reporterin, die vor der Kamera stand, selten war. Das Handy am Ohr, lehnte sie sich

bequem auf dem Stuhl zurück, die Beine übereinandergeschlagen.

»Das sagen sie nicht«, sagte sie träge ins Telefon, während sie den Blick wachsam durch den Raum schweifen ließ.

»Ich will, dass du bleibst«, sagte die Stimme am anderen Ende der Leitung, ihr Produzent zu Hause in New York City, Vance Aloupis.

»Der letzte Flug nach New York geht in einer Stunde«, sagte sie, ohne zu sehr zu drängen. »Wir können ein paar Aufnahmen aus dem Pool nehmen. Außerdem ist es doch bloß eine verfluchte Veranstaltung von vielen, Vance. Es ist 21:30 Uhr Ostküstenzeit. Wer soll sich das denn noch ansehen? Er kommt vielleicht erst um zehn. Wenn ich den Flug nicht kriege, verpasse ich morgen früh die Aufführung meiner Tochter.«

»Ich möchte dich dort haben«, sagte Aloupis. »Du kannst gleich den ersten Flug morgen früh nehmen.«

»Niemand wird sich gegen J. P. Dellenbaugh durchsetzen.« Sie fuhr sich mit der Hand durchs Haar und spielte mit ein paar Strähnen.

»Du hast diesen Typen noch nicht live erlebt, Bianca«, meinte Aloupis. »Ich schon! Vor zweieinhalb Stunden hätte er aufs Podium kommen sollen. Wie viele Leute sind schon gegangen?«

Sie rührte sich kaum, ihr Blick glitt über den gedrängt vollen Saal.

»Fast alle.«

»Ja, von wegen! Ich sitze hier in der Regie und sehe einen brechend vollen Festsaal vor mir. Übrigens, das große schwarze Ding rechts neben dir? Das nennt man Kamera.«

»Ach, du bist ja so furchtbar clever, Vance«, flüsterte sie. Damit legte sie auf.

Hinter der Nachrichtentribüne, jenseits einer dicht gedrängten Menschenmenge, stand neben der Tür eine kleine Clique von Männern. In aller Seelenruhe musterten sie die Szenerie. Zu viert lehnten sie an der Wand. Sie sahen nicht so aus, als gehörten sie hierher, nicht in diese Veranstaltung, nicht nach Des Moines, noch nicht einmal nach Iowa.

Einer der Männer trug einen dunklen Anzug mit Krawatte. Er war adrett, sein braunes Haar ordentlich gekämmt, und hatte eine Brille. Er hieß Dean Dakolias, der Kommunikationsdirektor von Blakes Wahlkampf. Ein weiterer Mann war klein, hatte eine Glatze und eine Brille mit dicken Gläsern. Das war Justin O'Grady, der Demoskop der Kampagne. Er blätterte ein Bündel Papiere durch, das er in den Händen hielt, bemüht, Zahlen zu lesen, Kreuztabellen einer Umfrage. Ein dritter Mann war hochgewachsen und hatte ziemlich langes, schwarzes, nach hinten gegeltes Haar. Er hatte einen Schnurrbart und ein gebräuntes Gesicht. Das war Edward Stackler, Gouverneur Blakes Wahlkampfmanager. Er blickte auf seinen Blackberry hinab und las seine E-Mails. Ein vierter Mann wirkte ungekämmt, sein Haar war lang und zerzaust, sein Bart wucherte wild. Er hatte mindestens 45 Kilo Übergewicht. Dies war Brad Williams. Er war der Verantwortliche.

»Allmählich werde ich zu alt dafür«, sagte Williams.

Williams war der Chefstratege und Werbefachmann für die erst noch anzukündigende Präsidentschaftskampagne von Gouverneur Nick Blake, Demokrat aus Florida, einem 44 Jahre alten Populisten mit einer feurigen, charismatischen Art zu reden. Aufgrund seiner Politik, mit

aller Härte gegen das Verbrechen vorzugehen, galt er in Florida und auch landesweit als Held. Er wurde als Retter der Demokratischen Partei in Stellung gebracht, einer Partei, der es seit über zehn Jahren nicht gelungen war, ins Weiße Haus einzuziehen. Sieben Kandidaten hatten bereits erklärt, sich um die Nominierung bei den Demokraten zu bewerben. Doch Nick Blake war derjenige, den das Weiße Haus fürchtete und der – obwohl er seine Kandidatur noch gar nicht offiziell angekündigt hatte – alle Umfragewerte zunichtemachte.

»Sie und zu alt dafür?«, erwiderte Stackler. »Ich bin gerade 50 geworden, Brad. Sie sind doch erst 40.«

»Eigentlich erst 37«, lachte Williams.

»Und gehen stark auf die 60 zu«, meinte O'Grady, ohne von den Kreuztabellen aufzublicken.

»Das machen zwei Scheidungen aus einem«, sagte Stackler.

»Drei«, entgegnete Williams. »Shelby will sich scheiden lassen.«

O'Grady blickte von seinen Papieren auf.

»Tut mir leid, das zu hören …«

Ein Stück hinter Blakes vier Wahlkampffunktionären stand ein weiterer Mann, ebenfalls aus Washington, D. C. Die vier wussten sehr wohl, wer er war. Er hingegen tat so, als würde er die Blake-Leute nicht kennen. Dass dieser Mann hier war, war in der Tat bedeutsam. Es war der erste glaubhafte Beweis dafür, wie ernst das Weiße Haus Nick Blakes Kandidatur um das Amt des Präsidenten nahm.

Der Mann hieß Mike Murphy und wirkte, als wäre er die ganze Nacht auf gewesen. Das Haar fiel ihm bis auf die Schultern und er hatte einen Dreitagebart. Er trug ein zerknittertes blaues Button-down-Hemd mit

hochgekrempelten Ärmeln, dazu Jeans und ein Paar ausgelatschte Cowboystiefel. Er sah furchtbar aus. Mit ausdruckslosem Gesicht starrte er durch eine runde, goldgefasste Brille. Er hatte sich schon oft in derartigen Situationen befunden, viel zu oft, in zu vielen Festsälen. Genau genommen hatte er in exakt diesem Festsaal schon so oft gewartet, dass er es gar nicht mehr zählen konnte. Allerdings war dies, soweit er sich erinnern konnte, das erste Mal, dass niemand den Saal verließ.

Mike Murphy war der politische Top-Berater des US-Präsidenten.

Murphy trat ein paar Schritte auf Blakes Wahlhelfer zu. »Guten Abend, Gentlemen. Wann trifft Ihr Mann denn hier ein? So langsam brauche ich meinen Schönheitsschlaf.«

Williams lachte, während Murphy sich ihm, Stackler, Dakolias und O'Grady vorstellte.

»Er müsste bald hier sein«, sagte Dakolias. »Auf dem Flug mussten sie ein paar Unwettern ausweichen.«

»Ach, Iowa!« Murphy schüttelte den Kopf. »Es genügt nicht, dass sich hier Fuchs und Hase Gute Nacht sagen. Der liebe Gott macht sich auch noch einen Spaß daraus, alle paar Tage einen Tornado zu schicken, der die Kühe fliegen lässt. Ich bearbeite den Präsidenten schon so lange, die Iowa-Vorwahlen nach Hawaii zu verlegen.«

Blakes Leute lachten alle vier.

»Ich muss schon sagen, für euch Jungs sieht es gut aus«, meinte Murphy aufrichtig. »Ich habe gerade eine Umfrage aus Kalifornien gelesen. Sie sind dort überraschend stark, obwohl der Gouverneur von Kalifornien ebenfalls antritt. Ganz zu schweigen von hier. Normalerweise bleiben die Leute nicht einfach so da und warten.«

»Danke«, sagte Williams. »Aber es ist eine lange Kampagne, das wissen Sie. Da könnte noch sonst wer nach oben kommen.«

»Ja, aber falls das geschieht, passiert es in Iowa«, erwiderte Murphy. »Und angesichts der Menge hier haben Sie den aufstrebenden Mann.«

»Nun, nochmals danke.«

»Danken Sie mir nicht«, entgegnete Murphy. »Nächstes Jahr um diese Zeit werden Sie mich hassen wie die Pest.«

»Das bezweifle ich«, meinte Williams lachend.

In diesem Moment piepste Dakolias' Handy. Er blickte hinab aufs Display. »Die Maschine des Gouverneurs ist soeben gelandet. Voraussichtliche Ankunftszeit in zehn Minuten. Er will gleich loslegen.«

»Geben Sie der Menge Bescheid«, sagte Williams zu Dakolias. »Oder besser nicht. Vielleicht kriegen wir ein paar gute Bilder. Wenn er durch diese Tür kommt, werden die Leute ausflippen. Keine Vorwarnung!«

Murphy grinste. »Das gefällt mir! Sagen Sie bloß keinem, dass ich das gesagt habe.«

Dakolias lächelte. »Alles klar!«

Eine Viertelstunde darauf öffneten sich plötzlich die Türen im rückwärtigen Bereich des Festsaals. Uniformierte Polizeibeamte schwärmten herein. Flüchtig überflogen ihre Blicke den Saal, während die Menge lauter wurde und sich Aufregung breitmachte.

Unvermittelt flammten auf der erhöhten Fernsehtribüne grelle Halogenscheinwerfer auf. Alle Nachrichtenkameras schwenkten in den hinteren Teil des Saales und richteten sich auf Blake. Die Fernsehreporter schreckten hoch, schlagartig kehrte Leben in sie ein. Wie ihr halbes Dutzend Kollegen stand auch Bianca de la Garza rasch auf,

steckte sich einen Stöpsel ins Ohr und wartete darauf, dass ihr Kameramann von der Menge weg zu ihr schwenkte. Auf der Pressetribüne wurde es hektisch. Reporter standen vor den Kameras, die zu laufen begannen, jeder sprach direkt in seine jeweilige Kamera, um den Zuschauern mitzuteilen, dass es so aussah, als wäre Nick Blake endlich eingetroffen.

Einen Moment später betrat hinter dem Schwarm Polizisten ein hochgewachsener und braunhaariger Mann den Festsaal. Er blickte zu Williams, Stackler, O'Grady und Dakolias hinüber und nickte ihnen kaum merklich zu. Wie auf ein Stichwort wendete die Menge im hinteren Teil des Saales die Köpfe, ungefähr alle im selben Moment. Als die Ersten den Gouverneur sahen und ihre Nebenleute es mitbekamen, breitete die Bewegung sich allmählich aus. Die Reaktion auf Blakes Ankunft schien Fahrt aufzunehmen und sich durch die Menschenmenge fortzupflanzen. Jemand fing an zu klatschen, gleich machte der ganze Saal mit. Blitzlichter flackerten auf, als die Leute Fotos von Blake machten – und dann brach der riesige Festsaal in wilden Jubel aus, Applaus und Rufe wurden laut.

Nick Blakes Haar war ein wenig zu lang, in der Mitte gescheitelt. Ein Lächeln huschte über sein Gesicht. Er sah gut aus, mit 44 noch richtig jungenhaft. Er trug eine dunkle Hose und ein blaues Button-down-Hemd, die Ärmel bis zu den Ellenbogen hochgekrempelt. Die Krawatte hatte er abgelegt. Blake war ein kräftiger Mann. Das Licht fiel von hinten auf ihn, als er im Türrahmen stand und den Blick ruhig durch den Saal wandern ließ. Mit ausgebreiteten Armen trat er in die Menge und begann Hände zu schütteln, während er sich auf den Weg zum vorderen Teil des Festsaals machte. Blake bewegte sich

langsam durch die Menge, die mittlerweile zu ihm drängte, bemüht, ihn zu berühren, ihn aus der Nähe zu sehen, den Mann zu begrüßen, von dem jeder Politikexperte in Amerika sprach.

Die Reaktion auf Gouverneur Nick Blakes Ankunft war verblüffend. Anscheinend spielte es keine Rolle, dass er den Hut noch gar nicht in den Ring geworfen hatte. Rasch hatte er sich zur großen Hoffnung der Demokraten entwickelt, die Pennsylvania Avenue 1600 zurückzugewinnen. Seine Politik als Gouverneur von Florida zeugte von einem unabhängigen Zug und der Bereitschaft, mit der Parteiorthodoxie zu brechen, um seine Ziele zu erreichen. Das republikanische Weiße Haus fürchtete Blake, weil er den Präsidenten bei Themen überflügelte, die man für gewöhnlich als Schwächen der Demokraten betrachtete. Er trat ein für eine harte Einwanderungspolitik. Militär- und außenpolitisch war er ein Falke und glühender Verfechter von weniger Staat und weniger Steuern. Am bekanntesten jedoch war er für das, was er in Florida gegen die Kriminalität in den Großstädten unternommen hatte. Blake stand an vorderster Front im Kampf gegen das organisierte Verbrechen. Als ehemaliger Staatsanwalt war ihm klar, dass es die Triebfeder war für den urbanen Niedergang, für Gewalt, Drogen und Armut. In Miami, Tallahassee, Fort Lauderdale, Jacksonville, Daytona, Tampa und jeder weiteren größeren Stadt Floridas hatte Blake die staatlichen und lokalen Strafverfolgungsbehörden dazu gedrängt, mit harter Hand gegen diejenigen Organisationen vorzugehen, die für die meisten Gewalttaten, Drogen- und sonstigen illegalen Geschäfte verantwortlich waren. Blake hatte sich mit der russischen Mafia angelegt, und zwar in den Straßen und Gassen, die ihr Ausgangspunkt waren.

Das Ergebnis war ein Kandidat, der nicht nur die Basis der Demokraten halten, sondern Präsident Dellenbaugh auch noch in Fragen der inneren Sicherheit schlagen konnte, traditionell eine Hochburg der Republikaner. Er war, wenigstens manchen zufolge, härter gegenüber Kriminalität als der Präsident. Bei einer Parlamentswahl bedeutete dies, dass Blake Dellenbaugh Millionen Stimmen von Republikanern der Arbeiterschicht und konservativen Unabhängigen wegnehmen würde.

Noch gefährlicher für das Weiße Haus war, dass Blake jung war und Charisma hatte. Zwar konnte niemand J. P. Dellenbaughs volksnahem politischen Geschick das Wasser reichen, aber Blake war ein mitreißender Charakter, der die gesamte politische Welt über den Haufen warf.

Der Lärm im Festsaal schwoll immer mehr an, der Applaus und der Jubel wollten kein Ende nehmen.

»Auf Sendung in drei, zwei, eins«, sagte die Stimme in ihrem Ohr aus einem Studio zu Hause in New York City. »Du bist live.«

»Hier spricht Bianca de la Garza von den *CBS Evening News*. Wir senden live aus Des Moines, Iowa. Schon in fünf Monaten werden die Einwohner dieses Bundesstaates die landesweit erste Vorwahl abhalten, die eine große Rolle dabei spielen wird, wen die Demokratische Partei nominiert, um gegen den überaus populären J. P. Dellenbaugh anzutreten. Sie sehen gerade die Ankunft des Gouverneurs von Florida, Nick Blake, 44 Jahre alt, Absolvent der Ohio State University sowie der juristischen Fakultät der University of Chicago, früherer US Army Ranger und Staatsanwalt. Sie sehen hier live, wie der Mann in Iowa eintrifft, von dem manch einer meint, er könne der erfolgreiche Außenseiter sein, der Präsident Dellenbaugh in die

Schranken weist. Für die Menschenmenge gibt es nur Stehplätze, und doch warten diese Einwohner Iowas seit fast drei Stunden darauf, einen Blick auf jenen Mann zu erhaschen, dem man die Schwächung der russischen Mafia in Florida nachsagt, einen führenden Politiker, der hart gegen die Kriminalität vorgeht und als mitreißender Redner gilt.«

Fernab der Fernsehtribüne, jenseits der mittlerweile aufgeregten Menge, tauchten plötzlich helle Scheinwerfer die Bühne in ihr Licht. Ein kleiner, rundlicher Mann in einem schlecht sitzenden braunen Anzug trat ans Podium und ergriff das Mikrofon.

»Ladys und Gentlemen, mein Name ist Mark Helmke, ich bin der Vorsitzende der Demokratischen Partei Iowas im Polk County. Ich danke Ihnen allen, dass Sie heute Abend so verdammt geduldig waren. Ich weiß, dass Sie morgen früh rausmüssen. Darum lassen Sie mich das Hauptereignis des heutigen Abends ankündigen. Wie klingt das? Ich darf Ihnen ohne viele Umstände den Gastredner des heutigen Abends vorstellen.«

Klein, kahlköpfig, schweißglänzend blickte Helmke suchend über das Publikum, bemüht, seinen Gast auszumachen, der sich immer noch durch die Menge zur Bühne drängte.

»Unser heutiger Gast ist Absolvent der Ohio State University, wo er als Wide Receiver für die Buckeyes spielte, das Universitäts-Footballteam. Nach seinem Abschluss trat er in die Army ein und versah seinen Dienst als US Ranger. Viermal war er in Afghanistan im Einsatz und verlor um ein Haar sein Leben, als neben dem Fahrzeug, in dem er mitfuhr, eine Sprengfalle explodierte. Dafür wurde ihm das Purple Heart verliehen. Nach seiner Genesung schrieb er sich an der juristischen Fakultät der University

of Chicago ein, im Anschluss arbeitete er als Staatsanwalt für den südlichen Distrikt Floridas, mit 36 Jahren wurde er Bundesanwalt.«

Blake schaffte es durch das Publikum, stieg die Treppe zur Bühne empor und winkte den Versammelten zu. Unter dem tosenden Beifall der Menge ging er über die Bühne zum Podium, wo Helmke immer noch redete.

»Vor drei Jahren wurde unser Gast zum Gouverneur des Staates Florida gewählt. Dort erwarb er sich einen Ruf als Mann, der Probleme anpackt, als jemand, der unabhängig denkt, vor allem aber hart gegen das Verbrechen vorgeht.«

Erneut brach die Menge in immer lauter anschwellenden Jubel aus.

»Ladys und Gentlemen, heißen Sie mit mir einen amerikanischen Patrioten willkommen, einen guten Demokraten und Freund Iowas, Gouverneur Nick Blake!«

Blake schüttelte Helmke die Hand, während Jubel und Applaus alles andere übertönten. Lächelnd stand Blake am Podium, winkte der Menge zu und wartete gar nicht erst ab, bis sie aufhörte.

»Danke, Mark!« Blakes Stimme klang rau und voller Zuversicht. »Und danke, Iowa!«

Bei dem Wort *Iowa* ging der Jubel aufs Neue los.

»Danke Ihnen allen, dass Sie heute Abend hierhergekommen sind. Ich weiß, dass Sie alle beinahe drei Stunden gewartet haben. Ich weiß nicht, ob ich so lange gewartet hätte.«

Die Menge brach in Gelächter aus.

Blake hielt einen Moment inne. Er nahm das Mikrofon und trat hinter dem Podium hervor.

»Ich werde Ihnen etwas über mich sagen, das Sie wissen sollten.« Mit der freien Hand fuhr Blake sich durch seinen

dichten braunen Schopf. »Ich habe J. P. Dellenbaugh gewählt.«

Schweigen senkte sich über die Menge. Leises, missbilligendes Aufstöhnen war zu hören.

»Ich bin kein Politiker«, sagte Blake. »Ich bin jemand, der Menschen führt. Und wenn ich der Meinung bin, dass jemand recht hat und einen guten Job macht, dann bekommt er meine Anerkennung. Dann stimme ich für ihn und frage ihn auch um Rat. Eine Führungspersönlichkeit findet Lösungen, die nicht darauf gründen, welche politische Partei zuerst auf die Idee kam. Ja, ich habe für J. P. Dellenbaugh gestimmt, weil ich dachte, dass er einen guten Job macht, so einfach ist das. Aber irgendwann wurde J. P. Dellenbaugh zu nachgiebig gegenüber dem Verbrechen, zu lasch gegenüber der Gewalt in den Städten, gegenüber der organisierten Kriminalität!«

Spontan brandeten Applaus und wilder Jubel auf, setzt sich quer durch den Saal fort und hielten länger als eine halbe Minute an.

»Drogen, Mord, Gewalt. Das bringt Ihnen die Russenmafia. Ich habe es aus erster Hand gesehen und kämpfe jeden Tag dagegen. Das organisierte Verbrechen aus Russland ist die Plage unserer amerikanischen Städte. Wissen Sie, weshalb ich mir kaum Sorgen wegen der mexikanischen Kartelle und der italienischen Mafia mache? Weil die Russen sich für uns um sie kümmern. Heroin, Fentanyl, Menschenhandel, Mord und schwere Körperverletzung. Es ist die größte Bedrohung, der Amerika gegenübersteht, denn es ist hier. Einfach die Straße hinunter, in Miami, in Des Moines oder auf dem Weg hierher. Solange in unseren Städten kein Friede herrscht, kann es für unsere Kinder, für unsere Zukunft, niemals Gelegenheit geben, nach dem

Glück zu streben, das das Geburtsrecht eines jeden Amerikaners ist!«

Auf einmal begannen zwei High-School-Schüler von der Vorderseite des Saales leise und stetig zu skandieren:

»*Nick Blake! Nick Blake! Nick Blake!*«

Der Jubel wurde lauter, die Anfeuerungsrufe schwollen immer weiter an, und Blake honorierte es, indem er innehielt, quer über die Bühne ging und jedem Teil des Saals zuwinkte.

Im hinteren Bereich des Festsaals drehte sich ein Mann mit kurzem, grauem Haar um und schob sich langsam und höflich durch die Menge. Niemandem fiel er auf. Als er die Rückwand des Saals erreichte, ging er zu einer der großen Doppeltüren, die nun geschlossen waren. Langsam und leise schob er die Tür auf. Mit dem Fuß drückte er den Türstopper nach unten, damit sie offen blieb. Er blickte durch die Hotellobby und sah aus einem der großen Fenster am Eingang. Auf der gegenüberliegenden Straßenseite parkte ein weißer Chevy Suburban mit getönten Scheiben.

4

SPARKS STEAK HOUSE
NEW YORK CITY

Es gab schickere Steakhäuser in Manhattan, und mit Sicherheit angesagtere, aber nur wenige konnten es mit Sparks' geschichtsträchtigem Ambiente aufnehmen. Hinter den riesigen Glasscheiben und dem breiten, ein wenig knarrenden Mahagoni-Eingang herrschte reger Betrieb im

Restaurant. Die rot-weiß karierte Tapete sah aus, als hinge sie schon seit 100 Jahren dort. Von der Kassettendecke hingen Kristallleuchter herab. In halbrunden Nischen mit grünem Lederpolster und hohen Lehnen drängten sich die Menschen um Tische, auf denen Steaks, Weingläser und Teller mit überbackenen Kartoffeln standen, fußballgroße Schnitze Eisbergsalat, beträufelt mit Blue-Cheese-Dressing und Bacon, sowie halb leere Weinflaschen. Weiß gekleidete Kellner versahen in jeder Nische sorgsam den Service. Die Bedienungen waren allesamt Männer in ihren Fünfzigern, die schon seit Jahrzehnten bei Sparks waren.

Das Sparks Steak House war brechend voll. Im Sparks war es immer voll.

Zwischen den abgetrennten Nischen standen Dutzende Tische in der Mitte des hell erleuchteten Gastraums. Nicht anders als die Nischen waren alle Tische mit Gästen besetzt.

Es war laut. Die Leute unterhielten sich lebhaft, dazwischen Gelächter, hin und wieder rief jemand etwas, Gläser klirrten, Besteck klapperte auf Tellern, alles in allem herrschte eine lärmende, festliche Stimmung.

In der hintersten Ecke des Restaurants saß ein Mann allein in einer Nische am sogenannten Chef's Table, in Sichtweite des Küchenchefs und von einem Dutzend Sous-Chefs und Köchen, die eifrig mit der Zubereitung der Speisen beschäftigt waren. Der Tisch war ganz bewusst stets reserviert. Der Restaurantmanager hielt ihn frei, damit er verfügbar war, wenn gewisse Leute anriefen oder kurzfristig hereinspaziert kamen. Die Liste derjenigen, die anrufen und diesen Tisch ergattern konnten, war nicht allzu lang. Mehrere Prominente standen darauf, Schauspieler zum Beispiel wie Al Pacino, Robert De Niro, Tom Hardy und

Russell Crowe. Ein paar Sportler, darunter Zdeno Chára von den Boston Bruins und der Tennisspieler Rafael Nadal. Sogar einige Superstars wie Mick Jagger kamen ein-, zweimal im Jahr. Prominente Geschäftsleute standen auf der Liste, Brian Moynihan beispielsweise, der CEO der Bank of America, Martha Stewart und Rupert Murdoch. Auch einige Politiker genossen dieses Privileg. Der Bürgermeister von New York City kam alle paar Monate zum Essen ins Sparks. Der Gouverneur des Staates New York kam öfter und nahm sich stets die Zeit, die Küche aufzusuchen, um sich mit den Köchen und Bedienungen zu unterhalten.

Heute Abend saß ein älterer Herr mit silbergrauem Haar in der Nische. Er trug einen grauen dreiteiligen Nadelstreifenanzug und hatte eine markante, scharf geschnittene Nase. Seine Wangen glänzten rötlich, hauptsächlich aufgrund seines abendlichen Rituals, drei, vier Gin Tonic zu sich zu nehmen, gefolgt von einer Flasche Rotwein. Der Mann trug eine dicke, rechteckige Brille. Sein Haar war rechts gescheitelt, zurückgekämmt und ein wenig in Unordnung. Insgesamt wirkte er ein bisschen derangiert, allerdings eher wie ein zerstreuter Professor. Seine einzige Gesellschaft war abgesehen von einer Flasche Chianti ein Buch, das auf dem Tisch vor ihm lag, eine Hardcover-Ausgabe von *Anna Karenina* des russischen Schriftstellers Leo Tolstoi, der blaue Ledereinband schon ziemlich mitgenommen und rissig.

John Patrick O'Flaherty, Senior Senator aus dem Staat New York, las *Anna Karenina* ungefähr alle zehn Jahre einmal. Für O'Flaherty, ehemaliger Professor der juristischen Fakultät der Columbia University, war das Buch wie ein Kompass. Es lieferte nicht nur Lektionen und moralische Wahrheiten, die ihn an seinen Platz in der Welt

erinnerten, sondern ermöglichte ihm auch, ein Resümee zu ziehen, wo er als Individuum nur zehn Jahre zuvor gestanden hatte. War er seinen Zielen treu geblieben? Hatte er die richtigen Entscheidungen getroffen oder einfach nur die wohlgelittenen? War er vor allem anderen bescheiden geblieben angesichts der großen Gaben und Möglichkeiten, die ihm mitgegeben wurden? Hatte er gegen jene dunklen Kräfte gekämpft, denen Menschen mit weniger Einfluss – insbesondere seine Wähler – ohnmächtig gegenüberstanden? Hatte er genug getan, als er mit seinen 76 Jahren anfing, darüber nachzudenken, sich aus dem US-Senat zurückzuziehen?

Einzig O'Flaherty war sich darüber im Klaren, dass er das Buch aus diesem Grund las.

Noch vor zehn Jahren hätte die Antwort auf die Frage, ob er genug getan hatte, in einem Nein bestanden.

Er las schnell, hielt sein Weinglas beim Lesen in der linken Hand und nippte daran, während er die Seiten umblätterte. Als er das Kapitel zu Ende gelesen hatte, lehnte er sich zurück. Er lächelte nicht. Ihm wurde klar, dass die Antwort auf die Frage jetzt wohl in einem Vielleicht bestand, höchstwahrscheinlich sogar in einem Ja. Denn Senator John Patrick O'Flaherty hatte die letzten zehn Jahre damit verbracht, jedes Quäntchen seines politischen und intellektuellen Kapitals aufs Spiel zu setzen, um für das zu kämpfen, was richtig war. Um gegen eine dunkle Macht anzugehen, die in seinem eigenen Staat geboren und groß geworden war, sogar noch während er Junior Senator war.

Gegen die Russenmafia.

Als 1991 die Sowjetunion zerfiel, verschwand damit auf einen Schlag auch ein unterdrückerisches System. Bei

allem Phrasendreschen, wie schrecklich die Sowjetunion doch gewesen sei, blieb allerdings eine Tatsache bestehen: Gerade die Unterdrückung und Brutalität, für die man das Regime kritisierte, erfüllte auch einen wichtigen Zweck: Sie hielt die Bestien in Schach.

Sei vorsichtig mit dem, was du dir wünschst.

Das war die Lektion, die O'Flaherty nun aus dem Zusammenbruch der Sowjetunion gelernt hatte. Denn kaum war es vorbei mit der Kontrolle durch das System, waren die Verbrecher und Gangster entfesselt. Die aggressivsten, gierigsten und talentiertesten dieser Bestien zog es unverzüglich dorthin, wo der Lohn für Brutalität und harte Arbeit am höchsten war: in die USA.

Nach Brighton Beach, unweit des Ortes, in dem O'Flaherty aufgewachsen war. Vor zehn Jahren erkannte O'Flaherty, dass er nicht ganz unschuldig war am Aufstieg der größten und gefährlichsten kriminellen Unternehmung in den Vereinigten Staaten. Er hatte wenig getan, um diese Entwicklung zu stoppen. Das war ihm damals klar geworden.

Heute wussten die meisten Amerikaner, dass O'Flaherty das charismatische, brillante, charmante und eloquente Gesicht des Kampfes gegen die russische Mafia war.

O'Flaherty hatte zwei wegweisende Rechtsvorschriften verfasst. Mithilfe seines tiefen Rechtsverständnisses hatte er den RICO Act erweitert, ein Bundesgesetz gegen Schutzgelderpressung und zur Bekämpfung des organisierten Verbrechens, um effektiv gegen die russische Mafia vorzugehen. Er hatte seine Gesetzentwürfe bei zwei Präsidenten durchgedrückt – Rob Allaire und J. P. Dellenbaugh –, damit das Justizministerium seine Bemühungen intensivieren konnte, die Russen zu verfolgen. O'Flaherty war ein entschiedener Kritiker des FBI. Sowohl öffentlich als auch

im kleinen Kreis argumentierte er, dass die Russen eine größere und schlimmere Bedrohung für Amerika darstellten, als es die Cosa Nostra je gewesen war.

Er gehörte zu einer Handvoll US-Senatoren, die an der Spitze des Kampfes gegen das organisierte Verbrechen aus Russland standen. Als das FBI Juri Malnikow, einen Paten der Russenmafia, vor der Küste Floridas festnahm, war O'Flaherty zu dem ADX genannten Hochsicherheitsgefängnis geflogen, Administrative Maximum Facility Colorado, auch bekannt als Supermax, das sicherste Gefängnis der Welt. Senator O'Flaherty – dessen Gesetze Juri Malnikow zu Fall gebracht hatten – war nach Colorado geflogen, um Malnikow aufzusuchen. Er hatte ihm eine Flasche Himbeerlikör mitgebracht und ihm stundenlang Fragen gestellt. Allerdings gab Malnikow ihm nicht eine einzige Antwort. O'Flaherty wollte verstehen, wie es funktionierte, wie sie sich ausbreiteten, wie die jungen Bestien der Russenmafia es schafften, derart schnell und effektiv eine Gemeinde oder Stadt zu übernehmen und kaputtzumachen. O'Flaherty war klar, dass es Drogen immer geben würde. Er glaubte, dass man sich mit den Leuten, die Drogen ins Land brachten und damit handelten, auf einer gewissen Ebene einigen konnte. Nicht Nachsicht, sondern Verstehen. Das geringere von vielen Übeln. Allerdings waren die Russen keineswegs das kleinere Übel. Moralische Erwägungen zählten nicht zu ihrer Taktik. Ihre Brutalität suchte ihresgleichen, sie war unverhältnismäßig und willkürlich. Die Cosa Nostra war gewalttätig und mochte Menschen umbringen, ging aber immer noch humaner vor als die Russen. El Chapo und die mexikanischen Kartelle konnten beinahe genauso brutal sein wie die Russen. Doch in jeder von den Kartellen kontrollierten

Stadt, in der die Russenmafia auftauchte, schaltete sie ihre Konkurrenten aus und hinterließ Berge von Leichen. Während des gesamten Besuchs sagte Juri Malnikow nicht ein Wort, starrte O'Flaherty stattdessen bloß an.

Ein Jahr später wurde Malnikow aufgrund einer geheimen Absprache zwischen seinem Sohn Alexej und der US-Regierung freigelassen – als Gegenleistung dafür, dass Alexej geholfen hatte, die Detonation einer Atombombe in New York City zu verhindern. Abermals war O'Flaherty nach Denver geflogen, um Juri Malnikow aufzusuchen, ehe dieser ins Flugzeug stieg. Malnikow hatte O'Flaherty die Hand geschüttelt, doch selbst da wechselte er kein Wort mit seinem Widersacher.

O'Flaherty war eine amerikanische Institution, beliebt im ganzen Land, ein Gentleman, der immer noch volles Haar und Charisma hatte.

Am anderen Ende des Restaurants saß eine dunkelhaarige Frau mit einem Glas Weißwein an der Bar. Ohne O'Flaherty direkt anzusehen, beobachtete sie ihn aus dem Augenwinkel.

Sie trug eine elegante hellblaue Hose, die ein wenig ausgestellt war, im Stil einer Schlaghose: Saint Laurent. Dazu ein Paar hochhackige Ledersandalen von Prada, die ihre hübschen Füße und die glänzend weiß lackierten Zehennägel zur Geltung brachten. Ihre Bluse war weiß und transparent und stand so weit offen, dass ihr Busen zu sehen war. Um den Hals trug sie eine goldene Kette mit einem Saphir-Kleeblatt. Ihr Haar war zu einem Pony frisiert, ganz wie in den 60er-Jahren – stilvoll, mysteriös, absolut faszinierend.

Sie hatte das rechte Bein über das linke geschlagen, nippte lässig an ihrem Wein und starrte ins Leere, sorglos,

unnahbar. Sie spürte das Vibrieren ihres Handys, blickte sich um und machte sich bereit loszuschlagen, ihre Zeit im Restaurant nun operativer Natur.

An der Bar herrschte ein ziemliches Gedränge. Überwiegend Männer standen dort herum. Sie waren hier zu einem Geschäftsessen und warteten auf ihren Tisch. Vier verschiedene Typen hatten sich schon neben sie gestellt und versucht, ein Gespräch mit ihr anzufangen. Jeden sah sie auf die gleiche Art an, völlig distanziert, als hörte sie gar nicht zu. Weder lächelte sie, noch unternahm sie einen Versuch, die Kerle kennenzulernen.

Mittlerweile kannte sie den Rhythmus der Bedienungen. Drei Männer kümmerten sich um den Tisch. Ein Kellner, der sich wie ein alter Bekannter mit dem Senator unterhielt, dazu noch zwei weitere, die Wein oder Brot brachten oder Brotkrümel aufwischten. Sie sah einen der Männer mit einem Teller aus der Küche kommen. Sie nahm ihr Weinglas, trank einen Schluck, setzte es ab und langte in ihre Handtasche. Ihre Finger fanden einen kleinen Gegenstand vom Umfang eines Kugelschreibers, allerdings kürzer, etwa so lang wie der kleine Finger eines Kindes. Sie holte ihn heraus und zog eine kleine silberne Kappe ab, sorgfältig darauf bedacht, nicht zu berühren, was darunter lag: eine winzige Nadel, die knapp einen halben Zentimeter herausragte. Sie barg den Gegenstand in der Hand – zwischen Ring- und Mittelfinger –, während sie den Tisch des Senators im Auge behielt. Der Rhythmus war ihr jetzt bekannt. Der erste Kellner trug den Teller heraus, und der Oberkellner folgte ihm, um den Teller auf den Tisch zu stellen.

Sie stand auf und zwängte sich durch das Gedränge am Tresen, ging den Gang entlang zwischen den Nischen zur

Linken und den Tischen in der Mitte. Während sie ruhig zum rückwärtigen Bereich des Restaurants schritt, fühlte sie die Ampulle in ihrer Hand.

Als die Frau den Kellner erreichte, der im Begriff war, den Teller vor Senator O'Flaherty zu stellen, rutschte sie aus. Der Absatz ihrer Sandale knickte unglücklich um. Hilflos strauchelte sie hinter dem Kellner, der O'Flaherty gerade bediente. Aufgrund der Schwerkraft und der Geschwindigkeit, mit der sie sich vorwärtsbewegte, fiel sie ihm gegen den Rücken. Der Kellner wurde nach vorn gestoßen und konnte sich nicht mehr abfangen. Der Teller kippte um, und mit einem Mal wurde das Essen verschüttet, während der Kellner sich in jenem Sekundenbruchteil bemühte, nicht auf O'Flaherty zu stürzen, der nach rechts auszuweichen versuchte. Die Frau schrie vor Schmerz auf, als sie nach vorn in die Nische fiel, und hielt sich gerade noch am Rücken des Kellners fest, um nicht krachend auf dem Boden zu landen. Der Kellner hatte zum Teil Erfolg. Das Essen verteilte sich über den Tisch, das Buch und O'Flahertys Schoß, er allerdings stolperte unbeholfen – die Frau hinter ihm – in die Nische direkt neben O'Flaherty.

Alles sah ganz nach einem Zufall aus.

Doch mit schlafwandlerischer Sicherheit fand der Arm der Frau seinen Weg zwischen dem Kellner und O'Flaherty hindurch. Inmitten des Aufruhrs fand sie O'Flahertys Ellenbogen, stieß ihm die Nadel für einen kurzen Moment fest hinein und zog sie sofort wieder heraus, während sich alles auf die drei Leute konzentrierte. Überall war das Essen verteilt, und jeder begriff, dass die schöne Frau ausgerutscht war und das alles ausgelöst hatte.

Bestürztes Schweigen senkte sich über das Restaurant. Alle Augen waren auf O'Flaherty gerichtet, jeder wartete

auf eine Reaktion von ihm. Unvermittelt hob er sein Weinglas und lächelte.

»Zum Wohl!«, sagte er laut.

Während die Stammgäste an den umliegenden Tischen lachend applaudierten, kamen mehrere Sparks-Mitarbeiter und sogar ein paar Gäste herbeigeeilt, um der Frau und dem Kellner aufzuhelfen.

Sie bat überschwänglich um Entschuldigung, als sie wieder auf die Beine kam. Der Senator, durch und durch ein Gentleman, erklärte ihr, das sei das Aufregendste, was ihm seit Monaten passiert sei, während er sich unbewusst den Ellenbogen rieb.

Langsam ging sie zurück durch das Restaurant, während die Leute sie mitfühlend ansahen. Manche sagten Dinge wie: »Sind Sie okay?«

Sie hielt den Kopf gesenkt und die Hand vors Gesicht, verbarg es, damit man es nicht sah.

Sie verließ das Restaurant durch den Haupteingang. Zu ihrer Linken wartete ein schwarzer Ferrari 458 im Leerlauf. Das kehlige Grollen des von Michael Schumacher mitentworfenen Motors ging unter im Lärm der Taxis, die die Straße entlangrasten, und des mit Menschen übersäten Bürgersteigs. Sie schlenderte zu dem Fahrzeug, öffnete die Tür und stieg ein. Sie sah den Fahrer an. Er erwiderte ihren Blick, griff nach dem Automatikhebel, legte den Gang ein und reihte sich in eine Lücke im Verkehr ein. Einen Augenblick lang übertönte das Donnern des Ferraris jeden anderen Laut im abendlichen Manhattan.

Im Sparks hatte Senator O'Flaherty schon einige Bissen von seinem Steak genossen. Der Manager des Restaurants hatte ihm gesagt, aufgrund des Missgeschicks vor wenigen

Minuten gehe es aufs Haus. O'Flaherty hatte erwidert, er wisse das Angebot zu schätzen, könne es jedoch nicht annehmen. Nun spürte er, wie sich in seiner Brust allmählich etwas Warmes ausbreitete. Kurz darauf war ihm am ganzen Körper heiß, so als hätte er Fieber.

Vor seinem geistigen Auge blitzte eine Erinnerung auf. Das Gesicht der Frau, die beim Ausrutschen den Kellner angerempelt hatte und zu ihm in die Nische gestolpert war. Vorhin beim Lesen hatte er zufällig durch das Restaurant in Richtung Bar geblickt und sie dabei ertappt, wie sie ihn angesehen hatte.

O'Flaherty streckte die Hand nach seinem Glas Wasser aus, hielt jedoch mitten in der Bewegung inne. Er bemerkte, wie seine Finger aussahen, während ihm zugleich die Knie merkwürdig weich wurden.

Innerhalb weniger Minuten waren seine Finger angeschwollen und aufgedunsen, so dick, dass er das Wasserglas nicht zu halten vermochte. Ein heftiges Stechen fuhr ihm durch den Magen, dann durch den Kopf, während das Gift dauerhaft von seinem 76 Jahre alten Körper Besitz ergriff. In dem Moment, als er die Augen verdrehte, hörte auch sein Herz auf zu schlagen. Teilnahmslos sank er zur Seite, als sein Körper erschlaffte. Er tat seinen letzten Atemzug, während er vom Lederpolster rutschte, dabei Gläser umstieß und mit dem Kinn an der Tischkante aufschlug, ehe er zu Boden glitt, wo sein lebloser Leichnam unter dem Tisch zusammensackte.

5

MARRIOTT HOTEL
DES MOINES, IOWA

Der weiße Chevy Suburban sah aus wie jeder andere Wagen, der auf der Straße parkte – dunkel, nichts regte sich, sein Besitzer bei der politischen Versammlung im Hotel.

Die Scheiben des weißen SUV waren getönt.

Auf dem Rücksitz saß ein Mann auf der Beifahrerseite. Er trug ein schlichtes hellgrünes T-Shirt und schwarze Jeans. Sein Haar war dunkelblond, kurz geschnitten. Er war kräftig und hatte ein seltsames Gesicht, hässlich, fast wie ein Monster, irgendwie waren seine Augen nicht in Einklang, man konnte ihn kaum ansehen. Vor ihm befand sich, gehalten von mehreren Stützen, eine Waffe: ein Chey-Tac M200 Intervention, ein leistungsstarkes Long-Range-Scharfschützengewehr. Dieses hier war dunkelgrün, mit einer Picatinny-Schiene und Wärmebild-Laserzielfernrohr. Vor weniger als einer Stunde gekauft. In den Lauf der Waffe war ein langer, zylindrischer Mündungsfeuerdämpfer geschraubt. Die ziemlich schwere Waffe war schräg über den Sitz auf das Fahrerfenster gerichtet.

Der Mann trug schwarze, eng anliegende Kaschmir-Handschuhe.

Hinter dem Fenster lag das Marriott Hotel.

Der Mann hatte einen Funkstöpsel im Ohr. Geistesabwesend hörte er Gouverneur Nick Blake aus Florida zu, während er durch das hochmoderne Zielfernrohr blickte. In diesem Moment zielte die Waffe durch das Fenster der

Lobby auf die Eingangstüren des Festsaals. Alles, was er sehen konnte, war das stählerne Türblatt.

Schließlich wurde die Tür geöffnet, und mit einem Mal sah der Sniper durch sein Zielfernrohr Nick Blake, mindestens 600 Meter entfernt.

Der Sniper rührte sich nicht. Stattdessen musterte er eine komplexe Reihe von Anzeigen im Zielfernrohr und überprüfte zum wiederholten Mal die Einstellungen, um sicherzugehen, dass er Entfernung, Temperatur und Windgeschwindigkeit angemessen berücksichtigt hatte und natürlich auch die dicke – allerdings nicht kugelsichere – Glasscheibe im Marriott, die das Geschoss auf dem Weg zu seinem Ziel durchschlagen musste.

»*Darum stelle ich Ihnen die Frage, meine Freunde aus Iowa*«, erscholl es in seinem Ohr. »*Glauben Sie, dass es eine andere, eine neue Möglichkeit gibt, unser Land zu regieren? Sodass wir für die weniger Glücklichen sorgen können, indem wir hart gegen diejenigen vorgehen, die unsere Städte, unsere Kleinstädte und unsere Wohnviertel kaputtmachen?*«

Der Sniper ließ das vordere Fenster nur wenige Zentimeter herunter. Das Gewehr verblieb mitsamt dem Schalldämpfer im Suburban, aber er wollte nicht, dass die Scheibe zersplitterte, denn das würde bloß unnötige Aufmerksamkeit erregen.

»*Hart gegen Kriminalität vorzugehen hat nichts mit Bestrafung zu tun. Es geht um Mitgefühl. In Miami haben wir die russische Mafia aufs Korn genommen und sie praktisch zerpflückt.*«

Er spürte den stählernen Abzug unter seinem Finger, wartete aber noch einen Moment. Dann drückte er ab. Einem leisen metallischen Knall folgte einen Augenblick lang Stille, als die Kugel die riesige Fensterscheibe

des Marriott durchschlug. Erst dann hörte man das Glas bersten. Die Kugel traf Blake in die Stirn und schleuderte ihn nach hinten, während Blut und Hirnmasse nach allen Seiten spritzten.

Gleich darauf erschollen die Schreie.

6

PRIVATTERMINAL
DULLES INTERNATIONAL AIRPORT
DULLES, VIRGINIA

Durchs Fenster beobachtete Tacoma, wie die Gulfstream zu einem stürmischen Landeanflug auf den Dulles Airport ansetzte. Im Hauptteil des weitläufigen Flughafens konnte er Dutzende blauer und roter Blinklichter sehen.

Während der Jet zum Privatterminal rollte, stand Tacoma auf, ging vor zum Cockpit und beugte sich hinein.

»Ich mache das Tor auf«, sagte Tacoma. »Kannst du alles abschalten?«

»Ja, ich habe noch ein paar Stunden Formalitäten zu erledigen, um den Flug abzuschließen«, sagte RISCONs leitender Pilot Stephen Owen. »Ich mache das Licht aus.«

»Meinst du, du kriegst das hin?«, fragte Tacoma mit einem Lächeln.

»Schon möglich«, meinte Owen.

»Versuch, das Ding nicht um einen Baum zu wickeln«, sagte Tacoma.

»Ich werde es versuchen, aber du weißt ja, wie sehr ich auf Bäume stehe.«

Beide fingen an zu lachen.

Tacoma stieg aufs Rollfeld hinab. Er trug immer noch dasselbe T-Shirt und den Blazer. Er ging über eine breite, leere Piste, die gewissen Unternehmen vorbehalten war, darunter der Firma, für die Tacoma arbeitete und die ihm zur Hälfte gehörte, RISCON. Der Hangar war groß, rechteckig, schwarz, gepflegt und unbeleuchtet. Es war der Hangar von RISCON, groß genug für zwei Maschinen und eine Vielzahl weiterer Dinge, Autos zum Beispiel, Motorräder, Waffen, Gold, Golfschläger, einen Billardtisch, ein Wasserbett, Bargeld und Nahrungsmittel, mit denen man ein Jahr ausharren konnte. In dem Hangar lagerte genug Munition, um einen Krieg zu gewinnen oder zumindest anzufangen. Unter dem Betonboden befand sich, 20 Meter eine Wendeltreppe hinab, ein Atombunker. Der Bunker war bereits vorhanden gewesen, als RISCON den Hangar kaufte. Anstatt ihn abzureißen, beschlossen Tacoma und Katie Foxx, Tacomas Partnerin, ihn zu modernisieren, eine kleine Ausgabe verglichen mit den tatsächlichen Baukosten. Warum nicht?, dachten sie. Vermutlich würde es nie zu einem Atomkrieg kommen, und falls doch, würden sie wahrscheinlich gleich in die Luft fliegen. Aber was, wenn sie vorher Bescheid wussten und es rechtzeitig in den Bunker schafften? In dem neuen Bunker konnten vier Menschen zehn Jahre lang überleben. Darüber hinaus verfügte er über einen Schwarzbandzugang zu einem Teil des militärischen Stromnetzes unter Dulles, das jede Atomexplosion überstehen und den Bunker mit denjenigen Teilen des Internets verbinden konnte, die nach einem katastrophalen Krieg noch intakt wären.

Der Hangar war eines von vier derartigen Gebäuden, die RISCON rund um den Globus besaß. Die anderen

befanden sich in Amsterdam, Tokio und Johannesburg. Sie sahen aus wie ganz normale Hangars, waren aber keinesfalls gewöhnlich. Jedes dieser Gebäude war eine veritable Festung. Mit Hightech ausgestattet und hochgradig bewaffnet waren sie eine Zuflucht, bestimmt für die ultimative Krise, entworfen, um einen EMP-Schlag oder sonst ein Gefechtsszenario durchzustehen, vor allem aber um zu überleben.

RISCON war der letzte Ausweg für Milliardäre und Regierungen in der ganzen westlichen Welt. Die Gebühren, die RISCON verlangte, waren exorbitant. Die Honorare begannen bei zehn Millionen Dollar im Monat, Kampfhandlungen wurden mit zwei Millionen pro Tag abgerechnet. Aber die Ergebnisse waren unbestreitbar.

Tacoma erreichte die Tür, während Owen nicht weit entfernt den glänzend schwarzen Jet anrollen ließ. Tacoma legte den Daumen auf eine kleine Glasblende neben der Tür und blickte dann geradeaus, während eine stecknadelkopfgroße Kamera die Iris seiner Augen abtastete. Einen Moment darauf klickte das Schloss, und Tacoma drehte den Knauf.

Drinnen war es dunkel. Tacoma wandte sich nach links, unternahm gar nicht erst den Versuch, etwas zu sehen. Stattdessen schloss er die Augen und setzte vorsichtig einen Fuß vor den anderen, mit allen Gliedmaßen den Weg ertastend, während er einen Bereich des stockfinsteren Hangars durchquerte. Mit dem linken Fuß stieß er an die Wand, und schließlich fanden seine Hände das Board. Er legte eine Reihe von Schaltern um, und von einem Moment auf den anderen wurde der Hangar von gelbem Lichtschein erhellt. Tacoma fand eine rote Kunststoffabdeckung und hob sie an. Darunter befand sich ein

Schalter. Tacoma legte ihn um, und mit einem lauten hydraulischen Heulen hob sich das riesige Hangartor.

Tacoma griff in seine Tasche und holte ein Handy heraus. Er rief die Kamera auf und bewegte sich unter ein anderes Flugzeug, eine King Air 6500, eine Turbopropmaschine mit Druckkabine, dazu gebaut, noch dem schlechtesten Wetter zu trotzen. Nachdem das Licht vollständig an war, blickte er zum gelben Rumpf und den glänzend grünen Tragflächen der King Air empor. Er liebte diese Maschine, und sei es bloß dafür, wie zäh sie jedem Druck standhielt. Tacoma machte ein Foto. Er blickte zurück, als Owen die Gulfstream in den Hangar steuerte und der 35-Millionen-Dollar-Jet sein letztes kehliges Schnurren der Nacht von sich gab.

Am anderen Ende des Hangars trat Tacoma auf den Parkplatz hinaus, der zur Hälfte belegt war. Von hinten näherte er sich einem roten McLaren 600LT, beugte sich hinunter und tastete die Oberseite des linken Hinterreifens ab. Dort hatte er vor noch nicht einmal 24 Stunden den Schlüssel zurückgelassen. Doch da war nichts.

Tacoma tastete erneut, ging dann auf Hände und Knie und tastete den Boden rings um den Reifen ab. Vielleicht war der Schlüssel bei starkem Wind ja heruntergefallen. Aber nichts.

Er stand auf und ließ den Blick über den Parkplatz schweifen. Als er zum zweiten Mal suchend über den Parkplatz blickte, nahm er eine Bewegung wahr. Er richtete sein Augenmerk auf einen Minivan drei Reihen weiter. Es war dunkel, nichts regte sich, doch dann sah er das Licht wieder, nur einen Schimmer. Da war jemand, und wer auch immer es sein mochte, hatte sich einen strategischen Vorteil verschafft, schon bevor Tacoma landete.

Du hast es vermasselt – aber wenn sie dich tot sehen wollten, wärst du bereits tot.

Tacoma bewegte sich weg von dem McLaren und ging an mehreren Reihen geparkter Wagen vorbei auf den Minivan zu. Im Näherkommen blickte er durch die Windschutzscheibe ins Innere und erkannte die Gesichtskonturen der Person auf dem Fahrersitz. Er trat ans Fenster und sah eine umwerfende Blondine vor sich. Sie trug ein Top mit Spaghettiträgern. Mit ausdrucksloser Miene saß sie auf dem Fahrersitz und blickte stur geradeaus. Tacoma klopfte ans Fenster. Wenige Sekunden darauf hob die Frau im Wagen die Hand und ließ die Scheibe herunter.

»Kann ich meinen Schlüssel haben?«, fragte Tacoma.

Präzise und elegant drehte Katie Foxx den Kopf. »Du hast ja eine ganze Weile gebraucht.«

»So lange nun auch wieder nicht.«

»Ich hätte dich töten können«, sagte Katie.

»Okay, du harter Bursche«, erwiderte Tacoma lächelnd.

»Wie ist es gelaufen?«, wollte Katie wissen.

»Gut! Ich denke, ihr Freund wird England ziemlich bald verlassen. Bloß so ein Bauchgefühl. Apropos, was soll das mit dem Minivan?«, fragte Tacoma. »Hast du vor zu heiraten? Wer ist der Glückliche?«

Katie öffnete die Tür und stieg aus. »Ich wollte dir nur in Erinnerung rufen, dass du jetzt tot wärst, wenn dich jemand umbringen wollte. Du bist hier rausspaziert wie ein Hase im Scheinwerferlicht.«

Tacoma starrte Katie an. »Ich bin müde«, sagte er.

»Wir müssen den Einsatz nachbesprechen.«

Tacomas Gesicht zeigte keine Regung. »Kann das nicht warten? Ich will bloß noch ins Bett, Kate.«

Katie Foxx war wie eine Schwester, die er nie gehabt

hatte, und wenn er sie Kate nannte, bedeutete dies, dass er müde war.

Katie legte Tacoma die Hand an die Wange. »Entschuldige! Ich dachte, ich könnte dir helfen, indem ich dich auf eine Schwachstelle in deinen Gewohnheiten hinweise.«

»Das hast du«, sagte Tacoma. »Ich wäre jetzt tot. Ich gebe zu, ich habe verloren, und jetzt bin ich bloß noch hundemüde.«

Katie grinste und reichte Tacoma einen kleinen Umschlag. »Zahltag!«

»Danke.«

»Kannst du mich mitnehmen?«, fragte sie.

»Ja, klar. Ach, übrigens, was machen die ganzen Polizeiautos hier?«

Katie blickte ihn ungläubig an. »Hast du es nicht gehört?«

»Nein, was denn?«

»Alle abgehenden Flüge im Land sind vorübergehend eingestellt. Erinnerst du dich an John Patrick O'Flaherty?«

»Senator O'Flaherty?«

»Er und Nick Blake, der Gouverneur von Florida, wurden heute Abend ermordet.«

»Wie das?«

»O'Flaherty wurde vergiftet, Blake von einem Scharfschützen in die Stirn geschossen.«

»Wer war es?«, fragte Tacoma.

»Das liegt doch auf der Hand«, meinte Katie. »Die Russenmafia.«

7

OVAL OFFICE
WEISSES HAUS
WASHINGTON, D. C.

Der Tatsache zum Trotz, dass es schon 22:46 Uhr war, trug Präsident J. P. Dellenbaugh immer noch Jackett und Krawatte. Das Telefon am Ohr, saß er an seinem großen Schreibtisch. Wenn er bei diesem Gespräch etwas sagte, dann in leisem, gedämpftem Tonfall. Die meiste Zeit hörte er lediglich mit ernstem Gesichtsausdruck zu.

Ein Bücherregal an der Wand war wie eine Geheimtür geöffnet und zurückgezogen. Dahinter befanden sich Fernsehbildschirme: Fox News, ABC und CNN liefen, den Ton leise gestellt. Alle drei Kanäle zeigten unterschiedliche Varianten ein und derselben Geschichte. Es ging um den Tod von Senator John Patrick O'Flaherty, Republikaner aus dem Staat New York, und um den Tod von Gouverneur Nick Blake, Demokrat aus Florida. Ein vierter Bildschirm zeigte eine Webseite, den Drudge Report. Zwei Fotos, links O'Flaherty, rechts Blake, dazwischen prangten in Rot die Buchstaben R.I.P.

Unter den Schlagzeilen befanden sich Links zu Berichten:

SPECIAL: GOV. NICK BLAKE, FLORIDA, IN DES MOINES ERSCHOSSEN
SEN. JOHN PATRICK O'FLAHERTY, DER »LÖWE« DES SENATS, BRICHT IN NEW YORK TOT ZUSAMMEN

TODESZEITPUNKT: SEN. O'FLAHERTY 9:56 P.M. EST
TODESZEITPUNKT: GOV. BLAKE 9:58 P.M. EST

»Ja, ich weiß«, sagte der Präsident ins Telefon. »In solchen Zeiten stellt man alles infrage. Sie sollten aber wissen, dass Amy und ich für Sie da sind, Charlotte. Wenn wir irgendetwas tun können, rufen Sie mich einfach an.«

Schließlich legte Dellenbaugh den Hörer auf. Er schloss die Augen und rieb sich eine geraume Zeit lang den Nasenrücken.

Vor der Wand mit den Fernsehschirmen standen Adrian King, der Stabschef des Weißen Hauses, der neue FBI-Direktor Bo Lovvorn, Hector Calibrisi, der Direktor der Central Intelligence Agency, der Nationale Sicherheitsberater des Präsidenten, Josh Brubaker, und ein halbes Dutzend weiterer Führungskräfte.

Als Dellenbaugh sich vom Schreibtisch erhob, richteten sich alle Blicke auf ihn. Er ging zu den Bildschirmen und stellte sich zu den anderen.

»Wer war das, Mr. President?«, fragte King.

»Senator O'Flahertys Tochter«, sagte Dellenbaugh leise. »Wie geht es ihr?«

Dellenbaugh gab ihm keine Antwort. Stattdessen starrte er einige Augenblicke lang auf die Bildschirme und konzentrierte sich auf den Drudge Report.

BEIDE TODESFÄLLE EREIGNEN SICH INNERHALB WENIGER MINUTEN; EIN DEMOKRAT, EIN REPUBLIKANER: BEIDE ANGESEHENE VORREITER DES KRIEGES GEGEN DIE RUSSENMAFIA

»Sie deuten an, die Todesfälle haben etwas miteinander zu tun«, sagte Dellenbaugh.

»Haben sie das denn nicht?«, meinte King sarkastisch.

»Ich bin lediglich überrascht, dass die so schnell zu dieser Schlussfolgerung gelangen. Wo steckt John?«, fragte der Präsident. Damit meinte er seinen Pressesprecher John Schmidt. »Ich muss noch heute Nacht eine Stellungnahme abgeben.«

»Es ist das Erscheinungsbild«, sagte Calibrisi. »Nur zwei Minuten auseinander. Da würde selbst ein Idiot Verdacht schöpfen. Und wie wir wissen, bestehen die Medien im Großen und Ganzen nur aus einem Haufen Idioten. Dies war eine Operation im militärischen Stil. Die Killer wollten, dass passiert, was jetzt eintreten wird, nämlich Chaos. Jetzt, wo die Medien glauben, dass es Rauch gibt, werden sie anfangen, nach dem Feuer zu suchen. Das erschwert unsere Bemühungen, der Sache auf den Grund zu gehen.«

»Der Sache auf den Grund gehen?«, meinte King ungläubig. »Liegt es nicht auf der Hand? Die Russenmafia hat diese Leute umgelegt! Wachen Sie auf, verflucht noch mal! O'Flaherty hat in den letzten 20 Jahren jedes Gesetz gegen die russische Mafia angestoßen.

Blake? Das war sein vornehmstes Thema. Wie er im verdammten Florida aufgeräumt hat und wie er in Zukunft in ganz Amerika aufräumen wollte. Nennen wir die Dinge beim Namen. Seien wir doch ehrlich dem amerikanischen Volk gegenüber. Die Russenmafia hat zwei amerikanische Helden beseitigt.«

»Es ist wesentlich komplizierter«, sagte Calibrisi. »Ja, es scheint auf der Hand zu liegen: Die Russen waren es. Allerdings gibt es mehrere Familien, die die Russenmafia kontrollieren. Wen klagen wir an? Die Malnikows? Die

Odessa-Bande? Und welche Familie in der Odessa-Mafia? Die Bergens? Die Rostiws? Eine der anderen? Sie hassen sich alle gegenseitig, stehen in Konkurrenz zueinander und versuchen, sich gegenseitig umzubringen. Klar, wahrscheinlich war es einer von denen, aber sie könnten es einer der anderen Familien in die Schuhe schieben. Sie dürfen nicht vergessen, dass es die Bergens waren, die dem FBI steckten, dass Juri Malnikow sich auf jenem Boot vor der Küste Floridas befand. Er hat ein Jahr im Supermax verbracht.«

»Worauf wollen Sie hinaus, Hector?«, fragte Dellenbaugh. »Das hier hat nicht den Anschein, als wollte jemand irgendwem eine Falle stellen. Es sieht vielmehr so aus, als hätten sie ihre ärgsten Feinde in der US-Regierung aus dem Weg geräumt.«

»Mr. President, was ich sagen will, ist, dass wir nicht wissen, wer es getan hat«, erklärte Calibrisi. »Wir wissen nicht, welche Familie dahintersteckt. Wen sollen wir anklagen? Selbst wenn wir es wüssten, was sollten wir tun? Solange wir es nicht genau wissen, können wir nicht einfach da rausgehen und mit dem Finger auf jemand zeigen.«

»Das Einzige, was ich weiß, ist, dass wir da rausgehen und diese Motherfucker aufspüren müssen«, sagte King. »Und dann legen wir sie alle um.«

»Soll das ein Scherz sein?«, fragte Lovvorn, der FBI-Direktor. »Ich stimme völlig mit Ihnen überein. Aber ich wusste nicht, ob ich das sagen soll.«

»Ich mache keine Scherze.« In Kings Stimme schwang Wut mit. »*Das ist ein verfluchter Krieg!* Die haben einen Mann ermordet, der womöglich der nächste Präsident geworden wäre – sorry, Sir«, meinte er zu Dellenbaugh. »Außerdem haben sie eine wichtige Persönlichkeit des

Senats umgebracht, wohl einen der größten Senatoren der letzten 100 Jahre. Ich war drei Jahre lang Anwalt im Auswärtigen Ausschuss, während er den Vorsitz hatte. Der Mann war brillant.«

»Adrian hat recht«, sagte Brubaker. »Wir befinden uns im Krieg. Leider ist es uns nicht gestattet, auf US-Boden Krieg zu führen. Es ist uns nicht gestattet, das Militär oder die CIA einzusetzen.«

»Nun, wenn Sie mich fragen, ist das ein ziemlich dummes gottverdammtes Gesetz«, meinte King.

»Was, wenn die Chinesen einmarschieren? Dürften wir uns dann nicht zur Wehr setzen, nur weil wir uns auf US-Boden befinden?«

»Sie kennen die Antwort darauf.« Dellenbaugh schüttelte den Kopf.

»Bei allem Respekt, Mr. President, genau genommen kenne ich die Antwort darauf nicht«, erwiderte King. »Man hat uns angegriffen. Die sind in unser Land eingefallen. Es ist an der Zeit, die Regeln zu ändern.«

Dellenbaugh sagte nichts dazu. Nachdenklich blickte er seinen hitzköpfigen Stabschef an. Auf seine typisch hemdsärmelige, unverblümte Art hatte King sein Argument vorgebracht. Ein verdammt gutes Argument.

Etliche Gesetze untersagten dem Präsidenten, Militär und Geheimdienste im Inland einzusetzen. Damit sollte gewährleistet werden, dass kein Präsident oder Politiker dem Militär respektive der CIA jemals befehlen konnte, gegen US-Bürger oder politische Gegner vorzugehen, und, wichtiger noch, dass kein Präsident mithilfe des Militärs einen Staatsstreich verüben konnte.

Außerdem durften weder die CIA noch die National Security Agency oder sonstige Dienste auf amerikanischem

Boden Informationen sammeln oder verdeckte Operationen durchführen.

Es klopfte an der Tür des Oval Office, und John Schmidt, der Kommunikationschef des Weißen Hauses, trat ein. Sein braunes, grau meliertes Haar war ein wenig durcheinander, sein Gesicht gerötet. Sein Atem ging schwer.

»Entschuldigen Sie die Verspätung«, sagte Schmidt. »Die *New York Times* arbeitet an einem Artikel, der morgen erscheinen soll. Sie haben jemand in Blakes Wahlkampfteam, der darüber spekulieren wird, dass die Regierung irgendwie darin verwickelt ist.«

Dellenbaugh, King, Calibrisi, Brubaker und Lovvorn wirkten schockiert. Sie schüttelten die Köpfe.

»Rufen Sie sofort Sulzberger an.« King schäumte vor Wut. »Sagen Sie diesem elenden Bastard, wenn er etwas Derartiges druckt, braucht kein *New York Times*-Reporter mehr seinen Fuß ins Weiße Haus zu setzen.«

»Sie müssen noch heute Nacht eine Pressekonferenz abhalten, Sir«, sagte Schmidt ruhig, ohne auf King zu achten.

»Wir wissen doch noch gar nicht, was passiert ist«, warf Calibrisi ein.

»Sie können es vage halten«, sagte Schmidt. »Der *New York Times* zu drohen wird die Story nicht abwürgen. Was ihr den Wind aus den Segeln nimmt, ist, wenn Sie da rausgehen und über Nick Blake und John O'Flaherty reden. Außerdem halte ich es für das Richtige, Mr. President. Sie müssen die Nation beruhigen, Sir.«

Dellenbaugh sah Calibrisi an.

»Tun Sie es nicht wegen der Story«, sagte Calibrisi. »Wen interessiert schon ein dämlicher Bericht, über den man lachen wird, sobald er widerlegt wird? Aber ich gebe

John recht. Sie müssen etwas sagen. Das ist jetzt das Richtige.«

Dellenbaugh schwieg. Er wandte sich um, ging zu einer schmalen Tür in der Nähe des Eingangs zum Oval Office und zog sie auf. Dahinter befand sich eine kleine Bar. Dellenbaugh schenkte sich ein Glas Bourbon ein, ging zu einem der großen, hellbraunen Chesterfield-Sofas in der Mitte des Oval Office und setzte sich.

»Bedienen Sie sich«, sagte der Präsident und trank einen Schluck.

Nachdem alle mit einem Drink versehen waren und Platz genommen hatten, sah Dellenbaugh Lovvorn an, den neuen FBI-Direktor, der auf sein Handy blickte.

»Was haben wir bisher?«, fragte der Präsident.

»Fangen wir mit New York an«, sagte Lovvorn. »Den Zeugen im Restaurant zufolge stolperte ein Kellner gegen Senator O'Flaherty, als er dem Senator das Essen servierte. Mehrere Leute, darunter auch der Kellner selbst, sagen, er sei von einer Frau von hinten geschubst worden. Anscheinend brach ihr der Absatz ab, und aus Versehen fiel sie gegen den Kellner. Zehn Minuten später war der Senator tot. Einer unserer Forensiker hat sich den Leichnam schon einmal angesehen. Er fand einen frischen Einstich an O'Flahertys linkem Ellenbogen. Wir werden mehr wissen, wenn die Labortests vorliegen. Aber wie es aussieht, ist er vergiftet worden. Unnötig zu erwähnen, dass die Frau verschwunden ist.«

Dellenbaugh schüttelte den Kopf.

»Was Gouverneur Blake angeht«, sagte Lovvorn, »na ja, die Situation da draußen ist das reinste Chaos. Offensichtlich wurde er ermordet, aber von wem? Von wo aus? Das Geschoss war eine 6,5 Millimeter Creedmore. Das

Frontfenster des Hotels zersplitterte in dem Moment, als Blake erschossen wurde. Sowohl das Geschoss als auch die Fensterscheibe deuten darauf hin, dass er von einem Scharfschützen getötet wurde, der irgendwo außerhalb des Gebäudes Stellung bezogen hatte. Abgesehen von jemand, der sah, wie ein Mann eine Tür des Festsaals öffnete, unmittelbar bevor Blake erschossen wurde, haben wir keine Zeugen. Basierend auf einer groben Schätzung der Flugbahn des Geschosses befand sich der Schütze auf Bodenhöhe, wahrscheinlich in einem Fahrzeug gegenüber. Das Fahrzeug ist weg. Es gibt zwar eine Überwachungskamera, aber sie wurde mit schwarzer Farbe besprüht. Es sind keine Aufnahmen vorhanden, die man sich ansehen könnte.«

Kopfschüttelnd nippte Dellenbaugh an seinem Drink, frustriert, bestürzt, wütend. »Der Secret Service hätte Nick Blake schützen sollen. Und was Senator O'Flaherty betrifft, wem kann man das vorwerfen? Dem NYPD? Dem FBI? Die Wahrheit ist, niemand trägt Schuld daran. Niemand außer den Leuten, die es getan haben. Irgendwann merkte die US-Regierung, dass die Cosa Nostra eine existenzielle Bedrohung darstellt. Es dauerte Jahrzehnte, aber wir haben die Italiener geschwächt. Dies hier ist hundertmal schlimmer als alles, was die Cosa Nostra je anstellte. Aber bei den Russen haben wir nichts erreicht. Sie kontrollieren das organisierte Verbrechen in Amerika.«

»Mr. President«, sagte Schmidt, »ich bin bloß ein alter, kleiner Pressesprecher. Auf die Gefahr hin, mich über meine Gehaltsstufe hinauszulehnen, Sie müssen da rausgehen. Wer es getan hat, was wir tun werden, das alles kann warten. Sie haben da draußen einen Saal voller Reporter, Sir.«

Dellenbaugh trank aus und erhob sich.

»Ein guter Vorschlag hat nichts damit zu tun, wie viel man verdient, John«, erklärte Dellenbaugh. »Okay, gut. Sagen Sie dem Pressekorps, ich komme in fünf Minuten. Wir machen es im Briefing Room.«

»Ja, Sir!«

King, Lovvorn, Brubaker und Calibrisi standen auf.

»Hector, bleiben Sie bitte noch einen Moment, ja?«, sagte der Präsident, während die Übrigen der Tür zustrebten.

Als sie allein waren, machte Dellenbaugh die Tür zu.

»Hector, wir müssen herausfinden, wer das getan hat«, sagte Dellenbaugh.

»Das FBI ist doch schon eifrig bei der Sache, President Dellenbaugh.«

»Ich weiß nicht, ob das FBI das hinkriegt«, meinte Dellenbaugh.

»Falls Sie davon reden, Ermittlungen unter der Hand durchzuführen, muss ich Sie warnen, Mr. President. Das würde nicht gut aussehen und wäre wohl auch gegen das Gesetz. Sie haben gehört, was John gesagt hat. Die *Times* wird eine Story drucken, die Ihnen und uns eine Mitschuld an den Verbrechen vorwirft.«

Dellenbaugh hob die Stimme. »Darum benötigen wir etwas Besseres als das FBI.«

»Es gibt keine andere Option als das FBI«, entgegnete Calibrisi. »So einfach ist das. Wir dürfen auf US-Boden nichts unternehmen.«

»Wie sieht es mit privaten Auftragnehmern aus?«

»Um was zu tun? Gegen die Russen vorzugehen? Da bräuchte man schon eine Armee, und zwar eine ziemlich gute. Es gibt kein privates Sicherheitsunternehmen in der Größenordnung, die notwendig wäre, um effektiv zu sein.

Doch selbst wenn, würden wir höchstwahrscheinlich im Knast enden, wenn wir ein Privatunternehmen anheuern, um auf amerikanischem Boden gegen die Russen vorzugehen. Es ist gesetzwidrig.«

»Ich weiß«, sagte Dellenbaugh leise. »Ich schlage ja nicht vor, dass wir das Gesetz unterlaufen. Aber ich bin verdammt wütend.«

»Sie sind frustriert, Sir«, erwiderte Calibrisi. »Das kann man Ihnen nicht zum Vorwurf machen. Mir geht es nicht anders.«

Dellenbaugh blickte Calibrisi noch einen Moment länger an. »Kann ich Ihnen vertrauen?«, fragte der Präsident.

»Was zum Teufel soll das denn heißen? Natürlich können Sie mir vertrauen. Warum?«

»Folgen Sie mir.«

Dellenbaugh trat hinter seinen eleganten Kirschbaumschreibtisch und ging weiter bis zur hinteren Ecke des Teppichs. Während Calibrisi zusah, kniete der Präsident nieder und schlug den Teppich zurück. Darunter befand sich ein Geheimfach. Das stählerne Bodenbrett war schwarz, circa einen Meter lang und mehrere Zentimeter breit.

Auf einem kleinen, auf dem Fach angebrachten digitalen Display leuchteten die Buchstaben NIO/ADF auf.

Dellenbaugh legte seinen Daumen auf das Display. Nach zwei, drei Sekunden gab das Geheimfach ein nahezu unhörbares Klicken von sich. Zwei kleine Stahlstäbe hoben sich aus dem Boden. Dellenbaugh ergriff sie, hob die Stahlplatte an und legte sie auf dem Teppich ab.

Es handelte sich wohl um so etwas wie einen Tresor, allerdings statt in der Wand im Boden verborgen. Calibrisi

sah zu, wie Dellenbaugh hineinlangte und eine Aktenmappe herausholte. Diese reichte er Calibrisi.

»Lesen Sie das«, sagte er.

Calibrisi schlug die Mappe auf. Darin befand sich ein einzelnes dünnes Pergament, das auf ein Blatt schweres Papier laminiert war. Es handelte sich um ein Dokument, alt und an den Rändern vergilbt. Irgendwann einmal hatte es jemand zusammengefaltet. Das Auffälligste jedoch war, dass es handgeschrieben war.

10. September 1787
Wir, die Unterzeichnenden, geben mit dieser Urkunde bekannt:
Dass es Zeiten einer solchen Krise in der Republik geben kann, in denen es notwendig wird, vorübergehende Gesetze außerhalb der Charta und des Verfahrens des US-Kongresses zu erlassen. Das folgende Kodizill legt fest und schafft die Möglichkeit für den Präsidenten, unabhängig von historischen Vorgaben Gesetze im Geheimen zu schaffen, solange ein solches Gesetz sowohl Amerika als auch der Menschheit zugutekommt.
Dass der Präsident der Vereinigten Staaten in der Lage sein soll, einen Ausschuss von Senatsmitgliedern einzuberufen, die zu gleichen Teilen den zum jeweiligen Zeitpunkt im Senat vertretenen Parteien angehören, auf dessen Kompetenz und Expertise er sich stützen soll, um daher unanfechtbar und unvoreingenommen von Tagesfragen zu sein. Besagter Ausschuss ist somit berechtigt, im Geheimen Gesetze zu schaffen. Die Absicherung besteht darin, dass die Senatoren einstimmig für die vorgeschlagene Maßnahme votieren müssen, ohne Möglichkeit für Fehldeutungen, um die

Gleichheit der Repräsentation zu gewährleisten. Es muss so geschehen, dass ihr Urteil als gerechtestes im Land gilt. Damit ein solches Gesetz Rechtskraft erlangt, darf eine solche Änderung nur ein Jahr andauern. Wird sie erneut in Kraft gesetzt, muss dies auf die gleiche Weise erfolgen wie hier beschrieben, ebenso voller Aufrichtigkeit und Pflichtgefühl wie beim ersten Mal.
So soll es geschehen, heute …

Darunter befanden sich Dutzende Unterschriften, die Calibrisi ungläubig anstarrte. Adams, Jefferson, Madison, Hamilton und weitere Gründerväter.

Calibrisi behielt das Dokument noch einige Augenblicke in der Hand und las es noch einmal. Er blickte Dellenbaugh an. »Wurde das je zuvor eingesetzt?«

»Vier Mal hat man sich darauf berufen«, sagte Dellenbaugh. »Das letzte Mal Franklin Roosevelt im Jahr 1941. Von diesen vier Malen gab es nur ein einziges Mal einen einstimmigen Beschluss, und zwar 1941. Roosevelt bat um die Genehmigung, Churchill zu unterstützen.«

Calibrisi gab Präsident Dellenbaugh die Mappe zurück. Dieser legte sie wieder in den Safe, schloss das Geheimfach und schlug den Teppich darüber.

Dellenbaugh stand auf und richtete seine Krawatte.

»Ich muss zum Briefing«, sagte Dellenbaugh.

»Mr. President, offensichtlich haben Sie etwas vor«, sagte Calibrisi.

»Ich werde einen aus Senatsmitgliedern bestehenden Ausschuss – den Geheimdienstausschuss – ersuchen, der Central Intelligence Agency eine Befreiung von diversen Posse-Comitatus-Gesetzen zu gewähren, damit sie auf US-Boden operieren kann.«

»In meiner Welt trägt das Wort ›operieren‹ eine ziemlich spezifische Bedeutung, Sir«, sagte Calibrisi.

»Ich weiß«, erwiderte Dellenbaugh. »Es wird sich nicht um eine Ermittlungseinheit handeln.«

»Sie sprechen von einem Kill Team.«

Dellenbaugh nickte, zugleich deutete er auf die Fernsehbildschirme an der Wand gegenüber.

»Genau das! Was auch immer wir tun, es klappt einfach nicht. Der Feind ist in unser Land eingedrungen, wir versuchen uns zu wehren, aber unsere besten Soldaten müssen tatenlos zusehen.«

»Warum nicht das JSOC?« Damit meinte Calibrisi das Joint Special Operations Command, eine Kommandoeinrichtung des Pentagon, zuständig für die Durchführung verdeckter Operationen auf der ganzen Welt.

»Das JSOC? Auf keinen Fall!«, entgegnete Dellenbaugh. »Die CIA ist eine Sache. Aber das Pentagon steht auf einem völlig anderen Blatt. Der Geheimdienstausschuss würde es niemals zulassen, dass das Pentagon im Inland operiert. Ich vermute, sie werden es nicht einmal der CIA gestatten, aber die vertrauen Ihnen, Hector. Sie sind kein Politiker. Bei beiden Parteien spielten Sie mit offenen Karten. Sie haben Anschläge auf unser Land verhindert.«

»Danke, Mr. President, aber das war nicht ich, sondern das waren die Leute, die für mich arbeiten.«

»Sie wissen, was ich meine.«

»Was möchten Sie von mir?«, fragte Calibrisi.

»Nach der Pressekonferenz lasse ich Adrian einen Entwurf verfassen«, sagte Dellenbaugh. »Ich werde ihn als *emergency priority* einstufen, als Notfall mit absoluter Dringlichkeit. Ich will umgehend eine Sitzung mit dem Geheimdienstausschuss. Ich benötige ein Konzept von Ihnen.«

Calibrisi nickte.

»Mr. President, es ist eine Sache, jemanden in einer dunklen Gasse in Paris oder Tokio zu töten. Sollten meine Leute die Erlaubnis erhalten, im Inland zu operieren, muss dies im Geheimen geschehen. Es darf keinerlei Aufzeichnungen darüber geben. Sonst werden sie eines Tages noch wegen Mordes angeklagt.«

Dellenbaugh nahm sein Jackett von der Stuhllehne und zog es über. Tief in Gedanken ging er zur Tür. »Was schwebt Ihnen vor?«, fragte er.

»Wir müssen jedem Beteiligten eine präventive Begnadigung durch den Präsidenten gewähren«, sagte Calibrisi.

Dellenbaugh hatte die Hand bereits am Türknauf des Oval Office. Bedächtig schüttelte er den Kopf. »Eine präventive Begnadigung würde heißen, dass sie sich auf US-Boden alles erlauben können. Und zwar für den Rest ihres Lebens. Damit fühle ich mich nicht wohl.«

»Sie sind derjenige, der es vorgeschlagen hat, Sir«, sagte Calibrisi. »Es geht um Vertrauen. Aber Vertrauen muss in beide Richtungen funktionieren. Ich werde niemanden in den Einsatz schicken, wenn er für Handlungen, die wir von ihm verlangen, inhaftiert werden kann.«

Dellenbaugh nickte. Er lächelte seinen CIA-Direktor an.

»Sie haben absolut recht«, sagte Präsident Dellenbaugh. »In Ordnung. Adrian soll sich auch darum kümmern. Ich möchte einen Plan, den wir den 15 Ausschussmitgliedern morgen früh bei Tagesanbruch vorlegen können.«

Allein ging Dellenbaugh durch die spärlich beleuchteten Flure des Westflügels, der überwiegend menschenleer war, bis zu jenem Teil des Gebäudes, in dem sich die Büros der Kommunikationsabteilung und der Pressekonferenzraum

befanden. In diesem Teil des Westflügels wimmelte es von Menschen.

Dellenbaugh betrat John Schmidts Büro. Schmidt saß an seinem Schreibtisch, zwei Mitarbeiter der Presseabteilung standen neben ihm. Sie sahen eine ABC-Sondersendung über die Morde an Blake und O'Flaherty. Ein Reporter stand auf den von Halogenscheinwerfern in grelles Licht getauchten Stufen des Kapitols und interviewte einen hochrangigen Senator – einen Demokraten, der trotz aller weltanschaulichen Differenzen wirklich betrübt schien über den Verlust John Patrick O'Flahertys.

Schmidt und seine Kollegen waren so gebannt, dass sie das Eintreten des Präsidenten gar nicht bemerkten.

Dellenbaugh sagte jedoch nichts. Stattdessen sah auch er sich die Sendung an und hörte zu, wie O'Flahertys politischer Gegenspieler darüber sprach, wie er mit O'Flaherty segeln ging, einen guten Wein mit ihm getrunken hatte und dass sie nicht einfach Kollegen gewesen waren, sondern Freunde. Als das Interview vorüber war, schüttelte Schmidt den Kopf, um seine Fassungslosigkeit und Trauer zum Ausdruck zu bringen. Schließlich drehte er sich um und sah unvermittelt J. P. Dellenbaugh vor sich.

»Sorry, Sir!« Schmidt erhob sich. »Ich wusste nicht, dass Sie da sind.«

»Kein Grund, sich zu entschuldigen. Aber legen wir los!«

Schmidt blickte seine beiden jüngeren Mitarbeiter an und gab ihnen mit einer Kopfbewegung zu verstehen, dass sie den Raum verlassen sollten.

»Holen Sie Cory«, flüsterte er einem von ihnen zu.

Nachdem sie gegangen waren, schloss er die Tür.

»Sprechen wir über die Grundregeln«, sagte Schmidt. »Möchten Sie Fragen zulassen?«

»Nicht unbedingt. Aber ich werde tun, was Sie für das Beste halten.«

»Ich würde keine zulassen. Aber ich schlage vor, Sie sehen zu, wie Sie sich fühlen, Sir. Sie sind sehr gut darin. Nun, was, denken Sie, möchten Sie eigentlich sagen?«

Es klopfte, dann wurde die Tür geöffnet. Ein hochgewachsener, kahlköpfiger Mann mit Brille betrat das Büro. Cory Tilley, 26 Jahre alt, Chef der Abteilung Speechwriting – Redenschreiben. Er hielt ein Blatt Papier in der Hand.

»Hi!« Tilley reichte Dellenbaugh das Blatt. »John und ich dachten, ich sollte etwas zu Papier bringen, nur für den Fall, dass Sie es möchten. Wir wissen, dass Sie es wahrscheinlich nicht möchten und es vorziehen, frei zu sprechen, frei von der Leber weg sozusagen. Ich bin ja auch dafür und denke, was immer Sie sagen, ist wahrscheinlich um Welten besser als das hier. Aber nur für den Fall möchten wir, dass Sie es haben.«

Lächelnd klopfte Dellenbaugh Tilley auf den Rücken. »Sie haben recht. Ich brauche es nicht. Aber ich weiß es zu schätzen, dass Sie beide auf Nummer sicher gehen.«

»Lassen Sie mich Ihnen eine Zusammenfassung geben«, sagte Schmidt.

»Es ist elf Uhr nachts«, erwiderte Dellenbaugh. »Die Leute wollen nach Hause gehen. Ich komme schon zurecht.«

»Roger!« Schmidt streckte die Hand nach dem Knauf aus und hielt dem Präsidenten die Tür auf. Dieser verließ Schmidts Büro, wandte sich nach links und betrat den Raum für die Pressebriefings.

Als Dellenbaugh eintrat, war der Saal von leisem Gemurmel erfüllt.

An der Rückwand stand auf einem etwas erhöhten Podest eine Reihe von Kameraleuten. Den Großteil des Raumes nahmen Reporter ein, eine ausgewogene Mischung aus Männern und Frauen, alle in Businesskleidung, acht Reihen zu je zwölf Plätzen. Reporter aller größeren Medienkanäle waren da – Fernsehen, Kabel, Internet, Zeitungen und ausländische Korrespondenten. Allesamt akkreditiert, machten sie, was als der prestigeträchtigste Job im Journalismus galt: über den Präsidenten der Vereinigten Staaten zu berichten.

An der Stirnseite des Raumes befand sich eine ein wenig erhöhte Bühne, auf der ein Rednerpult mit dem Wappen des Präsidenten stand.

Dellenbaugh trat ans Pult und blickte auf den Saal voller Reporter.

»Präsident Dellenbaugh, stimmt es ...«

»Hannah, bitte, stopp!« Dellenbaugh sah die Journalistin fest an. »Das ist *meine* Pressekonferenz, nicht Ihre.«

Bis auf die CBS-Korrespondentin Hannah Blazer war es bereits still geworden. Alle Augen waren auf den Präsidenten gerichtet, während er so etwas wie Ordnung im Saal herstellte.

Dellenbaugh hielt inne und ließ seinen Blick über die Reporter wandern, seine Miene kühl und ausdruckslos. Nach etwa einer Minute ergriff er schließlich das Wort.

»Heute Abend wurde ein Mann umgebracht, mit dem ich im US-Senat diente«, sagte Präsident Dellenbaugh. »Er war mein Mentor. Ich war ein 36 Jahre alter ehemaliger Profi-Eishockeyspieler, der von nichts eine Ahnung hatte. John Patrick zeigte mir, wie man es macht, im Wesentlichen wohl aus Mitleid.«

Dellenbaugh legte eine Pause ein und hielt sich an den

Seiten des Rednerpults fest, während er darum kämpfte, seine Emotionen unter Kontrolle zu halten.

»Vor drei Tagen habe ich mit Nick Blake zu Abend gegessen«, sagte Dellenbaugh. »Auf meine Einladung hin kam er nach Washington geflogen. Wir saßen oben auf der Terrasse des Weißen Hauses, aßen Hamburger und guckten uns den Himmel an. Ja, Nick wollte gegen mich gewinnen. Aber ich wollte verstehen, was er in Florida in Bezug auf das organisierte Verbrechen getan hatte. Auf das organisierte Verbrechen der Russen. Vielleicht hatte er ja Ideen, die wir auch in anderen Landesteilen umsetzen könnten? Das wollte ich wissen. Es war ein schöner Abend. Und er war wirklich ein ganz besonderer Mensch.«

Dellenbaugh schwieg einen Moment, seine Miene wurde ernst und grimmig.

»Diese Kerle haben einen jungen, intelligenten, vielversprechenden Gouverneur getötet, der hervorragende Arbeit leistete. Sogar ich darf das sagen. Und wissen Sie was? Womöglich hätte er gegen mich gewonnen, und das wäre vollkommen in Ordnung gewesen. Darum geht es nämlich in einer Demokratie. Nick und ich redeten auch darüber. Wir lachten deswegen und versprachen einander, dass wir es vor allem sportlich sehen wollten. Es wäre ein herausfordernder, harter, anregender Wahlkampf geworden, ein echter Wettstreit darum, wie wir unser Land und unsere Kinder am besten schützen können. Stellen Sie sich nur die großartigen Debatten vor!« Traurig schüttelte Dellenbaugh den Kopf. »Ein Weltklasse-Staatsanwalt gegen einen ehemaligen Eishockeyspieler. Mein Gott! Ich frage mich, wer da wohl gewonnen hätte.« Dellenbaugh verstummte und wischte sich mit der Hand

über die Augen. »Aber es hat nicht sein sollen«, sagte er leise. »Heute Nacht wurde ein Löwe des Senats ermordet sowie ein künftiger Präsident – zwei großartige Männer, grundlos gefällt.«

Dellenbaugh schwieg. Jedes Mitgefühl schwand aus seinen Augen, sein Blick war hart wie Stein, während er sich den Live-Kameras im hinteren Bereich des Briefingraumes zuwandte.

»Die heutige Nacht wird sich für alle Zeiten ins Gedächtnis der Vereinigten Staaten einbrennen. Heute Nacht hat die russische Mafia unserem Land den Krieg erklärt.«

Dellenbaugh blickte fest in die Kameras, die seine Botschaft um die ganze Welt verbreiteten. Wütend hob er die Stimme und unvermittelt auch die Hand, so als wollte er auf die Täter deuten.

»Mit ihren Taten hat die russische Mafia Amerika heute Nacht den Krieg erklärt. Den Krieg gegen unseren Way of Life. Zwei großartige Söhne dieses Landes. Nun, eines sollten Sie wissen«, sagte Präsident Dellenbaugh in die Kameras. »Wir werden nicht ruhen, bis wir die Leute hinter diesen Verbrechen aufgespürt und der Gerechtigkeit überantwortet haben. Und glauben Sie mir, die amerikanische Gerechtigkeit kommt. Geben Sie Ihren Lebensversicherungen schon einmal Bescheid. Amerika ist bereits unterwegs, und wir *werden* euch vernichten.«

8

MOSKAU

Juri Malnikow schlief noch, als Licht in sein Schlafzimmer fiel. Er blickte hoch. Sein einziges Kind, sein Sohn Alexej, stand in der Tür. Er trug lediglich Boxershorts, sein Haar war zerzaust.

Alexej war ein kräftiger Mann, breitschultrig, muskulös. Er hatte dunkles Haar und eine markante Adlernase.

»Wir haben ein Problem«, sagte Alexej.

Juri streckte die Hand aus und knipste die Nachttischlampe an.

»Was gibt es?«

»Die USA. John Patrick O'Flaherty und Nick Blake, der Gouverneur von Florida. Sie wurden beide heute Nacht ermordet«, sagte Alexej.

Juri Malnikow stieg aus dem Bett, ging an die Wand und schaltete eine Lampe an. Daneben befand sich eine Bar. Er schenkte zwei Gläser Wodka ein und reichte eins seinem Sohn. Sie stießen an.

»Die Amerikaner werden uns die Schuld in die Schuhe schieben«, meinte Juri.

Alexej nickte, setzte das Glas an den Mund und trank es in einem Zug aus.

»Die werden uns alle jagen«, sagte Alexej. »Wer auch immer es getan hat, weiß das.«

»Ich habe ein Jahr im Gefängnis in Colorado verbracht«, sagte der ältere Malnikow. »Du hast mit den Amis zusammengearbeitet, um mich freizubekommen. Ich denke, du solltest den Kontakt auffrischen. In dieser

Angelegenheit verfolgen wir dieselben Interessen wie die Amerikaner.«

Alexej schenkte sich noch ein halbes Glas ein und stürzte es ohne Umschweife hinunter.

»Ich werde mich an die Amerikaner wenden, wenn du das möchtest«, sagte Alexej. »Aber wir wissen beide, dass es die Odessa-Mafia war. Ich würde mich lieber direkt an ihnen rächen. Es war dieser Wichser Andrej Wolkow unten in Miami. Er hat die Fäden in der Hand.«

»Tu das auch!« Juri Malnikow trank einen großen Schluck Wodka. »Aber täusche dich nicht, die Amis wollen Blut sehen. Ich gehe nicht wieder ins Gefängnis, Alexej. Lieber sterbe ich. Du musst Hector Calibrisi anrufen und ihm alles erklären. Wir müssen die Amerikaner informieren, sonst finden wir uns beide im Supermax wieder. Gegen mich liegen drei verschiedene Anklagepunkte vor und gegen dich zwei. Es muss ein persönliches Treffen sein, und ich glaube nicht, dass du den Fuß auf US-Boden setzen kannst.«

»Verstehe«, sagte Alexej Malnikow.

9

22 WEST
1177 22ND STREET, N. W.
WASHINGTON, D. C.

Tacoma setzte Katie in Middleburg ab und fuhr weiter ins Zentrum von Washington, D. C. Vor dem Eingang eines Apartmenthochhauses parkte er. Es war 5:15 Uhr morgens.

Bei den Aufzügen legte er beide Daumen auf zwei Scanner und starrte gleichzeitig in einen Iris-Scanner. Nach ein, zwei Sekunden und einer Reihe elektronischer Piepstöne öffnete sich eine der Fahrstuhltüren.

Der Aufzug brachte ihn ins oberste Geschoss, in das er sich direkt öffnete. Das Apartment war riesig, die Wände ein einziger Schock aus Glas. Der Raum hatte eine hohe Decke wie ein Loft und erstreckte sich in alle Richtungen. Zwar war der Boden mit Teppichen ausgelegt, doch es gab keine Möbel. Stattdessen schien der weitläufige Raum leer zu sein bis auf eine Matratze irgendwo in der Ferne, nahe einer der Ecken der 18 Millionen Dollar teuren Eigentumswohnung. Tacoma kam zu der Kingsize-Matratze, auf der ein neongrüner Schlafsack lag.

Etwas weiter rings um die Matratze verstreut lag ein Haufen Kleidungsstücke, mindestens ein Dutzend, manche schmutzig, andere frisch aus dem Trockner, auch wenn das niemand mit Sicherheit zu sagen vermochte – und ganz gewiss nicht Tacoma.

Tacoma entledigte sich einfach seiner gesamten Kleidung und ließ sich in die Mitte fallen. Seine Augen waren geschlossen, noch bevor er auf der Matratze aufschlug. Schnell war er fest eingeschlafen.

10

BÜRO DES OBERSTEN BUNDESRICHTERS
MARK HASTINGS
U.S. SUPREME COURT
SECOND STREET, N.E.
WASHINGTON, D.C.

Die Wagenkolonne des Präsidenten verließ das Weiße Haus früh um 5:45 Uhr. Dellenbaugh hatte mit dem Gedanken gespielt, den Geheimdienstausschuss ins Weiße Haus zu holen. Doch sein Stabschef Adrian King hatte ihm das ausgeredet. Die parteiübergreifende Gruppe von 15 Senatoren musste auf neutralem Boden versammelt werden, in einer Umgebung, in der jeder Senator bereit war, Parteiinteressen beiseitezuschieben. Da Präsident Dellenbaugh jeden der Senatoren um etwas bat, das noch nie zuvor getan worden war, nämlich der CIA zu gestatten, auf US-Boden zu operieren, durfte nicht der geringste Verdacht aufkommen, dass es hier um Vorteile für eine Partei oder politische Machenschaften ging.

Mark Hastings, Oberster Bundesrichter am Supreme Court, hatte sich bereit erklärt, das verschwiegene Treffen des Geheimdienstausschusses auszurichten.

In der Präsidentenlimousine saßen Dellenbaugh, Calibrisi und King. King, von Beruf Anwalt, hatte die ganze Nacht durchgearbeitet, um eine Reihe von Dokumenten aufzusetzen, die auf dem ursprünglichen Nachtrag zur Verfassung, die Notfallmaßnahmen betreffend, aufbauten.

Das erste war eine eidesstattliche Erklärung, die die Herkunft des Originaldokuments bescheinigte. Der Präsident

hatte sie bereits unterzeichnet. Eine weitere eidesstattliche Versicherung hielt die Tatsache fest, dass Dellenbaugh hiermit den Ausschuss aufforderte, seine verfassungsgemäßen Pflichten bei der Anhörung der vorgeschlagenen Notfallmaßnahmen zu befolgen. Ein drittes Dokument skizzierte ein Verfahren, nach dem die Senatoren über die Vorzüge der vorgeschlagenen Notfallmaßnahmen abstimmen sollten. Dieses Verfahren musste sich an die Richtlinien der Originaldokumente halten und diesen entsprechen, das hieß Einstimmigkeit durch eine Instanz, »unbeeinflusst von Ansichten oder Beschlüssen«.

Darüber hinaus gab es noch zwei weitere Dokumente. Präventive Begnadigungen durch den Präsidenten.

Die Wagenkolonne fuhr in den stark befestigten Eingangstunnel an der 2nd Street und donnerte in die Tiefgarage.

Dellenbaugh und King nahmen den Aufzug ins erste Obergeschoss, wo sie der Chief Justice erwartete.

»Mr. President«, sagte Hastings voller Eifer, »es freut mich, Sie begrüßen zu dürfen.«

»Gleichfalls, Euer Ehren«, erwiderte Dellenbaugh, wobei er ihm die Hand schüttelte.

»Hector«, sagte Hastings. »Schön, Sie zu sehen, Chief.«
»Sie ebenfalls, Mark«, erwiderte Calibrisi.
Hastings musterte King kurz.
»Äh, oh«, meinte Hastings lächelnd. »Haben Sie Ihren Leibwächter dabei?«

King lächelte, während Dellenbaugh, Calibrisi und Hastings leise lachten.

Nach seinem Abschluss in Yale hatte King als Referendar bei Hastings gearbeitet. Hastings kannte ihn wie einen Sohn.

»War bloß ein Scherz, Mr. Stabschef.« Hastings umarmte King. »Schön, dass Sie da sind. Wenn Sie mir bitte folgen wollen. Es sind schon alle in meinem Büro.«

In Hastings' Büro kam man durch einen großen Vorraum, in dem mehrere Schreibtische standen, die diversen Sachbearbeitern und Sekretärinnen gehörten. Zu dieser frühen Stunde war keiner davon besetzt. Die Männer folgten dem Obersten Bundesrichter durch eine breite Tür und betraten sein Eckbüro. Die Decke war viereinhalb Meter hoch, die riesigen Fenster boten einen Blick auf das Kapitol. Hastings' wuchtiger Schreibtisch nahm die Ecke ein, darauf häuften sich fein säuberlich Aktenstapel und Papiere.

Auf einem Sideboard hinter dem Schreibtisch standen verschiedene gerahmte Fotos von Hastings mit seiner Familie und auch einige, die ihn mit früheren Präsidenten und anderen Würdenträgern zeigten. Auf einem hatte Dellenbaugh den Arm um Hastings gelegt. Beide Männer waren in Eishockeyausrüstung und hatten schweißnasses Haar. Dellenbaugh trug ein altes Trikot der University of Michigan, Hastings ein noch älteres aus Harvard, wo er vor Jahrzehnten als Student als Torhüter gespielt hatte. An einer Wand hingen große, moderne Gemälde, während die andere Bücherregale mit ledergebundenen Gesetzesbüchern einnahmen. In der Mitte des Büros umgaben vier Chesterfield-Sofas im Karree einen gläsernen Couchtisch, auf dem ein silbernes Kaffeeservice, Tassen und Untertassen standen.

Auf drei der vier Sofas hatten bereits die 15 Mitglieder des Geheimdienstausschusses Platz genommen, acht Republikaner und sieben Demokraten. Alle trugen sie Businesskleidung.

Dellenbaugh, Calibrisi und King gingen händeschüttelnd durch den Raum und setzten sich auf die Couch, die noch frei war.

»Zunächst einmal danke ich Ihnen, dass Sie gekommen sind«, begann Dellenbaugh.

Eine grauhaarige, majestätisch wirkende Frau, Senatorin Tracy Wadmore-Smith, eine Republikanerin aus South Dakota, ergriff als Erste das Wort. »Weshalb sind wir hier, Mr. President?«

Dellenbaugh blickte die Schar der versammelten Senatoren an. »Es existiert ein Nachtrag zur ursprünglichen US-Verfassung. Unter strengen Bedingungen kann der Senat es dem Präsidenten gestatten, in Notsituationen eine Genehmigung einzuholen, um ein vorübergehendes Gesetz zu erlassen.«

»Weshalb beim Supreme Court?«, fragte ein großer, grauhaariger, distinguiert aussehender Mann, der sehr dünn war, Peter Lehigh, Senior Senator aus Kalifornien, ein Demokrat aus San Francisco.

»Ein neutraler Ort«, sagte Hastings. »Ich bin hier als Zeuge, aber ich habe auch das Originaldokument gelesen. Von diesem Nachtrag zur Verfassung wurde zuletzt 1941 Gebrauch gemacht, und zwar von Franklin Roosevelt. Er bat um Genehmigung, den Briten Waffen zu liefern, um sie dabei zu unterstützen, Hitler aufzuhalten.«

Ein wenig überrascht blickte Dellenbaugh Hastings an. Eigentlich sollte Hastings ja unparteiisch sein. Doch er nutzte das Prestige seines Amtes, um die Bedeutung des Anlasses zu unterstreichen und die Abstimmung so als überparteilich darzustellen. Aber die zugrunde liegende Wirkung war unverkennbar. Er warf King einen Blick zu. Der verzog keine Miene.

»Es geht also um Notmaßnahmen«, sagte Lehigh. »Sie wollen eine Notfallmaßnahme ergreifen. Ist das korrekt, Mr. President?«

Dellenbaugh nickte. »Das ist richtig.« Er sah King an.

»Mr. President«, sagte einer der Senatoren, Carly Bowman, ein Republikaner aus Arizona. »Wenn Sie mir die Frage gestatten, warum machen Sie von dieser Regelung Gebrauch? Wir sind alle entsetzt über das, was letzte Nacht passiert ist. Aber handelt es sich um eine nationale Krise?«

»Es liegt an Ihnen, das zu entscheiden, Senator Bowman«, erwiderte Dellenbaugh. »Ich glaube, die russische Mafia lässt uns keine andere Option. Die Strafverfolgung versagt in ihrem Kampf. Gestern Nacht hat die Nation aus erster Hand gesehen, wie sehr wir verlieren.«

»John Patrick O'Flaherty war Trauzeuge bei meiner Hochzeit, Mr. President«, sagte ein großer Schwarzer, Senator Henry Cadomyer aus Alabama, ein Republikaner. Er hatte einen angenehmen Südstaatenakzent, bedächtig strömten seine Worte aus dem kantigen, steinalten Gesicht. »Ich vermute, Sie beabsichtigen, uns um die Genehmigung für gewisse Aktionen zu bitten – sei es nun durch die NSA, die CIA oder sonst eine Behörde, von der ich noch nie etwas gehört habe. Sie möchten um die Genehmigung bitten für was auch immer Sie vorhaben – allerdings im Inland. Ich weiß, was ich davon halte, und ich weiß auch verdammt gut, was George Washington davon gehalten hätte.«

»Der Nachtrag ist eindeutig, Henry«, sagte eine Frau mittleren Alters mit langem, schwarzem Haar, Senatorin Danica Wade, eine Demokratin aus Massachusetts. »Unsere Rolle besteht darin, dafür zu sorgen, dass die Notstandserklärung gemäß dem Nachtrag zur Verfassung

erfolgt, und dann mit Ja oder Nein zu stimmen. Ihre Meinung zu der vorgeschlagenen Maßnahme ist rhetorisch. Die Tatsache, dass wir uns in den heiligen Hallen des Rechtssystems unseres Landes befinden, bedeutet, dass wir unsere parteiischen Gefühle beiseiteschieben müssen.«

»Senatorin Wade hat recht«, sagte Hastings. »Tatsächlich verstehe ich den Nachtrag so, dass die nun versammelten Senatoren aufgefordert werden, die Macht im Namen einer größeren Sache, nämlich der nationalen Sicherheit, abzutreten. Darum geht es in diesem Verfassungsnachtrag.«

»Das ist richtig«, ergänzte der Stabschef des Weißen Hauses, King. »Das Kodizill stellt strenge Anforderungen. Eröffnung durch den Präsidenten, ein als fair bestätigter Entscheidungsprozess, was wir zu erreichen versuchen, indem der Oberste Richter Gastgeber und Zeuge des Ereignisses ist, ein automatischer Ablauf nach einem Jahr und vor allem ein einstimmiges Votum durch Sie, die Ausschussmitglieder. Mit Verlaub, wir sind hier, um Ihre Meinung einzuholen, zum Guten oder zum Schlechten. Aber bedenken Sie, dass eine Gegenstimme bedeutet, dass jeder, der sich der russischen Mafia entgegenstellt, nicht nur ein Ziel ist, sondern auch niemanden hat, der ihn schützt.«

»Soll das eine Drohung sein?«, fragte Ramirez, ein demokratischer Senator aus Florida.

»Nicht von mir!« King hob die Stimme und trat einen Schritt auf Ramirez zu. »Gestern Nacht haben die Russen einen Ihrer Kollegen umgebracht, Senator. Wer vermag schon zu sagen, ob Sie nicht der Nächste sind?«

»*Adrian*«, fuhr Dellenbaugh ihn an.

»Schon okay«, grinste Ramirez. »Adrian hat recht, aber das heißt ja noch lange nicht, dass mir das zusagen muss.«

»Nein, Sir, muss es nicht. Aber auf die eine oder andere Art müssen Sie sich an dem Kampf beteiligen«, sagte King.

Ein weiterer Senator, John Wetherbee, ein Republikaner aus Connecticut, deutete auf Calibrisi. »Hat Hector damit zu tun?«

»Ja«, sagte der Präsident.

»Dann haben Sie meine Stimme, was auch immer Sie verlangen«, erwiderte Wetherbee. »Diesem Mann dort vertraue ich.«

»Danke, Senator«, sagte Calibrisi. »Aber machen Sie Ihre Stimme nicht von mir abhängig.«

»Oh, das tue ich nicht«, meinte Wetherbee, einem anderen Mitglied des Ausschusses zuzwinkernd.

Während der nächsten Stunde stimmten die 15 Mitglieder des Geheimdienstausschusses ab. Hastings stellte drei Zettelstapel zusammen und reichte nacheinander jeden Stoß herum, damit jeder Senator die Zettel entweder unterzeichnen oder leer lassen konnte. Ein Stoß stand für Ja, einer für Nein, und einer bedeutete eine Enthaltung. Der Gedanke dahinter war, die Abstimmung privat zu halten, obwohl Vertraulichkeit – zumindest innerhalb der Kammer – nicht erforderlich war.

Mehrere Senatoren kündigten ihre Unterstützung an, während andere, wie zum Beispiel Carlo Von Schroeter, der Senior Senator aus Texas, sich eher bedeckt hielten.

Als die drei Stöße wieder verdeckt auf dem Tisch lagen, beugte Hastings sich vor und griff nach dem ersten, den Enthaltungen. Er blätterte die Zettel durch und fand nicht eine einzige Unterschrift. Er legte den Stoß auf den Boden nahe den Rollen seines großen ledernen Schreibtischsessels und wandte sich dem Stoß mit den Gegenstimmen zu. Eine einzige Stimme genügte – nur eine Unterschrift, um die

vorgeschlagene CIA-Einheit zu verhindern. Hastings hatte seine eigenen Ansichten, versuchte allerdings, sie zu verbergen. Doch als er nicht eine Gegenstimme fand – und ihm somit klar war, dass die 15 Mitglieder des Geheimdienstausschusses Dellenbaugh und Calibrisi gaben, was diese wollten –, entfuhr ihm ein leises »Ja«, so als freute er sich insgeheim über einen Touchdown.

Hastings nickte King zu.

»Noch etwas«, sagte King.

Er langte in einen weiteren Ordner und holte 15 Blätter Papier heraus. Jedem der Senatoren reichte er einen Bogen. Schweigend lasen sie ihn sich durch.

Der Präsident hat, außer in Amtsenthebungsverfahren, das Recht, Strafaufschub und Begnadigungen für Straftaten gegen die Vereinigten Staaten zu gewähren.

US-Verfassung, Artikel II, Abschnitt 2, Satz 1

Im Jahr 1927 stellte der US Supreme Court fest: »[eine] Begnadigung ist in unseren Tagen kein privater Gnadenakt eines Individuums, das zufällig über Macht verfügt. Sie ist Teil des Verfassungssystems. Wenn sie gewährt wird, ist es die Entscheidung der obersten Ordnungsinstanz, dass dem Gemeinwohl besser gedient ist, wenn weniger verhängt wird als das, was die richterliche Entscheidung festlegte.«

Eine weitere Senatorin, eine Schwarze, Rashawna Ungerer, Republikanerin aus Michigan, meldete sich als Erste zu Wort. »Was sollen wir hier erwägen, Mr. King?«

»Präventive Begnadigungen durch den Präsidenten«, sagte King.

»Weshalb verlangen Sie das von uns?«, wollte sie wissen. »Oder sollte ich vielleicht lieber nicht danach fragen?«

King lächelte geziert. »Senatorin Ungerer, ohne ins Detail darüber zu gehen, was wir vorhaben, kann ich Ihnen doch so viel sagen, dass wir gewisse Individuen darum bitten werden, im Inland nicht rechtmäßige Dinge zu tun. Allerdings könnten diese Dinge legal werden, sofern Sie sie als legal deklarieren.«

»Mit anderen Worten«, meinte Ungerer, »falls Sie die Genehmigung erhalten, dass die CIA insgeheim im Inland operieren darf, und jemand dabei geschnappt wird, wie er jemanden, sagen wir einen russischen Gangster zum Beispiel, umbringt, dann soll er Ihrer Meinung nach nicht ins Gefängnis?«

»So in etwa.«

»Ich habe Verfassungsrecht gelehrt«, sagte Ungerer. »Artikel II ist eindeutig. Solange es nicht um ein Amtsenthebungsverfahren geht, hat der Präsident das Recht, Begnadigungen auszusprechen. Ich möchte hinzufügen, dass, wenn der Nachtrag Teil der Verfassung ist, sein Zweck so ausgelegt werden kann, dass er weiter reicht. Dadurch sollten unvorhergesehene Rechtsfolgen wie die, von der Sie sprechen, als zum Zeitpunkt der Verabschiedung des ursprünglichen Nachtrags mitgemeint angesehen werden.«

»Vielen Dank, Senatorin Ungerer.« King blickte sich im Raum um. »Ist jemand anderer Meinung?«

»Zwar bin ich mit dem Plan, den Sie da aushecken, wahrscheinlich nicht einverstanden«, sagte Cadomyer. »Aber ich weiß auch, dass Rashawna recht hat. Es ist eindeutig in Artikel II verankert. Außerdem, auf einer praktischen Ebene: Welche Regierung sollte jemanden für etwas bestrafen, das sie von ihm verlangt?«

»Viel Glück, Hector!« Wetherbee erhob sich. »Wir drücken Ihnen die Daumen.«

»Wer sind die Personen, die Sie ausgesucht haben, Hector?«, fragte Senatorin Danica Wade.

»Ich habe noch niemanden ausgewählt«, antwortete Calibrisi. »Nachdem wir hier fertig sind, werde ich die Akten durchsehen.«

»Der Ausschuss hat das Recht zu erfahren, wer die Männer sind, auf die wir die Vereinigten Staaten loslassen«, sagte Wade.

»Auf die Russenmafia«, warf King ein. »Wir lassen sie auf einen Haufen Killer und Gangster los.«

»Ich nehme alles zurück«, sagte Wade. »Was ich sagen möchte, ist: Wir haben ein Recht darauf, zu erfahren, wer die Leute sind, denen wir eine präventive Begnadigung durch den Präsidenten gewähren.«

»Das ist auch meine Meinung«, erklärte Senatorin Wadmore-Smith.

Mehrere andere Senatoren nickten.

»Das Wissen darum, wer diese Männer sind, muss aufs Äußerste gehütet werden«, sagte Calibrisi. »Mir ist nicht sehr wohl dabei, ihre Identitäten preiszugeben.«

»Ich kann nur für mich sprechen«, sagte Wade. »Ich habe einen Eid geleistet, jedwede Information zu schützen, die die Central Intelligence Agency dem Geheimdienstausschuss mitteilt. Ich beabsichtige, diesen Eid gewissenhaft zu erfüllen. Aber solange ich eine verfassungsmäßige Aufsichtsfunktion habe, erwarte ich, Informationen zu erhalten, die meine verfassungsmäßig vorgeschriebene Pflicht betreffen könnten. Entweder ich erfahre die Namen der CIA-Agenten oder ich nehme meine Stimme zurück.«

»Hört, hört«, sagten mehrere Senatoren.

Calibrisi blickte zu Dellenbaugh. Dellenbaughs Miene blieb leer und ausdruckslos. Damit sagte er Calibrisi, dass es dessen Entscheidung sei.

Calibrisi warf Adrian King, dem Stabschef des Weißen Hauses, einen Blick zu. King, ein erfahrener Staatsanwalt, schüttelte den Kopf. Die Botschaft an Calibrisi: Tu's nicht!

Calibrisi ging zu King. »Entschuldigen Sie uns bitte«, sagte er.

Sie traten in die Ecke von Hastings' großem Büro.

Als sie außer Hörweite waren, fragte Calibrisi: »Denken Sie, was ich denke?«

»Was? Dass ich der Hälfte dieser Wichser nicht über den Weg traue?« King nickte höflich und lächelte den Senatoren, die sie nicht hören konnten, zu.

»Etwas in der Art«, grinste Calibrisi. »Vielleicht nicht ganz so hart.«

»Zum Teufel, Chief«, räumte King ein. »Sie müssen es ihnen sagen. Senatorin Wade hat ja recht. Außerdem hat sie uns in der Hand – und damit ist sie nicht allein.«

Calibrisi kehrte zurück zu dem Konklave.

»In Ordnung«, sagte er. »Es ist streng geheim und auf keinen Fall für Mitarbeiter bestimmt. Wie gesagt, ich habe die Mitglieder der Einheit noch nicht ausgewählt. Wenn es so weit ist, werde ich Sie über ihre Identität in Kenntnis setzen.«

11

CIA-ZENTRALE
LANGLEY, VIRGINIA

Als Calibrisi wieder in der CIA-Zentrale eintraf, erwartete ihn bereits Bill Polk – der Brille tragende, allmählich kahl werdende Chef des Directorate of Operations, Langleys verschwiegener, geheimer, hoch qualifizierter Crew aus Spionen und Attentätern.

Calibrisis Anweisungen an Polk waren einfach gewesen. Sie mussten zwei Personen für eine verdeckte, womöglich langfristige Mission finden. Calibrisi verlangte drei Dinge: fließende Russischkenntnisse, Einsatzerfahrung im Ostblock und eine überproportionale Abschussrate – die »kill ratio«, ein internes Maß für die Fähigkeit eines Operators, in komplexen, letalen Situationen zu töten, insbesondere wenn er auf sich allein gestellt war.

Calibrisi kam in sein Büro und legte sofort Jackett und Krawatte ab. Polk saß auf einem der beiden Sessel vor Calibrisis Schreibtisch. Mit seinem braunen Cordanzug, der Fliege und der Hornbrille sah Polk eher aus wie ein Englischprofessor an einem kleinen geisteswissenschaftlichen College in New England und nicht wie der Verantwortliche, der Langleys paramilitärische Projekte auf der ganzen Welt dirigierte.

»Hast du mir ein paar Namen besorgt?« Calibrisi streckte die Hand nach dem Manila-Ordner aus, den Polk hielt.

Polk zog ihn weg, ehe Calibrisi danach greifen konnte.

»Wozu?« In Polks Augen lag ein argwöhnischer Ausdruck.

Calibrisi starrte ihn an.

»Nicht anders als fast jeder auf der Welt bin ich mir vage dessen bewusst, was gerade erst geschehen ist«, sagte Polk vorsichtig. »Du weißt genauso gut wie ich, dass wir nicht im Inland operieren dürfen. Ich gehe nicht ins Gefängnis, bloß weil jemand da oben stinksauer auf die Russen ist.«

Calibrisi nickte, schließlich grinste er.

»Ich wusste, dass du das sagen würdest.« Calibrisi lachte in sich hinein. »Ich werde dir etwas sagen. Aber es bleibt unter uns, Bill.«

»Alles klar!«

Calibrisi setzte sich und ging mit Polk durch, was Dellenbaugh ihm über den Verfassungsnachtrag mitgeteilt hatte. Er erklärte ihm das Abstimmungsverfahren. Polk hörte zu, ohne Fragen zu stellen.

Als Calibrisi fertig war, reichte Polk ihm den Ordner.

»Der Geheimdienstausschuss hat sich also einstimmig dafür ausgesprochen?«, sagte Polk.

»So ist es.«

»Wir sprechen in diesem Fall dieselbe Sprache, richtig, Chief?«

»Ein Kill-Team«, sagte Calibrisi. »Eine Säuberungs-Crew für den Einsatz im Inland. Von vornherein Begnadigung durch den Präsidenten für alle Maßnahmen auf US-Boden. Führungskontrolle vor Ort. Wir können alles tun, was notwendig ist, keine Aufsicht. Ein Jahr nach dem Aufstellen der Einheit läuft die Genehmigung aus. Dann muss sie erneuert werden.«

»Und der Präsident hat es hingekriegt, dass sieben Demokraten und acht Republikaner sich darauf einigen?«

»Ja«, sagte Calibrisi.

Polk nickte. »Was schwebt dir vor? Wie viele? Den

Background, nach dem du suchst, kenne ich ja offenbar schon.«

»Für den Anfang zwei. Wir entwerfen das alles spontan, ich möchte nicht mehr Variablen, als wir managen können.«

»Als *wir* managen können?«, sagte Polk. »Hector, wenn du und ich nicht auch eine Begnadigung durch den Präsidenten kriegen, werden wir einen Scheißdreck managen.«

»Selbstverständlich! Ich meinte nicht wir, sondern die.«

»Gut, ich habe dir drei Namen mitgebracht«, sagte Polk.

Calibrisi schlug den Ordner auf. Er enthielt drei Seiten, jede war ein »Datenblatt« – eine Zusammenfassung über die Personen, die Polk ausgewählt hatte. Auf jedem Blatt prangte ein roter Stempel: STRENG VERTRAULICH – DCIA. Oben auf jeder Seite befand sich ein Schwarz-Weiß-Porträt, ausnahmslos Männer.

Das erste Foto zeigte einen jungen, dunkelhaarigen, stiernackigen Hispanoamerikaner mit Schnurrbart und ausdruckslosem, todernstem Blick.

»Sieht freundlich aus, der Typ«, meinte Calibrisi.

VAZQUEZ, PABLO MARTINE

NOC 3320P-8   KARRIERE-HÖHEPUNKT(E):
ITC: RUS/UKR   Teneriffa (Exxon/Sinopec) Massaker
               Lexan-Affäre (Sewastopol)
               Polikhaz-Attentat

Fmr.
SPECIAL OPERATIONS GROUP
Ost-Sektor
Aktive Missionen:

Sewastopol
Kiew
Sibirien

COMBAT APPLICATIONS GROUP (dis. Langley)
U. S. MARINE CORPS

SPRACHE(N):
ENG
SPA
RUS
ARA
UKR

#K. R. 57,2%   (VERMERK: Stufe 1/Rang 7)

Aktion(en):
Madagaskar, 2018	2
Kairo, 2018	1
London, 2018	4
São Paulo, 2018	1
BVI, 2017	2
Reykjavik, 2017	1
Paris, 2017	3
Verbier FR, 2014	5
Paris, 2014	1
Moskau, 2013	2

University of Southern California, Dez. 2012
Internationale Beziehungen B.A., Notendurchschnitt 3,97
Universitätsmannschaft Schwimmen
Universitätsmannschaft Fußball (Kapitän '11/'12)

Calibrisi wechselte zum nächsten Blatt. Ein blasser Mann mit einer leicht schiefen Nase, so als wäre sie ein paarmal gebrochen gewesen. Seine Augen lagen tief in den Höhlen und er hatte dunkle Augenringe. Sein dunkles Haar war ziemlich lang, es fiel ihm bis auf die Schultern. Er sah beinahe wie ein Hippie aus. Doch ein weiteres Bild zeigte ihn in einem Taucheranzug, wie er, das Gewehr im Anschlag, aus einem Sumpf auftauchte. Das Foto war bei einem Mann gefunden worden, den er auftragsgemäß tötete. Der Kerl hatte es noch versehentlich mit seinem Handy aufgenommen, ehe er von dem blassen Mann erschossen wurde. Wie bei Vazquez wirkte sein Blick ausdruckslos, bis man seinen Hintergrund kennenlernte. Dann machte der Blick durchaus Sinn: einsatzbereit, ein hochkarätiger Killer.

»Verglichen mit dem hier sieht der erste Kerl wirklich freundlich aus«, meinte Calibrisi.

»Das hier ist kein Kindergarten«, sagte Polk.

»Ja, das habe ich auch schon bemerkt.«

SMITH, JAMES GREGORY

NOC 65T-55
Sonderauftrag: Moskau
OP: »Exfoliate«
Per DDCIA

KARRIEREHÖHEPUNKT(E):
Binkerton-Attentat (Überlassung MI6)
Polykow-Attentat (GRU)
Verner-Attentat (Freytag)

Fmr.
SPECIAL OPERATIONS GROUP
Ost-Sektor
Aktive Missionen:
Moskau
Grönland (Aufklärung Arctic Mining)

VERMERK: Kompetenz in extremen klimatischen Bedingungen, unterirdischen Sprengkonstruktionen und Nahkampf

COMBAT APPLICATIONS GROUP (dis. Langley)
U. S. ARMY RANGERS

SPRACHE(N):
ENG
RUS
ARA
FRA
#K. R. 60,9%   (VERMERK: Stufe 1, Rang 3)

Columbia College, Columbia University Mai 2009
Geschichte B. A., Notendurchschnitt 3,47
Theater
Universitätsmannschaft Fechten (NCAA Championship '06, '08, '09)

Calibrisi blätterte zur dritten Seite. Sie zeigte einen kahlköpfigen Mann mit muskulöser Stirn und ein wenig weit auseinanderstehenden Augen. Der Mann hatte einen Stiernacken, sein Hals schien genauso breit zu sein wie der Kopf. Er hatte einen wild wuchernden Vollbart. Wie bei den anderen war sein Blick der einer Statue, eiskalt, wachsam, furchterregend.

»Nun, zumindest einer der Kerle hat deine Frisur, Bill«, sagte Calibrisi.

»Das liegt am Testosteronüberschuss«, pflichtete Polk ihm bei. »Ich dachte mir, wir sollten wenigstens einen gut aussehenden Typen dabeihaben.«

COSGROVE, WILLIAM JOSLIN

NOC X5-994	KARRIEREHÖHEPUNKT(E):
Sonderauftrag: Venezuela	»Savage Night« (GRU-Falle) Caracas 2
Caracas (aktiv)	Exfiltration Markow, P.
OP: »Clear Cut«	Attentat Zimmer, D. (Freytag)
Per DDCIA	Attentat Sanchez, N. (CIA)

Fmr.
SPECIAL OPERATIONS GROUP
Sektor Südamerika
Aktive Missionen:
Rio
Karatschi
Caracas
Buenos Aires
Grönland (Aufklärung Arctic Mining)

U. S. NAVY SEALs (dis. Langley)

AKTIV: Stufe 7a (JSOC) Command, Sektion 4
pakistanisch-afghanisches Grenzgebiet
EXF 22
Führung aller Einheiten in einem Quadranten von 250 Quadratkilometern rings um den Khaiberpass
Government ID# 227Y
Kommissarische Befehlsgewalt gemäß SECDEF 1.B

SPRACHE(N):
ENG
RUS
URD

SPA
FRA
#K. R. 49,0% (VERMERK: Stufe 1/Rang 18)

Duke University Mai 2008
Filmwissenschaften B. A., Notendurchschnitt 3,22
Universitätsmannschaft Football (Kapitän '08)

Calibrisi legte den Ordner weg und sah Polk an. »Cosgrove ist der Einzige, der den Anforderungen nicht entspricht. Seine Abschussrate liegt unter 55 Prozent. Ich nehme an, du hast einen Grund, abgesehen von seinem guten Aussehen.«

»Genau genommen zwei«, erwiderte Polk. »Erstens: Er ist bestens organisiert. Deshalb ist er in Peschawar. Er leitet Säuberungskommandos oben am Khaiberpass. Um das zu schaffen, braucht man jemanden, der gut organisiert ist. Außerdem ist er ein toller Kerl. Ich habe ihn selbst rekrutiert.«

»Und zweitens?«

»Er sieht gut aus«, sagte Polk. »Sieh dir nur an, was für eine Frisur der Junge hat.«

Calibrisi lachte.

»Was ist zweitens?«

»Vazquez und Smith sind fest in dunklen Zonen verankert«, sagte Polk, nun völlig ernst. »Wir haben Jahre gebraucht, um das aufzubauen.«

»Verstehe«, meinte Calibrisi.

»Es gibt noch etwas«, sagte Polk. »Es fließt zwar nicht in die Entscheidung ein, aber es ist real. Cosgrove hat Familie. Seine Frau ließ sich scheiden, während er in Karatschi war. Er hat zwei kleine Kinder. Wenn dies innerhalb

der Vereinigten Staaten ist, hätte er Gelegenheit, sie hin und wieder zu sehen. Sie hat die Kids mit nach Atlanta genommen. Das hat ihn fertiggemacht. Wenn er mehr Vater sein könnte, wäre dies doch das Mindeste, was wir tun können. Immerhin sind wir doch der Grund dafür.«

»Wie schnell kannst du ihn hierherschaffen?«, fragte Calibrisi.

»Er ist in Peschawar«, sagte Polk. »Angenommen ich finde ihn, dann morgen.«

»Tu es«, sagte Calibrisi.

»Ich dachte, wir brauchen zwei Jungs«, entgegnete Polk. »Wie es aussieht, haben wir bloß einen.«

Calibrisi erhob sich und nahm den Ordner. Er blickte Polk an. »Du weißt ebenso gut wie ich, wer der andere ist.«

Polk erwiderte nichts darauf.

»Er hat die höchste Abschussquote in der Geschichte der Firma«, sagte Calibrisi. »Er spricht fließend Russisch und Ukrainisch.«

»Er ist in der Privatwirtschaft tätig«, sagte Polk.

»Es ist, weil du ihn zu gut kennst«, entgegnete Calibrisi. »Er ist nicht bloß ein Name. Du weißt, wie gefährlich dieser verfluchte Mist werden kann. Er ist der Beste, und das weißt du auch.«

»Er hat nie längere Zeit verdeckt ermittelt«, blaffte Polk. »Er ist ein Auftragskiller. Das weißt du, und ich ebenfalls.«

»Eben deshalb ist er genau der Richtige für diesen Job«, meinte Calibrisi.

»Wenn wir ihn in eine Umgebung mit lauter Russen versetzen, könnten wir ihn umbringen«, sagte Polk. »Du hast mich um meinen Rat gebeten, und den gebe ich dir.«

»Wir führen einen Krieg auf amerikanischem Boden«, sagte Calibrisi. »Falls du es nicht glaubst, dann frage

doch Nick Blake. Wir brauchen Rob Tacoma, und zwar jetzt.«

»In Ordnung«, sagte Polk. »Ich werde Billy Cosgrove anrufen und ihn in eine Maschine setzen. Soll ich danach Tacoma anrufen?«

»Nein, ich spreche selber mit Rob.«

12

TORKHAM
IN DER NÄHE VON PESCHAWAR, PAKISTAN

Lautlos schlich Billy Cosgrove die Gasse entlang und eine verfallende Treppe hinab. Rasch knackte er das Schloss und betrat den Keller durch eine alte Holztür, während er aus einem versteckten Holster an seiner Hüfte eine Glock 19 mit Schalldämpfer zog.

Cosgrove war 1,93 Meter groß und wog gut 120 Kilo, fast ausschließlich Muskeln. Sein Gesicht war mit dunkelgrünen und schwarzen Streifen bemalt, lediglich das Weiße seiner Augen war in der Finsternis zu sehen.

In dem Raum roch es nach abgestandenem Müll. Es war dunkel und brütend heiß.

Falls seine Quelle recht hatte, führte die Tür auf der gegenüberliegenden Seite des Kellers zu einem weiteren Raum. Darüber befand sich das Apartment, in dem der Mann wohnte.

Cosgrove klappte das Nachtsichtgerät nach unten vor die Augen und schaltete es ein. Rasch ließ er den Blick in dem hellgrünen Schein ringsum wandern. Schweigend

blickte er über Müll- und Kartonhaufen, Stapel von Farbdosen, und mit einem Mal wurde alles weiß, als jemand einen Lichtschalter umlegte und den Raum in grelles, blendendes Gelb tauchte.

»*Marhabaan, ya sadiqi*«, erscholl eine Stimme.

Hallo, mein Freund!

Cosgrove drehte sich um und sah zur Tür. Dort standen drei Männer in einer lockeren Reihe. Die beiden hinteren Männer hatten ihre Waffen gezogen. Der Wortführer hatte die Arme verschränkt, auf seinem Gesicht spiegelten sich Ärger und Zuversicht. Er war jung, hatte einen Bart und trug Stammeskleidung.

Cosgrove visierte ihn mit dem Schalldämpfer an.

»*Ma aldhy tafealuh huna?*«, sagte der Mann.

Was tust du hier?

»*Thlatht 'iilaa wahid*«, erwiderte Cosgrove, während er zurückwich, um Zeit zu schinden, und eine Angriffsposition einnahm. »*Tahtaj thlatht rajal?*«

Drei gegen einen. Du brauchst drei Mann?

»Ich brauche keine drei Männer. Aber so macht es mehr Spaß.«

Spalte das Team auf. Fang mit dem Stärksten an. Töte schnell.

Der Anführer bewegte sich vorwärts, langsam begann er, Cosgrove in einem Bogen zu umkreisen, während die anderen beiden ihn flankierten, die Waffen erhoben und auf Cosgrove richteten. Abermals wich Cosgrove Zentimeter um Zentimeter zurück, um die Distanz zu vergrößern, die Waffe nach wie vor im Anschlag. Mittlerweile bewegte er sich schnell und schwenkte die Pistole quer über die drei bewaffneten Männer.

Die Aufgabe war, hintereinander drei Schüsse auf drei in

einer Linie aufgereihte Ziele abzugeben, entweder rechts-links oder links-rechts, und zwar noch bevor das Geräusch des ersten Schusses den dritten Mann dazu brachte zu feuern, wie man es ihm beigebracht hatte. Mit anderen Worten: Leg die drei Kerle um, bevor sie dich umlegen.

Es ist die einzige Möglichkeit. Stell dir eine Tafel beim Sehtest vor. Nimm Maß und leg sie der Reihe nach um.

»Wer hat es dir gesagt?«, fragte der Posten.

»Ich habe keinen Streit mit dir«, sagte Cosgrove. »Wenn du am Leben bleiben willst, schlage ich vor, dass du mir einfach Platz machst.«

»Willst du ihn entführen?«

»Nein.«

»Wer ist er?«

»Das geht dich einen Scheißdreck an.«

Cosgrove schwenkte die Waffe ein paar Zentimeter nach links und feuerte. Die Kugel traf einen der Männer ins Auge und schleuderte ihn nach hinten, während Cosgrove bereits wieder feuerte. Diesmal traf er den anderen Strolch in die Kehle. Der Kerl ging zu Boden.

Cosgrove richtete die Waffe auf den noch verbliebenen Mann, den jungen Anführer.

»Ich habe dir eine Chance gegeben.«

Die Augen des Mannes waren weit aufgerissen, dunkel, Angst und Panik glommen darin. Cosgrove feuerte und jagte ihm eine Kugel direkt in die Stirn.

Oben fand Cosgrove den Mann – er schlief. Er war schon alt, in den Siebzigern, und er war allein. Cosgrove hielt ihm das Endstück des Schalldämpfers einen Zentimeter vor die Brust und drückte ab. Ein dumpfer, metallischer Schlag hallte von den feuchten Wänden, dem Boden und der Decke wider. Die Kugel durchschlug das Herz der Zielperson.

Cosgrove machte ein paar Fotos, gleich darauf sah er das rote Blinken eines eingehenden Anrufs. Er hielt sich das Handy ans Ohr.

»Identifizieren Sie sich«, meldete sich eine gedämpfte Frauenstimme.

»NOC X fünf Gedankenstrich neun neun vier.«

»NOC X fünf Gedankenstrich neun neun vier.« Eine Pause von zwei Sekunden. »Identifiziert. Bleiben Sie bitte in der Leitung, DDCIA Polk meldet sich gleich. Erbitte Bestätigung.«

»Bestätigt«, sagte Cosgrove.

13

BÜRO DES DIREKTORS
CIA-ZENTRALE
LANGLEY, VIRGINIA

Calibrisi saß an seinem Schreibtisch. Er telefonierte gerade, als Lindsay, seine Sekretärin, den Kopf durch die Tür steckte.

»Er ist hier«, sagte Lindsay.

»Ich rufe Sie zurück«, sagte Calibrisi und legte auf.

Die Glastür zu Calibrisis Büro öffnete sich. Cosgrove trat ein.

»Hector?«, sagte er.

»Hi, Billy!« Calibrisi erhob sich und kam um die Ecke seines Schreibtischs herum. »Danke, dass Sie gekommen sind.«

Auf Billy Cosgroves rasiertem Schädel zeichneten sich

dunkle Schatten ab, normalerweise hätte er einen dichten schwarzen Haarschopf gehabt. Er war glatt rasiert und wirkte robust wie ein Footballspieler. Er war kein gut aussehender Mann. Sein Gesicht sah aus, als hätte er einige Male Prügel eingesteckt. Dafür war er kräftig, von muskulösem Körperbau.

Cosgrove betrat Calibrisis Büro und schloss die Tür hinter sich. Calibrisi deutete auf die Sitzecke: zwei breite Ledersofas, dazwischen ein großer gläserner Couchtisch. In der Mitte von Calibrisis großem, schallisoliertem Büro mit den Glaswänden nahmen sie einander gegenüber Platz.

»Wie war es in Peschawar?«, fragte Calibrisi.

»Ich glaube, Sie kennen die Antwort«, erwiderte Cosgrove.

Calibrisi hielt einen Moment inne. »Ich habe zwei Jahre lang dort gelebt. Es war meine zweite Station. Irgendwie gefiel es mir dort.«

»Es hat sich verändert«, sagte Cosgrove. »In neun Monaten habe ich 13 Männer verloren. Ihr Jungs hier müsst eines begreifen. Das ist nicht Al-Qaida, sondern die Hisbollah. Es sind Iraner. Wie es aussieht, sind in jede Schießerei, in die wir dort verwickelt werden, Iraner verstrickt. Wir haben einige von ihnen getötet. Al-Quds beziehungsweise die Hisbollah.«

»Ich habe die Berichte gelesen«, sagte Calibrisi. »Ich weiß, es ist hart dort.«

»Warum bin ich hier?«, wollte Cosgrove wissen.

»Ich denke, Bill hat Sie informiert.«

»Er hat mir gesagt, ich soll in ein Flugzeug steigen. Ich weiß gar nichts.«

»Erzählen Sie mir, was Sie machen, Billy«, sagte Calibrisi.

»Das wissen Sie doch.«

»In Ihren eigenen Worten.«

Cosgrove lehnte sich zurück und schlug die Beine übereinander. »Ich leite Kill-Kommandos. Wir kriegen Informationen, und wenn die Gegend zu dicht bevölkert ist für eine Hellfire-Rakete, ruft man mich.«

»Wie viele Menschen haben Sie getötet, seit Sie nach Pakistan kamen?«

»Ich persönlich – oder meine Leute?«

»Sie persönlich.«

»Schätzungsweise 20.«

»Und Ihre Teams?«

»57«, sagte Cosgrove. »Eigentlich 61, wenn man heute Nacht hinzuzählt.«

»Wo kriegen Sie Ihre Leute her?«, fragte Calibrisi.

»Delta.«

»Sie waren doch ein SEAL.«

»Ja, ich weiß, was für Jungs ich brauche und wie ich sie mir aussuche. Alle zwei bis drei Monate verbringe ich eine Woche in Fort Bragg und sehe mir die Jungs an, dasselbe in Coronado.«

»Wollen Sie damit sagen, dass Deltas besser sind als SEALs?«

»Nein«, erwiderte Cosgrove. »Ich sage, sie werden für unterschiedliche Zwecke ausgebildet. Ich bringe Männer in Dörfer, und zwar mit genauen Informationen. Ich brauche kein Team. Bräuchte ich eins, würde ich die DEVGRU leiten. Das hier sind eng gestrickte, unberechenbare Einsätze. Vor-Ort-Entscheidungen, aus dem Bauch heraus. Deltas sind verrückt, aber gerade deshalb perfekt geeignet für Kill-Teams in Pakistan und Afghanistan.«

Calibrisi beugte sich vor. Nach einigen Augenblicken stand er auf, trat an die gegenüberliegende Wand und

drückte gegen ein Regalbrett. Eine Tür öffnete sich, dahinter war eine Bar verborgen.

»Ich nehme einen Bourbon«, sagte Calibrisi. »Möchten Sie auch einen?«

»Klar«, meinte Cosgrove.

Calibrisi öffnete eine Flasche Buffalo Trace und schenkte zwei Gläser ein, kehrte zur Sitzecke zurück und reichte Cosgrove eines davon. Cosgrove nahm einen kleinen Schluck, während Calibrisi sich setzte.

»Wir sind im Begriff, eine Einheit aufzustellen, und ich möchte, dass Sie sie führen«, sagte Calibrisi. »Das ist selbstverständlich topsecret. Sie reden mit niemandem darüber außer mit mir oder mit Personen, die ich Ihnen benenne. Trauen Sie niemandem. Haben Sie mich verstanden?«

»Ja«, erwiderte Cosgrove. »Aber ich habe eine Frage: Bittet ihr Jungs mich darum oder befehlen Sie es mir?«

»Wir bitten Sie«, sagte Calibrisi.

Cosgrove trank einen weiteren Schluck Bourbon.

»Ich bin ganz Ohr. Wo findet der Job statt? Um ehrlich zu sein: Das Letzte, worauf ich Lust habe, ist, wieder in eine tote Zone zurückzukehren.«

»Der Auftrag ist im Inland«, sagte Calibrisi. »Möglich, dass Sie auch mal ins Ausland reisen müssen, aber eher selten, denke ich.«

Cosgrove nickte. Zum ersten Mal huschte ein Anflug von Interesse über sein Gesicht.

»Der Geheimdienstausschuss tagte in einer vertraulichen Sitzung«, erklärte Calibrisi. »Mitunter kann der Präsident sich in Sicherheitsfragen an den Ausschuss wenden, wenn er diese Fragen für eine so gravierende Bedrohung hält, dass dies eine geheime vorübergehende Änderung der US-Gesetze rechtfertigt.«

»So was wie ein Geheimer Rat«, sagte Cosgrove.

»Ich schätze, schon.«

»Weshalb tagte der Ausschuss?«

»Nach dem Mord an Nick Blake und John Patrick O'Flaherty bat der Präsident um die Genehmigung, dass die CIA innerhalb eng gesteckter Grenzen auf US-Boden operieren kann, um die russische Mafia zu jagen und zur Strecke zu bringen. Die Entscheidung war einstimmig.«

Calibrisi ließ seine Worte wirken. Cosgrove blieb unbewegt, sein Gesicht ausdruckslos.

»Ein Kill-Team? Verstoße ich damit nicht gegen das Gesetz?«

»Sie und eine weitere Person sind dazu autorisiert«, sagte Calibrisi. »Jedem von Ihnen wird vom Präsidenten eine präventive und offizielle Begnadigung für alle Handlungen gewährt, die Sie auf US-Boden durchführen, selbst wenn diese mit der eigentlichen Mission gar nichts zu tun haben. Praktisch könnten Sie hingehen und Banken ausrauben, wenn Sie möchten. Aber wir hoffen, dass Sie das nicht tun werden.«

»Da wäre ich mir nicht so sicher.« Cosgrove deutete auf die Bar. »Stört es Sie, wenn ich mir noch einen nehme?«

»Keineswegs«, sagte Calibrisi. »Ich nehme auch einen.«

Cosgrove ging an die kleine, in die Bücherregale eingebettete Hausbar an der gegenüberliegenden Seite von Calibrisis Büro, schenkte zwei Gläser ein und kehrte zur Sitzecke zurück. Ein Glas reichte er Calibrisi.

»Die Russenmafia, was?«, sagte Cosgrove. »Dann steckt die also hinter dem, was passiert ist?«

»Die russische Mafia hat in jeder größeren Stadt in Amerika das organisierte Verbrechen übernommen«, erklärte Calibrisi. »Die US-Regierung zerschlug systematisch die

italienische Mafia, doch an ihrer Stelle kamen die Russen. Die sind um Welten brutaler und gewalttätiger.«

»Dann werde ich zur Zielperson.«

»Nicht wenn Sie es richtig anstellen.«

Cosgrove nahm wieder gegenüber von Calibrisi Platz.

»Sie erwähnten noch ein Teammitglied. Schwebt Ihnen da jemand Spezielles vor?«

»Ja.«

»Habe ich da ein Wörtchen mitzureden?«

»Nein!« Calibrisi schüttelte den Kopf. »Ich bin derjenige, der befugt ist, das Team zusammenzustellen. Ich habe Sie ausgewählt, weil Sie Erfahrung darin haben, Kill-Teams zu organisieren und zu führen. Der Zweite ist ein Mann namens Rob Tacoma. Ihn habe ich ausgewählt, weil er gut im Töten ist. Außerdem spricht er fließend Russisch. Seine Einwilligung habe ich übrigens noch nicht. Falls er nicht mitmacht, überlege ich, ob ich die Operation nicht einfach abblase und Sie zurück nach Pakistan schicke.«

»Ist er gut?«

»Ja«, sagte Calibrisi. »Sehr gut.«

Calibrisi streckte die Hand nach dem Manila-Ordner auf dem Glastischchen aus und reichte ihn Cosgrove.

Cosgrove schlug ihn auf und stürzte den Rest seines Bourbons hinunter. Es waren nur wenige Seiten. Gleich oben auf dem ersten Blatt befand sich eine Porträtaufnahme. Sie zeigte einen Mann mit mittellangem, dunkelblondem Haar und Mittelscheitel. Er hatte einen Bartschatten im Gesicht, blaue Augen, unter jedem Auge einen schwarzen Streifen und sah entwaffnend gut aus.

TACOMA, ROBERT THIERIAULT

Staatsangehörigkeit: USA
Geb.-Datum: 12.04.90
Wohnort:
New York City, NY
Middleburg, VA
Mailand, Italien
Washington, D. C.

University of Virginia Mai 2010, Russisch B. A.,
Notendurchschnitt 2,77
Universitätsmannschaft Lacrosse [Kapitän '08/'09, '09/'10]
All-American '06, '07, '08, '09
U. S. Navy: Eintritt '09 [Charlottesville, VA]
U. S. Navy SEALs – Ausbildung Coronado, CA
Rang: 4. von 232 Lehrgangsteilnehmern
U. S. Navy SEAL Team 6 DEVGRU: Virginia Beach, VA
[Mär '10–Dez '12]
CIA Special Operations Group [Dez '12–Jul '15]
RISCON LLC, Middleburg, VA [Jul '15–heute]: privates Sicherheitsunternehmen gegründet mit Katherine »Katie« Foxx, Ex-Director, Special Operations Group

LAUFBAHN:

U. S. Navy SEALs/SOG:
Stockholm: Jan–Mär '12: Rückforderung geistigen Eigentums auf Geschäftsreise von Facebook-Manager Garin (Mission erfolgreich)

(Anmerkung: Garin terminiert gemäß Einsatzregel 4)

Panama City-COS: Apr–Mai '12: Aufgabenzuweisung Department of Transportation, Entfernen von Jaidi, Botschafter PAN in Russland NUY, TPL, VEN (Mission erfolgreich)

London, ENG: Jun '12: Attentat P. D. Zaris, Banker, Goldman Sachs/ besondere Geldwäschebestimmung 77.b (Mission erfolgreich)

München, GER: Jun '12–Jan '13: Destabilisierung der deutschen Regierung, aka Projekt Cold Rider, Attentat auf Adolf Kairnax, bekannter Uranhändler (Mission erfolgreich)

Berlin, GER: Jan '13–Mär '13: Attentat Fields Bohring, deutscher Staatssekretär im Verteidigungsministerium, zuständig für Nachrichtendienste (Mission erfolgreich)

Rio de Janeiro, BRA: Mär '13–Okt '13: Drogenbekämpfung: ARG, KOL, CHI und BOL: Abschüsse gesamt: 117 bestätigt. Kill-Kennzahl: 76,7 %.

Paris, FR: Dez '13: Attentat Pierre Scott, kanadischer Geschäftsmann, bei dem Versuch, kanadische Pässe zu verkaufen an El-Shaimeen, leitender Colonel QUDS. (Mission erfolgreich)

RISCON:
Unternehmenshonorar: $10.000.000/Monat
Iran Mai '17: Entwendung einer iranischen Atombombe
NYC Juli '17: Pyotr »Cloud« Vargarin gestoppt
Paris, FR, Aug '16: Projekt Auge um Auge; Beseitigung von Fao Bhang

SONSTIGES:
Aufgewachsen in NYC. Jüngerer von zwei Brüdern [Bo geb. Sep '89]

Bo Tacoma Lt. Cmdr. US Navy SEAL Team 4 [Mär '09–Okt '14]: Bronze Star [Okt '09], Navy Cross [Okt '09]: Beide verliehen für Aktionen, deren Ergebnis die Befreiung und Exfiltration eines US-Diplomaten und seiner Familie war, die in Sri Lanka gefangen gehalten wurden. Bei dem darauffolgenden Feuergefecht wurden vier Angehörige von SEAL Team 4 im Einsatz getötet.

Vater, Blake Tacoma [geb. Okt '58, gest. Mai '12] US Attorney für den Distrikt Manhattan Süd [Jan '07–Mai '09]

US-Generalstaatsanwalt [Jun '09–Mai '12]

Portland, ME [Mai '12]: Blake Tacoma während Urlaub mit Ehefrau (Susan) in öffentlichem Restaurant ermordet. Mord nicht aufgeklärt. Allerdings hält das FBI die Ermordung für eine Vergeltung für Aktionen, die er als Distrikt- und Generalstaatsanwalt gegen Gruppierungen der russischen Mafia ergriff.

Seweromorsk, RUS (Region Oblast Murmansk) [Okt '14]: Bo Tacoma bei einer Beobachtungs- und Bewertungsoperation in den Gewässern in der Nähe des Hafens von Seweromorsk, Hauptquartier der Nordmeerflotte, in einem frühen Wintersturm verschollen. Nach zweitägigen Aufklärungsbemühungen wird er als vermisst erklärt, vermutlich ertrunken. Alle übrigen Angehörigen der Einheit überleben.

Hinter Tacomas Lebenslauf befand sich ein kleiner Stapel Einsatzberichte. In den folgenden 20 Minuten las Cosgrove sie alle durch, während Calibrisi zusah.

»Ich habe schon von ihm gehört.« Cosgrove legte den Ordner zurück auf den Tisch. »Ich habe die ganzen Zeitungsberichte gelesen nach der Sache mit der Bombe

an der Freiheitsstatue. Offenbar hat er Talent, wie Sie ja sagten. Wahrscheinlich wesentlich mehr als ich. Aber ...«

Calibrisi nippte an seinem Bourbon. »Aber was?«

»Die haben seinen Vater umgelegt?«, sagte Cosgrove.

»Das dürfte ihn motivieren.«

»Sag bloß! Und wie ihn das motivieren wird. Und dann hat er auch noch eine Lizenz zum Töten.«

»Ganz recht«, sagte Calibrisi.

Cosgrove schüttelte den Kopf. »Ich mag keine Emotionen in meinen Teams. Wut, Rache, Mitgefühl, was auch immer – das mischt die Karten neu. Damit setzt man etwas in Bewegung, das unberechenbar werden könnte.«

»Ich weiß nicht, ob ich Ihnen folgen kann.«

»Hätten die Russen meinen Vater getötet und ich dürfte Jagd auf sie machen, dann würde ich so viele umlegen, wie ich könnte. Und in ein, zwei Wochen wäre ich ebenfalls tot. Das meine ich. Sie reden davon, einen Ferrari mit Nitroglyzerin vollzutanken. Dann dürfen Sie sich nicht wundern, wenn der Ferrari bei 450 Stundenkilometern gegen einen Baum kracht.«

»Verstehe«, meinte Calibrisi. »Ihr Job besteht darin, sicherzustellen, dass das nicht passiert.«

Cosgrove lehnte sich zurück. »Von wo aus arbeiten wir? Von hier aus?«

»Arlington«, sagte Calibrisi. »Wir richten einen sicheren Standort in einem anonym aussehenden Bürogebäude ein, höchste Sicherheitsstufe.«

»Wie hoch ist das Budget?«

»Die Mittel tauchen nicht in den Büchern auf«, erklärte Calibrisi. »Eine schwarze Kasse. Technisch gesehen stammt das Geld aus einem längst vergessenen nationalen Notfallfonds, der ursprünglich von Ulysses Grant innerhalb des

Finanzministeriums eingerichtet wurde. Im Endeffekt können Sie ausgeben, was immer Sie wollen.«

Cosgrove trank einen Schluck Bourbon und sah Calibrisi an.

»Ich bin dabei.« Cosgrove lehnte sich mit einem leichten Lächeln zurück. »Wann werden Sie mit Tacoma darüber reden?«

»Ich dachte mir, ich informiere ihn, bevor Sie ihn kennenlernen. Mal sehen, ob er Interesse hat.«

»Wann werde ich es erfahren?«

»Er ist unterwegs«, sagte Calibrisi. »Wenn er zustimmt, denke ich, dass Sie beide zusammenkommen sollten, je früher, desto besser. Ich kümmere mich um das Pentagon und Ihre diversen Versetzungen und Referenzen. Ihre Pensionsansprüche frieren wir ein. Nur zur Info: Sie legen Ihr Gehalt selber fest. Es ist eine schwarze Kasse. Ich sage ja nicht, Sie sollen unverschämt sein. Aber Leute wie Sie sollten durchaus wie Profi-Baseballspieler bezahlt werden.«

»Alles klar!«

Cosgrove stand auf, ergriff Calibrisis Hand und schüttelte sie.

»Ich freue mich, dass Sie an mich gedacht haben«, sagte Cosgrove. »Ich gehe jetzt nach Hause. War seit vier Monaten nicht mehr dort. Ein paar Rechnungen bezahlen, die Katze füttern und so.«

Calibrisi grinste.

»Schicken Sie Rob heute Abend auf ein Bier zu mir nach Hause«, sagte Cosgrove. »Vorausgesetzt, Sie können ihn überzeugen.«

»Mache ich!«

»Ach übrigens, wann fangen wir an?«

»Sie haben soeben angefangen.«

14

22 WEST
1177 22ND STREET, N. W.
WASHINGTON, D. C.

Einige Stunden später erwachte Tacoma vom leisen Summen seines Handys, das neben seinem Kopf auf dem Parkett vibrierte. Er blickte aufs Display:

CALIBRISI, HECTOR

Das Handy war ausgeschaltet, nur drei Nummern konnten es erreichen. Eine davon ließ das Telefon herumhüpfen wie einen Fisch auf dem Trockenen.

»Ja?« Tacoma setzte sich am Rand seiner Matratze auf. »Was gibt's, Hector?«

»Hi, Rob«, sagte Calibrisi.

»Wie spät ist es?«

»Ich muss mit dir sprechen.«

Es entstand ein längeres Schweigen, während Tacoma sich mit der Hand durch seinen dunkelblonden Haarschopf fuhr und aufstand. Er war nackt. Seine Muskeln waren klar definiert, das einzige Mal auf seiner Haut war ein Tattoo auf seiner rechten Schulter – ein Blitz, in blauer Tinte gestochen. Im Gegensatz zu anderen Operators seines Schlages, das heißt von der DEVGRU, hatte Tacoma weder Schusswunden noch Narben von Messerstichen.

»Eigentlich wollte ich mir ein paar Tage freinehmen.« Tacoma ging zu seinen Jeans, die auf dem Boden lagen. »Was gibt es denn?«

»Das sage ich dir, wenn du hier bist.«

»In Ordnung«, meinte Tacoma. »Ich muss nur noch schnell etwas erledigen.«

»Okay, wir sehen uns, wenn du da bist«, sagte Calibrisi.

Tacoma legte auf. Er rieb sich die Augen und warf einen Blick auf seine Uhr. Es war elf Uhr vormittags. Er zog seine Jeans an, fand sein rotes T-Shirt und zog es ebenfalls an. Anschließend schlüpfte er in seine Flip-Flops.

Tacoma langte in seine Tasche und fand den Scheck, den Katie ihm gegeben hatte. Es war seine vierteljährliche Abschlagszahlung von RISCON. Manchmal konnte er gar nicht glauben, wie viel Geld er verdiente. Um der Wahrheit die Ehre zu geben: Er fühlte sich die meiste Zeit nicht sehr wohl dabei. Er musste immer an seinen Vater denken. Den überwiegenden Teil seines Berufslebens hatte sein Vater als Staatsanwalt gearbeitet und sie hatten nie viel Geld gehabt. Was sie hatten, reichte, damit Bo und er aufs Internat und später aufs College gehen konnten. Sein Vater redete immer davon, dass sie in Afrika eine Safari machen und später die Chinesische Mauer besuchen würden, sobald sie Zeit dazu hatten; sobald sie das Geld dazu hatten. Jedes Mal wenn sein Vater einen lukrativen Job bei einer großen Anwaltskanzlei annehmen wollte, wurde er gebeten, etwas mehr für die Regierung zu tun, in der Regel vom Generalstaatsanwalt. Präsident Allaire war es, der ihm seinen letzten Job anbot, den Job, bei dem er getötet wurde, den Job, der ihn umbrachte, US-Generalstaatsanwalt.

Anstatt Tacoma froh oder stolz zu stimmen, erinnerte der Scheck von Katie ihn nur an den Mann, der ihn großgezogen hatte und der gestorben war, bevor sie die Löwen sehen konnten, von denen er doch immer geträumt hatte.

Tacoma ging von dem Apartmenthaus aus nach Osten Richtung Weißes Haus und durchquerte das Gelände der George Washington University. Er schlängelte sich durch eine Reihe von Straßen und kam zu einem majestätischen Gebäude mit weißen Säulen und je einem hübschen roten Kreuz am Dach des Säulenvorbaus und über dem Haupteingang. Es war die Zentrale des amerikanischen Roten Kreuzes.

Er betrat das Gebäude. Es war ein wenig chaotisch. Dutzende von Menschen hatten jeden verfügbaren Sitzplatz belegt. Tacoma kam an ein Schild, auf dem stand:

VIELEN DANK, DASS SIE DAS AMERIKANISCHE
ROTE KREUZ BESUCHEN. BITTE WARTEN SIE,
BIS SIE AN DER REIHE SIND.

Nach fast einer Stunde stand Tacoma endlich ganz vorn in der Schlange. Eine Afroamerikanerin saß an einem überladenen Schreibtisch. Sie winkte Tacoma zu sich.

»Wie kann ich Ihnen helfen?«

»Ich würde gern etwas spenden«, sagte Tacoma. Er langte in seine Tasche und legte ihr den Scheck hin.

Sie überflog den Scheck und lehnte sich zurück.

»Moment! Heißen Sie Robert Tacoma?«

»Ja«, sagte Tacoma. »Haben Sie einen Stift?«

Sie beugte sich vor und reichte ihm einen Stift. »Einige Leute würden sich gern mit Ihnen unterhalten.«

»Können Sie dafür sorgen, dass es an Veteranen geht?«, sagte Tacoma. Er nahm den Stift und kritzelte seine Unterschrift auf die Rückseite des Schecks.

$16.455.900,92

»Das tun wir doch immer, Mr. Tacoma.«

»Rob«, sagte er, während er aufstand. »Mr. Tacoma war mein Vater.«

Jedes Mal wenn er es verschenkte, durchströmte ihn ein warmes Gefühl, ein perfekter Augenblick. Tacoma brauchte das Geld nicht. Er wollte es zwar, aber wenn er alles weggab, geschah etwas Größeres mit ihm.

»*Rob!*«, erscholl eine Frauenstimme. Eine Stimme, die es nicht gewohnt war, laut zu werden. »*Rob Tacoma!*«

Er war bereits einige Blocks entfernt, doch die beharrliche Stimme hörte nicht auf, seinen Namen zu rufen. Tacoma drehte sich um. Eine Frau mit schulterlangem, braunem Haar folgte ihm. Sie trug einen dunklen Hosenanzug und eine weiße Bluse.

Sie war attraktiv, sah intelligent aus und hatte neugierige Augen. Ihr kastanienbrauner Pony war schweißnass. Tacoma blieb stehen und wartete auf dem Bürgersteig auf sie.

Schwer atmend kam sie näher und blickte hoch zu ihm, in seine Augen.

»Rob Tacoma?«, fragte sie.

Er zögerte. »Ja.«

»Ich bin Elizabeth Penniman.« Sie hielt ihm die Hand hin. »Seit zwei Jahren versuche ich schon, mal mit Ihnen zusammenzutreffen.«

Tacoma schüttelte ihr die Hand. Sie hielt seine Hand noch einige Sekunden länger fest, während sie ihm in die Augen blickte.

»Was wollen Sie?«, fragte er.

Sie kam noch einen Schritt auf ihn zu, als wollte sie sich an ihn schmiegen, ihr Körper dicht vor seinem.

»Sie haben über 100 Millionen Dollar gespendet«, sagte

sie, seine Hand umklammernd. »Ich möchte wissen, weshalb.«

Tacoma blickte in ihre Augen hinab. Sie waren von adrett frisierten, herbstfarbenen Locken umrahmt.

»Ich brauche das Geld nicht.« Tacoma zuckte die Achseln.

»Aber vielleicht irgendwann einmal?«

»Vielleicht«, sagte er. »Aber ich habe jetzt schon genug.« Tacoma machte Anstalten weiterzugehen.

»Darf ich Ihnen eine persönliche Frage stellen?«, sagte sie.

Tacoma blieb stehen, blickte zu ihr zurück. »Klar!«

»Wie kommt es, dass Sie so viel Geld verdienen?«, fragte Elizabeth. »Wir nehmen es und geben es weiter. Machen Sie schlimme Sachen und tun das, um Ihre Schuld abzutragen?«

»Es ist alles legal, falls Sie das meinen«, entgegnete Tacoma. »Ich spende das Geld, weil mir danach ist.«

Elizabeth steckte die Hände in die Taschen und überlegte krampfhaft, was sie noch sagen sollte. Doch alles, was sie herausbrachte, war ein Flüstern. Sie blickte auf ihre Schuhe und trat mit ihnen sacht gegen den Bürgersteig.

»Ich verstehe es nicht«, sagte sie. »Aber ich bin Ihnen sehr dankbar. Wir sind sehr dankbar. Vielen Dank.«

Tacoma lächelte. »Gern geschehen.«

»Möchten Sie eine Tasse Kaffee trinken?«, fragte sie. »Ich lade Sie ein.«

»Ich kann im Moment leider nicht«, sagte Tacoma. »Ein andermal?«

»Na klar! Sie wissen ja, wo Sie mich finden. Aber Sie haben meine Frage nicht beantwortet«, zeigte Elizabeth sich beharrlich. »Warum verschenken Sie Ihr ganzes Geld?«

»Wenn man nichts hat, hat man keine Angst, alles zu verlieren.«

15

GREENWICH, CONNECTICUT

Das Herrenhaus sah man von der Straße aus, obwohl es sich hinter Stahltoren befand, die das 40.000 Quadratmeter große Anwesen umgaben. Es war abgelegen, eine lange Schotterstraße entlang, zwischen überhängenden Bäumen hindurch, vorbei an Rasenflächen mit gepflegtem Grün. Es war ein veritabler Palast, vier Stockwerke hoch, die Stuckfassade hellgelb gestrichen.

Auf der Straße herrschte kaum Verkehr, eine Landstraße, die sich von der Innenstadt Greenwichs nach Norden zum Merritt Parkway wand.

Als Darré das Anwesen vor drei Jahren kaufte, hatte er einen Scheck über 100 Millionen Dollar ausgestellt. 20 Zimmer verteilten sich über die beiden oberen Etagen. Das Erdgeschoss der Villa sah aus wie eine Kreuzung aus einem Museum für moderne Kunst und einem Ausstellungsraum von George-Smith-Möbeln. Darrés Ehefrau Nikki hatte Manhattans angesagtesten Innenarchitekten angeheuert, um es auszustatten. Die Kosten dafür lagen höher als der Preis für das ganze Haus.

Darré war klar, dass Blakes und O'Flahertys Ermordung – zwei einflussreiche Persönlichkeiten der amerikanischen Politik – in den USA eine Wut und ein Chaos entfachen würde, wie man es nie zuvor erlebt hatte. Wolkow hatte die

eigentlichen Operationen geplant, die Vergiftung des Senators im Steakhaus, die Erschießung des beliebten Gouverneurs im Hotel. Die dreisten Morde hatten eine Krise auf höchster Regierungsebene ausgelöst. Wie erwartet – wie Darré sich erhoffte – lockte die Krise die US-Regierung geradewegs in die Falle, die er ihr stellen wollte, in eine Falle, die die gesamte russische Mafia ins Fadenkreuz der Regierung Dellenbaugh brachte, um so den vernichtenden Krieg auszulösen, den Darré wollte.

Darré glaubte, dass das sich daraus ergebende Chaos der einzige Weg für sein Verbrecherimperium sei, auf dem größten und profitabelsten Markt der Welt zur Nummer eins aufzusteigen.

Dabei war Darré überhaupt kein Russe. Das war die merkwürdige Ironie daran.

Ohne die russische Mafia wäre Darré heute nicht Milliardär. Doch ihretwegen war er jetzt beinahe zehn Milliarden wert. Sein Hedgefonds, die Darré Group, verwaltete 45 Milliarden Dollar. Nach außen hin war er ein brillanter Börsenmakler, ein werteorientierter Investor, der Diskrepanzen zwischen dem börsendefinierten Wert eines Unternehmens und dessen realem Wert erkannte.

Diese Welt war seriös. Es war eine Welt, die er von der dunkleren Welt getrennt hielt, die sich nun in den Vordergrund drängte.

Es war morgens 6:15 Uhr. Darré trat aus dem Haupteingang seines Hauses und ging zu einer wartenden silberfarbenen Mercedes-Limousine.

Eine Stunde später verließ Darré den Aufzug in der 68. Etage und betrat die gläsernen Schluchten seiner Investmentfirma.

Er hatte die Darré Group vor 21 Jahren gegründet. Damals waren es nur er und ein junger Kollege namens Conolly, den er von Paulson mitbrachte. Darré fing mit 100 Millionen Dollar seines eigenen Geldes an. Mit 27 war das alles, was er hatte. Am Ende des ersten Jahres der Darré Group hatte er weitere vier Milliarden Dollar zusammen. Ein großer Kapitalpool, den er einfach investieren und mit dem er Geld verdienen konnte. Irgendwie einfach, am Ende allerdings gar nicht so leicht. Eher schwierig. Doch Darré hatte eine Theorie über Werte im Verhältnis zu Energiepreistrends, kondensiert zu einer Reihe selbst entwickelter Algorithmen. Und diese führten dazu, dass das verwaltete Vermögen der Darré Group, ohne neues Kapital zu investieren, über einen Zeitraum von zwei Jahren von vier Milliarden auf 30 Milliarden Dollar anstieg. Die Firma hatte nie ein schlechtes Jahr gehabt und wuchs weiter.

Doch nun sah Darré nur noch den dunklen Himmel hinter den Glasscheiben. Er hatte ein Vermögen angehäuft, aber zu welchem Preis?

Eine bittere Erinnerung schoss ihm durch den Kopf, als er sein Büro betrat und die Tür hinter sich schloss.

Er musste an ein Dinner vor langer Zeit denken. Es war jetzt über zehn Jahre her. Ein Abendessen, das die Darré Group für Limited Partner veranstaltete, das heißt für jene Institutionen und Einzelpersonen, die Geld in die Darré Group investiert hatten. Das Dinner fand auf einer reservierten Etage des Langham Hotels in Chicago statt, in einer weitläufigen, modernen Glaspalast-Suite, die ein halbes Stockwerk des von Mies van der Rohe entworfenen Gebäudes einnahm.

Ein Mann, den Darré nicht kannte, kam auf ihn zu.

»Herzlichen Glückwunsch, Mr. Darré!« Der Mann war sehr groß, hatte einen schwarzen Haarschopf und trug einen schlecht sitzenden Anzug. Darré war 1,88 Meter groß, doch der Fremde überragte ihn um einiges.

»Danke sehr!« Darré lächelte breit, sein Charme war womöglich sein wertvollster Vorteil. »Ich hoffe, Sie amüsieren sich. Sind wir uns schon begegnet?«

»Nein«, sagte der Mann. »Mein Name ist Kaiser. Ich möchte, dass Sie mir gut zuhören.«

Es waren bereits edle Tropfen konsumiert worden. Die Krawatten waren abgelegt, die Stimmung war gelöst. Die Dinnergäste waren durchweg Männer. Aber schon bald füllte sich der Raum weiter, als weibliche Bedienungen kamen, um Getränkebestellungen aufzunehmen.

Darré sah den Mann an, einen blassen, abnorm großen Menschen. Seine Haltung war leicht gebeugt, vielleicht weil er jahrelang auf andere Menschen hinabblicken musste. Sein Haar war zwar ordentlich gekämmt, aber merkwürdig gescheitelt. Hätte er gesagt, er komme aus Transsilvanien, hätte es Darré nicht überrascht.

»Was haben Sie auf dem Herzen, mein Freund?«, fragte Darré, während er zurück zum Empfang sah.

Als er den Blick wieder dem Mann zuwandte, hatte er eine Messerklinge vor dem Gesicht, die Schneide nur wenige Zentimeter von seinem Hals entfernt. Der Kerl hielt das Messer in seiner riesigen Hand, verborgen vor den Blicken etwaiger Beobachter und, weil er so vornübergebeugt stand, auch vor den Überwachungskameras.

»Ich bin nicht hier, um Ihnen etwas anzutun«, sagte Kaiser in einem Bariton mit osteuropäischem Akzent. »Das Messer dient bloß dazu, dass Sie mir zuhören.«

Hinter Kaiser kam eine von Darrés Sekretärinnen – mit

einem Glas Champagner – auf ihn zu. Darré hob die Hand, damit sie abdrehte.

»Was wollen Sie?«

»Als Sie die ursprüngliche Summe für Ihr Unternehmen aufbringen mussten«, sagte Kaiser, der wie ein Riese über ihm aufragte, »erinnern Sie sich da an einen gewissen Investor, einen Konzern namens PVX?«

»Was soll das heißen, ob ich mich daran erinnere?«, erwiderte Darré. »PVX ist mein größter Teilhaber. Die investierten eine Milliarde Dollar, als ich gerade erst anfing.«

»Ich bin PVX«, sagte Kaiser. »Sie arbeiten für mich, Mr. Darré. Oder darf ich Sie Bruno nennen?«

»Ich werde Ihnen Ihr Geld morgen zurücküberweisen«, sagte Darré. »Ich arbeite nicht für Sie.«

»O doch!« Kaiser bewegte die Messerspitze näher an Darrés Hals und drückte damit leicht gegen die Schlagader.

»Bruno, Sie sind doch ein kluger Mann. Sie haben mit unserem Geld Milliarden verdient. Ich will, dass Sie noch mehr daraus machen. Das Geld ist mir egal. Aber ich möchte, dass Sie eines verstehen: Ab jetzt arbeiten Sie für uns.«

»Und wer ist das?«

»Die Odessa-Mafia.«

Darré wischte die Erinnerung beiseite, als sein Handy zu klingeln begann. Er sah aufs Display.

UNBEKANNT

Darré nahm ab.

»Mit wem spreche ich?«

»Mr. Darré, ich bin's, Senator Lehigh. Wir müssen reden.«

16

HAY-ADAMS HOTEL
WASHINGTON, D. C.

Ein Mann betrat die Hotel-Lobby. Er trug Basecap und Sonnenbrille, bemüht, sich zu tarnen. Dabei war das Hay-Adams Hotel so ungefähr der letzte Ort, den ein US-Senator aufsuchen sollte, wenn er inkognito bleiben wollte.

Es war nicht das luxuriöseste Hotel in Washington, D. C., obwohl es schon ziemlich gehoben war. Früher einmal war es das prächtigste Hotel der Stadt gewesen, ein Ort, an dem Diplomaten und Staatschefs übernachteten. Aber allmählich, mit der Zeit, hatte es sich zu etwas anderem entwickelt. Mittlerweile war es das Epizentrum gewisser Aktivitäten, die es in der Hauptstadt schon immer gegeben hatte und wohl auch immer geben würde. Das Hay-Adams war die Schnittstelle, an der Ausländer versuchten, Einfluss auf die US-Politik zu nehmen, ein Ort voller Agententätigkeit, an dem geheime Informationen durchsickerten, Bürokraten, Reporter und Politiker rekrutiert wurden, alles vor einer reich verzierten Fassade aus vergoldetem Kalkstein und Kristallleuchtern, in schummrigen Nischen mit verschlissenen roten Ledersesseln, zumeist jedoch in Suiten in den Etagen darüber.

Der Mann, Senator Peter Lehigh, durchquerte die große Lobby des Hay-Adams und ging an die Rezeption.

»Ich habe eine Suite reserviert«, sagte Lehigh.

»Ihr Name, Sir?«

»Richards. Harry Richards.«

»Ich benötige eine Kreditkarte, Mr. Richards.«

Nervös sah er sich um, bevor er nach seiner Brieftasche griff. Er holte eine Kreditkarte heraus und reichte sie der Frau.

»Das ist eine Prepaid-Karte von AMEX«, sagte sie. »Ich muss Ihren Führerschein sehen, Sir.«

»Ich fahre nicht Auto«, erwiderte er. »Ich habe ein Zimmer reserviert und im Voraus dafür bezahlt.«

Sie bedachte ihn mit einem argwöhnischen Blick.

»Okay, ja, in Ordnung. Warten Sie bitte, Mr. Richards.«

Zehn Minuten später betrat Senator Peter Lehigh, Senior Senator des Staates Kalifornien, die Suite, schloss die Tür hinter sich ab und legte die Kette vor.

Er zog ein Prepaid-Handy aus der Tasche seines Trenchcoats und wählte. Nach mehrmaligem Klicken und Piepsen fing das Telefon an zu klingeln.

»Mit wem spreche ich?«

»Mr. Darré, ich bin's, Senator Lehigh. Wir müssen reden.«

Lehigh ging an die Minibar, öffnete sie und suchte nach einer Flasche mit etwas zu trinken.

»Ich habe Informationen, aber die sind streng vertraulich. Ich möchte unseren Deal neu aushandeln. Ich nehme ein beträchtliches Risiko auf mich, wenn ich Ihnen das mitteile.«

Darré verbannte Kaiser aus seinen Gedanken. Er musste sich konzentrieren. Er stellte sich Lehigh vor, die ganzen 60 Kilo, diesen weißhaarigen, allmählich kahl werdenden Heuchler mit den hängenden Schultern, ehemals Professor in Berkeley, dessen Geschick vor allem darin bestand, die Armen gegen die Wohlhabenden aufzuhetzen und diesen Hass in

Wählerstimmen umzusetzen. Noch so ein Schmarotzer. Darré war klar, dass er Trittbrettfahrer wie Lehigh bezahlen musste, um an diejenigen Informationen zu kommen, die ihn in die Lage versetzten, gewisse Dinge zu tun, zum Beispiel Nick Blake und John Patrick O'Flaherty umzulegen.

Lehigh ging ihm schon lange auf die Nerven. Allerdings passierte es nicht jeden Tag, dass ihn der Oppositionsführer im Geheimdienstausschuss anrief.

»Senator«, sagte Darré, »ich danke Ihnen für Ihren Anruf. Um was für Informationen handelt es sich?«

»Erst möchte ich über unsere Abmachung reden.«

Darré hörte, wie seine Bürotür geöffnet wurde. Es war Alison, eine seiner Mitarbeiterinnen. Sie brachte eine Tasse Kaffee. Er wartete, bis sie gegangen war, ehe er weitersprach.

»Wir verhandeln nicht neu. Ich bin derjenige, der die Bedingungen unseres Deals festlegt«, sagte Darré. »Ich habe die Nase voll von Ihnen. Wir haben Ihnen über fünf Millionen gezahlt, und wofür?«

»Ich habe Ihnen geholfen, in Los Angeles Fuß zu fassen«, erwiderte Lehigh. »Haben Sie das schon vergessen? Die Gewerkschaften?«

»Das ist lange her«, meinte Darré. »Was zum Teufel haben Sie denn in jüngster Zeit für mich getan?«

»Ich habe etwas für Sie, das mehr als fünf Millionen Dollar wert ist«, sagte Lehigh. »Und ich verlange keineswegs mehr Geld.«

»Was möchten Sie dann?«

»Dass Sie mich in Ruhe lassen«, sagte Lehigh. »Unsere Abmachung ist nichtig und Sie rufen mich nie mehr an. Ich werde Ihnen etwas mitteilen, das topsecret ist. Es könnte mich alles kosten, wenn ich Ihnen das sage.«

»Was denn, Senator?«, fragte Darré ruhig.

»Es hat mit dem zu tun, was letzte Nacht vorgefallen ist«, sagte Lehigh. »In Iowa. In New York City.«

Darrés Kopf zuckte nach rechts, als hätte ihm jemand einen Faustschlag verpasst. »Wie kommen Sie darauf, ich hätte irgendetwas mit dem zu tun, was letzte Nacht passiert ist?«

»Ich ... Ich, äh«, stammelte Lehigh.

Darré wusste, dass er ein Problem hatte, und ein gefährliches obendrein. Vielleicht war es ja aber auch ein Glücksfall. Er erhielt Insiderwissen über die Arbeit des Geheimdienstausschusses, und Lehigh wollte ihm nichts mehr schuldig sein.

»Reden Sie weiter«, sagte Darré.

»Heute Morgen wurde die Central Intelligence Agency autorisiert, auf US-Boden zu operieren«, sagte Lehigh. »Der Geheimdienstausschuss sprach sich einstimmig dafür aus, dass die Agency ein geheimes Team im Inland einsetzen darf, dessen einzige Aufgabe darin besteht, Angehörige der russischen Mafia zu töten.«

Darré schwieg, während er über die Worte des Senators nachdachte.

Sein erster Gedanke war: Ja, tatsächlich, Senator Lehigh teilte ihm etwas mit, das wesentlich mehr wert war als fünf Millionen Dollar. Diese Reaktion zeigte, wohin Amerika sich entwickelte nach dem, was Blake und O'Flaherty zugestoßen war. *Ein Mordkommando.* Ein leichter Schauder lief ihm über den Rücken.

Darrés zweiter Gedanke war: Wenn das stimmte, bot sich ihm hier eine einmalige Gelegenheit. Nämlich die Chance, die Kontrolle über das organisierte Verbrechen in den USA zu übernehmen.

»Die haben eine sogenannte schwarze Kasse«, erklärte Lehigh. »Das heißt, sie können so viel Geld ausgeben, wie sie wollen. Ohne Überwachung! Außerdem erhält das Team, das sie aussuchen, schon im Voraus eine Begnadigung durch den Präsidenten.«

Darré schwieg einige Augenblicke.

»Wie können die das machen?«, fragte Darré. »Das ist gegen das Gesetz. Ich bin zwar nicht als Anwalt tätig, aber ich habe in Yale Jura studiert.«

»Sie haben die Genehmigung dazu«, sagte Senator Lehigh. »Sie haben sie im Geheimen erhalten, ein einstimmiger Beschluss des Geheimdienstausschusses.«

»Sie haben dafür gestimmt?«, brüllte Darré.

»Was hätte ich denn tun sollen? Der Einzige sein, der sich weigert?«, sagte Lehigh. »Das hätte ziemlich verdächtig ausgesehen.«

»Wieso denn?«

»Hätte ich dagegen gestimmt«, sagte Lehigh, »und die fangen an, sich meine Bankkonten anzusehen, hätte das jede Menge Fragen aufgeworfen.«

»Verstehe«, meinte Darré. »Sie haben die richtige Entscheidung getroffen. Erzählen Sie mir mehr.«

»Das CIA-Team wird aus zwei Personen bestehen, bestens ausgebildeten Agenten«, sagte Lehigh. »Ich kenne nur einen der Namen. Ich nenne Ihnen den Namen dieses Mannes unter einer Bedingung: Damit sind alle meine Schulden abgegolten.«

»Mr. Lehigh«, sagte Darré. »Sie werden immer bei uns in der Schuld stehen. Sie sind schon lange nicht mehr in der Lage zu verhandeln. Verraten Sie mir den Namen! Im Gegenzug wird keiner meiner Leute bei Ihnen vorbeikommen, um Ihnen Ihren verfluchten Hals aufzuschlitzen.«

Es entstand eine lange, unangenehme Pause. Darré konnte hören, wie Lehigh sich räusperte.

»Wie gesagt, ich kenne bloß einen der Männer. Sein Name ist William Cosgrove. Aber Sie sollten sich in Acht nehmen. Ich an Ihrer Stelle würde die Finger davon lassen, Mr. Darré.«

»Was schlagen Sie vor?«, fragte Darré.

»Die CIA wird an Orte gehen, von denen das FBI nicht einmal weiß, dass sie existieren«, sagte Lehigh. »Sie werden *allem* nachspüren. Wenn sie mich finden, werden die auch Sie ausfindig machen. Sie müssen an diesen Mann herankommen, ihn kaufen. Ich maße mir ja nicht an zu wissen, wie Sie arbeiten. Aber ich würde es für vernünftig halten, dieses Team zu stoppen, bevor es überhaupt loslegt, und mit Cosgrove würde ich anfangen.«

Darré legte auf und wählte. Durch die Glaswand eines riesigen Büros starrte er nach draußen. An den übrigen, ahornbraunen Wänden hingen Gemälde von Ellsworth Kelly, Benjamin Foster und Damien Hirst. Die Außenwand bestand vom Boden bis zur Decke aus Glas. Die Innenwände sahen aus wie in einer Bibliothek. Alles war peinlichst sauber und groß.

Darré stand an der Scheibe und blickte hinaus auf den Central Park in der Ferne. Er musste daran denken, wie er damals nach New York City gekommen war. Er hatte ein bisschen über 100.000 Dollar gehabt, die ihm sein Schwiegervater geliehen hatte. Aber Darrés Vermögen hatte sich sprunghaft vermehrt. Mit 40 war er Milliardär, doch er war nicht glücklich dabei. Er bereute nicht, dass er seine Seele verkauft hatte. Aber er bedauerte, dass er es zehn Jahre lang nicht gewusst hatte. Dass er nie die

Chance bekommen hatte, sich zwischen Gut und Böse zu entscheiden. Das hatten andere für ihn getan.

Darré war einem jungen russischen Schläger namens Andrej Wolkow vorgestellt worden. Mittlerweile war dieser Darrés rechte Hand. Wolkow führte das kriminelle Unternehmen von einem Frachtterminal im Hafen von Miami aus. Er war Darrés einzige Verbindung zu den illegalen Aktivitäten, die das Alltagsgeschäft des Unternehmens waren. Wolkow beaufsichtigte den Import von Drogen und Menschen, vor allem jedoch war Wolkow sein Vollstrecker, ein brutal gewalttätiger Killer, der Darrés Strategien und Vorstellungen perfekt umsetzte.

Darré war klar, dass die einzige Möglichkeit, das hinzubekommen, darin bestand, der Gerissenste und Skrupelloseste von allen zu sein, der Wolf im Schafspelz. Irgendwann würde die Regierung so gut wie jeden kriegen, nicht jedoch ihn. Das würde sein größter Erfolg werden.

Außerdem durfte er sich nicht beklagen. Im vergangenen Jahr hatte die Darré Group ihm 477 Millionen Dollar eingebracht. Doch so erstaunlich das auch sein mochte, er hatte mehr als eine Milliarde durch die Odessa-Mafia verdient. Letztes Jahr gab ihm eine seiner Schweizer Banken Bescheid, dass an jenem Tag ganze 815 Millionen Dollar auf sein Konto überwiesen worden waren. Sosehr er es auch hasste, so wenig er das Geld noch nötig hatte, kam Darré doch nicht umhin, sich über das Ausmaß des Imperiums zu wundern, das er beherrschte. Und dies war nur ein Bruchteil der Odessa-Mafia. Das war eine unbestreitbare Tatsache, die er nur schwer begreifen konnte. Dabei war er noch nicht einmal Russe. Doch seine Unternehmen waren unauflösbar in

das Imperium der Russen verstrickt, wie ihm erst jetzt klar wurde. Als Amerikaner fiel es ihm schwer, dabei zuzusehen. Die Tatsache, dass er auch noch dazu beitrug, machte seine Schuldgefühle nur noch schlimmer. Das musste er unbedingt verbergen.

Er hob den Telefonhörer ab und wählte. Gleich darauf hörte er Wolkows schroffe Stimme.

»Bruno«, sagte Wolkow.

»Andrej!« Darré blickte hinaus auf die Skyline von Manhattan.

»Hast du die Nachrichten gesehen?«, fragte Wolkow. »Das Team war erfolgreich.«

»Ja, ich habe sie gesehen«, sagte Darré. »Aber wir haben ein dringenderes Problem, darauf musst du dich konzentrieren.«

»Worum geht es?«, fragte Wolkow.

»Die CIA hat die Genehmigung erhalten, im Inland zu operieren. Ihre einzige Aufgabe besteht darin, Angehörige der russischen Mafia zu töten. Das schließt dich ein.«

»Dich ebenfalls«, meinte Wolkow.

»Ja, ich weiß«, sagte Darré. »Wir stecken da gemeinsam drin. Vergiss das nie. Aber jetzt kannst du zeigen, was du draufhast.«

»Was soll ich für dich tun?«

»Ich habe den Namen des ersten Mannes in der CIA-Einheit. Er wohnt vermutlich im Bereich Washington, D.C. Ich besorge mir seine Adresse und schicke dir eine SMS. Wenn du sie hast, schickst du einen deiner Leute aus D.C. zu ihm und legst ihn um. Okay? Ich muss los.«

»Moment«, sagte Wolkow. »Die CIA hat den Typen eben erst rekrutiert?«

»Offensichtlich!«

»Da kann ich nicht einfach irgendjemanden hinschicken, Bruno«, sagte Wolkow. »Diese Kerle lassen sich nicht so leicht fertigmachen.«

»Du kriegst das schon hin.«

»Hör zu«, sagte Wolkow ruhig. »Wir können jetzt losziehen und versuchen, ihn mit ein paar zweitklassigen Mistkerlen umzulegen. Aber wenn einer von denen erwischt wird, finden sie mich, und dann haben sie dich auch. Kapiert? Übernimm dich nicht!«

»Wie du es anstellst, ist mir egal, Andrej. Tu es einfach!«, erwiderte Darré. »Erspare mir die Einzelheiten! Ich habe dir gesagt, was ich will!«

»Verstanden!«, sagte Wolkow mit stark russischem Akzent. »Wir stehen auf derselben Seite, Bruno. Ich erledige es.«

17

APQA FRACHTTERMINAL
MIAMI, FLORIDA

Wolkow versuchte zu begreifen, was er da angestoßen hatte, doch Paranoia und Müdigkeit ließen ihn keinen klaren Gedanken fassen.

Er wählte eine Nummer auf seinem Handy.

»Wo steckst du?«, wollte er wissen.

»Ich bin gleich da«, sagte eine Frauenstimme.

Draußen, in den Schluchten zwischen den Lagerhäusern, ertönte ein schriller Pfeifton, als die Uhr fünf Uhr nachmittags schlug.

Wolkow erhob sich von seinem Schreibtisch.

Das Pfeifen – es zeigte das Schichtende an – dröhnte noch einige Augenblicke lang weiter, ehe es aufhörte.

Wolkows Büro befand sich in einem riesigen Lagerhaus, einem von buchstäblich Hunderten in dem Großstadtlabyrinth, das der Seehafen von Miami war. Er ging zur Tür und öffnete sie. Draußen klammerte sich ein Laufsteg mit Brüstung an die Außenseite des stahlgrauen Lagerhauses. Wolkow trat hinaus auf den Stahlrost.

Unten kamen bereits die Männer zusammen.

Es war stets das gleiche Ritual zum Schichtende.

Die Arbeiter versammelten sich in einem großen Kreis. Der APQA Frachtterminal hatte über 400 Arbeiter, und andere von benachbarten Terminals kamen, um zuzusehen.

Hunderte von Männern standen in konzentrischen Kreisen zwischen den Lagerhäusern.

Wolkow starrte auf das Getümmel auf dem Asphalt da unten. 400 bis 500 Männer hatten sich dort versammelt und drängten immer weiter nach vorn, um eine bessere Sicht zu haben, um mehr Geld zu setzen.

Das Ritual war einfach.

Jeden Abend gab es einen Kampf. Die Leute setzten Geld darauf. Wie viel, hing davon ab, ob sie einen guten Kampf erwarteten. Der Titelverteidiger suchte sich jemanden aus, dem er mit bloßen Fäusten die Scheiße aus dem Leib prügeln musste. Regeln gab es keine, abgesehen davon, dass Waffen untersagt waren. Wählte der amtierende Champion einen kleinen, unpassenden Mann, häuften sich lediglich ein paar Scheine an. Suchte er hingegen einen würdigen Gegner aus, regnete es geradezu Geld, während die beiden Männer in dem aus Menschen gebildeten Ring aufeinander losgingen.

Heute Abend war der 17. Abend in Folge für Tikkar, den Zwei-Meter-Riesen aus Kiew. Seit über einem Jahr war er der Erste, der sich eine zweistellige Anzahl von Tagen halten konnte.

Nach einer Zwölf-Stunden-Schicht in den Docks waren die Männer allesamt schweißüberströmt und starrten vor Schmutz.

Ein hochgewachsener, bärtiger Mann trat vor.

»*Serdityy Medved!*«, rief jemand.

Wütender Bär.

Der Mann drängte sich ins Zentrum des menschlichen Rings, während die Anfeuerungsrufe der über 400 Versammelten immer lauter wurden. Er war groß, stark gebaut und hatte ein breites, düsteres Gesicht, das so manchem einen Schauder über den Rücken jagte. Tikkar stolzierte in den Kreis aus Männern und deutete auf einen stämmigen Kahlkopf. Gemeinsam traten sie in das Getümmel, während die Arbeiter ihre Scheine setzten und Männer anfingen zu johlen und zu schreien.

Es würde ein böser Kampf werden. Tikkar hatte ein Tier ausgesucht, einen der Vorarbeiter, einen grimmigen Serben namens Egorov, vor dem alle Angst hatten. Egorov war wesentlich kleiner als Tikkar, dafür aber gebaut wie ein Panzer, hatte ständig ein rotes Gesicht und war immerzu auf Streit aus.

Egorov trat in den Ring, versuchte, die Menge anzustacheln, indem er triumphierend die Arme hob, und bewegte sich näher zu Tikkar, ohne ihn anzusehen. Er lächelte der Menge zu. Urplötzlich stürzte er sich auf Tikkar. Doch sein Arm wurde von Tikkars Faust abgefangen. Als Egorov ausholte, packte der Riese ihn am Ellenbogen. Das Krachen war leise, allerdings doch so laut,

dass jeder es hörte. Egorov schrie auf vor Schmerz. Als Egorov sich den gebrochenen Arm halten wollte, traf ihn Tikkars vernichtender Fauststoß am Kinn, schleuderte ihn zurück und zu Boden. Egorov schlug mit dem Kopf hart auf den Asphalt und blieb bewusstlos liegen.

Gejohle und Applaus wurden laut, während Tikkar sich zu den Scheinen bewegte, die ihn erwarteten.

Einige Männer gingen zu Egorov, dessen gebrochener Arm unnatürlich zur Seite abstand.

Wolkow stieg die Feuerleiter hinab und fand Tikkar.

»Nicht schlecht, Tikkar«, sagte Wolkow.

»Es ist mir eine Ehre, dass Sie zugesehen haben, Mr. Wolkow.«

»Du hast einen furchterregenden Stil«, sagte Wolkow. »Aber sei vorsichtig! Du wirst allmählich arrogant, Tikkar. Du willst meinen Rekord brechen? Ein bisschen mehr Demut.«

Tikkars Blick wurde hart, durchbohrte Wolkow geradezu. Seine Augen blitzten vor Wut, doch schließlich bezwang er sich.

»Ich bemühe mich immer, dazuzulernen«, sagte Tikkar.

»Gut«, meinte Wolkow.

Wolkow stieg die Stahltreppe wieder hinauf. Als er sein Büro betrat, sah er sich einer jungen, brünetten Frau mit elegant geformtem Gesicht gegenüber.

Sie trug einen knielangen Tweedrock und eine rote Bluse, dazu ein Paar glänzend weiße Gucci-Stiefel.

»Hallo, Audra«, sagte Wolkow.

»Andrej«, erwiderte sie emotionslos.

»Du musst etwas für mich erledigen«, sagte Wolkow. »Ich traue sonst niemandem. Es ist ein Job für zwei Personen.«

»Es hat also nicht gereicht, John Patrick O'Flaherty umzulegen?«

»Die CIA ist uns auf den Fersen. Wir müssen jemanden töten, einen der Männer.«

»Warum?«

»Weil wir sonst in sechs Monaten oder einem Jahr tot sein werden«, sagte Wolkow. »Nimm den Sniper, den du angeheuert hast.«

»Ich will eine Million Dollar, Andrej. Andernfalls bin ich nicht interessiert.«

»Du wirst es tun, Audra. Wenn nicht, komme ich bei dir vorbei …«

»Und was dann?«, fragte Audra. »Willst du mich umbringen? Wir wissen doch beide, was passiert, wenn du das versuchen solltest. Also, sind wir uns einig?«

»Ja. Eine Million.«

»Überweise das Geld, und ich mache mich auf die Socken. Ach übrigens, wo ist es eigentlich?«

»In Washington, D.C. Ich schicke dir eine SMS mit seiner Adresse.«

18

BÜRO DES DIREKTORS
CIA-ZENTRALE
LANGLEY, VIRGINIA

Gedankenverloren blickte Calibrisi aus seinem Glasbüro auf die Bäume in der Ferne. Ein Klopfen an der Tür riss ihn aus seinem Tagtraum. Tacoma trat ein.

»Hey«, sagte Tacoma lächelnd.

»Rob!« Calibrisi erhob sich und kam um den Schreibtisch herum. Er schüttelte Tacoma die Hand, und sie nahmen einander gegenüber Platz auf den Ledersofas in der Mitte des Büros.

»Was gibt's?«, wollte Tacoma wissen.

»Ich möchte, dass du zurück in die Firma kommst.«

Tacoma machte ein ungläubiges Gesicht. Er fing an zu lachen. »Auf gar keinen Fall«, meinte er schließlich kopfschüttelnd. »Ich schlage mich nicht mehr mit der Bürokratie hier herum.«

»Es ist eine eigenständige Einheit. Du hast im Einsatz die Befehlsgewalt und arbeitest völlig selbstständig. Selbstverständlich werden Bill und ich beteiligt sein.«

»Hector«, sagte Tacoma, »ich versuche, ein bisschen Geld zurückzulegen. Mit einem Gehalt im öffentlichen Dienst haut das nicht unbedingt hin.«

»Ja, mir ist bewusst, wie viel ihr, du und Katie, verdient«, entgegnete Calibrisi. »Und ich weiß, dass du jeden Cent davon spendest. Also versuch nicht, mich zu verarschen.«

Tacoma lehnte sich zurück.

»Lass mich wenigstens erzählen, worum es geht«, sagte Calibrisi.

»In Ordnung«, meinte Tacoma. »Aber nichts, was du sagst, bringt mich dazu, es mir anders zu überlegen.«

»Heute Morgen autorisierte der Geheimdienstausschuss die CIA, eine Einheit aufzustellen, die auf US-Boden vollständiges letales Protokoll genießt«, sagte Calibrisi.

»›Letales Protokoll‹? Was zum Teufel soll das denn heißen?«

»Ein Kill-Team.«

»Wie groß ist das Team?«

»Zwei Mann, plus Unterstützung.«

»Wer ist der andere?«

»Er heißt Billy Cosgrove. SEAL Team 4, ein bisschen älter als du.«

»Was, wenn wir erwischt werden?«

»Ihr werdet nicht erwischt«, sagte Calibrisi.

Tacoma schüttelte den Kopf. »Was, wenn doch?«

»Ihr habt eine präventive Begnadigung durch den Präsidenten«, erklärte Calibrisi. »Für alles, was ihr im Inland tut. Sie kann nicht widerrufen werden.«

»Ich kann also tun, was ich will?«, fragte Tacoma.

»Ja«, sagte Calibrisi mit einem Kopfschütteln, »aber das Ganze fußt auf Vertrauen.«

Tacoma lachte. Er nickte überrascht, sogar ein wenig beeindruckt. Dann fiel es ihm wieder ein.

Du willst es doch gar nicht tun.

»Nein danke.« Tacoma erhob sich. »Ich mag mein Leben so, wie es ist. Ich fliege gern in der Weltgeschichte herum, Hector. Und Geld zu spenden macht mir Spaß. Da draußen gibt es Leute, mit denen ich gedient habe, die jetzt nichts mehr haben. Vielleicht kriegen sie ja was davon ab. Verstehst du, was ich meine?«

»Denk an all die Menschen, denen du hilfst, indem du sie von dieser Landplage befreist.«

»Hör zu«, meinte Tacoma, »ich fühle mich geschmeichelt und so. Aber da draußen gibt es Jungs, die genau dasselbe können wie ich.«

»Wir wissen beide, dass das nicht zutrifft.«

Tacoma war bereits an der Tür. Er drehte sich noch einmal zu Calibrisi um, während er die Tür aufzog. »Was ist mit Dewey Andreas? Du weißt, dass er der Beste ist. Auf jeden Fall ist er viel besser in diesem Mist als ich.«

»Die Sache erfordert ein Feingefühl, über das Dewey meiner Meinung nach nicht so recht verfügt«, sagte Calibrisi. »Ganz zu schweigen davon, dass er kein Russisch spricht.«

Tacoma fuhr herum. Sein Blick bohrte sich in den von Calibrisi, seine Augen zeigten eine Regung: Neugier, gepaart mit Wut. Einen Moment lang wurde er ernst.

»Rob, wir haben es auf die russische Mafia abgesehen.«

»Verstehe!«, sagte Tacoma. »Die Bastarde, die meinen Vater umgebracht haben, haben jetzt Blake einen Kopfschuss verpasst und O'Flaherty vergiftet. Es ist zwar sehr verlockend, aber nein danke.«

»Ich hätte dich nicht gefragt, wenn ich dich nicht bräuchte.« Calibrisi schrieb Cosgroves Adresse auf einen Zettel und reichte ihn Tacoma. »Triff dich mit Cosgrove. Er ist ein guter Mann. Wenn du dann immer noch das Gefühl hast, dass du es nicht möchtest, musst du es auch nicht tun. Ich bitte dich bloß, unvoreingenommen zu sein.«

Tacoma nickte, während er den Zettel nahm. »Ich schätze, das lässt sich machen. Aber die Antwort wird immer noch Nein lauten.«

19

118 PARTRIDGE LANE, N. W.
PALISADES
WASHINGTON, D. C.

Als Cosgrove seinen Pick-up in die Einfahrt fuhr, befand Slokawitsch sich bereits in der Garage, Audra im Haus. Beide warteten, als Cosgrove das Garagentor von außen

anhob. Slokawitsch war auf der linken Seite in die Hocke gegangen, er hatte sich unten versteckt, eine schallgedämpfte Pistole auf das Tor gerichtet, das Cosgrove öffnete.

Audra war im Wohnzimmer, auch sie schussbereit, eigentlich als Verstärkung, aber sie bezweifelte, dass Slokawitsch sie brauchte. Slokawitsch hatte Cosgrove zwischen Einfahrt und Garagentor quasi auf dem Präsentierteller.

Während Cosgrove das Tor anhob, wartete Slokawitsch ab und hoffte, dass Cosgrove es gleich wieder herunterziehen würde, sobald er drin war. So wäre es wesentlich sauberer, auf diese Art bestünde nicht die Chance, dass ein Nachbar womöglich zufällig etwas Verdächtiges mitbekam.

Als das Tor ganz oben war, trat Cosgrove ein und langte nach dem Griff, um es wieder nach unten zu ziehen. Slokawitsch zielte und ...

In diesem Moment stoppte die Abwärtsbewegung des Tores, so als hätte es sich verklemmt. Einen Augenblick lang war Slokawitsch irritiert, das von außen einfallende Licht verbarg Cosgroves Schatten in der Garage. Dann geschah es. Cosgrove duckte sich und ließ seine Hand in einer fließenden Bewegung aus drei Metern Entfernung vorschnellen. Slokawitsch sah das Aufblitzen von Stahl und spürte den reißenden Schock, mit dem ihm eine Messerklinge tief in den Bauch drang. Slokawitsch feuerte. Doch die plötzliche Wunde, die ihm die Klinge beibrachte – der entsetzliche Schmerz, der Anblick des Blutes, das wie Wasser hervorquoll –, hemmte sein Handeln. Der Arm des Russen bebte ein wenig, während er um Atem rang. Die schallgedämpfte Pistole spie eine Kugel – ein leiser, metallischer Knall –, doch sie schlug in die Wand hinter Cosgrove ein, der mittlerweile verschwunden war und auf die Tür zustürzte, die am anderen Ende der Garage ins Haus führte.

Slokawitsch versuchte aufzustehen und spürte das scharfe, stechende Brennen der Klinge in seinem Leib. Er langte nach unten. Es war ein kleines taktisches Neck Knife mit Sheepfoot-Klinge, der Klingenrücken gerade und dann zur Schneide hin abfallend, mit zwei Öffnungen für die Finger, kurz und gedrungen, dabei tödlich scharf. Vor Schmerz stöhnend riss Slokawitsch sich das Messer aus dem Bauch und rannte ebenfalls zu der Tür.

Im Laufen zog Cosgrove eine Glock 19 aus dem Holster unter seiner linken Achsel. Er erreichte die Tür, gerade als Slokawitsch erneut feuerte. Diesmal trafen die Kugeln die Tür, gerade als Cosgrove sie öffnete und mit gezogener Waffe in Deckung ging.

Cosgrove schwenkte seine Waffe über das Innere der Küche. Da er niemanden sah, ging er weiter ins Wohnzimmer. Als er sich umdrehte, um die Tür zur Garage ins Visier zu nehmen, sah er eine schwarz gekleidete Frau. Ihre Blicke trafen sich. Innerhalb eines Sekundenbruchteils fuhr Cosgrove herum. Aber bis die Mündung der Glock auf die Frau gerichtet war, stürzte sie sich schon auf ihn. In einem brutalen Bogen traf ihr Fuß Cosgrove am Kinn, ein harter Schlag, der ihm augenblicklich den Kiefer brach. Sie setzte ihm nach, während er nach hinten geschleudert wurde, und noch ehe er sich an einem Tresen fing, stürmte sie vorwärts, hieb mit beiden Fäusten auf Cosgrove ein, ließ ihre Schläge auf ihn hageln und zertrümmerte ihm die Nase, während er noch versuchte, sich mit den Händen zu schützen. Er kämpfte darum, nicht die Besinnung zu verlieren, dann sah er, wie sie erneut mit dem Bein ausholte. Er wich nach links aus, und ihr Fuß strich nur wenige Zentimeter über seinen Kopf hinweg. Verzweifelt holte Cosgrove aus, schlug blindlings mit

der Waffe zu und traf die Killerin am Hals. Sie taumelte zurück.

Slokawitsch kam dazu, das Blut strömte ihm aus dem Bauch.

Als Cosgrove Anstalten machte, die Frau zu erschießen, stürzte Slokawitsch sich mit einem Satz auf ihn, brachte ihn mit seinem Körpergewicht zu Fall und entwand ihm die Waffe, gerade als Audra wieder auf die Beine kam und sich den beiden Männern näherte. Erbittert setzte Cosgrove sich mit den Fäusten zur Wehr, setzte die Ellenbogen ein und versuchte, Slokawitsch das Knie in den blutüberströmten Oberkörper zu rammen. Doch Audra stellte sich neben Cosgrove und trat ihm gegen den Kopf. Sie holte ein weiteres Mal aus, ein heftiger Tritt ans Auge, der Cosgrove aufstöhnen ließ. Wieder und wieder trat sie zu, bis er das Bewusstsein verlor.

Slokawitsch blickte vom Boden zu Audra hoch. Er war außer Atem und blutete stark. Der Boden war blutbespritzt.

»Ich suche ein Seil«, hustete sie.

Slokawitsch fand einen stählernen Schwellennagel, und bis Audra mit dem Seil zurückkehrte, hatte er ihn Cosgrove in die Brust gestoßen. Mithilfe des Seiles, das Audra in der Garage gefunden hatte, hängten sie Cosgrove an einen Treppenbalken. Audra machte mehrere Fotos und schickte sie Wolkow.

Als sie im Begriff waren zu gehen, hörte Audra das tiefe Grollen eines Wagens, der näher kam. Sie trat ans Fenster und blickte hinaus.

»Was ist?«, fragte Slokawitsch.

»Da kommt jemand«, sagte sie, ihre Wange blutverschmiert. »Ein Lamborghini.«

»Wie viele?«

»Bloß der Fahrer. Er steigt aus.«

»Nach oben!« Slokawitsch hielt sich den Bauch. »Egal wer es ist, wir legen ihn um, und dann machen wir, dass wir von hier verschwinden. Ich brauche einen Arzt.«

20

118 PARTRIDGE LANE, N. W.
PALISADES
WASHINGTON, D. C.

Tacoma kniete sich neben Cosgroves herabbaumelnden Leichnam auf den Treppenabsatz im Erdgeschoss. Die Leute, die Cosgrove gerade eben erstochen und aufgehängt hatten, waren noch oben.

Tacoma blickte noch einmal die Treppe hinauf, dann zog er ein Messer aus einer Scheide an seinem Oberkörper. Er langte hoch, durchtrennte das Seil oberhalb von Cosgroves Kopf, fing Cosgrove auf und setzte ihn auf dem Treppenabsatz ab. Er schnitt ihm die Schlinge vom Hals, steckte das Messer wieder ein und richtete sein Augenmerk erneut aufs Obergeschoss.

Von der ersten Stufe über dem Treppenabsatz blickte Tacoma zurück. Suchend glitt sein Blick über die Fenster, die einzigen, die Licht in diesen Teil des Hauses ließen, eine Reihe hoher, schmaler Fenster in der großen Küche. Er hielt nach einem Fahrzeug Ausschau, sah jedoch keins.

Tacoma war nun im Einsatz, es gab nur noch seine

Umgebung, mehr nicht – im Moment war das alles, was er hatte.

Von außen gab es keinen Umgebungsfaktor, der den Schatten verursacht hatte.

Jemand war oben.

Die P226R in der Hand, stieg Tacoma die Treppe empor.

Oben war es dunkel. Was es an Licht gab, fiel durch die Fenster. Der Tag ging in den Abend über, und das Obergeschoss war in einen bläulichen, düsteren Schein getaucht. Türöffnungen, ein Gemälde, ein orientalischer Läufer – und erneut zuckte ein Schatten vorüber.

Die Bewegung kam von der letzten Tür ganz am Ende des Flurs.

Tacoma bewegte sich den Flur entlang. Dabei war er sich der Tatsache bewusst, dass der Killer, wer es auch sein mochte, wusste, dass er kam.

Und doch hatte er sich gerührt. Das war die einzige Erklärung für den Schatten.

Tacoma drehte den Kopf, hielt inne und blickte zurück zur Treppe. Ein scheinbar endloser Moment völliger Stille. Düster und reglos lagen Flur und Treppe vor ihm. Schließlich nahm Tacoma eine weitere Veränderung in den Lichtverhältnissen wahr.

Da war noch jemand. Er beziehungsweise sie befand sich am anderen Ende des Flurs und kam in seine Richtung.

Tacoma blickte wieder zu der Zimmertür, an der der Schatten vorübergehuscht war, da vernahm er, wie die Matte auf einer der Stufen verschoben wurde.

Tacomas Nasenflügel weiteten sich ein wenig, als ihm klar wurde, dass sie ihn in der Zange hatten, ein Mann links, einer rechts von ihm.

Er hörte einen Schritt am Ende des Flurs, dann das

Geräusch von Metall, das über Kleidung schabt. Tacoma duckte sich nach links in einen Raum und schloss die Tür hinter sich, tastete an der Wand nach dem Lichtschalter und schaltete das Licht ein. Es war ein Gästezimmer, sauber und ordentlich, das wahrscheinlich schon seit Jahren niemand mehr benutzt hatte.

Die Schritte wurden lauter.

Als Tacoma sich umdrehte, spürte er stumpfen Stahl im Nacken.

»*Plokhoy vybor*«, sagte eine tiefe Stimme mit stark russischem Akzent.

Schlechte Wahl.

Jemand kam zur Tür herein. Tacoma schwenkte die P226R dorthin. Es war eine Frau, schwarz gekleidet. Noch während Tacoma sie ins Visier nahm, richtete sie eine Waffe auf ihn.

Tacoma spürte die Mündung des Gewehrs in seinem Nacken. Er verrenkte sich fast den Hals und sah einen großen Mann mit einem merkwürdigen, monströsen Gesicht vor sich. Der Kerl war blass und hatte eine lange Nase. In den Händen hielt er ein AR-15, das er Tacoma fest in den Nacken drückte.

Tacoma registrierte, dass die Kleidung des Mannes vom Bauch abwärts blutdurchtränkt war.

Beide Waffen visierten Tacoma an, doch er hatte die Frau ebenfalls im Fadenkreuz. Eine angespannte Stille breitete sich in dem Gästezimmer aus.

Der Raum war klein und eng, das Licht grell und unangenehm.

Die Frau war hochgewachsen, schlank und sah umwerfend aus. Ihr brünettes Haar und der Pony waren kurz geschnitten, ihr Gesicht ausnehmend hübsch. Frauen

wie sie hatte Tacoma bereits erlebt. Ihre Waffe war eine Stetschkin, aus der Mündung ragte ein Schalldämpfer. Die Frau hatte eine Platzwunde unter dem Auge, Blut tropfte ihr über die Wange.

»*Ty srazhalsyas nim*«, forderte Tacoma die beiden in einwandfreiem Russisch heraus. »*Vy ne budete srazhat'sya so mnoy?*«

Mit ihm seid ihr fertiggeworden. Warum wollt ihr es nicht mit mir aufnehmen?

Tacoma bewegte seine Waffe langsam weg von der Frau, um die beiden nicht durch eine plötzliche Bewegung zu erschrecken. Er senkte die Pistole und ließ sie fallen.

Aus dem Augenwinkel beobachtete Tacoma die Agentin, die die Waffe auf ihn gerichtet hielt. Sie griff nach einer Scheide in ihrem Kreuz und zog ein großes Messer heraus – ein KA-BAR, schwarzer Stahl, verlängerte Militärversion.

Tacoma sah ihr in die Augen.

›*Timing ist alles*‹ *ist ein Mythos, der von Schwächlingen am Leben erhalten wird. Der richtige Zeitpunkt ist jetzt. Es gibt keinen anderen, man muss sich der anstehenden Aufgabe stellen.*

Den Stahl der Mündung im Nacken, stieß Tacoma seinen Ellenbogen nach hinten. Gleichzeitig duckte er sich nach links weg, packte das Gewehr, lieferte sich eine Rangelei mit dem Kerl, der die Waffe hielt, zerrte am Lauf und zog ihn in die Richtung der Frau. Der Kerl in seinem Rücken geriet in Panik und drückte ab. Die Kugel pfiff an Tacomas Ohr vorbei und verfehlte die Frau um Haaresbreite. Sie kam auf ihn zu. Er hieb ihr mit dem Fuß heftig gegen den Arm, trat ihr die Stechkin aus der Hand. Tacoma packte den Lauf fester, als der Mann ihm in die Kniekehlen trat und versuchte, Tacoma die Arme um den

Hals zu legen, genau in dem Augenblick, als die Frau mit dem Messer einen Satz auf ihn zu machte. Tacoma rammte seinen Ellenbogen brutal hinter sich und traf den Kerl am Schlüsselbein. Auf ein dumpfes Knacken folgte ein Stöhnen, und der große Mann sackte um Atem ringend zusammen.

Tacoma registrierte die herannahende Klinge, als die Frau mit dem schwarzen Messer auf ihn einhieb. Es durchschnitt die Luft, und sie stieß einen schrillen Schrei aus, während sie mit dem scharfen Stahl auf ihn eindrang. Tacoma erwischte sie mit der Faust, fing ihren Hieb ab und blockte sie am Handgelenk. Mit der freien Hand langte er nach ihrer Schulter und packte sie am Oberarm. Unvermittelt drängte Tacoma nach vorn und trat der Frau gegen das Knie. Sie stieß ein gequältes Stöhnen aus, verlor das Gleichgewicht und taumelte zur Seite. Als sie fiel, behielt Tacoma seinen Arm wie einen Schraubstock unter ihrer Achselhöhle. Das Eigengewicht der Frau und der Schwung der Vorwärtsbewegung erledigten den Rest. Sie stürzte seitwärts zu Boden und schrie, als jede Sehne, jeder Nerv, jeder Muskel und jedes Band in ihrer Schulter so laut riss, dass man es hören konnte. Gleich darauf folgte der dumpfe Laut, mit dem ihr Ellenbogen brach.

Tacoma ließ sie los.

Als die Frau hinfiel, entriss Tacoma das KA-BAR ihrem geschwächten Griff, wirbelte herum und wich instinktiv aus, als der riesenhafte Killer wieder hochkam, zielte und feuerte. Er verfehlte Tacoma. Tacoma sprang ihn an, ehe er erneut schießen konnte, und rammte ihm das Messer, so fest er konnte, in den Oberschenkel. Die Klinge durchschnitt Haut und Muskel, bis sie schließlich auf Knochen stieß. Tacoma riss die Klinge herum, um noch mehr Gewebe zu zerfetzen.

Schreiend fiel der Kerl zu Boden. Mit beiden Händen umfasste er das Messer, das nun tief in seinem Schenkel steckte, bemüht, es herauszuziehen, während ihm das Blut übers Bein lief und er ein entsetzliches Stöhnen ausstieß.

Plötzlich vernahm Tacoma das Bersten von Glas. Er fuhr herum und sah gerade noch, wie die Frau sich durchs Fenster stürzte. Mit einem leisen Schrei durchbrach sie die Scheibe und flog nach draußen, um ein ganzes Stockwerk tief zu fallen.

Tacoma sprang auf, griff sich das AR-15 vom Boden und fing an, auf den dunklen Schatten der Frau zu schießen, während sie auf den Wald zurannte und darin verschwand.

Tacoma wandte sich dem noch verbliebenen Killer zu. Er sah furchtbar aus. Blutüberströmt zog er kraftlos an dem aus seinem Schenkel ragenden KA-BAR. Er war zu schwach, das Messer herauszuziehen – vielleicht hatte sich die gezackte Oberkante auch irgendwo verhakt, an einer Sehne womöglich oder im Knochen. Er stöhnte etwas auf Russisch, das noch nicht einmal Tacoma verstand, während ihm das Blut aus dem Bauch und dem Bein quoll und sich auf dem Parkettboden zu einer Lache sammelte.

Tacoma sprach den Killer auf Russisch an.

»Wenn du etwas versuchst, schieße ich.« Tacoma deutete mit der Waffe auf ihn. »Wenn du dich bewegst, schieße ich. Ich bringe dich nicht gleich um, aber ich werde ein Loch in dich ballern, kapiert? An deiner Stelle würde ich mich nicht rühren und verdammt noch mal den Mund halten.«

»Nein. Bitte nicht. Erschieß mich einfach«, stöhnte der Mann, während er an der langen Klinge zerrte, die in seinem Schenkel steckte.

Tacoma trat zu ihm. »Halt still!«, sagte er ruhig.

»Fick dich«, murmelte der Mann.

Tacoma hielt dem Mann die Waffe an den Kopf, langte hinab und packte das KA-BAR, trat auf das Knie des Kerls und zog, stemmte das Messer heraus, während der Russe einen tiefen, fürchterlichen Schrei ausstieß und das Blut sich auf den Teppich des Gästezimmers ergoss.

Tacoma ging zur Tür und trat hinaus in den Flur. Vor der Tür ließ er das blutige Messer auf den Teppich fallen und legte das AR-15 daneben. Er ging zurück ins Zimmer, sammelte sein Schulterholster auf und legte es an, anschließend hob er die schallgedämpfte P226R auf und richtete sie auf den Mann. Der Russe sagte nichts. Stattdessen starrte er Tacoma lediglich an, gequält zunächst, dann voller Resignation, der Blick eines Gefangenen, der dem Tod nahe ist, ein kaltes, ausdrucksloses Starren. Der Blick eines Agenten, und zwar eines guten, in dem Moment, in dem er die Zähne zusammenbeißt, um zu überleben und später weiterzukämpfen.

Wo bist du da bloß reingeraten?

»Mne nuzhen vrach«, sagte der Mann auf Russisch. »Ya sobirayus istech krov'yu.«

Ich brauche einen Arzt. Ich bin am Verbluten.

»Vy dolzhny byli podumat' ob etom, prezhde chem ubit' yego«, fuhr Tacoma ihn an.

»*Das hättest du dir überlegen sollen, bevor du ihn umgebracht hast.*«

»Wenn ich sterbe, wirst du mich nicht mehr verhören können«, hustete der Russe.

»Da ist was dran«, meinte Tacoma.

»Ich will einen Anwalt«, flüsterte der Kerl.

»Ich werde mich sofort darum kümmern«, meinte Tacoma.

»Ich habe ein Recht darauf«, sagte der Kerl.

»Warum hast du ihn umgebracht?«, fragte Tacoma.

Der Mann sagte nichts. Sein Gesicht war schmerzverzerrt, doch er sagte nichts.

»Warum?«, wiederholte Tacoma leise. »Wer hat dich geschickt?«

Tacoma betrachtete den Mann aufmerksam. Ihm war klar, dass er ein Profi war. Man würde ein Team aus Langley brauchen und ein bisschen Strom, um herauszufinden, wer er war und woher zum Teufel er über Cosgrove Bescheid wusste.

Eines war jedoch klar: Jemand aus einem kleinen, eng umgrenzten Bereich der amerikanischen Regierung hatte Cosgroves Identität durchsickern lassen.

Tacoma nahm eine abrupte Bewegung des Mannes wahr, allerdings eine Sekunde zu spät. Das Handgelenk des Killers schoss vor, und unvermittelt flog eine kleine, silberglänzende Klinge durch die Luft. Der Kerl warf ein Messer nach Tacoma. Es wirbelte durch den Raum, im Drehen spiegelte sich der Leuchter in der Klinge. Das Messer war mit Wucht geschleudert worden, verfehlte Tacoma jedoch, allerdings nicht, weil er auswich. Der Kerl hatte den perfekten Zeitpunkt abgewartet. Aber er warf zu weit. Die Klinge drang hinter Tacoma in die Wand ein und bohrte sich tief ins Holz.

Tacoma richtete die Waffe auf die Hand des Mannes – die Hand, die das Messer geworfen hatte – und gab einen einzigen Schuss ab. Mit einem dumpfen, metallischen Knall zerriss die Kugel dem Kerl den Daumen. Haut, Blut und Knochen wurden auf die Wand hinter ihm verteilt.

Er schrie vor Schmerz und Qual, während ihm das Blut von der Hand strömte.

»So viel zum Thema Anwalt«, sagte Tacoma. »Ist auch wesentlich billiger.«

Tacoma ging wieder hinaus in den Flur, die Waffe ständig auf das Gästezimmer gerichtet. Minutenlang stand er dort. Er hörte, wie unten die Tür geöffnet wurde, dann spürte er, dass sein Handy vibrierte. Er nahm es und betrachtete die SMS. Sie war von Calibrisi.

Von unten vernahm er Calibrisis tiefen Bariton.

»Gottverflucht«, hörte er ihn mit gedämpfter Stimme sagen, die durchs ganze Treppenhaus zu hallen schien.

Tacoma – die Waffe nach wie vor auf die Tür gerichtet – trat ans Geländer und blickte zu Calibrisi hinab. Dieser kniete neben Cosgrove. Er blickte hoch und sah Tacoma.

»Ich habe dir doch gesagt, du sollst ihn nicht anrühren«, sagte Calibrisi. »Du hast womöglich wichtige Beweismittel vernichtet.«

Ein rascher Blick zurück zu dem verletzten Russen, den Tacoma im Visier behielt. Er blickte dem Kerl fest in die Augen, während er Calibrisi antwortete.

»Ich glaube, ich habe hier ein besseres Beweismittel, Chief.«

Als Calibrisi ins Obergeschoss kam, bemerkte er die schallgedämpfte P226R in Tacomas Hand. Sein Blick folgte der Richtung, in die sie zielte. Er ging an Tacoma vorbei ins Gästezimmer und nahm die blutige Szenerie in sich auf.

Direkt hinter Calibrisi kamen drei Mann in Anzügen von der Agency und ein Mann von der Spurensicherung. Ein weiterer war unterwegs, dazu ein Team der Tatortreinigung.

»Stoppen Sie die Blutung«, sagte Calibrisi zu einem Sanitäter. »Aber nichts Großartiges. Stecken Sie ihn in einen Van, und dann ab mit ihm nach West Virginia.«

21

BAL BAY DRIVE
BAL HARBOUR, FLORIDA

Wolkow spürte die Konturen des Handys in seiner Tasche, während er über den Esstisch hinweg auf die versammelten Menschen blickte, alles in allem sechs Paare. Ihm gegenüber saß seine Frau. Sie war üppig, hatte wasserstoffblondes Haar und künstliche Brüste und trug ein Netz-Tanktop, um ihre Figur zu betonen. Außerdem war sie hübsch.

Die Stimmung war ausgelassen, angeheizt von Alkohol und THC. Der Tatsache zum Trotz, dass Wolkows Arbeiter im Hafen von Miami den Import von kiloweise Kokain überwachten, oft in großen Containern, gab es auf der Party keine härteren Drogen als ein paar mit Cannabis-Öl gefüllte Kartuschen. Härtere Drogen ließ Wolkow nicht in seinen Körper beziehungsweise seine heiligen Hallen eindringen.

Unberührt standen ein Weinglas und ein Teller voller Essen vor ihm. Ohne etwas zu sagen, stand Wolkow mitten in der lauten Unterhaltung und dem Lachen auf.

Draußen steckte er sich eine Zigarette an, während er Audras Nachricht mit den Fotos öffnete. Sie zeigten den Amerikaner, Cosgrove, wie er übel zusammengeschlagen an einem Seil baumelte, einen Schwellennagel in die Brust getrieben. Eines der Bilder zeigte in der Ecke den Söldner, den Audra angeheuert hatte, Slokawitsch. Sein Bart war zu sehen, allem Anschein nach hatte er ein Lächeln im Gesicht.

Aber seit den Fotos hatte sie sich nicht mehr gemeldet.

»Warum zum Teufel hat sie noch nicht angerufen?«, flüsterte Wolkow vor sich hin.

In der Organisation, für die Wolkow arbeitete, war er verantwortlich für alle Operationen in den USA. Von ihrem Ursprung her war die Organisation eine ungewollte Absplitterung der Odessa-Mafia. Die Gruppierung arbeitete nun auf eigene Rechnung, sie war neu und mysteriös. Darré, das wusste Wolkow, war einer der führenden Köpfe ganz oben. Das hieß, Wolkow musste die Verbrecherorganisation so schonungslos, brutal und gewinnbringend führen wie nur möglich – andernfalls ersetzte Darré ihn einfach, oder jemand würde Darré ersetzen.

Darré besaß große Firmen in fast jedem US-Bundesstaat. Ihre Schnittmenge war die Verbindung zwischen Darrés legalen Geschäften und dem Verbrechen, und Wolkow war die andere Seite der Medaille. Wolkow war absolut frei darin, wie er die Geschäfte der Organisation führte, das hieß denjenigen Teil, der gegen das Gesetz verstieß. Wolkow arbeitete von einem der Unternehmen aus, die der Organisation gehörten, einem riesigen Frachtterminal am Hafen von Miami, in dem alle Drogen umgeschlagen wurden, welche die Organisation ins Land brachte: Kokain, Heroin, Fentanyl und Meth.

Weder Darré noch Wolkow machten sich Sorgen wegen der Polizei. Das FBI war eine Behörde, in der größtenteils Stümper und Idioten arbeiteten. Und wer in dem Laden etwas auf dem Kasten hatte, war korrupt.

Wolkow war über 1,80 Meter groß und muskelbepackt. Sein Schädel war rasiert, er hatte ein grobes Auftreten, blasse Haut und eine breite Nase, die ihm einmal jemand gebrochen hatte. Seine Arme, seine Brust, sein ganzer Oberkörper und seine Beine waren muskulös wie bei einem Footballspieler.

Seine Villa in Bal Harbour stand in einer Gated Community, einer bewachten Wohnanlage in einer Sackgasse voller riesiger Häuser, alle erst vor Kurzem errichtet, alle abgeschieden und von einem ein Hektar großen Grundstück umgeben. Sie sollte wie ein französisches Château aussehen, verfügte über einen Pool, eine Garage für drei Autos, einen Weinkeller und acht Zimmer.

Drinnen war eine Dinnerparty im Gang.

Wolkow stand in der Auffahrt, einem kiesbestreuten Vorzeigeobjekt, auf dem Wolkow und seine Freunde ihre Ferraris und Lamborghinis geparkt hatten, und rauchte eine Zigarette.

Wolkow war 27 Jahre alt.

Nun wartete er auf den Anruf. Schon seit Stunden. Er hatte es im Gefühl, dass etwas schiefgegangen war.

Er hatte Audra losgeschickt, um den CIA-Agenten Cosgrove zu töten. Während er seine dritte Zigarette in weniger als einer halben Stunde rauchte, wurde ihm klar, wie verwundbar er war. Falls sie Audra geschnappt hatten, befand er sich in unmittelbarer Gefahr.

Von der Auffahrt blickte er über den Rasen aufs Meer hinaus. Die Warterei war wie eine tickende Zeitbombe.

Er spürte, wie sein Handy vibrierte.

Endlich!

Es war Audra.

»Was …« Wolkow hielt sich das Handy ans Ohr. »*Was ist passiert?*«

»Ich bin verletzt«, flüsterte sie. »Da kam noch ein Kerl dazu. Er hat Slokawitsch.«

»Wo bist du?«

»In einem Bus«, sagte sie. »Ich fahre nach Philadelphia. Von dort fliege ich zurück nach Miami.«

»Wie viel weiß Slokawitsch?« In Wolkows Stimme schwang Wut mit.

»Er kennt mich, das ist alles.«

Die Dinnerparty löste sich auf. Ein älterer Mann, Wolkows Mentor in der russischen Mafia, Dmitri, näherte sich. Er war in Begleitung einer wesentlich jüngeren Frau. Mit einer lässigen Handbewegung deutete er auf einen der Ferraris und gab ihr zu verstehen, dass sie einsteigen solle. Er kam auf Wolkow zu.

»Was ist los, Andrej?«, flüsterte Dmitri.

Wolkow sah den alten Mann mit einer verächtlichen Miene an. Er deckte das Handy ab. »Nichts. Ich hoffe, das Dinner hat dir gefallen.«

»Du siehst aus, als hätte dir einer in die Cornflakes gepisst«, meinte der Alte lächelnd mit seinem starken russischen Akzent.

Wolkow brachte ein höfliches Grinsen zustande und hielt die Hand vor das Handy.

»Verpiss dich, Arschloch«, sagte Wolkow lächelnd. Ein falsches Lächeln.

»Andrej«, erklang eine weibliche Stimme. Es war seine Frau. Wolkow zog noch einmal an seiner Zigarette und schnippte sie dann weg.

»Ich muss los«, sagte er zu Audra.

Er legte auf.

»Ich komme sofort«, sagte er.

Seine Frau stand in der Haustür. Bei dem Licht wirkte ihr Tanktop durchsichtig. Sie hielt ein Glas Rotwein in der Hand.

»Was tust du da?«, wollte sie wissen.

»Nichts«, sagte Wolkow.

Sie ging die Eingangstreppe hinunter zu ihrem Ehemann, der an einem knallgelben Lamborghini lehnte.

»Hast du gerade mit ihr gesprochen?«
»Mit wem denn?«, fragte Wolkow.
»Du weißt schon, mit wem. *Mit Audra – der Schlampe, die du fickst!*«

Wolkow holte aus, verpasste seiner Frau einen Schlag mit dem Handrücken und traf sie brutal an der Wange. Sie schrie auf und wäre um ein Haar hingefallen, ging dann jedoch mit beiden Fäusten auf ihn los. Er hielt ihr die Arme fest, überwältigte sie mühelos und warf sie zu Boden, auf den Rücken.

Er ging zum Lamborghini und öffnete die Tür. Sie glitt nach oben. Ehe er einstieg, sah er noch einmal zu seiner Frau.

»Hüte deine Zunge«, sagte er gelassen. »Sonst schneide ich sie dir beim nächsten Mal mit einem stumpfen Messer ab.«

22

118 PARTRIDGE LANE, N. W.
PALISADES
WASHINGTON, D. C.

Tacoma und Calibrisi blieben in Cosgroves Haus, während zwei Teams der CIA-Spurensicherung und eine sechsköpfige Säuberungs-Crew alles wieder so aussehen ließen, als wäre nichts geschehen. Die Gipswand, in der die Kugel steckte, die den Daumen des Russen durchschlagen hatte, war gesäubert und ausgebessert worden. Alle Blutspuren oben und im Erdgeschoss waren verschwunden. Selbst ein

erfahrener Ermittler hätte nichts weiter gefunden als ein paar DNA-Moleküle. Der Reinigungsprozess umfasste eine gründliche Katalogisierung aller Fingerabdrücke im Haus, anschließend wurde jede Oberfläche systematisch abgewaschen, gefolgt von einer Strahlenbehandlung, der jedes Zimmer im Haus für kurze Zeit ausgesetzt war.

Cosgroves Haus hatte eine Garage für zwei Autos. Calibrisi beschloss, den überlebenden Russen dort vor seiner kurzen Reise in die Berge West Virginias zusammenzuflicken, wo die CIA ein Anwesen am Ende einer langgezogenen Landstraße besaß. Von außen sah es aus wie ein großes Backsteingehöft auf einem Hügel, umgeben von über 400 Hektar Land. Calibrisi entschied, den Russen nicht ins Krankenhaus zu bringen, obwohl nicht einmal einen Kilometer von Cosgroves Haus entfernt eine Klinik der CIA lag. Je mehr Leute mitbekamen, was passiert war, desto größer die Chancen, dass man nie dahinterkommen würde, wer die Killer geschickt hatte – und woher die Kerle Bescheid wussten. Calibrisi wusste bereits, weshalb sie sich Cosgrove vorgenommen hatten. Es lag doch auf der Hand. Eine Warnung an Langley und darüber hinaus auch an die US-Regierung:

Haltet euch verflucht noch mal fern.

Der verletzte Russe wurde unter Drogen gesetzt und die Treppe hinunter in die Garage getragen, wo man ihn auf eine Tragbahre schnallte. Die Ärzte nähten ihm Bauch, Hand und Oberschenkel und verabreichten ihm über einen Liter Blut, um ihn zu stabilisieren. Nachdem sie ihn zusammengeflickt hatten, hoben vier Agenten die Trage an.

Calibrisi ging neben dem Russen her und blickte ihm fest in die Augen, als sie ihn ins Heck eines weißen Lieferwagens verfrachteten. Ohne den Blick abzuwenden, sagte

Calibrisi: »Bringt ihn in die Hütte in den Wäldern. Holt einen unserer Ärzte und haltet den Kerl am Leben, dann fangt mit einem Pharma-Programm an. Morgen beginnen wir mit dem Verhör.«

Sie schlossen das Heck des Trucks. Er fuhr sofort los. Es war wenige Minuten nach Mitternacht.

In der Garage wurde Cosgroves Leichnam in eine große Keramikbox gelegt, die wie ein Sarg aussah, und anschließend zu einem weiteren Van getragen, der nach Langley fuhr. Wahrscheinlich würden sie nichts finden, trotzdem wollte Calibrisi, dass die Gerichtsmedizin ihn eingehend untersuchte. Wichtiger noch, er wollte, dass sie Cosgrove so gut wie möglich zurechtmachten. Zwar würde wohl niemand mehr den Leichnam je zu Gesicht bekommen, doch Calibrisi wollte es nun einmal so. Es war das Mindeste, was er tun konnte.

»Wie sollen wir es erklären?«, fragte Tacoma.

Die beiden Männer stiegen in den Fond einer schwarzen Limousine.

»Was meinst du damit?«

»Seinen Kindern. Seiner Ex-Frau. Seinen Freunden. Den Leuten bei der CIA.«

»Er starb in Erfüllung seiner Pflicht.« Calibrisi blickte den Fahrer an. »Zum Weißen Haus.« Er richtete seine Aufmerksamkeit wieder auf Tacoma. »Er bekommt ein Heldenbegräbnis, einen Gedenkgottesdienst. Ich werde ihn für das Agency Cross vorschlagen.«

Die Limousine setzte sich Richtung Georgetown in Bewegung.

»Was ist mit seiner Pension?«, wollte Tacoma wissen.

»So wie es aussieht, schwamm er nicht gerade im Geld.«

»Seine Frau wird die Pension bekommen.«

Tacoma blickte hinaus auf die vorüberrauschenden Lichter von Washington, D. C. Die Straßen waren größtenteils leer, obwohl immer noch einige Gruppen Studenten aus Georgetown und junge Kongressmitarbeiter vom Capitol Hill unterwegs waren, um freitagnachts durch die Bars zu ziehen.

»Was ist mit der Vernehmung?«, fragte Tacoma. »Wer übernimmt sie?«

»Du«, sagte Calibrisi. »Es sei denn, du willst nicht.«

»Natürlich will ich«, erwiderte Tacoma. »Was gerade passiert ist, ist total beschissen gelaufen.«

»Ich weiß.«

»Heute früh war die Abstimmung, und abends wird der Chef der Einheit ermordet«, sagte Tacoma.

»Das ist mir bewusst. Was willst du damit sagen?«

»*Die wussten, wer Cosgrove war und wo er wohnt. Die wussten über die ganze gottverdammte Sache Bescheid!*«, brüllte Tacoma. »Ich meine, das ist beinahe wie ein Himmelfahrtskommando, nur dass es gar kein Kommando ist. Es ist dauerhaft. Die werden versuchen, mich und jeden umzulegen, der damit in Verbindung steht! Was zum Teufel willst du dagegen unternehmen?«

»Was werden *wir* dagegen unternehmen?«, entgegnete Calibrisi.

»Wir finden heraus, wer diese Leute geschickt hat, und dann schnappen wir uns diesen Mistkerl und finden heraus, wer es ihm verraten hat. Rob, du trägst jetzt die Verantwortung.«

»Ich, die Verantwortung?« Tacoma schüttelte den Kopf, einen verblüfften Ausdruck im Gesicht. »Ich? Ich bin 29, Hector. Glaub mir, du willst nicht, dass ich das Sagen habe.«

»Doch, du!«

»Nein. Frag jemand anderen.«

»Wir brauchen dich.«

»Nein danke.«

Calibrisi senkte den Blick, schwieg einige Sekunden.

»Rob«, sagte Calibrisi ruhig. »Die Wahrheit ist: Nach dem, was vorhin geschehen ist, gibt es niemanden, der das übernehmen würde, zumindest niemand, der seine fünf Sinne beisammenhat.«

Tacoma lachte. »Oh, das ist großartig!«, johlte er. »Danke! So kann man mich auch dazu bringen!«

Calibrisi deutete mit dem Finger auf ihn.

»Du musst es tun, Rob. Du bist einer der besten Agenten, die jemals die DEVGRU durchliefen. Du sprichst fließend Russisch. Wir führen hier einen Krieg. Heute Nacht hast du erlebt, wozu die Russenmafia fähig ist.«

Frustriert schüttelte Tacoma den Kopf.

»Ich will es auf meine Art tun«, flüsterte er.

»Ich weiß«, meinte Calibrisi. »Ich möchte, dass du es auf deine Art tust.«

»Ich fahre raus in die Hütte«, sagte Tacoma. »Da war noch eine Frau, die entkommen ist. Er wird wissen, wer sie ist. Ich werde sie finden und umbringen.«

»Es ist deine Operation«, sagte Calibrisi. »Tu, was du verflucht noch mal tun möchtest. Allerdings hast du mit einer Sache recht: Die werden nach dir Ausschau halten. Wenn sie Cosgroves Identität kannten, kennen sie deine auch oder werden sie zumindest bald kennen. Die wissen, dass ihr Mann verschollen ist, und werden annehmen, dass wir ihn haben. Du willst losziehen und Jagd auf die Frau machen? In Ordnung! Fahre nach West Virginia und hole aus dem Gefangenen heraus, wer sie ist.«

23

PRIVATGEMÄCHER
WEISSES HAUS

Calibrisi hatte auf einer Zusammenkunft mit dem Präsidenten bestanden – lediglich er, Tacoma und der Präsident.

Als Calibrisi und Tacoma die Wohnräume des Präsidenten betraten, saß Dellenbaugh bereits auf einem Sessel in dem großen Wohnzimmer direkt neben dem Aufzug.

Calibrisi sah auf seine Uhr, als er Dellenbaugh die Hand schüttelte. »Entschuldigen Sie, Mr. President!«

»Keine Ursache«, sagte Dellenbaugh. »Hi, Rob.«

»Mr. President«, sagte Tacoma.

»Was gibt's?«

Calibrisi holte ein Handy hervor und reichte es Dellenbaugh. Der Präsident scrollte durch Dutzende Fotos, die Cosgrove zeigten, sein Gesicht rot und übel zugerichtet, ein Seil um den Hals geschlungen.

Dellenbaugh zuckte zusammen. »Wer ist das?«

»Billy Cosgrove«, sagte Calibrisi.

Dellenbaugh starrte noch einige Augenblicke länger auf das Handy. Schließlich legte er es weg.

»Einen der Killer haben wir gefangen genommen, Mr. President«, sagte Calibrisi. »Wir arbeiten bereits an einem Plan. Aber deshalb bin ich nicht hier.«

»Wir haben eine undichte Stelle«, meinte Dellenbaugh wütend.

»Genau! Es muss von einem der 15 Senatoren im

Geheimdienstausschuss gekommen sein. Oder von jemand im Weißen Haus.«

Dellenbaugh nickte zustimmend. »Wie finden wir heraus, wer es war?«

»Jim Bruckheimer von der NSA muss für mich einige Untersuchungen anstellen, über die Senatoren sowie jeden im Weißen Haus, der von der Einheit wusste«, sagte Calibrisi. »Wir müssen das rückwirkend machen. Ich werde eingehende Ermittlungen über die Leute hier anstellen, und zwar die Zeit betreffend, bevor die Einheit ins Leben gerufen wurde. Das schließt auch Sie ein, Sir. Das heißt nicht, dass ich glaube, Sie – oder die anderen – hätten etwas falsch gemacht. Es könnte ein verwanztes Telefon sein, jemand aus der Verwandtschaft oder auch ein Verräter. Aber dazu benötige ich Ihre Erlaubnis, Mr. President.«

Dellenbaugh gab Calibrisi das Handy zurück. »Die haben Sie. Finden Sie heraus, wer zum Teufel das getan hat. Finden Sie ihn und werfen Sie ihn in das tiefste Höllenloch, das wir haben.«

24

BÜRO DES DIREKTORS
CIA-ZENTRALE
LANGLEY, VIRGINIA

Kurz nach zwei Uhr morgens stieß Calibrisi die Glastür zu seinem Büro auf und trat hinter seinen Schreibtisch, zog das Jackett aus, nahm die Krawatte ab und drückte eine

Kurzwahltaste auf seiner Festnetztelefonanlage. Das Jackett und die Krawatte ließ er auf den Boden fallen.

»Hector«, sagte Bruckheimer. »Es ist mitten in der Nacht.«

»Ja, Entschuldigung, dass ich Sie wecke, Jim, aber es ist wichtig.«

»Sie haben mich nicht geweckt«, entgegnete Bruckheimer. »Ich bin noch im Büro.«

Jim Bruckheimer leitete das Signals Intelligence Directorate, die Abteilung für elektronische Aufklärung, kurz: SID. Das SID war eine Abteilung der National Security Agency. Sein Auftrag bestand darin, alle kryptografischen Systeme der NSA zu betreiben und die Strategie der Agency, soweit es die Überwachung betraf, zu regeln.

Bruckheimer leitete das SID von einem überladenen Schreibtisch aus, der sich in der vierten Etage eines Glaspalastes in Maryland befand, eines von zwei Bürogebäuden, die Fort Meade ausmachten. Er war ein kräftiger Mann, 56, und hatte an der University of Oklahoma als Linebacker gespielt, Verteidiger in der Footballmannschaft, obwohl er nicht so aussah, als würde er es heute noch hinkriegen.

»Was verschafft mir das Vergnügen Ihres Anrufs?«, fragte Bruckheimer. »Lassen Sie mich raten: Sie möchten, dass ich gegen das Gesetz verstoße.«

»Ich dachte, damit verdienen Sie Ihren Lebensunterhalt«, erwiderte Calibrisi.

»Es kommt darauf an, wie man das Wort ›Gesetz‹ definiert, Chief«, meinte Bruckheimer.

»Wir müssen einige Rückverfolgungsprotokolle über amerikanische Staatsbürger durchlaufen lassen. Ein paar ziemlich bekannte Leute, darunter der Präsident. Er weiß

darüber Bescheid und gibt seine Zustimmung. Morgen kriegen Sie es schriftlich.«

»Wovon reden wir hier eigentlich?«, wollte Bruckheimer wissen.

»Der Geheimdienstausschuss traf sich zu einer geheimen Abstimmung, um der CIA zu gestatten, ein zweiköpfiges Kill-Team im Inland einzusetzen. Fünf Stunden später fand man einen der Jungs an einem Seil baumelnd.«

»Ihr habt also eine undichte Stelle«, sagte Bruckheimer. »Meinen Sie, es war einer der Senatoren?«

»Höchstwahrscheinlich«, antwortete Calibrisi. »Es könnte aber auch ein Mitarbeiter im Weißen Haus sein.«

Es entstand ein langes Schweigen. Bruckheimer stieß die Luft aus. »Also, wie lautet die Aufgabe?«

»Sagen Sie es mir.«

»Fangen wir mit PRISM und Pinwale an.« Bruckheimer bezog sich auf zwei NSA-Überwachungsprogramme.

»Wie lange wird das dauern?«

»Ein paar Tage.«

»Ich brauche es früher, Jim.«

25

CIA-ZENTRALE
LANGLEY, VIRGINIA

Als Calibrisi und Tacoma die Büroetage des Direktors im sechsten Obergeschoss betraten, kam ihnen gleich am Glaseingang Bill Polk entgegen.

»Hector, ich muss Rob für einen Moment sprechen.«

»Das muss warten«, sagte Calibrisi.

»Es kann nicht warten«, entgegnete Polk. Er blickte Tacoma an. »Nur eine Minute!«

»In Ordnung«, sagte Calibrisi. »Ich bin in meinem Büro.«

Sobald Polk mit Tacoma allein war, blickte er ihn mit ernster Miene an.

»Es gibt eine undichte Stelle«, sagte Polk.

»Ach was!«

»Das heißt, die wissen über dich Bescheid, Rob, oder werden zumindest bald Bescheid wissen.«

»Was willst du damit sagen?«, fragte Tacoma.

»Wir müssen die Sache sein lassen, bevor du noch umgebracht wirst«, sagte Polk. »Es ist zu gefährlich. Wir haben einen Operator der Kategorie 1 verloren. Ich will verdammt sein, wenn wir noch einen verlieren, zumal dich.«

Tacoma fuhr sich mit der Hand durch seine dichte, dunkelblonde Mähne. »Ich weiß deine Besorgnis zu schätzen, aber es ist meine Entscheidung, und ich mache Jagd auf die Killer. Außerdem ist das Kind ja schon in den Brunnen gefallen. Die werden versuchen, mich umzulegen, egal was passiert.«

»Das ist kein Spiel«, meinte Polk.

»Wie sieht denn die Alternative aus?«, sagte Tacoma. »Soll ich mich für den Rest meines Lebens verstecken?«

»Nur eine Zeit lang, nur so lange, bis wir die undichte Stelle gefunden haben. Wir finden heraus, wer es getan hat, legen den Kerlen die Daumenschrauben an, kriegen heraus, wer dahintersteckt, und ziehen sie alle zur Rechenschaft.«

»Nein danke!« Tacoma schwieg einen Moment. »Du hast mich ausgebildet. Das hier ist der beste Geheimdienst der Welt. Vertraue darauf, was du mir beigebracht hast.«

Polk nickte, ein Lächeln huschte über seine Lippen. Er setzte die Brille ab.

»Ich vertraue dir«, sagte er. »Ich denke nur, du begehst einen Fehler, und ich habe keine Lust, noch einen Operator zu beerdigen, an dessen Ausbildung ich beteiligt war, insbesondere einen, der mir zufällig am Herzen liegt.«

Tacoma lächelte. Er streckte die Hand aus und legte Polk den Arm um die Schulter. Tacoma war einen Kopf größer und ein wahres Muskelpaket verglichen mit dem wie ein Professor wirkenden Polk.

»He, mach dir nicht so viele Sorgen, Bill«, sagte Tacoma. »Ich komme schon klar. Na los! Mal sehen, was sie herausgefunden haben.«

26

EPPS-TERMINAL
DEKALB-PEACHTREE AIRPORT
CHAMBLEE, GEORGIA

Wolkow gab dem Piloten Anweisung, nach Norden zu fliegen, Richtung Atlanta. Als die Gulfstream am Privatterminal landete, wartete bereits ein schwarzer Suburban. Wolkow stieg ein und bedachte die brünette Frau am Steuer mit einem kurzen Blick.

Er sagte nichts, als das Fahrzeug den Flughafen verließ und sich in Richtung eines Gebäudes im Zentrum von Downtown Atlanta in Bewegung setzte.

Es war ein Wolkenkratzer aus Stahl und Glas. Am Security-Schalter ging Wolkow zu den beiden Wachleuten,

die im schwarzen Anzug hinter einem langen, marmornen Empfangstresen standen. Statt seine Brieftasche zu zücken, zog Wolkow eine HK45 ACP mit Schalldämpfer. Dem ersten Mann jagte er eine Kugel in den Hals, dem anderen ins linke Auge. Beide Männer stürzten zu Boden.

Wolkow musste eigentlich gar nicht hier sein. Der Mann, den er aufsuchte, Baldessari, schuldete ihm 15 Millionen Dollar. Doch das war bei Weitem nicht die höchste Summe, die bei Wolkow offenstand. Um der Wahrheit die Ehre zu geben, er war in einer mörderischen Stimmung und auf Gewalt aus, und Atlanta war mit dem Flieger schnell zu erreichen.

Er hatte diesem Gentleman, einem hoch verschuldeten professionellen Rennstallbesitzer aus Atlanta, 15 Millionen Dollar geliehen, um ein Rennpferd zu kaufen und ein Team aufzustellen, das die Triple Crown der drei klassischen Rennen für Dreijährige holen sollte.

Der Zinssatz lag bei 25 Prozent pro Tag.

Als sich das 15-Millionen-Dollar Stutfohlen bei einem Trainingslauf an einem verregneten Tag in einem Stall in Kentucky das Bein brach, veränderte sich das Schicksal des Mannes ziemlich dramatisch. Er hatte nicht einen Cent abgezahlt und rief Wolkow auch nicht zurück. Aber Wolkow ging es weniger um den Affront, auch nicht um das Geld, sondern vielmehr um die Gelegenheit, rasch seine Wut an jemandem auszulassen.

Sie hatten Slokawitsch. Sie nahmen ihn in die Mangel.

Wolkow wollte gar nicht daran denken.

Wolkow schnappte sich die Marke eines der toten Security-Männer, ging zur Aufzuganlage, betrat eine leere Kabine und drückte die Zahl für Baldessaris Etage. Der Aufzug fuhr nach oben. Als sich die Türen auf seiner Etage

öffneten, wartete er und beobachtete, versteckt in der Ecke der Fahrstuhlkabine. Im letzten Moment trat Wolkow aus dem Aufzug in den Flur. Zu seiner Rechten nahm er eine Bewegung wahr, jagte eine Kugel in eine schattenhafte Gestalt und ging näher. Es war ein Mann mit einer Waffe, der sich stöhnend am Boden wand. Wolkow hatte ihn in den Oberkörper getroffen. Er erledigte den Mann mit einer Kugel in die Brust.

Als Wolkow auf den Toten hinabblickte, packte ihn die Wut. Anstatt ihm das Geld nach und nach zurückzuzahlen, beschäftigte dieser Rennstallbesitzer eine kleine Armee aus Leibwächtern, alle gut ausgebildet. Eine teure Crew. Zum ersten Mal empfand Wolkow Hass auf Baldessari.

Er ging den Flur entlang und gelangte an eine Ecke, steckte die Waffe wieder in sein Sakko und umrundete die Biegung. Auf halbem Weg den Flur entlang standen zwei Männer. Jeder war mit einem Sturmgewehr bewaffnet, und als Wolkow näher kam, schwenkten sie die Waffen nach oben und richteten sie auf ihn.

Wolkow hob unschuldig die Hände, während er weiter auf sie zuging.

»Ich möchte zu Mr. Baldessari«, sagte er.

»Identifikation!«

Wolkow langte in sein Sakko und zog die 45er. Er schoss, bevor die beiden überhaupt Zeit hatten zu reagieren. Das dumpfe, metallische Knallen hallte durch den Korridor, während die Kugeln die beiden Männer trafen. Die erste drang dem Leibwächter zur Linken in die Brust, mitten ins Herz, die zweite traf den anderen in den Hals.

Wolkow trat die Tür hinter den beiden Toten ein. Er bewegte sich durch eine leere Bürosuite, kam an die gläserne Außenwand des Wolkenkratzers und zog den Abzug

durch. Die Kugel traf die riesige Scheibe in der Mitte, ließ sie zersplittern und 56 Stockwerke tief auf die Straße hinabregnen. Wolkow trat an das zerschmetterte Fenster, hielt sich am Stahlrahmen fest, beugte sich hinaus und richtete seine Pistole auf die darüberliegende Etage. Er feuerte einmal und wich sofort wieder für einige Augenblicke zurück, während das Glas von oben herabregnete. Er hörte Schreie, als er nach oben langte, um die Kante des Stahlskeletts des darüberliegenden Stockwerks zu packen. Wolkow zog sich hoch in die nächste Etage. In der dortigen Suite war eine kleine Party im Gang.

Die Leute waren bereits auseinandergestoben. Wer noch da war, sah verängstigt zu, wie Wolkow ins Zimmer kletterte.

Er kam ins Innere und hielt sich nach links, einen Flur entlang, in dem ein blonder Mann mit riesigen Muskeln stand. Wolkow nickte ihm zu, als er an ihm vorüberging, und kam in ein luxuriöses Wohnzimmer. Musik lief, gedämpftes Licht, überall Glas – in jede Richtung hatte man freien Blick auf die Stadt, Tabletts mit Kokain, Champagnerflaschen.

Auf einem Sessel saß ein dunkelhaariger Mann und rauchte eine Zigarre. Wolkow sah ihn, zog seine schallgedämpfte ACP Kaliber 45 und richtete die Waffe direkt auf seinen Kopf.

»Andrej!«, hustete der Mann, während er die Zigarre aus dem Mund nahm. »Was führt dich nach Atlanta?«

»Ich möchte eine Botschaft überbringen«, sagte Wolkow. Er schwenkte die Waffe nach rechts, drückte ab, und eine Kugel schlug in das Auge der Frau neben dem Rennstallbesitzer und verteilte ihr Gehirn über die Wand. »Mit Zinsen schuldest du mir 22 Millionen Dollar.«

Die übrigen Leute flohen aus dem Zimmer. Wolkow behielt lediglich den Mann im Visier.

»Und du kriegst alles zurück!«, brüllte Baldessari, während er aufstand, um sich auf Wolkow zu stürzen.

Wolkow empfing ihn mit einem brutalen Tritt in den Magen. Als der Kerl zu Boden ging, trat Wolkow über ihn, hielt ihm das Endstück seines Schalldämpfers übers Auge und stieß fest zu, tief in die Höhle, bis das Auge um ein Haar platzte.

»Du kannst mir das Geld jetzt sofort überweisen, oder ich lege dich um«, sagte Wolkow.

»Du wirst mich doch sowieso umlegen«, stöhnte Baldessari.

»Schon möglich!« Wolkow nahm die Pistole vom Auge des Mannes und erhob sich. Dann jagte er ihm eine Kugel in den Oberschenkel.

Der Mann schrie vor Qual auf.

»Aber lebendig bist du für mich mehr wert als tot.«

Unbeholfen stand der Mann auf, sein Gesicht schmerzverzerrt. Wolkow hielt die Pistole weiterhin auf ihn gerichtet, obwohl das gar nicht nötig war. Das Bein des Mannes war blutüberströmt, er schwitzte stark. Er war so gut wie außer Gefecht.

Er hinkte zu einem Schreibtisch, holte einen kleinen Laptop hervor und tippte etwas auf der Tastatur.

»22 Millionen Dollar?«, fragte der Mann. »Ich überweise sie auf der Stelle.«

»Mach 25 draus«, sagte Wolkow. »Das ist eine runde Summe. Die Gebühr dafür, dass ich in dieses Drecksloch von einer Stadt kommen musste, um mir mein verfluchtes Geld zurückzuholen.«

27

MONCRIEF COUNTY ROAD
WATERFORD, WEST VIRGINIA

Tacoma bog von der Hauptstraße in Waterford in die Moncrief County Road ein. Die Straße war hügelig und kurvenreich, zu beiden Seiten von hohen Bäumen umstanden, die sich über die vom Alter rissige, von Schlaglöchern übersäte Asphaltstrecke breiteten. Hin und wieder sah man noch eine verblasste gelbe Linie. Es war das sprichwörtliche Mitten-im-Nirgendwo.

Tacoma peitschte den 670 PS starken Dodge Charger mit etwas über 130 Stundenkilometern vorwärts. Er trug eine Sonnenbrille, einen weißen Strickpulli mit Zopfmuster und eine Kakihose. Hinter den verspiegelten Gläsern war sein Blick kalt und gefühllos, nur ein Anflug von Wut war in seinen Augen zu erkennen, den er zu bezwingen suchte.

Er war die ganze Nacht auf gewesen. Es war sieben Uhr morgens, als er ein Stück weit vor sich einen hellen Schein auf dem Asphalt wahrnahm.

Zur Rechten führte ein unbefestigter Feldweg zwischen den Eichen hindurch, die hier einen dichten Wall bildeten. In der Mitte verlief ein Grasstreifen, der sich nach circa 30 Metern zwischen den Bäumen verlor. Tacoma machte sich nicht die Mühe abzubremsen. Stattdessen legte er eine brandheiße Kehre hin und schlitterte mit quietschenden Reifen auf die Öffnung zwischen den Bäumen zu. Die Hinterräder brachen aus und schleuderten kontrolliert über den Asphalt, bevor sie erneut griffen und den Wagen

vorwärts auf den Feldweg katapultierten, in den Wald hinein.

Auf dem letzten Stück des Weges sickerte von oben das Licht durch die überhängenden Äste. Tacoma machte langsamer. Er spürte, wie der Motor aufheulte, als er das Gas wegnahm und die linke Schaltwippe neben dem Lenkrad antippte, um herunterzuschalten. Der Maschine entrang sich ein wütendes, kehliges Dröhnen, als sie gezwungen wurde, das Tempo zu drosseln, während die Reifen sich fest ins Erdreich krallten und der Wind den Wagen abbremste.

Der Charger jagte in den Feldweg, während Tacoma aufs Gas trat, sodass der Wagen um ein Haar von der Fahrbahn schleuderte.

Gut 800 Meter weiter stand hinter einem ovalen Schotterplatz ein Backsteinhaus. Nichts regte sich, und doch war es nicht ausgestorben. In einem vagen Umkreis standen außer Sichtweite vier Männer in Jeans und taktischen Westen. Jeder hielt ein Präzisionsgewehr in den Händen, alle waren über winzige Ohrstöpsel mit einer zentralen Leitstelle verbunden.

Das Haus war groß und hübsch, mit schwarzen Fensterläden und Schieferdach. Reihen niedriger Buchsbäume grenzten es von Wiesen mit hohem, grünem Gras ab, die sich erstreckten, so weit das Auge reichte. Ein 400 Hektar großes Stück Land bedeutete, dass es kilometerweit keine anderen Häuser gab.

Fünf Fahrzeuge parkten in der Auffahrt: zwei schwarze Chevy Suburbans, ein glänzender, dunkelblauer Ford-Van, ein weißer Truck und eine schwarze Cadillac-Limousine.

Tacoma überquerte den letzten Hügel und hob kurz ab, während ein Lächeln über sein Gesicht huschte. Er war schon einmal hier gewesen. In seiner Ausbildung,

nachdem Katie Foxx ihn von der DEVGRU wegrekrutiert hatte. Damals leitete sie die Special Operations Group. Dies hier war nicht die sogenannte Farm. Hierher brachten sie einen, nachdem jeder in der Farm sein Okay gegeben hatte. Hier zogen sie diejenigen heran, die Langley ins Ungewisse schickte, jederzeit, ganz gleich in welches Land.

Hier hatte Tacoma gezeigt, aus welchem Holz er geschnitzt war.

Sosehr Tacoma die Erinnerung auch hasste, er konnte nicht anders und jagte den Charger mit aufheulendem Motor über eine Bodenwelle, sodass er einen Moment lang abhob. Als er krachend wieder aufsetzte, riss er das Lenkrad bei über 140 Stundenkilometern herum, um knapp an einem Baum vorbeischlitternd mit quietschenden Reifen eine Wendung zu vollführen. Die Moncrief Road alias »The Cabin – die Hütte« war der Ort, an dem man Tacoma alles über Verhöre, und wie man sie überlebte, beigebracht hatte. Hier wurde die Crème de la Crème der amerikanischen Operators in der Wissenschaft der physiopsychografischen Kriegsführung geschult. Zunächst als Empfänger, um dann später selbst auszuteilen.

Tacoma langte zum Radio und schaltete es aus. Er wollte das Dröhnen des Motors hören.

Sie bildeten immer jeweils nur einen Mann aus. Die Lehrgänge waren gestaffelt, sie ließen nie mehr Männer durch, als man richtig einschätzen und fördern konnte, obwohl sie zu dem Zeitpunkt, wenn sie in die Hütte kamen, keine Förderung mehr benötigten. Nun ging es nur noch um die innere Stärke.

Für Tacoma begann seine Rekrutierung, als er in Mosul entführt und unter Drogen gesetzt wurde. Tage später

wachte er in einem stinkenden Raum auf, die Fußgelenke gefesselt, die Ellenbogen auf dem Rücken so fest zusammengebunden, dass er das Gefühl hatte, die Arme würden ihm gleich abfallen. Ein Ballknebel steckte in seinem Mund und er hatte eine schwarze Plastiktüte über dem Kopf. Anfangs dachte er, er befände sich in einer Höhle am Hindukusch oder vielleicht in einer Wohnung in Karatschi oder Lagos oder sonst wo.

Er war drei Tage lang weggetreten gewesen, schätzte er.

Nach drei Tagen ohne Bewusstsein ging Tacoma, geknebelt und gefesselt, davon aus, dass man ihn gefangen genommen hatte. In Wirklichkeit hatte er sich genau hier befunden, in der Hütte.

In der Höllenwoche bei den SEALs in Coronado war er eine Woche am Stück wach geblieben, abgesehen von den wenigen kostbaren Stunden, die man sie einnicken ließ. Die Hütte war von demselben Mann entworfen worden, der sich das militärische Konzept ausgedacht hatte, das der Höllenwoche zugrunde lag.

Es war eine brutale, sich selbst bestimmende darwinistische Herausforderung, die letztlich die meisten Operators aussonderte.

Die CIA traf hier eine Auslese unter den Besten der Besten. Es ging nicht einfach um ihre Fähigkeiten. Über die verfügten sie alle. Langley musste diejenigen herausfiltern, die jedem Druck standhielten.

Es ging nicht mehr darum, ewig lange in kaltem Wasser zu schwimmen, Telefonmasten herumzuschleppen oder zu laufen, bis einem die Füße bluteten. Die Hütte war ein Anschlag auf das innerste Wesen der Psyche eines Operators. Die Erwählten, die in die Hütte kamen, zählten zu einer Elite, und sie wussten es. Die meisten schafften es

allerdings nicht. Jedes Jahr suchte Langley sieben Männer für die Special Operations Group aus.

Sechs Tage lang wurde Tacoma in einem fensterlosen Raum gefangen gehalten. Darin gab es nichts außer Beton und einer Glühbirne. Noch nicht mal einen Eimer, wenn man aufs Klo musste. Aus den Lautsprechern an der Decke schmetterte stundenlang laute Musik, manchmal auch bloß Lärm, nur um irgendwann abrupt aufzuhören.

Und dann die Prügel. Zu dritt oder viert kamen sie in seine Betonzelle, um ihn zu schlagen. Am ersten Abend schaffte Tacoma es trotz seiner Fesseln, einem der Kerle einen Kopfstoß zu verpassen, der diesem die Nase zertrümmerte. Es war sein einziger Triumph in jener einsamen Woche. Einer Woche, an deren Ende Tacoma wie ein Fötus zusammengerollt in der Ecke lag. Als sie kamen, um ihn von dort wegzuziehen – um ihm Wasser zu geben und sich zu vergewissern, dass er noch am Leben war –, nahmen sie ihm die Fesseln ab. Aber keiner machte Anstalten, ihm zu helfen.

Als sie an jenem sechsten Tag in Tacomas Zelle kamen, hatte er seit drei Tagen kein Wasser mehr bekommen. Nahrung sowieso nicht.

Es diente dazu, einen Mann zu brechen. Und bei den meisten gelang es.

Tacoma verbrachte die Stunden in einem Dämmerzustand und sang sich in seinem Kopf selber Lieder vor. Stundenlang immer wieder »She's a Rainbow«, bis ihm »Idiot Wind« von Bob Dylan wieder einfiel. Doch das war am Anfang gewesen. Als sie zu ihm kamen, war er versunken in ein permanentes Weiß, starrte wie gebannt auf die Glühbirne und beobachtete, wie Staubflusen das gelbe Halogenlicht ganz

schwach flackern ließen. Er war so gefesselt, dass er sich nicht rühren konnte, die Hände auf dem Rücken, die Beine nach hinten gebogen und festgezurrt.

Laute, verzerrte Musik dröhnte aus den Lautsprechern, als die Wachen hereinkamen. Tacoma nahm sie wahr, seine Kehle so trocken, dass das Atmen wehtat.

»Er ist weggetreten«, vernahm er eine Stimme über sich.

Tacoma spürte eine trockene, kalte Hand in seinem Genick. Eine weitere Stimme, diesmal ein älterer Mann, schnarrte: »Bringt ihn zu Dr. Basin. Wenn er wieder unter den Lebenden weilt, schickt ihn zurück nach Coronado. Er ist offiziell *durchgefallen.*«

Tacoma spürte, wie die Spannung an seinen Handgelenken nachließ. Wäre er eine Bedrohung, wäre jetzt der Zeitpunkt, etwas zu unternehmen, auf jemanden loszugehen, sich an einen letzten Versuch zu klammern ...

Doch Tacoma war katatonisch. Seine Arme bewegten sich kaum. Wie ein toter Fisch lag er da, die Augen offen, und blickte teilnahmslos an die Decke. Er spürte, wie jemand das Seil um seine Knöchel löste. Schließlich war es weg.

Tacoma zögerte nicht länger. Noch bevor das Seil auf dem Boden lag, stieß Tacoma sein Bein unter den Kerl, der ihn gerade losgemacht hatte, trat ihm von hinten die Knöchel weg und packte seine Pistole, während der Kerl rückwärtstaumelte. Der Wärter stieß einen lauten Schrei aus, als er an die Wand in seinem Rücken krachte. In diesem Moment schwenkte Tacoma die Waffe herum und richtete sie auf den anderen Mann. Langsam stand er auf und behielt die beiden CIA-Vernehmungsbeamten im Visier.

»Keine Bewegung«, flüsterte Tacoma, »wenn ihr am Leben bleiben wollt. Keinen Mucks!«

Unvermittelt öffnete sich eine Tür zu dem fensterlosen Vernehmungsraum. Eine junge, verdammt gut aussehende Frau trat ein. Ihr schulterlanges blondes Haar war über den grünen Augen zu einem Pony frisiert. Tacoma fuhr herum und nahm sie ins Visier. Er ging ein paar Schritte zurück. Nun hatte er alle drei vor sich. Sie kam auf ihn zu, und er drückte ab.

Nichts geschah. Sie kam näher.

»Platzpatronen«, erklärte die Frau.

Die beiden Männer, die er soeben überwältigt hatte, erhoben sich langsam. Einer von ihnen nickte Tacoma anerkennend zu, so als wollte er sagen: »Gut gemacht!«

»Ich heiße Katie Foxx.« Die Frau trat in die Mitte der Betonhöhle. »Gratuliere, Rob! Sie sind jetzt ein NOC, Stufe eins, Special Operations Group. Das heißt, sofern Sie möchten.«

Tacoma stellte den Motor ab und schnappte sich vom Rücksitz eine Benelli-Pumpgun Kaliber 12 in Tarnfarben. Er lud sie und stieg aus.

Mitten in der Einfahrt standen zwei Männer. Beide trugen Kakihosen, dunkelblaue Kurzarm-Poloshirts, Sonnenbrillen, Splitterschutz- und Einsatzwesten. Beide Männer hielten ihre leistungsstarken, halbautomatischen Gewehre mit Schalldämpfer auf den Boden gerichtet, als Tacoma auf sie zuging.

»Können Sie sich ausweisen, Sir?«, fragte einer der beiden, ein hochgewachsener, stämmiger Kahlkopf mit dichtem Bart. Er kam Tacoma bekannt vor. »Vorschriften!«

»Kein Problem! Wie heißen Sie?«, wollte Tacoma wissen, während er nach seinem Ausweis griff.

»Patchford!« Der Mann betrachtete Tacomas Ausweis. »Ich war früher auch in der DEVGRU.«

»Gratuliere«, meinte Tacoma. »Wo steckt der Kerl?«

»In der Zelle«, sagte Patchford. »Sie haben ihn schon mithilfe von Psychopharmaka vernommen.«

Von der Zufahrt erscholl Motorengeräusch. Eine schwarze Limousine geriet in Sicht, ihre Reifen wirbelten Staub auf, als sie rechts ranfuhr und hielt. Calibrisi stieg aus dem Fond und nickte den beiden CIA-Leuten zu. Er folgte Tacoma, als dieser, die Pumpgun in der Hand, den Lauf nach oben gerichtet, auf die Haustür zuging.

»Warte!«, sagte Calibrisi.

Tacoma blieb stehen, drehte sich um und wartete, bis Calibrisi ihn einholte.

»Wie sieht dein Plan aus?«, wollte Calibrisi wissen.

»Ich werde die Informationen aus ihm rausprügeln und ihn dann umlegen«, sagte Tacoma. »In dieser Reihenfolge.«

»Warum?«

»Weil die Kerle nichts mehr sagen, wenn man sie erst umlegt«, sagte Tacoma.

»Ich meine, warum ihn umlegen?«

»Weil er es verdient hat, Hector.«

Calibrisi nickte kaum merklich. Er musterte Tacoma und die Pumpgun. »Das also ist dein großartiger Plan?«

»Ja«, sagte Tacoma. »Gefällt er dir? Hab ich mir gerade ausgedacht.«

»Dieser Typ ist die einzige Verbindung, die wir zu Cosgroves Mörder haben, zu Nick Blakes Mörder, zu John Patrick O'Flahertys Mörder«, erwiderte Calibrisi. »Zu den Kerlen, die uns den Krieg erklärt haben. Und deine Lösung besteht darin, einfach da reinzuspazieren und ihn umzulegen?«

»Ganz recht«, meinte Tacoma. »Da sind wir ja auf einer

Wellenlänge. Ihn ein bisschen leiden lassen, ihm die Kniescheiben wegpusten, solche Sachen.«

Hinter dem Haus flatterte plötzlich ein Vogel aus den Bäumen auf. Ein Moorhuhn. Tacoma sah zu, wie es wegflog.

»Wir sind keineswegs auf derselben Wellenlänge«, entgegnete Calibrisi. »Wenn du ihn umbringst, haben wir keinen Anhaltspunkt mehr.«

Tacoma nickte und begegnete Calibrisis Blick.

Zum ersten Mal trat ein ernster, überlegter, wenn nicht gar reifer Ausdruck in Tacomas Miene. Irgendetwas zwischen Wut und Verstehen.

Einige Augenblicke nach dem ersten flog ein weiteres Moorhuhn auf. Diesmal schwenkte Tacoma die Benelli nach unten in Richtung seiner linken Hüfte, sodass seine Linke den Vorderschaft packte. Er zog ihn zurück und lud durch, während er der Flugbahn des Vogels folgte und abdrückte. Der Knall der Pumpgun war wie ein Donnerschlag. Das Moorhuhn stürzte aus der Luft.

»Ich habe den Eindruck, wir haben sowieso keinen Anhaltspunkt.« Tacoma sagte es so leise, dass nur Calibrisi es hören konnte, erstmals mit einem Anflug von Härte und Zynismus.

Tacoma wollte zu dem herabgestürzten Vogel gehen, um ihn aufzuheben.

Einer der Wachposten hielt ihn auf. »Ich hole ihn.«

Tacoma drehte sich um, da packte Calibrisi ihn am Pulli und trat näher. »Was soll das heißen? Keinen Anhaltspunkt?«

»Du weißt, was es heißt«, sagte Tacoma. »Wir haben nichts in der Hand und stecken bis zum Hals in der Scheiße. Die Russenmafia wusste über Cosgrove Bescheid.

Nicht nur das, sie haben auch einen US-Senator umgelegt und einen Gouverneur – zwei ziemlich wichtige Leute –, und wir haben verflucht noch mal nichts. Diese ganze Sache stinkt von Anfang an. Das sind Profis, und wir stehen dummerweise da wie ein Kindergarten.«

Calibrisi hörte aufmerksam zu. Zum ersten Mal hörte er Tacoma etwas Ernsthaftes sagen – zum ersten Mal nahm Tacoma etwas ernst.

Tacoma war ein Operator, schlicht und ergreifend. Aber der Anblick Cosgroves, wie er an dem Strick von der Decke hing, hatte ihn gezwungen, einer unangenehmen Tatsache ins Auge zu sehen. Er trug nun die Verantwortung für eine geheime CIA-Einheit, die keineswegs mehr so geheim war. Er erkannte, dass das, wofür er sich verpflichtet hatte, etwas gänzlich anderes war, als er erwartet hatte, etwas vollkommen anderes als ursprünglich beabsichtigt. Und doch durfte er nicht einfach das Handtuch werfen. So viel war er seinem Vater schuldig. Er konnte nicht einfach aufgeben, und wenn er es täte, wie könnte er dann je wieder in den Spiegel blicken?

»Du hast recht, Rob«, sagte Calibrisi. »Aber irgendwo müssen wir anfangen. Wenn du rauswillst, dann kannst du jetzt umkehren.«

»Wann habe ich denn gesagt, dass ich rauswill?«

»Ich würde es bleiben lassen.«

»Tatsächlich?«, meinte Tacoma.

»Nein, aber so bin ich. Du hast noch nicht Ja gesagt. Ich möchte nicht, dass du das unter falschen Voraussetzungen tust.«

»Ich gebe nicht auf«, sagte Tacoma. »Aber ich werde es auch nicht nach Art der Agency tun.«

Calibrisi nickte.

»Sollte dieser Kerl überleben« – Tacoma deutete auf das Haus – »wird ihn irgendein korruptes Schwein befreien und mich verkaufen. Das nennt man Außensicherung, und die haben wir nicht. Nicht im Geringsten. Ich habe das Dokument gelesen. Ich genieße totale Immunität. Ich werde nicht gehen, bevor er tot ist.«

»Dieser Kerl wird nie mehr die Sonne sehen. Du hast mein Wort darauf.«

»Ich weiß, dass ich dein Wort habe.« Tacoma wandte sich ab und ging auf die Eingangstür zu. »Aber das genügt nicht, oder?«

»Wenn du da reingehst und ihn umbringst, verlieren wir jede Information, die er noch im Kopf hat.«

Tacoma blieb stehen. Er blickte Calibrisi an. »Im Gegensatz zu dir habe ich diesen Ort durchgestanden.«

»Was soll das heißen? Das ist nicht relevant.«

»Doch, ist es«, entgegnete Tacoma. »Das Erste, was ich in der Hütte gelernt habe, ist: töten oder getötet werden. Ich habe hier das Kommando, das heißt: Ich habe hier das Sagen.«

Calibrisi packte ihn am Handgelenk. »Ich hätte dich nicht darum bitten dürfen. Du bist nicht reif genug dazu.«

Tacoma ließ sich von Calibrisi aufhalten, obwohl er ihn mühelos hätte abschütteln können. Er wartete einige Sekunden, dann drängte er – höflich, aber bestimmt – zur Tür, während Calibrisi ihn nach wie vor gepackt hielt.

»Lass mich los, Hector«, sagte Tacoma ruhig. »Ob es dir gefällt oder nicht, das ist meine Operation.«

»Du gehst mir da nicht mit der Pumpgun rein«, sagte Calibrisi mit fester Stimme. »In ein paar Tagen kannst du ihn von mir aus umlegen, aber nicht heute. Du bist viel zu zornig – und er ist die einzige Verbindung, die wir haben.«

Tacoma nickte. »In Ordnung!« Er reichte Calibrisi die Pumpgun.

»Danke, Rob.«

Tacoma und Calibrisi gingen ins Haus, an einem weiteren CIA-Posten vorbei durch den Flur bis zu einer Tür. Tacoma öffnete die Tür, und sie gingen nach unten. Es war ein typischer Keller, dunkel, das Licht gelöscht, ein großer Öltank zur Linken. Auf der anderen Seite des Raums mit der niedrigen Decke befand sich eine weitere Tür. Aus Stahl. Neben der Tür war eine Glasscheibe, durch die man in den Vernehmungsraum sah.

Vor der Tür stand eine Schwarze mittleren Alters mit kurzem Haar.

»Rob?«, sagte sie. »Ich bin Karen Roberts.«

»Hi, Karen!« Er schüttelte ihr die Hand.

»Freut mich, Sie kennenzulernen. Hi, Hector«, fügte Karen hinzu, als dieser hinter Tacoma in den Vorraum kam.

»Hi, Karen, wie geht's?«

»Danke, gut!«

Tacoma merkte, wie sich bei dem modrigen Kellergeruch die Härchen in seinem Nacken aufrichteten. Sein Blick fiel auf den Lichtschimmer unter der Stahltür. Er hatte fast eine Woche hinter jener Tür verbracht. Ihn beschlich ein unbehagliches Gefühl. In der Hütte gab es keinen großen Unterschied zwischen Tag und Nacht, und auch nicht zwischen Gut und Böse. Doch da war etwas anderes. Das Gefühl, es überstanden zu haben. Unverkennbar ein Triumphgefühl.

Karen reichte Tacoma ein Blatt Papier, das er sich gemeinsam mit Calibrisi durchlas.

»Wir haben sein Foto mit Rampart, Main Core, Fairview, PRISM, Pinwale und jedem anderen Fingerabdruck-, DNA- und Gesichtserkennungsprogramm abgeglichen, über das wir respektive die NSA verfügen«, erklärte sie. »In einer FBI-Datenbank – Gravestone – stießen wir auf sein Porträt. Er heißt Boris Slokawitsch, ist Russe, wohnhaft in Fort Lauderdale. Er ist ein *Bratok* in der Odessa-Mafia.«

»Ein ›*Bratok*‹?«, fragte Tacoma.

»Ein Soldat, Schläger, Killer. *Mordkommando*. Es gibt keine Akten darüber, wie er in die USA gekommen ist, also ist er offensichtlich unter falschem Namen hier. Sobald ich seinen Namen hatte, ließ ich ihn durch PRISM laufen. Nichts. Weder Mobilfunkspuren noch Kreditkarten oder E-Mails, die wir verfolgen konnten. Er ist ein Phantom. Aber diese Kerle sind uns immer einen Schritt voraus. Sie haben Glück, Rob, dass Sie noch am Leben sind.«

Tacoma zeigte keinerlei Regung.

Karen reichte ihm ein weiteres Blatt. Darauf waren mehrere Fotos. Bis auf das letzte waren sie alle schwarz-weiß. Alle waren sie aus großer Entfernung aufgenommen. Sie zeigten einen hässlich aussehenden Mann mit dichtem Haar, länglichem Gesicht und einer langen, gebogenen Nase. Tacoma trat an die Glasscheibe und betrachtete den Kerl, der Cosgrove getötet hatte, Slokawitsch, an einen Stuhl gefesselt, einen großen, weißen Verband um Brust und Bauch.

Die Fotos trafen ihn recht genau. Sie hatten eindeutig Slokawitsch gefunden, wer immer er sein mochte.

»Haben Sie jemanden beim IOC-2 angerufen?« Damit meinte Calibrisi das International Organized Crime Intelligence and Operations Center, eine behördenübergreifende Einrichtung der US-Regierung, ins Leben gerufen, um die russische Mafia zu verfolgen.

»Ich habe mit Peter Buckey in Quantico gesprochen und mit Joon Kim vom Büro der Staatsanwaltschaft für den südlichen Bezirk von New York. Die hatten Slokawitsch überhaupt nicht auf dem Schirm, allerdings waren sie auch kein bisschen überrascht. Die Odessa-Mafia und die Malnikows sind weltweit die beiden größten kriminellen eurasischen Vereinigungen. Sie sind äußerst verschwiegen, schicken ihre Leute viel herum und haben eine hohe Sterblichkeitsrate. Buckey meinte, es sei so, als wollte man Ameisen nachspüren.«

»Gute Arbeit!« Calibrisi gab ihr das Blatt zurück, langte nach der Stahltür und trat ein.

Drei Wände waren mit schmucklosen alten, verblichenen Kieferbrettern verkleidet. Die vierte Wand bestand aus einer Glasscheibe. Dahinter befand sich ein weiterer Raum voller elektronischer Geräte, Diagnosehardware und mit einem kleinen Team aus Ärzten und Wissenschaftlern, um den Zustand des Gefangenen zu beurteilen und zu kontrollieren.

Das Glas war kugelsicher.

Der Russe, Slokawitsch, saß auf einem stählernen Stuhl, der am Boden festgeschraubt war. Er war kräftiger, als Tacoma ihn in Erinnerung hatte. Er schien Mitte 20 zu sein, hatte einen schiefen Bürstenschnitt und Narben in seinem blassen Gesicht. Auf dem Kopf hatte er einen Edelstahlhelm. Drähte waren eng um sein Gesicht geschlungen und klemmten ihm Nase, Mund und Hals ein. Ein roter Gummiball war fest in Slokawitschs Mund geschnallt und knebelte ihn. Mit Kabelbindern war er an den Stahlstuhl gefesselt. Die Hand, die Tacoma angeschossen hatte, war bandagiert, sein Bein ebenfalls, in das Tacoma ihm ein Messer gestoßen hatte.

Tacoma blickte die beiden Männer im Raum an. »Nehmt alles weg! Entfernt den Knebel!«

»Alles?«

»Alles«, sagte Tacoma. »Und sagt den Jungs hinter der Scheibe, sie sollen die Kameras abstellen.«

Tacoma beobachtete, wie die Wachen sich dem großen Russen näherten, während er von der anderen Seite des großen Vernehmungsraumes herankam. Slokawitsch hustete, nachdem sie ihm den Ballknebel aus dem Mund genommen hatten, beugte sich mitleiderregend vor und rieb sich die Handgelenke. Er brauchte nur wenige Sekunden, um sich an die Situation zu gewöhnen, und war dann wieder ganz ein Operator. Mit wildem Blick starrte er Tacoma an.

»Lassen Sie uns allein«, sagte Tacoma.

»Ja, Sir«, erwiderte einer der beiden Männer.

Die beiden CIA-Agenten verließen den Vernehmungsraum.

Tacoma sah den Gefangenen an.

»Hi«, sagte Tacoma voller Elan. »Während der nächsten paar Minuten werde ich dein Animateur sein. Also lehne dich einfach zurück, entspann dich und genieße den Flug. Vielleicht möchtest du dich ja anschnallen. Ich habe mir sagen lassen, es könnte Turbulenzen geben.«

»*Chego ty khochesh?*«, sagte Slokawitsch auf Russisch.

Was willst du?

»*Kto poslal tebya?*«, sagte Tacoma.

Wer hat dich geschickt?

»Du kannst mich genauso gut wieder fesseln«, sagte Slokawitsch. »Aber kettet mich diesmal an. Das war ein großer Fehler. Ich hätte jederzeit hier rausgekonnt.«

»Ja, klar«, entgegnete Tacoma. »Davon bin ich überzeugt. Vielen Dank, dass du es nicht ausgenutzt hast, Slokawitsch.«

Für einen Moment wirkte der Russe überrascht, als er seinen Namen hörte.

Tacoma entging Slokawitschs Reaktion nicht. Er nahm die Hände an die Seite, während er mitten in den Raum trat und sich vor den Russen stellte. Er sah, wie Slokawitsch seine Arme und Beine musterte.

»Warum hast du mich losgemacht?«, fragte Slokawitsch.

»Ich baue eine Vertrauensbasis auf«, erwiderte Tacoma. »Ich brauche Antworten. Willst du am Leben bleiben? Dann fang an zu reden. Wer hat dich geschickt? Wer war die Frau?«

»Was für eine Frau?«, fauchte Slokawitsch, während er seinen Blick verzweifelt durch den Vernehmungsraum schweifen ließ.

»Die Frau, der ich fast den Arm abgerissen habe, als ich euch beiden die Scheiße aus dem Leib geprügelt habe«, sagte Tacoma.

Ohne Vorwarnung stürzte der Russe sich plötzlich auf Tacoma, ging trotz seines verletzten Beines auf ihn los und überwand die Entfernung zwischen ihnen. Slokawitsch hob seine gesunde Hand und holte zu einem Schlag gegen Tacomas Kopf aus.

Tacoma wirkte überrascht, doch dann wich er aus, stieß brutal mit dem Fuß zu, erwischte den heranstürmenden Russen am Knie und trat es ihm weg. Unbeholfen stürzte der Russe kopfüber zu Boden und stöhnte vor Schmerz auf.

»Steh auf, Slokawitsch«, sagte Tacoma.

Langsam erhob sich der Russe, dabei setzte er zu einem erneuten Schlag gegen Tacoma an. Seine Faust durchschnitt die Luft vor Tacomas Gesicht, doch Tacoma lehnte sich zurück, ließ Slokawitschs Faust vorbeisausen und

begegnete dem Vorwärtsdrang des Russen mit einem heftigen Fauststoß ans Kinn, der ihm den Kiefer brach. Man hörte den Knochen knacken. Slokawitsch ging zu Boden, während ihm das Blut aus dem Mund quoll.

Tacoma stand über ihm.

»Ich habe dich gefragt, wer dich geschickt hat.«

Slokawitsch lag da, Blut lief ihm aus dem Mund.

»Es wird nur schlimmer«, sagte Tacoma.

»Na los, bring mich doch um«, entgegnete Slokawitsch. »Ich werde dir kein Sterbenswort sagen.«

»Harter Bursche«, meinte Tacoma.

Er verriegelte beide Türen, die in den Vernehmungsraum führten – die Tür, durch die er gekommen war, und die Tür zu dem technischen Labor hinter der Glasscheibe, in dem alles überwacht wurde, sodass niemand hereinkommen konnte. Er sah Calibrisi im Kontrollraum und hatte Blickkontakt zu ihm, als er seine P226R aus einem Holster zog, das er verdeckt vorn an der Hüfte trug. Er richtete sie auf Slokawitsch.

»Hast du Blake umgebracht?«

Bedächtig nickte Slokawitsch. Ja.

»Was ist mit der Frau? War sie diejenige, die Senator O'Flaherty vergiftet hat?«

»*Da.*«

»Wer hat dich geschickt?«, fragte Tacoma.

»Leck mich am Arsch.«

Tacoma drückte ab. Keine drei Zentimeter vor Slokawitschs Knie schlug eine Kugel in den Boden ein.

»Hast du meine Frage gehört?«, sagte Tacoma. »Oder soll ich dir ein Hörgerät ins Knie pflanzen?«

Slokawitsch blickte hoch, ohne etwas zu sagen.

»Wer ist die Frau?«

»Ich habe sie auf Tinder kennengelernt«, grinste Slokawitsch.

Tacoma feuerte und sprengte ein ovales Stück aus Slokawitschs Knie auf den Teppich. Sein Schrei war entsetzlich, gurgelnd vor Blut, das sich bereits in seiner Kehle befand. Der Russe schien den Schmerz zu überwinden, tauchte ein in eine völlig andere Welt. Sein Gesicht, obschon blutbespritzt, wurde gleichmütig.

Tacoma trat über Slokawitsch und richtete die Waffe auf seinen Kopf.

»Boris, falls du am Leben bleiben willst, sag mir, wer dich geschickt hat.« Tacoma blickte dem Russen fest in die Augen. »Irgendetwas sagt mir, dass du weiterleben möchtest.«

»Ich schwöre, ich weiß es nicht.«

»Was weißt du?«, fragte Tacoma. »Ich fürchte, wenn du nichts weißt, habe ich eigentlich keinen zwingenden Grund, dich am Leben zu lassen.«

»Wie kann ich dir denn trauen?«, murmelte Slokawitsch.

»Das kannst du nicht«, meinte Tacoma.

Calibrisi rüttelte an der Tür. Tacoma warf ihm durch die Scheibe einen Blick zu und blickte rasch wieder zurück.

»Das ist mein Boss. Er will nicht, dass ich dich umbringe.«

»Du solltest auf deinen Boss hören«, keuchte Slokawitsch.

»Du hast exakt vier Sekunden, um mir etwas zu erzählen, sonst schieße ich dir das andere Knie weg.«

Slokawitsch schrie.

»Nun«, meinte Tacoma, während er auf ihn anlegte. »Drei, zwei, eins …«

»Ich kenne bloß die Person, die mich angeheuert hat«, sagte Slokawitsch. »Die Frau. Sie heißt Audra.«

»Wo ist sie?«

»In Florida. Miami.«

»Wie ist ihr Nachname?«

Slokawitsch schüttelte den Kopf, so als wollte er sagen: keine Ahnung.

»Wie ist ihr Nachname?«, fragte Tacoma noch einmal.

»Audra«, stöhnte Slokawitsch. »Mehr weiß ich nicht. Audra.«

»Da ruft dich also eine Frau an, du kennst noch nicht mal ihren Nachnamen, und du fliegst nach Iowa und legst den Gouverneur von Florida um?«, sagte Tacoma.

»So läuft das, ja. 50.000 im Voraus, 100.000 nach Erledigung.«

»Und Cosgrove?«

»Noch mal 100.000 Dollar.«

»Für wen arbeitet sie?«

»Ich schwöre, ich habe keine Ahnung. Das ist alles, was ich weiß.«

Tacoma starrte auf den Russen hinab, die Waffe nach wie vor auf dessen Kopf gerichtet. Er blickte zu dem Raum voller Techniker und Ingenieure, ging zur Tür des Kontrollraums und entriegelte sie. Die Tür zum Vernehmungsraum wurde geöffnet, und eine Frau in weißer Uniform kam herein.

Unvermittelt drehte Tacoma sich wieder zu Slokawitsch um und jagte ihm eine Kugel ins andere Knie. Slokawitsch schrie.

»Er hat uns alles gesagt, was er weiß«, sagte Tacoma zu der CIA-Ärztin. »Töten Sie ihn und begraben Sie ihn dann.«

»Ja, Sir«, erwiderte sie.

»Nein, warte«, sagte Slokawitsch. »Der Nachname ist mir eingefallen.«

»Wie heißt sie?«, blaffte Tacoma, auf seinen Kopf zielend.
»Wirst du mich umlegen?«
»Nicht wenn du mir ihren Nachnamen nennst.«
»Butschko. Audra Butschko. Sie wohnt auf Jupiter Island.«
Tacoma steckte die Waffe ins Holster.
»Lassen Sie ihn am Leben«, sagte Tacoma. »Ich möchte, dass ihm ein neues Pharmapaket verabreicht wird, etwas, das den Schmerz lindert. Finden Sie heraus, ob er noch etwas weiß.«

In der Auffahrt stieg Tacoma in den Charger, da hörte er Calibrisi.
»Rob!«
Tacoma hielt inne und blickte sich um.
»Stopp«, rief Calibrisi.
Tacoma schlug die Tür zu und ging zurück zu Calibrisi.
»Musstest du auf ihn schießen?«, sagte Calibrisi wütend.
»Ich sagte dir doch, dass ich ihn umbringen werde«, meinte Tacoma. »Der einzige Grund, warum ich es nicht getan habe, ist der, dass er vielleicht noch ein bisschen was weiß. Er ist ein toter Mann.«
»Du schaffst das nicht allein.«
»Bisher hat es funktioniert«, sagte Tacoma.
Der CIA-Direktor war ein hochgewachsener Mann, früher selbst CIA-Agent, einer der Ersten, die für die Special Operations Group rekrutiert wurden, die damals noch gar keinen Namen hatte. Calibrisi wurde als Bravo 4 eingestuft, eine Klassifizierung, die mit der Fähigkeit zu töten zu tun hatte, also Bravo, und der geografischen Zuordnung. Die »4« bezog sich auf Berlin, ein schwieriger Einsatz, ein Scheideweg des Verrats, wo es aus verschiedenen Gründen Keimzellen des Terrorismus gab.

Calibrisi war ein Jäger. Er verbrachte zwei Jahre damit, wie ein Tourist unermüdlich per Interrail durch Europa zu fahren. Und Leute umzubringen. Doch er war älter geworden. Als er auf Tacoma zuging, geriet er ins Straucheln. Tacoma trat zu ihm und stützte ihn mit beiden Händen, gerade als Calibrisi stolpern und hinfallen wollte.

»Alles in Ordnung?«

»Ja, danke«, sagte Calibrisi. »Hör zu, Rob, wenn du es allein machen willst, gut. Aber das heißt, dass wir draußen sind. Dann bist du auf dich allein gestellt.«

Tacoma zögerte. Er sah Calibrisi an, schließlich senkte er den Blick.

»Tut mir leid«, sagte Tacoma leise. In einem Moment des Bedauerns schüttelte er den Kopf. »Du hast recht. Es ist bloß so, dass ich wirklich wütend bin. Ich gebe mir die Schuld. Wäre ich rechtzeitig da gewesen, wäre er vielleicht noch am Leben.«

»Lass den Wagen stehen«, sagte Calibrisi. »Ich habe gerade einen Hubschrauber bestellt. Fliegen wir zurück nach Langley. Wir müssen Audra Butschko finden.«

Vom Hubschrauber aus rief Calibrisi Polk an. »Hi, Bill«, sagte Calibrisi.

»Chief«, sagte Polk. »Was darf's sein?«

»Kannst du dich um alles außerhalb dieser Sache kümmern? Ich habe bereits alles zu Papier gebracht, damit jeder, der über die Einheit Bescheid weiß oder auf Ad-hoc-Basis Aufgaben für sie erledigt, durch Präsidialerlass geschützt ist.«

Polk nickte. »Verstehe! Aber das wäre nicht nötig gewesen. Ich hätte es sowieso getan, trotzdem danke. Ich

werde mich auf alle Tier-One-Projekte konzentrieren, du brauchst dir darum keine Sorgen zu machen.«

»Was du ebenfalls in Angriff nehmen musst, Bill, ist ein Gegenschlag«, sagte Calibrisi. »Wir müssen aufpassen, was wir auf US-Boden tun. Aber alles, was sich außerhalb unserer Grenzen abspielt, steht auf einem anderen Blatt. Das war ein schreckliches nachrichtendienstliches Versagen des FBI, der ganzen USA, offen gesagt. *Aber wir sind die gottverdammte CIA!* Die Russenmafia ist da draußen, und außerhalb der USA können wir ganz legal etwas unternehmen.«

»Sozusagen«, entgegnete Polk.

»Ich will, dass ihr harte Ziele angreift, und zwar sofort. Beziehe mich nicht mit ein, du hast die Leitung.«

»Alles klar, Chief. Willst du es Nagasaki- oder lieber Pop-Warner-mäßig?«

»Mach es ordentlich«, sagte Calibrisi, »aber brutal! Vertrauensleute, Verwandte, was auch immer am meisten wehtut. Müssen ein paar verdeckte Ermittler auffliegen, soll es eben so sein. Wir können ihnen neue Aufträge geben. Richtig blutig, gebt euer Bestes!«

»Verstanden«, sagte Polk. »Aber dir ist schon klar, dass das Rob zusätzliche Probleme bescheren wird?«

»Ja, das ist mir klar«, sagte Calibrisi.

»Was ist mit den Malnikows?«, wollte Polk wissen.

»Halte sie da raus«, sagte Calibrisi. »Vielleicht brauchen wir sie noch. Das war die Odessa-Mafia.«

»Okay. Guten Flug!«

28

HART SENATE OFFICE BUILDING
WASHINGTON, D.C.

Senator Peter Lehigh beendete das Händeschütteln im großen Empfangsbereich. Er war müde und wollte sich nur noch auf die rote Ledercouch in seinem riesigen Büro setzen, von dem aus man zum Kapitol blickte.

Carrie, seine Sekretärin, gab ihm ein Zeichen, indem sie ihr Telefon berührte.

»Er sagt, es sei wichtig«, sagte sie. »Ein Mann namens Barry.«

Langsam, fast wie ein Knochengerüst, ging Lehigh in sein Büro.

»Stellen Sie ihn durch«, sagte er. »Ich will nicht gestört werden.«

Lehigh machte die Tür hinter sich zu und schloss ab. Er trat hinter seinen Schreibtisch und nahm den Hörer.

»Hallo, Mr. Darré.«

»Ich mache es kurz und komme gleich zur Sache, Senator«, erscholl Darrés Stimme. »Wer ist der andere Amerikaner, der der Einheit zugewiesen ist?«

»Ich weiß es nicht. Ich fürchte, das Angebot ...«

»Halten Sie den Mund«, sagte Darré. »Wir brauchen den Namen des anderen Agenten, der für die Einheit eingeteilt ist. Der Geheimdienstausschuss hat doch die Kontrolle darüber. Und Sie sind im Geheimdienstausschuss. Wie heißt der Mann?«

»Die Abmachung lautete: Informationen über die Einheit. Ich habe Ihnen nie die Namen versprochen! Aus

reiner Freundlichkeit habe ich Ihnen Cosgroves Namen genannt, und nun ist er tot!«, fauchte Lehigh.

»Geben Sie mir den Namen, oder Sie enden genau wie Cosgrove. Haben Sie verstanden?«

»Die suchen doch schon nach der undichten Stelle«, fuhr Lehigh ihn an. »Den Namen des anderen hat man uns noch nicht genannt. Wenn ich die CIA danach frage und es Ihnen weitersage, werden Sie ihn einfach umlegen. Dann nehmen die mich fest und jedes weitere Ausschussmitglied, und die CIA wird circa fünf Minuten brauchen, um alles bis zu mir zurückzuverfolgen.«

»In der Tat«, pflichtete Darré ihm bei. »Sie haben ganz recht, so sieht es aus. Ich sagte Ihnen doch, Sie sollen alles sauber halten und darauf achten, dass Ihre Angelegenheiten in Ordnung sind.«

»*Sie haben Cosgrove ermordet!*«, brüllte Lehigh.

»Das waren Sie«, sagte Darré ruhig. »Nun besorgen Sie mir den Namen des anderen Agenten. Und lassen Sie sich eins gesagt sein: Falls Sie erwischt werden und alles ausplaudern, wird Ihre Familie ebenso enden wie Cosgrove, sie werden von der Decke baumeln. Ich will das zwar nicht tun, Senator, aber ich werde es tun. Ich werde sie persönlich aufhängen.«

Es entstand ein langes Schweigen. Schließlich sagte Lehigh: »Nachher informieren sie uns. Ich werde seinen Namen herausfinden, Mr. Darré.«

»Gut! Sie leisten einen großartigen Beitrag zur amerikanischen Politik. Es wäre doch schade, wenn Sie Selbstmord begingen oder einen tödlichen Autounfall hätten. Ihre Wähler wären außer sich.«

29

CIA-ZENTRALE
LANGLEY, VIRGINIA

Es gab mehrere Stockwerke unter der Erde, die vom Directorate of Operations betrieben wurden. Alle waren sie fensterlos. Im untersten Untergeschoss, als T2 bezeichnet, waren die Einsatzzentralen untergebracht – große, halbrunde Säle, dazu ausgelegt, eine Mission live zu leiten. Es gab fünf solcher Zentralen. In dieser, Gamma, hielten sich nicht allzu viele Leute auf, trotzdem ging es ziemlich geschäftig zu.

Der Raum bestand aus im Halbkreis angeordneten Sitzreihen auf der einen und einem riesigen Bildschirm auf der anderen Seite.

In dem Halbrund fanden 50 Personen Platz. Es war annähernd halb voll, verschiedene CIA-Leute und Mitarbeiter des Weißen Hauses, dazu alle 15 Mitglieder des Geheimdienstausschusses.

Auf dem Bildschirm waren vier große Fotos zu sehen. Die beiden oberen Fotos zeigten zwei alte Männer, die beiden unteren jüngere Männer. Die älteren Herren sahen auf den ersten Blick gleich aus. Beide waren sie in den Sechzigern oder Siebzigern, blass, voller Falten, und hatten schütteres graues Haar. Bei genauerem Hinsehen allerdings entdeckte man die Unterschiede.

Unter dem riesigen Porträt auf der linken Seite stand:

ODESSA-MAFIA
REINVERMÖGEN: (geschätzt) $ 17,9 MILLIARDEN
BERGEN-CLAN

NICOLAI BERGEN 73
NIKITA BERGEN 34
REINVERMÖGEN: $ 7,9 MILLIARDEN

Nicolai, der ältere Bergen, hatte ein schmales Gesicht, seine Augen waren berechnend und intelligent, er wirkte wie ein Anwalt. Nikita Bergen hatte einen schwarzen Haarschopf, ziemlich lang, den er von rechts nach links gekämmt trug. Er hatte dichte Augenbrauen und ein gut aussehendes, athletisches, muskulöses Gesicht.

In der Einsatzzentrale saßen zwei Dutzend Leute, unter anderem Calibrisi, Polk, Katie Foxx sowie diverse Spezialisten aus Langley, die in die verdeckte Aktion eingeweiht waren.

Die Tür zu Gamma wurde geöffnet, und Tacoma trat ein.

Tacomas Haar war feucht und zurückgekämmt, in der Mitte gescheitelt. Er trug ein kurzärmeliges weißes Buttondown-Hemd und Jeans.

Suchend blickte er über den Raum, sagte jedoch nichts, ging zu einem Stuhl nahe der Tür und setzte sich, ohne Katie, Calibrisi oder sonst jemanden zu begrüßen.

Einen Moment herrschte Schweigen. Katie blickte Calibrisi an, dieser stand auf.

»Fangen wir an!« Calibrisi ging nach vorn und stellte sich vor den riesigen Bildschirm. »Dies hier ist Rudy Laveran von der Special Activities Division, Abteilung Russland.«

Ein hochgewachsener, aber gebeugter Mann mit Brille erhob sich. »Ich habe an der Columbia studiert. Als ich 1987 meinen Abschluss machte, kamen die ersten Berichte über die russische Mafia in den Nachrichten.«

Er drückte auf eine Fernbedienung, und rechts neben den Fotos erschien eine Karte und wurde herangezoomt.

»Brighton Beach«, sagte Laveran. »Das war ihr offizieller Brückenkopf, aber es gab auch andere. Damals war alles schon abzusehen. Die Sowjetunion stand vor dem Zusammenbruch. Die Gerissenen, die Härtesten, die wahren Tiere erst aus Moskau, dann aus Odessa, dann aus den Gefängnissen, sie alle kamen nach Brighton Beach.« Laveran legte eine Pause ein. »Die russische Mafia ist eine wahrhaft amerikanische Geschichte. Es geht um Chancen und Freiheit. Kapitalismus. Das einzige Problem dabei ist: Die Russen – die echten Russen, die Nachfahren der Kosaken –, die halten sich nicht an Regeln, für die zählt nur: Friss oder stirb. Mehr nicht. Es waren die Kosaken, die nach Brighton Beach kamen. 1991, als die Sowjetunion endgültig auseinanderbrach, als die Zentralregierung sich auflöste, kam jeder Verbrecher, jeder Gangster und jeder Dreckskerl aus der ehemaligen UdSSR hierher. Man soll aufpassen, was man sich wünscht. Wir zerstörten die Sowjetunion, aber damit schufen wir die russische Mafia, zumindest diejenige auf amerikanischem Boden.«

»Danke für den Geschichtsunterricht«, sagte Tacoma. »Fahren Sie fort!«

»Ja«, erwiderte Laveran, »aber es ist relevant. Ich entschuldige mich dafür, falls ich Sie langweile, aber es ist wichtig.«

»Wir kapieren das schon«, sagte Tacoma. »Ich möchte wissen, was im Moment vorgeht.«

Tacomas Blick schweifte durch die Einsatzzentrale und blieb auf Katie haften, alle anderen blendete er aus.

Laveran drückte auf die Fernbedienung, und die Fotos verschwanden. An ihrer Stelle erschien eine Russlandkarte,

farbig unterlegt, um die Reichweite der Operationen jedes einzelnen Verbrecherclans anzuzeigen.

»Wie Sie sehen, baute Juri Malnikow vor dem Zerfall der Sowjetunion einen wahrhaft breiten Kontrollstreifen im gesamten Ostblock auf«, sagte Laveran. »Als die Sowjetunion schließlich auseinanderbrach, kontrollierten die Malnikows das organisierte Verbrechen in Moskau sowie die am dichtesten bevölkerten und wohlhabendsten Regionen nördlich in Europa. Die Bergens weigerten sich allerdings, St. Petersburg aufzugeben. Sie verbündeten sich mit einer Familie in Odessa und riefen die Odessa-Mafia ins Leben.« Laveran deutete auf die Karte. »Unseren Schätzungen zufolge kontrollieren die Malnikows 60 Prozent des organisierten Verbrechens im ehemaligen Ostblock, ungefähr acht Milliarden Dollar pro Jahr aus Aktivitäten allein in der früheren UdSSR. Die Bergens erzielen fast drei Milliarden durch illegale Aktivitäten in der Region. Aber wir wissen wenig über die verschiedenen Ableger der Odessa-Mafia. Man munkelt, dass sie sich den Malnikows in Bezug auf die schiere Größenordnung annähern.«

»Was ist mit den USA?«, wollte ein Mitarbeiter des Weißen Hauses wissen.

Laveran drückte auf die Fernbedienung. Anstelle der Karte von Russland und der Sowjetunion erschien eine Landkarte der Vereinigten Staaten. Jede größere Stadt war farblich gekennzeichnet.

»Ohne auf jede Stadt einzeln einzugehen«, sagte Laveran, »entsprechen die Zahlen in den USA doch denen in Russland.«

»In welchen Bereichen verdienen sie ihr Geld?«, fragte Polk.

»Drogenhandel, Prostitution, Autodiebstahl und Computerkriminalität, was E-Mail-Betrug und verschiedene Formen der Datenerpressung einschließt«, erklärte Laveran. »Jede Familie bringt eine Unmenge an Produkten in die USA. Hochwertiges Zeug kommt per Schiff oder Flugzeug. Per Schiff heißt Opioide und Koks, per Flugzeug Menschenhandel, überwiegend Mädchen. Das sonstige Zeug wird zur Gänze in den USA hergestellt und geerntet.«

»Weshalb bringen sie dann zwei wichtige Politiker um?«, wollte Katie wissen.

»O'Flaherty und Blake waren ihnen ein Dorn im Auge«, meinte ein Mitarbeiter des Weißen Hauses. »Liegt es nicht auf der Hand? Diese Morde haben die amerikanische Politik in Angst und Schrecken versetzt.«

»Ich halte diese Anschläge für ein Ablenkungsmanöver«, sagte Laveran. »Damit die amerikanische Regierung sie alle ins Visier nimmt.«

»Warum?«, fragte Katie.

»Weil die verschiedenen Familien alle eine Stinkwut haben werden«, erklärte Laveran. »Man wird die Schuld bei allen suchen, obwohl die meisten gar nichts damit zu tun haben. Allerdings dürften sie wissen, wer es war, und es wird zu einem Krieg kommen, vielleicht auch zu mehreren. Eine der Familien versucht hier, einen Krieg mit den anderen vom Zaun zu brechen.«

Laveran zielte mit der Fernbedienung und klickte. Fotos von Verbrechensschauplätzen liefen über den Bildschirm, von Explosionen erschütterte Restaurants und blutüberströmte Leichen, Schlagzeilen aus alten Zeitungen.

Schließlich erschien ein Foto von Cosgrove.

»Damit kommen wir zu Cosgrove.« Laveran zoomte auf Cosgroves übel zugerichtetes Gesicht.

Tacoma sprang von seinem Stuhl auf.

»*Nimm das von dem verfluchten Bildschirm!*«, blaffte er.

Der Bildschirm erlosch, während Laveran den Kopf einzog.

Tacoma trat in die Mitte des halbrunden Saales, stellte sich vor die 15 Mitglieder des Geheimdienstausschusses und die diversen Mitarbeiter, darunter Calibrisi und Katie, und deutete hinter sich auf den dunklen Bildschirm. Seine Miene wirkte ein wenig ratlos.

»Jetzt verstehe ich«, sagte er in gespieltem Überschwang, während er die Leute in der Einsatzzentrale anstarrte. »Ich gehe einfach da raus und lege die ganzen Kerle um! Tolle Idee! Junge, es ist richtig großartig, Sie alle auf meiner Seite zu haben, wenn ich da rausgehe und mein Leben aufs Spiel setze. Vielen Dank auch! Ich schätze Ihre Aufsicht und Ihre Mitwirkung sehr. Tolle Idee! Ich lege die Kerle um, und dann melde ich mich wieder zurück, okay? Klingt das gut?«

Tacoma ließ den Blick durch die Einsatzzentrale wandern. Sein Gesicht verzog sich zu einem brutalen, nüchternen, verächtlichen Ausdruck.

»Sie haben diese Einheit ins Leben gerufen«, sagte er wütend und sah dabei jedem im Saal ins Gesicht. »Keine fünf Stunden danach baumelt der Mann, der sie eigentlich leiten sollte, an einem Strick.«

»*Rob!*«, schnitt Katie ihm das Wort ab. »Okay, Sie alle, machen wir fünf Minuten Pause.«

»*Leck mich!*« Tacoma blickte Katie an. »Ich bin derjenige, der das erledigen soll. Was mich betrifft, werde ich den ganzen Abend reden, und ihr werdet mir zuhören. Sagt mir noch mal, weshalb ich das überhaupt tun sollte? Das ist doch ein Himmelfahrtskommando, ihr könnt mich alle mal! Kapiert?«

Katie ging zu Tacoma, stellte sich vor ihn und hob beschwörend die Hände, damit er aufhörte. Er sah ein wenig verwirrt aus, schließlich hörte er auf zu reden. Sein Blick wirkte benommen, als er sich geistesabwesend im Saal umsah.

Calibrisi stand auf und signalisierte allen im Raum: Raus hier!

Schweigend verließen die Senatoren den Saal, schockiert darüber, wie sich das Briefing entwickelt hatte. Nachdem der Raum sich geleert hatte, blieben nur noch Calibrisi und Katie mit Tacoma zurück. Sie schlossen die Türen zur Einsatzzentrale.

Schweigend standen die drei beisammen und tauschten Blicke aus.

»Und?«, fragte Tacoma. »Wie war ich?«

»Perfekt«, meinte Katie.

»Ganz gut!« Calibrisi schien nicht ganz so beeindruckt. »Meiner Meinung nach etwas übertrieben, aber das Wesentliche ist, dass jetzt jeder glaubt, dass du den Bettel hinschmeißt oder doch zumindest eine Zeit lang brauchen wirst, bis du wieder klar im Kopf bist.«

»Ganz gut?«, sagte Tacoma. »Das war Shakespeare.«

»Was auch immer!« Calibrisi deutete hinter Katie. »Nehmen wir die andere Tür. Wir müssen Audra Butschko finden.«

Auf dem Rückweg nach Capitol Hill seufzte Lehigh in seiner Limousine erleichtert auf. Der andere Agent, Tacoma, hatte soeben das Handtuch geworfen. Bald war das Ganze vorüber.

Bruno Darré brauchte keinen weiteren Namen. Tacoma hatte aufgegeben. Es war vorbei, zumindest hoffte Lehigh das.

30

IN DER NÄHE DES REAGAN NATIONAL AIRPORT
ALEXANDRIA, VIRGINIA

Ein schwarzer Chevy Suburban mit dunkel getönten Scheiben fuhr in einem städtischen Außenbezirk in Virginia auf einen Parkplatz hinter einem Lebensmittelgeschäft, gut 20 Kilometer vom Reagan National Airport entfernt. In dem Laden herrschte reger Betrieb und der Parkplatz war voll, allerdings wurde der Suburban von einer niedrigen Reihe Müllcontainer abgeschirmt. Die Digitaluhr am Armaturenbrett des SUV zeigte 15:36 Uhr an.

Calibrisi las eine Nachricht auf seinem Smartphone. Katie saß auf dem Fahrersitz.

Fast eine Stunde lang saßen Tacoma, Katie und Calibrisi in relativem Schweigen da. Schließlich blickte Calibrisi auf seine Uhr. »Zeit, dich zum Flughafen zu bringen.«

Katie reichte Tacoma einen russischen Pass, zerknittert, damit er gebraucht aussah. Darin befand sich ein altes Foto von Tacoma mit kurzem Haar.

»Gut aussehender Typ«, meinte Tacoma, während er Katie zuzwinkerte.

Katie schüttelte den Kopf.

ORLOW, JEWGENI

»Wo hast du das denn her?«

»Wir haben ein Foto abgeändert, das damals aufgenommen wurde, als wir dich für die SPEC OPS unter die Lupe nahmen.«

»Das war vor sechs Jahren.«

»Du siehst immer noch so aus«, sagte Katie.

»Nein, tue ich nicht.«

»Doch, tust du«, sagte Katie. »Aber bilde dir jetzt bloß nichts ein. Wichtiger noch: Es spielt keine Rolle. Der Pass ist ein Jahr zurückdatiert.«

»Und warum kann ich nicht einfach unter meinem Namen dorthin fliegen?«

»Wir müssen vorsichtig sein. Wenn die Cosgrove gefunden haben, können sie dich auch ausfindig machen«, antwortete Katie.

»Wer ist der Kerl?«, erkundigte Tacoma sich nach dem Menschen, dessen Identität er annahm.

»Jemand, der unwichtig ist.«

Tacoma starrte erst Katie an, dann blickte er zu Calibrisi. »Wer ist es? Wenn es keine saubere Sache ist, gut. Aber ich will es wissen, bevor ich das Ding benutze.«

»Er ist Russe«, sagte Calibrisi. »Irgendein Mistkerl. Er steckte bis zum Hals in der Scheiße, und wir kauften ihm seinen Background ab, im Gegenzug erhielt er eine neue Identität in den USA. Der Grund, warum wir das getan haben – und er ist nur einer von vielen –, ist für genau diesen Zweck.«

»Wird er nichts ausplaudern?«

»Nein«, meinte Calibrisi. »Er wohnt jetzt in Phoenix und arbeitet bei einer Firma, die Motorräder umbaut. Wir tracken ihn. Sollte er je wieder versuchen, ein Ding zu drehen, erfahren wir es.«

»Was hat er getan?«

»Banken ausgeraubt«, sagte Katie.

»Okay, gut«, meinte Tacoma.

»Du solltest davon ausgehen, dass die wissen, dass wir

hinter dieser Frau, Audra, her sind«, sagte Calibrisi. »Von dem Moment an, wenn du den Reagan National Airport betrittst, musst du auf alles gefasst sein, und zwar den ganzen Weg bis Miami. Dort dürfte es wahrscheinlich passieren. Diese Leute haben Connections. Ich an deren Stelle hätte Verbindungen zu Mitarbeitern der Transportsicherheitsbehörde, zu Cops und zur Airport Security, und jetzt, in diesem Augenblick, würde ich ein Team losschicken, um nach dir Ausschau zu halten. Selbst wenn sie deine Identität nicht kennen, werden sie nach einem Operator suchen. Wir müssen vom Schlimmsten ausgehen.«

»Warum nicht privat fliegen?«

Katie stockte einen Moment.

»Sie werden versuchen, dich am Flughafen zu erwischen. Hoffentlich konzentrieren sie sich darauf. Am besten ist es, wenn sie dich dort suchen.«

»Köder«, meinte Tacoma.

»Ja«, sagte Katie, »und du kannst in der Menschenmenge untertauchen. Regeln der Kriegsführung.«

»Und mein Back-up ist?«

»Niemand!«

»Rob, das ist deine Operation«, sagte Calibrisi. »Tu, was immer du tun musst. Du kannst Audra Butschko beseitigen, wenn du möchtest. Aber dahinter steckt jemand Wichtigeres.«

»Wer?«

»Das ist es ja: Wir haben keine Ahnung«, sagte Calibrisi. »Aber ich bezweifle doch sehr, dass ausgerechnet diese Frau einen Maulwurf im Geheimdienstausschuss oder im Weißen Haus hat. Sie ist eine Befehlsempfängerin. Leg sie um, wenn du willst. Falls das deine einzige Option ist, tu es auf jeden Fall. Töte sie. Aber bleib unvoreingenommen.

Mag sein, dass sie Billy aufgehängt hat – dass sie das Ganze organisiert hat –, aber sie hat Befehle ausgeführt. Ich würde lieber ihrem Hintermann eine Kugel in den Kopf jagen.«

Ein wenig verärgert schüttelte Katie den Kopf. »Leg sie einfach um. Wenn du sie am Leben lässt, gehst du bloß ein größeres Risiko ein. Falls es noch jemand anders gibt, machen wir ihn später ausfindig. Wir schicken die Spurensicherung rein, und bis zum Morgengrauen ist der Ort gesäubert.«

»Ja, verstanden!« Tacoma fuhr sich mit der Hand durchs Haar. »Ich fliege nach Miami, spüre sie auf und rufe dann an.«

»Das ist ein Teil davon«, meinte Calibrisi.

»Und der andere Teil?«, fragte Tacoma.

»Überleben«, sagte Calibrisi. »Darüber machst du dir viel zu wenig Gedanken. Im Gegensatz zu anderen Undercover-Agenten befindest du dich in den USA. Du kannst jederzeit einfach aufhören. Wenn die wissen, dass du Slokawitsch lebendig geschnappt hast, und das wissen sie, gehen sie wahrscheinlich davon aus, dass wir es auf diese Audra abgesehen haben. Im Moment sind wir noch im Vorteil. Die können sich nicht vorstellen, dass wir die Frau so schnell ausfindig machen. Aber wenn sie schlau sind, werden sie uns erwarten. Diesmal wird es kein Zwei-Mann-Team sein, Rob. Im Zweifelsfall musst du es bleiben lassen, um es später zu erledigen.«

»Warum? Damit die mir in ein paar Wochen einen Strick um den Hals legen?«

»Werd nicht zynisch«, sagte Calibrisi.

»Du musst doch zugeben, die Anfänge dieser sogenannten Einheit verliefen nicht gerade nach Plan«, sagte Tacoma.

»Nein, das nicht«, entgegnete Calibrisi. »Aber wenn von Anfang an alles reibungslos läuft, kann es genauso im Schlamassel enden, das weißt du. Je schwieriger die Zielsetzung, desto hässlicher wird es. Denk mal darüber nach. Die Einheit wurde mit einem Ziel vor Augen ins Leben gerufen. Zu dem Zeitpunkt war es eine große Herausforderung. Die Russen umlegen, die soeben Nick Blake und John Patrick O'Flaherty getötet hatten. Dann wurde Cosgrove getötet, und jetzt reicht das Ganze wesentlich tiefer. Wir haben einen Verräter innerhalb der US-Regierung. Das heißt, dass die wahrscheinlich wissen, wer du bist.«

»Danke für die aufmunternden Worte«, meinte Tacoma. »Wie steht es mit der Feuerkraft?«

»Wenn du in den Flieger steigst, wird ein Steward dir eine Jacke reichen«, sagte Katie. »Darin sind zwei SIGs P226 und sechs erweiterte Magazine. Beide Waffen haben einen Schalldämpfer und sind heiß. Außerdem wirst du darin einen Elektrorasierer finden. Du musst dir die Haare schneiden, bevor du nach Miami kommst.«

Tacoma stieg aus dem SUV. Katie ließ die Scheibe auf der Fahrerseite herunter.

»Danke fürs Mitnehmen«, sagte Tacoma. »Bleib, wie du bist.«

»Rob, sei bitte vorsichtig.« Katies Stimme war kaum mehr als ein Flüstern.

Tacoma streckte die Hand aus und strich ihr liebevoll und freundschaftlich über die Wange. »Alles klar, Katie.«

In dem schwarzen CIA-Suburban sah Calibrisi Katie an.

»Das ist ein Desaster«, sagte Katie.

»Sag bloß, Sherlock!«

»Zurück zum Wesentlichen«, sagte Katie. »Wir haben einen Maulwurf und keinen Ansatzpunkt. Audra ist eine Schimäre.«

»Bruckheimer wird den Maulwurf aufspüren«, sagte Calibrisi, »aber wir brauchen Live-Informationen für Rob.«

Mittlerweile war der SUV wieder auf dem Highway. Katie strich sich ihren blonden Pony zurück. Sie sah aus wie ein Teenager, unterwegs zu einer Freundin.

»Wir brauchen einen Hacker und Informationsspezialisten, der nicht auf der Gehaltsliste steht«, meinte Calibrisi. »Ich kenne nur einen, der dazu in der Lage ist.«

»Ich weiß, was du willst, Hector«, erwiderte Katie, »und ich werde es nicht tun.«

»Er würde alles für dich tun.«

»Ach, lass mich in Ruhe!«

»Du wiederum würdest für Rob alles tun«, sagte Calibrisi. »Du bist bloß eine Verbindungsperson. Igor wird zu Robs Überleben beitragen.«

»Nein«, entgegnete Katie.

»Ach, komm schon! Was ist schon dabei?«

»Nein. Lass mich bloß in Ruhe. Dann soll Rob eben sterben. Mir wäre es lieber, Rob ist tot, als dass ich das tue.«

»Wir brauchen ihn«, sagte Calibrisi. »Er hat geholfen, den Anschlag auf die Columbia University zu beenden. Dass er in dich verliebt ist, ist im Grunde dein einziger Vorteil, Katie. Stell dir vor, es ist eine Operation. Um Erfolg zu haben, müssen wir nach jedem Strohhalm greifen. Rob hat recht: Das Ganze ist ein einziger Schlamassel. Aber es ist erst der Anfang. Ein Jet steht für dich bereit. In einer Stunde bist du in Manhattan. Willst du, dass Rob

am Leben bleibt? Ich schon. Und ich weiß, dass du das auch willst. Flieg nach New York City und überzeuge Igor davon, mitzumachen.«

An der nächsten Ausfahrt auf der Route 267 machte Katie kehrt zurück Richtung Dulles, keine anderthalb Kilometer entfernt.

Schweigend fuhr sie einige Minuten lang.

»Schön, aber ich sollte einen Bonus kriegen wegen sexueller Belästigung«, meinte Katie, als sie in Dulles vor einer im Leerlauf vor sich hin brummenden Gulfstream GV auf die Bremse latschte. Sie öffnete die Tür und blickte zu Calibrisi hinüber. »Ich will, dass um exakt« – sie sah auf ihre Armbanduhr – »22:45 Uhr ein Hubschrauber auf der Sheep Meadow im Central Park bereitsteht.« Sie stieg aus dem Wagen. »Ich will eine FS-Verbindung mit Vorrang. Er braucht einen Breitbandzugang. Du willst, dass ich das tue? Schön!«

Sie schlug die Tür zu und marschierte über das Rollfeld zu dem wartenden Jet, erklomm die Stufen, und die Einstiegstür schloss sich hinter ihr. Kurz darauf war die Gulfstream in der Luft. Katie war die einzige Passagierin. Sie nahm Platz und sah aus dem Fenster. Es war ein blauer Sonnenuntergang.

Als die Maschine über die Startbahn jagte, flüsterte sie vor sich hin: »Was ich nicht alles für dich tue!«

Wenige Minuten später holte ein ECO-Star-Helikopter Calibrisi ab und brachte ihn nach Andrews, wo ein Jet auf ihn wartete. Er stieg an Bord, und die schnittige rotsilberne Gulfstream G50 rauschte über die Rollbahn, hob wie ein Vogel ab in den östlichen Himmel und strebte dem Atlantik zu. Nicht lange, und auf dem Flug Richtung Osten

bildete er den Hintergrund für das Ziel des Jets. Calibrisi versuchte ein Nickerchen zu machen, wohl wissend, dass in Island womöglich der Schlüssel zu allem lag.

31

NATIONAL CLANDESTINE SERVICE
CIA-ZENTRALE
LANGLEY, VIRGINIA

Polk stand in einem großen Konferenzraum, durch Glaswände abgeschirmt von einem Großraumbüro voller Arbeitsnischen und heller Lichter. Er kam sich vor wie in einem Prisma, was die Tatsache überlagerte, dass sie sich mehrere Stockwerke unter der Erde befanden.

Es war ein Besprechungsraum für die Missionsplanung inmitten der überfüllten Büroetage, in der der National Clandestine Service untergebracht war. Dieser umfasste zwei Abteilungen: eine Gruppierung, die sich der politischen, finanziellen und technologischen Strategie und Manipulation widmete, also die Special Activities Division, und ihr brachialeres Gegenstück, die Special Operations Group.

Die Deckenbeleuchtung in dem Raum war ein wenig zu grell.

Um den Konferenztisch saßen insgesamt 20 Menschen, weitere standen. Allerdings hatte es nichts mit der Position zu tun, ob man einen Sitzplatz bekam oder nicht.

Polk trat ein, die Ärmel hochgekrempelt.

»In dieser Lagebesprechung geht es um Russland und

den Ostblock.« Polk ließ seinen Blick durch den Raum wandern. »Versammelt sind alle Offiziere der Special Operations Group und der Special Activities Division hier aus Langley.« Polk blickte rings um den Tisch. »Wir werden tödliche Maßnahmen ergreifen, sobald dies operativ möglich ist. Die Zielpersonen gehören zum organisierten Verbrechen in Ihrem jeweiligen Bereich. Jeder von Ihnen hat ein Briefing Sheet erhalten, ich nehme an, Sie haben es alle gelesen.«

Nicken ringsum, einige murmelten »Ja, Bill«.

»Ich will hochrangige Ziele, wo immer Sie sie ausmachen können«, sagte Polk. »In Russland, Europa, in der Ukraine, sonst wo. Ich möchte einen Personalplan für die Ausführung. Sie legen jetzt los, in zwei Stunden will ich Entwürfe und Ziele sehen. Ich will die wechselseitige Integration von Geheimdienstinformationen und Planung. Angie«, wandte Polk sich an eine hübsche Rothaarige, Angie Poole, die Leiterin der SAD, »Sie arbeiten mit Mack. Noch etwas: Lassen Sie die Malnikows in Ruhe. Die haben nichts damit zu tun, tatsächlich helfen sie uns, wie bei der Freiheitsstatue.«

Er sah sich um, ob es noch Fragen gab.

Angie blickte Mack Perry an. »Wie sieht es mit freien Kräften aus, Mack?«

»In St. Petersburg und Moskau können wir jemand erübrigen«, sagte Perry. »Ich kann sie sofort einsetzen. Moskau wird ein Erstprojekt sein, aber ich habe ein gutes Gefühl bei dem Agenten.«

»Was ist mit der Ukraine?«, wollte Polk wissen.

»Warner ist außer Gefecht«, sagte Perry. »Er ist in Genf im Krankenhaus. Ihm wurde vor einer Woche ins Bein geschossen.«

»Das wusste ich«, meinte Angie. »Sorry! Wie geht es ihm?«

»Gut!«

»Wie steht es mit Kiew?«, fragte Polk.

»Kiew – Smith – befindet sich mitten in einer Operation«, sagte Perry. »In einer Operation, die Sie abgesegnet haben.«

Angie blickte Polk an. »Es ist kein Geheimnis«, sagte sie. »Diese Jungs sind in ganz Südamerika unterwegs.«

Polk blickte zu Perry.

»Rio, Montevideo, Buenos Aires befinden sich alle mitten in einer Operation«, sagte dieser.

»Rufen Sie die Activity an.« Polk bezog sich auf die US Army Intelligence Support Activity (USAISA), deren Aufgabe darin bestand, im Vorfeld der Einsätze von JSOC- und SPEC-OPS-Einheiten Informationen zu beschaffen, und zwar rund um die Welt. »Sagen Sie ihnen, wir könnten für ein paar Tage einen Delta brauchen. Finden Sie in der Zwischenzeit die Zielpersonen heraus. Sonst noch etwas?«

Ein großer, muskulöser Kahlkopf, Rick Ahearn, beugte sich vor. »Bill, ist das wirklich der richtige Weg, es den Kerlen heimzuzahlen, die Nick Blake und John Patrick O'Flaherty ermordet haben? Wir setzen unsere Teams bloß Beta-Situationen aus, und das alles aus Rache. Meiner Meinung nach funktioniert das nicht.«

Beim National Clandestine Service wusste jeder, was er damit meinte: Risiko, Unberechenbarkeit und erhöhte Todeswahrscheinlichkeit.

»Wenn die einen aus deinem Team umlegen, schlägt man zurück«, sagte Polk, »auch wenn das bedeutet, jemanden zu töten, der nichts mit dem Ganzen zu tun hat. Manchmal geht es um die Zielpersonen und manchmal

nur darum, ›Fick dich‹ zu sagen. Jetzt sagen wir ›Fickt euch‹.« Er ließ den Blick über die Versammelten gleiten. »Bloß keine Subtilität!«

32

DARRÉ GROUP
NEW YORK CITY

Nathaniel saß in Darrés Büro.

Er war Darrés wertvollster Trader, ein 32-jähriger Princeton-Absolvent mit weitreichenden Computerkenntnissen und begabter Algorithmenschreiber. Nathaniel war allein. Er wartete darauf, dass Darré von einer Besprechung zurückkam. Er hatte ziemlich langes schwarzes Haar, in der Mitte gescheitelt, und trug einen braunen Anzug von Brunello Cucinelli und Louboutin-Slipper.

Darré stutzte, als er eintrat, dann schloss er die Tür hinter sich und sperrte die reale Welt aus. Oder vielleicht auch die vorgetäuschte.

»Was gibt es?«, fragte Darré.

»Ich habe alle Flüge, öffentlich und privat, überprüft, die in den nächsten Stunden nach Miami gehen«, sagte Nathaniel.

»Weshalb Miami?«

»Der Voraussetzung gemäß, dass sie hinter Audra her sind. Unter der Annahme, dass Slokawitsch umgefallen ist.«

»Komm zur Sache!«

Nathaniel drückte eine Taste an seinem Handy. Ein riesiger digitaler Bildschirm senkte sich an einer der Wände

von Darrés Büro herab. Zunächst war alles schwarz, dann erschienen grüne Zahlenreihen – die schließlich stehen blieben. Eine bestimmte Zahlenfolge in dieser grünen Zahlenwand blinkte leuchtend orange.

985834176-92356
803275027599967 99896
88432917507856137529-78
78237598979
23057823857235

»Was ist das, Nate?«

»Ich habe erwartet, dass etwas hinsichtlich eines Privatflugs nicht ganz passt«, sagte Nathaniel. »Auf diese Art würde ich jemand losschicken, um Audra umzulegen. Aber dabei bin ich auf etwas anderes gestoßen. Eine früher einmal verwendete Identität, die mit einem CIA-Alias von vor ein paar Jahren übereinstimmt. Sollte ich richtigliegen, ist jemand gerade mit einem Linienflug unterwegs nach Miami.«

»Ein Irrtum«, sagte Darré. »Ich habe mit Lehigh gesprochen. Er sagt, der andere, der zu der Einheit gehört, hat bereits alles hingeschmissen. Er war bei dem Meeting.«

»Die haben ihn verarscht«, meinte Nathaniel. »Die wissen Bescheid.«

»Kann sein«, sagte Darré. »Vielleicht ist es bloß ein Vorwand, oder vielleicht hat er tatsächlich aufgehört.«

»Das bezweifle ich.«

»Ist das möglich?«, fragte Darré.

»Ja«, erwiderte Nathaniel. »Nicht nur möglich! Wir sollten davon ausgehen, dass es so ist und dass Slokawitsch Audra verpfiffen hat. Das bedeutet, dass jemand unterwegs

nach Miami ist. Wir haben Glück. Wir wissen, mit welchem Flug. Er landet in zwei Stunden.«

Darré ging ans Fenster und überlegte sorgfältig seinen nächsten Schritt.

Er hatte zwei chirurgische Schläge geplant, zumindest hatte er es dafür gehalten, die man irgendwie der russischen Mafia anlasten würde. Schließlich war diese keine einheitliche Organisation, es gab buchstäblich Hunderte von Splittergruppen. Er hatte gedacht, man würde die Schuld, von den Medien angeheizt, bei ihnen allen suchen, ohne ins Detail zu gehen. Er hatte ganz bestimmt nicht damit gerechnet, dass der Präsident die CIA hinzuziehen würde, geschweige denn dass man ihm dies gestattete. Darré kannte das Gesetz – er hatte die juristische Fakultät von Yale besucht –, aber dabei vergaß er die Tatsache, dass man Gesetze ändern, neu einführen oder, am wahrscheinlichsten, einfach umgehen konnte. Es spielte jetzt keine Rolle mehr. Darré hatte einen Krieg gegen die US-Regierung vom Zaun gebrochen. Er hatte seine beiden größten Widersacher mit Erfolg beseitigt, O'Flaherty und Blake. Aber was Senator Lehigh ihm erzählt hatte, änderte alles. Die Tatsache, dass der Senat CIA-Operationen im Inland zuließ, bedeutete, dass die US-Regierung Blakes und O'Flahertys Tod nicht tatenlos hinnahm. Mit dem Mord an Cosgrove hatte Darré den USA eine unmissverständliche Antwort geschickt. Er fragte sich, ob es nicht besser gewesen wäre, es einfach auf sich beruhen zu lassen. Darré dachte stets geradeaus. Im Kampf war es am besten, früh und hart zuzuschlagen. Aber so waghalsig der Schritt auch gewesen sein mochte, der Mord an Cosgrove eröffnete eine völlig neue, unkalkulierbare Front in einem Krieg, der nicht einfach aufhören würde. Einen kurzen Augenblick lang stellte Darré alles infrage.

Darré hatte angenommen, es würde schon alles irgendwie im Verborgenen bleiben. Er hatte das Gesamtbild nicht gesehen: dass die USA jetzt wussten, dass sie eine undichte Stelle hatten. Wenn sie jemanden schickten, um Audra zu töten, was er immer noch nicht ganz glaubte, konnte das nur bedeuten, dass das Meeting, an dem Lehigh teilgenommen hatte, fingiert gewesen war. Falls Nathaniel recht hatte, hieß das, sie wussten, dass sie einen Maulwurf hatten.

Darré hatte die Phillips Exeter Academy besucht, Harvard, die juristische Fakultät von Yale und die Wharton Business School – aber man musste kein Genie sein, um zu begreifen, dass nun eine existenzielle Bedrohung heraufzog, nicht allein für ihn, sondern für die gesamte russische Mafia.

Darré rief Wolkow an.

»Wir haben ein Problem«, sagte Darré.

Darré erklärte Nathaniels Theorie, ohne dessen Namen zu nennen. Er wollte vermeiden, dass die eine Welt, die legale der Wall Street, mit der illegalen Welt in Berührung kam. Bisher war es ihm gelungen, die beiden auseinanderzuhalten.

»Die Maschine landet in zwei Stunden«, sagte Darré.

»Verstanden«, meinte Wolkow. »Ich schicke mein bestes Team. Aber, Bruno, vielleicht sollte ich Audra im Voraus persönlich einen Besuch abstatten?«

»Nein, auf gar keinen Fall«, sagte Darré. »Halte dich fern.«

»Ich stehe auf dem Standpunkt, dass wir sie beseitigen sollten, bevor der Kerl dort ankommt.«

»Nein«, erwiderte Darré. »So läuft es nicht bei uns. Audra hat gerade nicht einen, sondern gleich zwei wichtige Jobs für uns erledigt. Wenn wir anfangen, die loyalen

Leute zu erschießen, bleiben bald nur noch die Ratten übrig. Außerdem, ist sie nicht deine, äh, Freundin?«

Wolkow war still. »Nein! Das ist schon lange her.«

»Hör zu, leg einfach den Agenten um, den sie herschicken, wer es auch sein mag. Wir könnten mit unserer Beurteilung falschliegen. Leg ihn trotzdem um. Lass die Leiche am Flughafen. Wir bringen Audra weg, nachdem die Wogen sich geglättet haben. Aber täusche dich nicht: Wenn der Kerl Audra findet, kann er auch dich aufspüren.«

»Und wenn er mich findet, kriegt er dich auch? Ist es das, was du denkst? Ich verpfeife nämlich niemanden.«

»Du bist noch nie von der CIA gefoltert worden«, entgegnete Darré. »Wenn er Audra findet, kommt er auch an dich ran, danach an mich und dann an alles. Kapiert? Ich weiß, dass du keinen Verrat begehst. Aber Tatsache ist, wenn die erst mal anfangen, dir Spritzen zu geben, dich mit Drogen vollpumpen und dich foltern, wirst du noch nicht mal merken, was du sagst. Du wirst alles nur noch verschwommen mitkriegen, und es wird furchtbar wehtun. Ich will diesen Kerl tot sehen, Andrej.«

33

ROSE BAR
GRAMERCY PARK HOTEL
NEW YORK CITY

Igor lümmelte sich auf einem luxuriösen Samtsofa. Er war groß, hatte kurzes blondes Haar und ein schmales, aber gut aussehendes Gesicht.

Die Bar war gedrängt voll, erfüllt von leiser Musik, Stimmengewirr und Gelächter. Von der hohen Kassettendecke kam gedämpftes Licht, es roch nach Marihuana.

Auf der anderen Seite der Bar konnte Igor ein Kunstwerk sehen, ein großes Wandbild aus getrockneten Insekten in Form eines Schmetterlings. Igor überlegte, wie man dieses Wandbild am Computer erstellen könnte, wie man die Symmetrie des Gesamtentwurfs einfangen könnte und zugleich die jedem Insekt innewohnende Beliebigkeit, ganz zu schweigen von Tausenden davon, alle perfekt ausgerichtet.

Eine große, äußerst attraktive Schwarze lag geradezu über einer von Igors Schultern. Auf der anderen Seite hatte er eine brünette Schönheit. Beide waren sie Models.

»Sag das noch mal«, meinte die Brünette. »Ich mag es, wenn du über Mathematik redest. Das törnt mich so an.«

»Stell dir einen Würfel vor«, erklärte Igor der Frau, an deren Namen er sich nicht zu erinnern vermochte.

»Okay, ich stelle mir einen Würfel vor.«

»Dieser Würfel ist umgeben von einer Hülle, einer Hülle aus Zahlen und Buchstaben, und die verändern sich ständig«, sagte Igor. »Aber wenn wir ihn auspacken könnten, könnten wir daraus alles machen, was wir wollen. Wir könnten einem Drucker sagen, er soll ein wunderschönes Gedicht erstellen oder ein Bild von einem Sonnenuntergang.«

Als Igor 20 Jahre alt war, hatte er durchs Hacken über 100 Millionen Dollar ergaunert. Mit 26 hörte er mit dem Hacken auf und fing an, für ein großes Energieunternehmen zu arbeiten, wo er hoch entwickelte Trading-Algorithmen entwarf, die dem Unternehmen Milliarden einbrachten und ihm selbst weit mehr Geld, als er mit dem

Stehlen verdient hatte. Er gab das ganze Geld zurück, das er ergaunert hatte.

Man hatte ihn in die CIA gebracht, um dabei zu helfen, einen russischen Terroristen zu stoppen, einen Computerhacker namens Cloud. Letztlich hatte er Cloud ausgetrickst und dazu beigetragen, eine nukleare Katastrophe auf US-Boden zu verhindern.

Doch Igor hatte es abgelehnt, für die CIA zu arbeiten, obwohl Calibrisi persönlich ihn darum bat. Die Wahrheit war, dass er tief im Innern nicht wusste, wie lange er über die Fähigkeit verfügen würde, die er besaß: das Vermögen, gewaltige Zahlenreihen zu sehen und darin Codes, Schwachstellen und Schmetterlinge zu erfassen. Das zumindest sagte er sich. Er konnte nicht leugnen, dass er die Freiheit genoss, die er hatte. Zwei luxuriöse Apartments in Manhattan und ein großes Château in Südfrankreich.

Auf einmal spürte er, wie sein Handy vibrierte.

Nur wenige Leute hatten die Nummer. Eigentlich niemand. Es war ein Prepaid-Handy. Gekauft, damit er anrufen konnte. Aber nicht, damit ihn jemand anrief.

UNBEKANNT

»Hallo«, sagte Igor mit starkem russischem Akzent.

»Ich bin's, Katie.«

Igor setzte sich auf, mit einem Mal war er hellwach.

»Was gibt's? Bist du okay? Liebst du mich noch? Sei ehrlich!«

Katie räusperte sich.

»Igor, wie bereits gesagt, ich gehe nicht mit Leuten aus, mit denen ich zusammenarbeite, mit denen ich

zusammengearbeitet habe oder mit denen ich jemals zusammenarbeiten werde. Aber selbst wenn, würde ich nichts mit dir anfangen, wahrscheinlich noch nicht einmal, wenn du der letzte Mann auf Erden wärst.«

»Das heißt also, ich habe eine Chance?«, sagte Igor.

»Du bist gruselig.«

»Ich kann dein Parfüm praktisch durchs Telefon riechen«, sagte Igor. »Es macht mich ganz verrückt.«

»Siehst du, genau das meine ich.«

»Nun, wenn dein Anruf nicht privater Natur ist, womit kann ich dir professionell zu Diensten sein, meine wunderschöne und äußerst verführerische blonde amerikanische Freundin?«

»Wir brauchen deine Hilfe«, sagte Katie.

»Wir oder du, Katie?«

»Wir!«

»Wobei?«, wollte Igor wissen.

»Das kann ich am Telefon nicht besprechen.«

Igor blickte auf. »Schön, aber im Moment bin ich etwas indisponiert. Vereinbaren wir doch einen Termin für nächste Woche.«

»Wir sehen uns in einer Stunde«, sagte Katie.

Eine Stunde später nippte Igor an seinem Wein und beobachtete von Weitem die Bar. Dort drängten sich die Leute, und doch konnte er den Blick von jemand Bestimmtem nicht abwenden. Sie trug hochhackige Sandalen mit Lederriemchen, die ihre Füße bedeckten, darüber sah er ihre perfekt geformten, gebräunten Beine. Sie beugte sich vor und sprach mit dem Barkeeper. Alles, was zu sehen war, war ihr Hinterkopf, ein Blondschopf, gerade und elegant frisiert.

»Entschuldigt mich«, sagte Igor zu den beiden Frauen, mit denen er sich unterhalten hatte. »Ich muss leider los.«

Er stand auf und ging an die Bar, stellte sich neben die Frau und tippte sie behutsam am Ellenbogen an.

Sie drehte sich um.

»Hi, Igor«, sagte Katie.

»Wusste ich's doch«, meinte Igor kopfschüttelnd mit seinem tiefen, russischen Akzent. »Es gibt nur ein menschliches Wesen mit so vollkommenen Beinen. Katie.«

Er beugte sich zu ihr, umschlang sie mit seinen Armen und spürte zwei Finger direkt unterhalb seiner Rippen, die fest zustießen und einen wesentlich tieferen, schärferen Schmerz andeuteten.

»Ich bin nicht in Stimmung«, sagte Katie. »Außerdem müssen wir reden.«

»Was gibt's denn?«

Katie musterte ihn argwöhnisch und fragte sich, ob er nicht schon irgendwie Bescheid wusste. »Du meinst, du weißt es noch nicht?«, fragte sie.

Die Frage war nur folgerichtig. Immerhin hatte Igor sich in so gut wie jeden Geheimdienst der Welt gehackt, als er erst 15 gewesen war. Unentwegt überwachte er Informationen, ohne dass diejenigen, die sie erstellten, etwas davon mitbekamen.

»Woher soll ich *was* wissen?«, meinte Igor gedankenverloren. »Wird dir endlich klar, dass wir beide ein schönes Paar abgäben?«

Katie verdrehte die Augen.

»Geht es um Dewey?«

Katie schüttelte den Kopf.

»Worum dann?«

Igor zog eine kleine Dose aus der Tasche und öffnete sie.

Es war ein Zigarettenetui, allerdings befanden sich darin Joints. Er entzündete einen und sah Katie an.

»Willst du mal ziehen, Schätzchen? Echter Hanf, ganz mild, wird bei einem kleinen Dorf in Nordspanien angebaut.«

Katie ignorierte ihn, während er seinen Joint rauchte, obwohl sie in der Bar waren. Beim Lärm der Gespräche und der Musik bekam es kaum jemand mit.

»Du weißt es wirklich nicht?«

»Was denn? Das mit der streng geheimen CIA-Einheit?«, fragte Igor. »Cosgrove und so weiter?«

Katie hätte überrascht sein sollen, doch stattdessen wurde sie eiskalt und ihre Augen blitzten vor Wut.

»Du weißt Bescheid und hast einfach ruhig zugesehen?«, schäumte sie. »Ich wusste, dass das eine Schnapsidee von Hector war. Du bist ganz offensichtlich ein selbstsüchtiger Mistkerl, dem es nur um sich selber geht und dem sein Land scheißegal ist.«

»Katie, du bist hier diejenige, die meinen Abend stört«, sagte Igor. »Bist du nur hierher geflogen, um mich zu beschimpfen?«

»Du weißt Bescheid und bietest keine Hilfe an?«

»Wer, glaubst du, wird Rob in Miami das Leben retten?«, sagte Igor ernst und zog an seinem Joint.

»Wovon redest du?«, fragte Katie.

»Die werden Rob in Miami überfallen.« Igor hob sein Handy in die Höhe und zeigte Katie Live-Videoaufnahmen aus einem überfüllten Flughafenterminal. »Die kennen den Decknamen, unter dem ihr das Ticket für Rob gekauft habt. Wer, glaubst du, hat das rausgekriegt? Und nicht nur das! Wer ist im Augenblick wohl dabei, sich in alle Sicherheitskameras am Miami

International Airport zu hacken? Bei Rob ist gleich die Kacke am Dampfen.«

»Du musst ihn warnen.«

»Habt ihr ihm was zur Kommunikation mitgegeben?«

»Ja.«

»Gut«, meinte Igor. »Mal sehen, was wir tun können, Katie.«

34

KEFLAVIK INTERNATIONAL AIRPORT
REYKJAVIK, ISLAND

Alexej Malnikows Gulfstream G500 landete mitten in der Nacht in einem furchtbaren Unwetter in Island auf einem gesperrten Rollfeld des Flughafens Keflavik. Island lag sozusagen auf halbem Weg zwischen Moskau und Washington.

Durch ein Kabinenfenster erspähte Malnikow eine andere Maschine auf dem abgelegenen, in Scheinwerferlicht getauchten, regengepeitschten Rollfeld. Es war eine rot-silberne Gulfstream ohne Kennzeichnung. Am Rumpf war eine Reihe von Raketen befestigt, klein und schmal, keinesfalls kriegstauglich, aber nützlich im Fall eines begrenzten Angriffs. So wie sie aussahen, stammten sie nicht vom Hersteller, sondern waren später hinzugefügt worden. Einen derartigen Anbau hatte Malnikow noch nie gesehen – er nahm sich vor, das auch zu machen.

Malnikow drückte einen Knopf, stieg die Einstiegstreppe des Jets hinab, spazierte im strömenden Regen über 15 Meter der Rollbahn und kletterte an Bord.

Die Kabine war wesentlich kleiner, nicht so luxuriös wie seine. Sie verriet Zweckmäßigkeit. Anders als seine Gulfstream war diese hier nicht für Partys und Ausschweifungen gedacht. Es war ein Jet, in dem gearbeitet wurde. Calibrisi saß auf einem Ledersessel in Flugrichtung, vor sich ein Tischchen. Malnikow kam herein und nahm ihm direkt gegenüber Platz. Beide Männer waren groß, ihre Knie stießen aneinander.

Calibrisi streckte den Arm aus, und sie schüttelten einander die Hand.

»Wie war Ihr Flug?«, fragte Calibrisi.

»Danke, gut.«

»Was ist so furchtbar wichtig, dass Sie es mir nicht am Telefon sagen können?«

»Ich muss wissen, ob ich Ihnen trauen kann«, sagte Malnikow.

»Ich bin nach Denver geflogen, um Ihren Vater abzuholen, als sie ihn aus dem Supermax gelassen haben. Ich habe ihn zum Flughafen gebracht und ihm gesagt, was Sie getan haben, damit er freigelassen wird. Anschließend setzte ich ihn in einen CIA-Jet, und er ist nach Hause geflogen. Hat er Ihnen das nicht erzählt?«, fragte Calibrisi.

»Doch, das hat er. Vielen Dank.«

»Ich begleiche meine Schulden.«

»Ich weiß«, sagte Malnikow. »Sie sind ein Freund. Darum habe ich angerufen.«

Vor zwei Jahren hatten die USA Malnikows Hilfe gebraucht. Ein russischer Hacker hatte sich eine schmutzige Bombe beschafft und wollte sie im Hafen von New York detonieren lassen. Malnikow war maßgeblich daran beteiligt gewesen, einen Anschlag zu verhindern, gegen den 9/11 eine Kleinigkeit gewesen wäre. Es hätte über eine

Million Tote gegeben. Alexej Malnikow leistete einen entscheidenden Beitrag, den Angriff zu stoppen – im Austausch für die Freiheit seines Vaters.

Nachdem der Anschlag vereitelt war, war Calibrisi nach Colorado geflogen. Er hatte einen Deal gemacht – und wollte nicht, dass Politiker oder Mitarbeiter des Weißen Hauses dazwischenfunkten. Er brachte Juri Malnikow zu einem weißen Van und fuhr mit ihm zum Flughafen, zu einem CIA-Jet, und ging mit an Bord. Dort blieb Calibrisi, bis sie Stunden später in Moskau landeten.

Alexej Malnikow verstand und war dankbar. Das war der Grund, warum er hier war.

»Es gibt jemanden über uns«, sagte Malnikow. »Jemand, der die Familien leitet. Ihm ist egal, was wir in Bezug auf Drogen oder sonst was tun. Er verlangt noch nicht mal Geld von uns. Aber wenn er uns sagt, dass wir etwas tun müssen, dann tun wir es.«

Calibrisi blieb der Mund offen stehen.

»Die Morde?«

»Ja«, sagte Malnikow.

»Haben Sie Beweise?«

»Nein. Aber es gibt ihn. Was tatsächlich hilfreiche Informationen anbelangt, Hector: Das FBI hat ihn nicht auf dem Schirm. Er heißt Kaiser. Früher hatte er bei der GRU das Sagen. Er ist sehr groß, hat schwarzes Haar, blasse Haut. Ein hässlicher Typ. Er nimmt den ganzen Raum ein. Ich würde mich nicht unbedingt mit ihm anlegen. Ich glaube, ich könnte ihn besiegen, aber ich könnte mich auch irren. Er ist über 60, aber ich würde mich lieber nicht auf einen Kampf mit ihm einlassen.«

»Warum hören Sie auf ihn?«

Malnikow starrte Calibrisi an, sagte jedoch nichts.

»Kennen Sie eine Attentäterin, die Audra heißt?«, fragte Calibrisi.

Malnikow schüttelte den Kopf. »Ich habe Ihnen das hier gegeben. Ich habe Ihnen Kaiser gegeben. Außerdem sage ich Ihnen, dass wir nichts mit der Sache zu tun haben.«

»Das ist nicht genug.«

»Ich bin hierher geflogen, damit die US-Regierung erfährt, dass die Malnikows nichts damit zu tun haben. Das ist das, was ich Ihnen hier mitteilen möchte. Und ich habe es bewiesen, indem ich Ihnen Kaiser liefere.«

»Arbeitet er von Florida aus?«, wollte Calibrisi wissen.

»Nein«, erwiderte Malnikow. »Aber lassen Sie mich raten: Diese Audra operiert von Florida aus?«

»Das nehmen wir an.«

»Und Sie schicken jemanden hin, um sie zu vernehmen und rauszukriegen, für wen sie arbeitet?«

»Ja.«

»Ich kann Ihnen sagen, für wen sie arbeitet«, sagte Malnikow. »Sparen Sie sich die Kugel. Sie wollen die Morde an O'Flaherty und Nicholas Blake ahnden? Dann finden Sie heraus, wer Kaiser ist. Er ist ein Phantom. Ihr inkompetentes FBI hat noch nicht einmal eine Ahnung von seiner Existenz, und doch hält er die Fäden in der Hand. Zumindest weiß er über alles Bescheid und gibt hin und wieder Befehle.«

»Wem hat er die Ausführung befohlen?«, fragte Calibrisi.

»Der Odessa-Mafia.«

»Darauf sind wir auch schon gekommen. Ich brauche einen Namen.«

»Die Odessa-Mafia ist sehr groß. Ich habe keine Ahnung, wer Kaisers Anordnungen ausgeführt hat. Abgesehen davon ist er derjenige, den Sie finden müssen.«

»Warum hört ihr auf ihn?«, fragte Calibrisi.

»Das ist sehr schwer zu erklären«, sagte Malnikow. »Wir tun es eben. Er lässt uns in Ruhe. Wir sind seine Frontsoldaten. Er will, dass wir mit Dingen Handel treiben, die den Amerikanern schaden, Heroin zum Beispiel. Hin und wieder nehmen wir einen Befehl entgegen, wie ein gewisser Teil der Odessa-Mafia es wohl gerade getan hat.«

»Aber warum?«

Malnikow grinste kopfschüttelnd und sagte nichts.

Calibrisi fuhr sich mit der Hand durch sein ungekämmtes schwarzes Haar. »Warum wollte er Blake und O'Flaherty tot sehen?«

»Die kämpfen tagtäglich gegen Sie an, jede Minute«, sagte Malnikow. »Die haben Blake und O'Flaherty umgebracht, weil sie es konnten. Die wussten, dass es Chaos verursachen würde.«

»Haben Sie ein Foto von Kaiser?«, fragte Calibrisi.

»Nein.«

»Können Sie mir eine bessere Beschreibung von ihm geben?«

»Nein«, entgegnete Malnikow. »Ich habe Ihnen schon genug gegeben.« Abrupt stand er auf. »Guten Flug, Hector.«

35

IN DER LUFT

Als sie eine halbe Stunde in der Luft waren, suchte Tacoma die Toilette auf. Den Rasierapparat nahm er mit. Während er in den Spiegel blickte, rasierte er sich das Haar bis auf

die Kopfhaut ab und spülte ganze Hände voll dunkelblonder Haare die Toilette hinunter. Den Bart rasierte er sich ebenfalls. Den Rasierapparat warf er weg.

Als er auf seinen Platz zurückkehrte, blickte er auf sein Handy. Dort sah er einen E-Mail-Anhang. Er kam von Igor.

TURNKEY FILE
Verit/jeeG – 1/2
NOV 6

Es handelte sich um eine Liste von Personen, so etwas wie eine Akte, in kyrillischer Schrift. Tacoma scrollte durch die Liste und betrachtete jeden Agenten. Von jedem gab es mehrere Fotos und eine detaillierte Biografie. Als er die Frau aus Cosgroves Haus sah, hielt er inne. Auf den Archivbildern war sie wesentlich jünger und hatte kurzes, lockiges blondes Haar. Man hatte sie nach Istanbul geschickt, um einen Oligarchen zu verführen. Nach vier erfolgreichen Missionen in zwei Jahren war dies ihr fünfter Einsatz.

BUTSCHKO, AUDRA
GRU GRUPPE 54R
T. A.Z. PII-0087
- Insead DCDIA 9
- Sprache Beta 6.0
- Kinetic SA 4.45

Beschreibung: Audra Butschko wurde in ihrem zweiten Studienjahr an der Universität Moskau rekrutiert. Sie wurde in der Ukraine geboren, wuchs allerdings in Moskau auf. In einem Moskauer Café wurde sie von einem freiberuflichen Anwerber für die GRU entdeckt ...

Sie war ein ausgebildeter Profi und von der GRU zur Odessa-Mafia gewechselt. Warum – oder auf welchem Weg –, spielte keine Rolle. Sie war die Person, die er finden wollte, und er musste ihren Hintergrund und ihre Ausbildung kennen.

Tacoma las sich nicht die ganze Biografie durch. Stattdessen betrachtete er die Fotos. Manche waren per Satellit aufgenommen, verschwommene Bilder von ihr aus der Ferne.

Er steckte sich den Stöpsel ins Ohr.

»Igor«, flüsterte er, ans Kabinenfenster gelehnt. »Was verschafft mir das Vergnügen?«

»Hast du die Datei bekommen?«

»Ja, danke. Hast du das schon Katie und Hector gezeigt?«

»Noch nicht.«

»Demnach arbeitet Audra also für die russische Mafia?«, meinte Tacoma.

»Ja«, sagte Igor.

»Hast du eine Adresse?«

»Ich arbeite daran. Bis du landest, schicke ich sie dir auf dein Display.«

»Danke, Igor. Gute Arbeit!«

36

PRIVATGEMÄCHER
WEISSES HAUS

Eine große rechteckige, bordeauxrote Telefonkonsole neben dem Sofa piepte leise, aber eindringlich. Dellenbaugh saß auf

dem Sofa, die Brille auf der Nase, und las einige Papiere. Ihm gegenüber saß Amy Dellenbaugh. Sie las ein Buch.

Der Präsident streckte den Arm aus und nahm den Hörer ab.

»Was gibt's?«, fragte er einen Operator des Weißen Hauses bei CENCOM.

»Mr. President, wir haben Charlotte O'Flaherty in der Leitung«, meldete sich eine Frauenstimme. »Sie ruft schon zum vierten Mal an, Sir. Sie ist ... nun ja, ein bisschen außer sich. Im Police Department von Buffalo weiß niemand, was man tun soll. Mir ist bekannt, dass Sie Senator O'Flaherty nahestanden.«

»Stellen Sie sie durch!« Dellenbaugh fing den Blick seiner Frau auf. »Und sorgen Sie dafür, dass jemand von der FBI-Außenstelle etwas Zeit mit ihr verbringt. Ich glaube, sie braucht bloß jemanden zum Reden.«

»Ja, Mr. President.«

Es klickte ein paarmal in der Leitung.

»Hallo, Charlotte«, sagte Dellenbaugh. Er hörte, wie sie sich bemühte, ihr Schluchzen zu unterdrücken.

»*Was unternehmen Sie wegen der Leute, die meinen Vater umgebracht haben?*«, flüsterte Charlotte O'Flaherty, die Stimme voller Kummer und Wut.

Dellenbaugh blieb still.

»Er war mein ganzer Halt«, schluchzte Charlotte.

»Ich weiß, Charlotte«, sagte Dellenbaugh, ohne den Blick von Amy zu nehmen. »Wir arbeiten daran, glauben Sie mir. Wir werden für den Tod Ihres Vaters Vergeltung üben, machen Sie sich keine Sorgen. Aber ich möchte, dass Sie sich beruhigen. Ich bin genauso wütend wie Sie. Die Leute, die Ihren Vater getötet haben, werden einen sehr hohen Preis dafür zahlen.«

Er hörte, wie Charlotte O'Flaherty sich bemühte, Luft zu holen, wie um ihr Weinen zu unterdrücken.

Bedächtig legte Amy ihr Buch weg und stand auf. Sie ging zu Dellenbaugh, nickte ihm zu und bat ihn wortlos, ihr das Telefon zu geben.

»Charlotte«, sagte sie sanft, »Amy Dellenbaugh am Apparat.«

Amy nickte J. P. Dellenbaugh zu und wedelte mit der Hand, wie es nur eine First Lady konnte, damit er zur Seite rückte und ihr auf dem Sofa Platz machte. Sie setzte sich und lehnte sich zurück wie zur Vorbereitung auf ein langes Gespräch.

»Hi, Amy«, flüsterte Charlotte schließlich.

»Haben Sie ein paar Minuten?«, fragte Amy. »Ich habe meinen Vater verloren, als ich 16 war. Ich finde es hilfreich, mit anderen zu sprechen, die dasselbe erlebt haben. Selbst heute noch.«

»Ja, das glaube ich.«

»Hatte er einen Kosenamen für Sie?«

»Ja. Cece.«

»Mein Vater sagte immer Tinkerbell zu mir.« Amy lachte leise, während sie sich unbewusst die Augen wischte. Sie hörte Charlottes gedämpftes Lachen am anderen Ende der Leitung und legte ihrem Mann die Hand aufs Knie, während ihr die Tränen kamen. Amy schloss die Augen und hörte zu, wie Charlotte von ihrem Vater sprach, der nie mehr nach Hause kommen würde.

37

ST. PETERSBURG
RUSSLAND

Ein Mann namens Swerdlow trat vor seine Haustür. Es war ein respektabler, aus Kalkstein errichteter Häuserblock im Zentrum von St. Petersburg, direkt am Fluss. Swerdlow leitete die Geschäfte der Odessa-Mafia in St. Petersburg.
Es war Nacht.
Swerdlow war im Begriff, sich eine Zigarette anzuzünden, da kamen auch schon zwei Männer auf ihn zu, die auf ihn gewartet hatten.
Swerdlow war groß, hatte ein hässliches Gesicht und kurz geschorenes blondes Haar. Er war 40 Jahre alt.
Die beiden sich nähernden Männer waren wesentlich jünger.
Swerdlow steckte seine Zigarette an und ging auf die beiden zu. »Was gibt's?«, fragte er.
»Du hast uns eine SMS geschickt«, sagte einer der beiden.
»Ich habe euch keine SMS geschickt«, entgegnete Swerdlow.
Auf einmal zerrissen Schüsse aus schallgedämpften automatischen Waffen die Luft, als zwei bewaffnete Männer aus einer nahe gelegenen Gasse auftauchten. Sie trugen schwarze Neoprenanzüge, ihre Gesichter waren geschwärzt. Die Mündungen ihrer schallgedämpften MP 7 spien Blei, zerfetzten Swerdlow Brust und Oberkörper. Zinkbeschichtete Kugeln durchstanzten die beiden anderen Männer, erledigten sie.
Die CIA-Schützen zogen sich in die Schatten zurück. Anderthalb Kilometer weiter die Straße entlang trafen sie sich, wo ein Hubschrauber sie aufsammelte und in null Komma nichts wegbrachte.

38

COMMONWEALTH TOWER
1300 WILSON BOULEVARD
ARLINGTON, VIRGINIA

Calibrisi nahm den Aufzug in die 14. Etage, für deren Zugang ein Passkey erforderlich war. Er kam an einer Glastür vorüber und spähte hinein. Der Raum war schwach beleuchtet. Der gesamte Platz wurde von leistungsfähigen Computer-Servern eingenommen, insgesamt 122, maßgefertigt für Unternehmenslösungen, jeder in einem Stahlgehäuse, das man herumschieben und neu aufstellen konnte.

Am Ende des Flurs kam Calibrisi an eine weitere Tür, legte den Daumen auf einen kleinen elektronischen Tastenblock und trat ein. Der Raum war riesig, offen, hell erleuchtet, nirgendwo ein Stäubchen. Alle Zwischenwände waren entfernt worden. In der Mitte des Saales waren Tische x-förmig aufgestellt. Auf den Tischen standen in langen Reihen Computerbildschirme, alles in allem elf verschiedene Monitore. Hinter jedem Tisch stand ein Stuhl mit Rollen.

Ein Teil des Saales wurde von einer behelfsmäßigen Sitzecke eingenommen. Ein langes, grünes Chesterfield-Sofa flankierte einen niedrigen, ovalen Glastisch. Gegenüber standen bequem aussehende Clubsessel, ebenfalls in grünem Leder, mit hübsch glänzender Knopfpolsterung. In einer anderen Ecke stand ein Peloton-Bike, des Weiteren ein seltsam aussehendes Laufband, modifiziert, steuerbar nicht nur vom Benutzer, sondern, falls ausgewählt,

von jemand an einem Computer, der es nach Belieben beschleunigen und abbremsen konnte. Es war ein ausladendes Gerät. Unter der Lauffläche befand sich ein komplexes System aus Leichtmetallschienen, das es der Maschine ermöglichte, sich fast wie ein Stairmaster in die Vertikale zu bewegen und eine Vielzahl an Höhen-, Steigungs- und Geschwindigkeitsvariablen in den Ablauf einzuführen, um Turbulenzen oder sogar eine Explosion zu simulieren, die sich in der Nähe ereignete. Wände, Decke, Boden und Fenster waren von einer fast unsichtbaren Schicht Kupfergeflecht überzogen, sorgsam ausgelegt wie eine *Farrow & Ball*-Tapete, um Lauschangriffe und sonstige Formen elektronischen Abhörens von außerhalb des Gebäudes zu verhindern.

Die Fenster waren eine durchsichtige Panzerung – kugelsicher, neun Zentimeter dick, mehrere Schichtstoffe übereinander, die Kugeln abhalten, aber auch verhindern sollten, dass elektronische Signale abgefangen wurden oder jemand mithörte.

Weder Katie noch Igor blickten hoch, als Calibrisi das Büro betrat. Igor tippte auf einer Tastatur, während sein Blick über mehrere Bildschirme gleichzeitig huschte. Katie saß, Brille auf der Nase, auf dem grünen Sofa und las ein umfangreiches Schriftstück.

»Wie weit sind wir?«, fragte Calibrisi.

»Ich habe Audra Butschko gefunden«, sagte Igor.

Calibrisi und Katie traten hinter Igor. Auf einem der Bildschirme waren mehrere Fotos der Frau zu sehen, Bilder der Überwachungskameras aus Sparks Steak House. Ein anderer Bildschirm zeigte einen gitternetzartigen Rahmen. In seiner Mitte befand sich ein Gebäude, das man von oben sah. Die Umrisse des Hauses waren digital

verstärkt, helle, weiße Linien, die sich gegen das Dunkel abhoben. In der Mitte des Rahmens bewegte sich wie ein Hologramm eine hellgrüne Gestalt, vor dem dunklen Bildschirm neonfarben leuchtend.

»Eine Wärmebildaufnahme?«, fragte Calibrisi.

»Nein«, entgegnete Igor. »Eine radiologische. Dieser Algorithmus isoliert Strahlung. Jedes Lebewesen strahlt Radioaktivität aus. Der Trick besteht darin, eine Quelle von der anderen abzugrenzen.«

»Was war Ihr Ausgangspunkt?«

Igor deutete auf einen weiteren Bildschirm. Er zeigte nichts als Zahlen- und Buchstabenreihen, die mit hoher Geschwindigkeit über den Bildschirm liefen. Plötzlich fror eine Codezeile ein und wurde in roten Buchstaben angezeigt. Igor beugte sich vor, las den Code und drückte die Enter-Taste. Was auch immer das Netz zutage gefördert hatte, war nicht relevant.

»Ich werde versuchen, es zu erklären«, sagte Igor. »Ich habe den Namen Audra mit jeder Datenbank abgeglichen, die ich im Zusammenhang mit Florida finden konnte. Anschließend glich ich ihn mit weiteren Datenbanken ab, dann wieder mit anderen, und jedes Mal zwang ich den Suchalgorithmus, die anderen Datenbanken erneut zu durchsuchen und bestimmte Elemente hinzuzufügen. Zum Beispiel die Tatsache, dass sie in New York City war, dass sie einen Mann namens Slokawitsch kennt, dass sie mit Schusswaffen umgehen kann, dass sie in Washington, D.C. war und so weiter und so weiter. Ein sich selbst verzehrender Algorithmus. Schließlich fand dieser Algorithmus sein letztes Stück Fleisch.«

»Iiih«, meinte Katie. »Musst du solche ekligen Analogien verwenden?«

»Tut mir leid«, entschuldigte Igor sich. »Wie ein verhungernder Kannibale, der eine Leiche frisst? Klingt das besser?«

»Es reicht«, sagte Calibrisi.

»Außerdem habe ich sie mit anderen Quellen abgeglichen, schon eher Echtzeitquellen, Verizon, AT&T, NSA, TSA. Von New York City aus hat sie den Bus nach Philadelphia genommen und ist von dort nach Miami geflogen.«

Calibrisi warf Katie einen Blick zu. »Wo ist sie?«, fragte er.

»Nördlich von Miami«, sagte Igor. »In Jupiter Island. Das muss man ihr lassen, sie ist eine ziemlich gut bezahlte Attentäterin.« Er deutete auf drei grüne Neonpunkte am Rand des Rahmens. »Eine gesicherte Wohnanlage, stromführende Sicherheitszäune, High Security. Seht ihr diese Kameras? Das sind Hikvision DS-2. Thermisch und optisch, Bi-Spektrum. Außerdem sehe ich Wachen entlang der Grenze ihres Anwesens. Das Fazit lautet: Audra ist sehr gut bewacht. Wie geschützt sie emotional ist, weiß ich nicht. Ich hatte noch nicht das Vergnügen, sie kennenzulernen. Aber von den Fotos her würde ich sie nicht von der Bettkante schubsen, noch nicht mal wenn sie mit Keksen krümelt.«

39

SOUTH BEACH ROAD
JUPITER ISLAND, FLORIDA

Sich ein feuchtes Handtuch ans Gesicht drückend ging Audra auf die Terrasse hinaus. Als sie durchs Fenster gesprungen war, hatte sie sich mehrfach am Glas geschnitten. Es würde Narben hinterlassen.

Mit der linken Hand hielt sie das Handtuch, die rechte konnte sie nicht heben. Sie war geschwollen, und es tat weh, wenn man hinlangte. Sie musste sich wohl operieren lassen.

Aber sie war am Leben.

Der Amerikaner, Cosgrove, hätte sie um ein Haar umgebracht. Der zweite Mann war im Begriff gewesen, sie umzubringen.

Sie musste an jenen zweiten Mann denken, der ihr fast den Arm ausgerissen hatte.

Rette dein Leben um jeden Preis.

Das hatte man ihr beigebracht.

Sie war durchs Fenster gesprungen, auf den Füßen gelandet und losgerannt, um die Bäume hinter Cosgroves Haus zu erreichen.

Vor Furcht und Schmerz war Audra wie benebelt, konnte kaum noch klar denken. Das Gesicht und die Schulter taten ihr weh.

Sie stand auf der Glasterrasse und blickte aufs Meer und die in der Nacht vorbeijagenden Schnellboote hinaus. Es war ein ausgefallenes, modernes Château aus Glas und Beton, dahinter nur noch Sand und das Meer.

Durch den Schmerz spürte Audra das Adrenalin.

Sie sah sich um, hielt Ausschau nach jemandem. Sie nahm ihr Handy und rief Andrej an.

»Bist du zu Hause?«, fragte Wolkow, als er abnahm. »Bist du okay, Liebes?«

Audra holte tief Luft.

»Ja, ich bin okay. Aber ich denke, ich sollte hier weg. Slokawitsch war noch am Leben, bald werden sie hier sein. Außerdem brauche ich dringend einen Arzt.«

»Das habe ich alles schon bedacht«, sagte Wolkow. »Da ist tatsächlich schon jemand unterwegs. Tatsache ist, er wird bald in Miami eintreffen, und dann legen wir ihn um. Es wird am Flughafen passieren.«

»Aber wenn er ...«

»Er wird nicht durchkommen«, sagte Wolkow.

»Und falls doch?«

»Ich habe Markus mit vier Männern rübergeschickt, um deine Grundstücksgrenzen zu bewachen, Audra. Sie sind schon da. Aber es wird keine Rolle spielen. Dieser Amerikaner wird am Flughafen sterben.«

Audra legte auf.

Sie ging zum Rand der hinteren Terrasse. Das Haus war ein gigantisches, weitläufiges Gebäude auf einem 16.000 Quadratmeter großen Grundstück direkt über dem Ozean. Andrej hatte es für sie gekauft.

Das Haus stand auf einer Klippe auf einem sich bis zum Horizont erstreckenden Rasen neben einem betonierten Infinity-Pool mit blauem Wasser, gleich dahinter das Meer.

Sie zog ihre Kleidung aus. Nackt stand sie im kühlen Wind und bewunderte die Fassade des Hauses, wie schön es war. Ihre Schulter schmerzte und sie konnte den Arm

nicht bewegen, aber sie hatte schon Schlimmeres ausgehalten.

Sie ging über die Terrasse zu einem in den Boden eingelassenen Whirlpool, der angesichts der Unterwasserbeleuchtung nur so vor schimmernden Blasen glänzte.

Audra starrte vom Whirlpool zurück zum Haus. Sie spürte das warme, sprudelnde Wasser, während es ihre Beine bedeckte und dann höher stieg. Ein Glas Wodka in der einen Hand, die sie noch gebrauchen konnte, schloss sie die Augen im gedämpften Licht der rötlichen Unterwasserscheinwerfer. Als einer der Wachposten über den rückwärtigen Rasen ging, blickte sie auf. Sie stieß einen Pfiff aus.

Der junge Mann kam näher.

»*Snimi odezhdu*«, befahl sie ihm auf Russisch.

Zieh dich aus.

Sie trank einen Schluck Wodka und lehnte sich zurück. Vom warmen Wasser umspielt sah sie zu, wie er Hemd und Hose ablegte. Für den Augenblick war ihre Furcht vergessen, nur die Schmerzen wollten nicht weichen.

40

MIAMI INTERNATIONAL AIRPORT
MIAMI, FLORIDA

Tacomas Maschine landete um 21:38 Uhr in Miami inmitten einer Menge ankommender Flüge. Die Terminals waren voller Menschen. Jenseits der Security drängten sich im zentralen Terminal wartende Familien und Leute, die sich vor ihrem Flug noch etwas zu essen holten.

Tacoma schlenderte aus der Boeing 737 zum Gate und betrat den Central Terminal des Flughafens. Es war ein älterer Flughafen, allerdings modernisiert mit hellen Lichtern und einer großen, mit Glas überdachten überfüllten Halle.

Er hielt nach Schildern Ausschau, die zu den Transportmitteln und den Tiefgaragen wiesen. Dort wollte er einen Wagen stehlen und Richtung Norden fahren, zu Audra. Hoffentlich hatte Igor mittlerweile ein hartes Ziel für ihn.

Doch als Tacoma durchs Terminal ging und nach Hinweisen auf die Tiefgarage suchte, fiel ihm ein Mann ins Auge. In den Vierzigern, grau meliertes Haar, Lederjacke.

Der Kerl war im Einsatz.

Tacoma registrierte die Ausbuchtung unter seiner linken Achselhöhle. Eine Waffe.

Tacoma ging weiter in das überfüllte Terminal hinein, zog die Schultern ein, blickte nicht zurück, behielt jedoch die genaue Position des Mannes im Augenwinkel, während er nach anderen Ausschau hielt. Prompt fiel ihm ein zweiter Mann auf – groß, blond, jung, in einem weißen Adidas-Jogginganzug, am Zugang zum Fahrsteig.

Tacoma überlegte rasch, bemüht zu begreifen. Er stand auf der schwarzen Liste. Im besten Fall lag er falsch. Im schlimmsten Fall waren sie zu mehreren. Sie hatten sich bereits ausgerechnet, dass er hinter der Attentäterin, Audra, her war.

Zumindest hatte Slokawitsch nicht gelogen.

Tacoma musste sich darüber klar werden, was er tun sollte, und dazu blieb ihm nicht viel Zeit. Doch er dankte Gott dafür, dass es um ihn herum nur so von Passagieren wimmelte.

Er griff nach der P226R unter seiner Achselhöhle und zog sie. Mit der anderen Hand schraubte er unter der Jacke

einen kurzen, länglichen, speziell angefertigten Leichtmetallschalldämpfer auf, während er sich seinen Weg durch die dichte Menschenmenge vor den Gates bahnte, als Hunderte von Menschen ins Central Terminal strömten.

Zu seiner Rechten bemerkte er einen dritten Mann – im Schatten unter dem Vordach eines Geldautomaten –, kahlköpfig, hässlich, Schnauzbart. Weil er teilweise von der Überdachung des Geldautomaten verdeckt war, bekam niemand mit, wie der Kerl schwitzte. Der Mann hob eine Pistole und richtete sie auf Tacoma.

Tacoma nahm die Waffe in die linke Hand, schwenkte sie eng am Rumpf vor den Körper, sodass sie verborgen blieb und es aussah, als zupfte er seine Jacke zurecht – dann feuerte er, ein rascher Schuss quer durch die dicht gedrängte Menge.

Die Kugel traf den Killer ins linke Auge und schleuderte ihn genau in dem Moment zur Seite, in dem er seine Kugel losjagte. Ungezielt drang sie in die Decke, ließ oben allerdings Glas zersplittern.

Ein kleiner Junge schrie auf, als ihn Blut aus dem Kopf des Mannes bespritzte.

Mehrere Leute kreischten und schrien ebenfalls.

Der Leichnam lag der Länge nach, wie er gefallen war, auf dem Boden, während sich um ihn herum eine rote Lache ausbreitete.

Ungedämpfte Schüsse wurden laut, gefolgt vom hellen Bersten splitternden Glases, das aufs Central Terminal hinabregnete. Dies löste noch mehr Schreie aus, dann Panik. Mittlerweile rannte jeder in Sichtweite des Toten zu den Ausgängen.

Tacoma wandte sich nach links, weg von dem Tumult, hielt nach den übrigen Killern Ausschau. Erst bemerkte

er den Blonden, dann den mit dem grau melierten Haar. Beide hielten die Augen nach ihm offen und machten sich nicht einmal die Mühe, zu ihrem getöteten Komplizen zu gehen. Sie scherten sich nicht darum, was die Umstehenden dachten.

Ihre Mission hatte absoluten Vorrang, Tacoma verstand die Zeichen.

Tötet die Zielperson.

Er fand den Ohrstöpsel und schob ihn sich ins Ohr.

»Igor!« Er tippte sich ans Ohr, als er die beiden Killer ausmachte, bemüht, Kontakt zu Igor oder Katie zu bekommen. »Katie!«, sagte er mit mehr Nachdruck.

Ein entsetzlicher Schrei – das schrille Kreischen einer Frau – erscholl in der Nähe des Kerls, den Tacoma soeben niedergeschossen hatte.

»Rob«, meldete sich Katie endlich. »Wo bist du?«

»In Miami, am Flughafen.« Tacoma beobachtete, wie der blonde junge Mann im Jogginganzug ihn aus einer Entfernung von über zehn Metern durch die Menge hinweg erspähte. Er hielt dem Blick des Mannes eine Sekunde zu lange stand. Als er nach dem anderen sah, war dieser verschwunden.

»Fuck«, murmelte Tacoma.

»Was ist?«, fragte Katie.

»Nichts«, sagte Tacoma.

Der Mann im Jogginganzug begann sich durch die Menge zu drängen, Tacoma nicht aus den Augen lassend. Im Gehen schob der Killer eine Hand in seine Trainingsjacke und griff nach seiner Waffe.

Tacoma blieb gelassen und trat wie zufällig in eine Schlange, die sich von dem Kerl wegbewegte, während dieser ihm folgte.

Unvermittelt ertönte Sirenenalarm aus den Lautsprechern an den Wänden des Terminals. Offene Panik brach aus, die Passagiere schrien und kreischten, mit einem Mal rannte alles durcheinander, nur weg von der Stelle, an der der Tote lag. Tacoma scherte aus der Mitte der Menge aus, außer Sichtweite des blonden Killers, und mischte sich unter eine Reihe angsterfüllter Passagiere, die dem Terminalausgang zustrebten. Fast im Galopp bahnte er sich seinen Weg, wohl wissend, dass das Chaos seine Gelegenheit war, sich einen strategischen Vorteil zu verschaffen oder zumindest zu verschwinden. Er sah Läden und Restaurants, die sich an der Seite des Terminals aneinanderreihten, während irgendwo hinter ihm der Blonde folgte.

»Was ist los?«, wollte Katie wissen.

»Die haben mich entdeckt, nachdem ich aus der Maschine gestiegen bin«, sagte Tacoma.

»Wer immer es ist, lass es bleiben«, erwiderte Katie. »Du bist wegen Audra dort.«

»Ich kann das nicht einfach abblasen«, sagte Tacoma. »Die machen Jagd auf mich. Lasst ihr die Gesichtserkennung durchlaufen?«

»Ich arbeite dran«, meinte Igor. »Ich mache schnell ein paar Ausschnitte, sobald ich mich in die Überwachungskameras gehackt habe.«

»Woher wussten die, dass ich in der Maschine war?«, fragte Tacoma leise, während sein Blick nach links glitt und er den Blonden sah, dessen Augen starr auf ihn gerichtet waren. Sein Griff schloss sich fester um die schallgedämpfte P226R unter seiner Jacke. Die Waffe war entsichert, sein Finger am Abzug.

»Hector hatte recht«, meinte Katie. »Die wussten, dass du kommst.«

Tacoma beobachtete, wie der Blonde sich plötzlich die Hand ans Ohr hielt. Tacoma ging auf ein Knie nieder, während er die Waffe hervorzog und vor den Körper nahm. Im Moment ging von dem Blonden noch keine Gefahr für ihn aus. Ihm war klar, dass sie miteinander kommunizierten. Wenn sie gut waren, benutzten sie den Blonden dazu, ihn in einen Bereich zu treiben, wo sie ihn ins Visier nehmen konnten.

Vom Boden aus musterte Tacoma die Menschen, die an ihm vorüberrauschten. Schließlich erfasste er einen neuen Killer, einen Schwarzen in einem roten Trainingsanzug. Er bewegte sich direkt auf Tacoma zu, ein bösartig aussehender Gorilla Anfang 20. Sein Blick huschte krampfhaft hin und her, er hatte Tacoma aus den Augen verloren. Im Knien drückte Tacoma einmal den Abzug. Ein metallischer Knall, im selben Moment drang die Kugel dem Killer in die Stirn. Er wurde zurückgeschleudert, während eine rote Fontäne aus seinem Hinterkopf quoll und auf den Boden des Terminals spritzte.

Tacoma erhob sich, während weitere Passagiere und Schaulustige entsetzt aufschrien. Tacoma hielt Ausschau nach dem Blonden und musterte die Stelle, an der dieser eben noch gestanden hatte. Suchend drehte er sich rasch um, doch der Mann war verschwunden. Er benötigte mehr Informationen. Diese Leute hatten hier Männer postiert. Wenn er einfach zum Ausgang rannte, konnte er mit einer Kugel im Kopf enden, und das bedeutete, dass sie mit allem davonkommen würden – Blake, O'Flaherty, *Cosgrove*. So viel war ihm klar. Gegen die anstürmende Menge bewegte Tacoma sich wieder zurück, auf die Mitte des Terminalgebäudes zu. Den Kopf eingezogen, steckte er seine Waffe wieder ins Holster unter seiner Achselhöhle. Er zog sein

Combat-Messer – ein SEAL Pup, das Messer, an dem er ausgebildet worden war. Schwarzer Stahl, Wellenschliff, auf beiden Seiten Kratz- und Gebrauchsspuren, schlichte Optik.

Tacoma beobachtete, wie eine weitere Schar Passagiere von dem Mann wegrannte, den er gerade niedergeschossen hatte. Er strebte einer Wand am Eingang des Korridors zu. Dort befanden sich Läden und Toiletten.

»Einer meiner Monitore empfängt einen Code Silver vom Flughafen«, sagte Igor. »Die Polizei glaubt, es gibt einen Amoklauf.«

»Ich kann mir gar nicht vorstellen, weshalb.« Tacoma glitt in einen Waschraum und schob sich an der Wand entlang, die P226R in der Hand, während er den Schreien aus dem Terminal lauschte. »Ich habe schon zwei von ihnen umgelegt, aber sie blockieren die Ausgänge. Was ich jetzt brauche, ist ein fliegendes Auge, Igor. Hast du dich schon in die Überwachungskameras gehackt?«

»Ich bin dran. Warte einen Moment!«

41

CLUB K 19
MOSKAU

Eine junge, hochgewachsene Blondine, die ein bisschen etwas von einem Bücherwurm an sich hatte, betrat das K 19, einen exklusiven Moskauer Nachtclub, der in einer ehemaligen Industriehalle untergebracht war. Es waren bestimmt viele Blondinen hier, doch sie stach heraus. Ihr Haar war zwar ebenfalls blond, aber sie war schwarz.

Ripsulitin sah sie von seinem Tisch aus und guckte prompt ein zweites Mal hin.

Claire Bayne war aus Dartmouth rekrutiert worden, wo sie Kapitänin des Uni-Tennisteams der Frauen war. Sie sprach sechs Sprachen fließend, darunter Russisch und Mandarin. Ihre natürliche Haarfarbe war Schwarz, allerdings nicht heute Nacht.

Dies war ihr erster Auftrag. Sie war 22, eigentlich hätte sie nervöser sein sollen. Doch das war sie nicht. Stattdessen hatte sie Vergnügen an der lauten Musik, während ihre Blicke den Club absuchten. Ripsulitin ging an die Bar und begann ein Gespräch mit einem kleineren Mann. Ripsulitin war die Zielperson. Protokollgemäß erfasste sie ihn und tippte sich ans rechte Ohr.

»Zielperson ist hier und erfasst.«

»ITCC, bestätige, Claire.«

Mehr als eine Minute lang sah sie in eine andere Richtung, dann blickte sie flüchtig zu Ripsulitin und stellte bewusst Blickkontakt her. Sie ging ein paar Schritte näher und bewegte sich an der Bar entlang, bis sie einen Platz am Tresen fand. Erneut stellte sie Blickkontakt her, länger diesmal, und Ripsulitin schluckte den Köder. Er kam auf sie zu.

Vielleicht hätte Claire in diesem Moment etwas empfinden sollen, doch sie empfand nichts. Sie war eine frischgebackene Rekrutin der Special Operations Group. Abgesehen davon, dass er ein hochrangiger Anführer der Odessa-Mafia war, wusste sie nichts über ihn. Als er sich näherte, stand sie auf und zog die schallgedämpfte 9-Millimeter-Beretta, die sie im Kreuz trug, aus dem Gürtel. Mit einem Lächeln ging sie ihm entgegen, die Waffe nach unten haltend. Als er zu ihr herüberkam, um ein Gespräch zu beginnen, schwenkte sie die Pistole

nach oben und drückte ihm das Ende des Schalldämpfers an die Brust. Lediglich die beiden konnten sehen, was vor sich ging, beide wussten Bescheid. Er lächelte, war ganz aufgeregt und wollte sie ansprechen, bis er den harten Stoß des Schalldämpfers direkt unter seinem Brustkorb spürte.

»Pozhaluysta, nyet«, flüsterte Ripsulitin, als Claire den Abzug drückte und ihm eine Kugel durch die Brust jagte.

Bitte, nein.

Claire wandte sich ab und ging zum Ausgang, während Ripsulitin am Tresen zusammensackte und auf den Boden sank. Die laute Musik hallte weiterhin durch das wogende Lagerhaus voller zugedröhnter Moskauer.

Draußen wartete ein grüner Audi auf sie. 18 Minuten später befand Claire sich in über 8000 Metern Höhe in einer Gulfstream G280 auf dem Weg nach Stockholm, beinahe genau Richtung Westen.

42

DARRÉ GROUP
NEW YORK CITY

Nathaniel hörte das laute Piepen und drückte eine Taste auf seiner Glastastatur. Einer der vier Zelluloidbildschirme vor ihm leuchtete auf. Eine Karte erschien, und als er abermals tippte, zoomte das Bild heran. Es war eine Live-Videoaufnahme der Überwachungskameras am Miami International Airport. Er zoomte weiter heran, und die Kamera bewegte sich näher an die Aufnahme.

Auf dem Bildschirm leuchtete ein Kästchen auf:

IPN ##NON SEQ##
Alert 22.E
KDR 192
IPN 98237592387974192375023765

Nathaniel drückte eine weitere Taste, und auf einem zweiten Bildschirm erschienen lauter Ziffern.

Er schnippte mit den Fingern und machte Darré darauf aufmerksam, der an seinem Schreibtisch saß und etwas durchlas.

»Was ist?«, fragte Darré.

»Der Flieger ist in Miami gelandet«, sagte Nathaniel. »Hast du etwas veranlasst?«

»Ja«, erwiderte Darré. »Wolkow hat ein paar Männer hingeschickt.«

»Wonach halten sie Ausschau?«

»Sie wissen, wonach sie die Augen offen halten müssen, Nathaniel«, sagte Darré. »Ich nehme an, du zeichnest das auf?«

»Ja, natürlich. Wer auch immer es ist, wir werden ein sehr klares Bild von ihm haben.«

43

MIAMI INTERNATIONAL AIRPORT
MIAMI, FLORIDA

Im Waschraum überprüfte Tacoma das Magazin, sah in den Spiegel und wandte sich wieder der Tür zu.

Igors starker russischer Akzent drang ihm ins Ohr, als

er erneut in das Terminal trat, in dem alles drunter und drüber ging.

»Ich kriege hier gerade den ersten Scan der Porträtaufnahmen.« Igor war im Begriff, eine Gesichtserkennungsanwendung zu analysieren, die er soeben mit den Überwachungskameras des Flughafens abgeglichen hatte. »Da wurde jemand markiert.«

Igor hatte einen Weg gefunden, das Sicherheitssystem des Flughafens anzuzapfen. Er drang durch eine gesicherte FBI-Leitung ein, eine Live-Verbindung, die zwischen allen Flughäfen und dem FBI bestand. Die meisten der eingespeisten Daten waren Echtzeit-Identifikationsinformationen, wenn die Leute ihre Führerscheine oder Pässe durch das Lesegerät zogen. Damit kehrte Igor in den Feed zurück, und nachdem er eine Ansicht des Flughafens Miami auf Geräteebene erstellt hatte, war er in der Lage, einzelne Geräte zu isolieren und die Überwachungskameras zu erkennen.

»Wie sieht er aus?«

»Grau meliertes Haar, gut aussehend, in den Vierzigern.«

»Das ist einer von ihnen«, sagte Tacoma. »Wo ist er?«

»Auf der anderen Seite des Terminals, hinter dir«, antwortete Igor. »Er wartet ab und hält die Augen offen.«

Igor vernahm einen hohen Piepton. Vor einem schwarzen Hintergrund erschien ein grünes Gitter, dreidimensional, digital. Eine virtuelle Darstellung des Flughafens, die Igor auf die Schnelle erstellt hatte. Sie stellte alle elektronischen Signale – SIGINT – in und aus dem den Flughafen umgebenden Stromnetz dar. Es war ein virtueller Schichtkuchen, eine Napoleontorte geradezu, aus elektronischen

Signalen von Airlines, aus dem Tower und hundert anderen Quellen. Doch das Piepen hielt an. Igor isolierte es auf einer Leitung, die in den Flughafen führte. Da sah noch jemand zu.

Igor schaltete es sofort ab, als ihm klar wurde, dass sie nach Tacoma suchten. Sie wussten, dass er kam, hatten jedoch keine Ahnung, wie er aussah.

Es war ein bedeutsamer Hinweis.

Gebückt stahl Tacoma sich rasch und unauffällig durch die riesige Menge, nach vorn gebeugt folgte er einem älteren Ehepaar, das versuchte, auf die andere Seite des Terminals zu gelangen. Tacoma hielt die Klinge in der linken, seiner starken Hand, den scharfen Stahl auf den Boden gerichtet. Er bemerkte den Blonden, der sich suchend in der Nähe der Läden umblickte, woher Tacoma gerade kam. Er befand sich zu seiner Rechten, neben einem Abfalleimer, keine zehn Meter entfernt. Tacoma ging weiter, verzweifelt Ausschau haltend nach dem Mann mit dem grau melierten Haar. Er musste den Killer finden, bevor der Killer ihn fand.

Tacoma hatte keine Zeit, darüber nachzudenken, weshalb sie Jagd auf ihn machten.

»Für wen arbeitet er?«, flüsterte Tacoma, während sein Blick suchend die Menge überflog.

»Was glaubst du denn?«, meinte Igor. »Wir haben es hier mit der russischen Mafia zu tun. Ich werde versuchen, dir die Zielpersonen zu nennen, aber du musst begreifen, dass du in Gefahr bist.«

Tacoma lauschte, während Schreie das Flughafenterminal erfüllten.

»Beeil dich«, sagte er.

»Vor dir, auf elf Uhr«, sagte Igor.

Tacoma machte den Mann mit dem grau melierten Haar aus. Keine fünf Meter entfernt saß er an einem Gate, tat, als läse er in einer Zeitschrift, und wartete. Doch Tacoma wusste, was sich hinter der Zeitschrift befand. Er sah, wie angespannt die Beine des Mannes waren, sah Kampfstiefel, den unteren Teil einer Lederjacke und oben den grau melierten Schopf.

Tacoma machte einen Satz nach rechts, da spie die Waffe hinter der Zeitschrift auch schon eine Salve. Sie hatte einen Schalldämpfer, lediglich Tacoma vernahm das leise Knallen. Papierfetzen sprühten aus der Zeitschrift, eine der Kugeln traf eine Frau in den Rücken. Im Fallen stieß sie einen entsetzlichen, schrillen Schrei aus. Tacoma ließ sich von seinem Schwung zu Boden reißen und zog mit einem Ruck die P226R unter seiner Achsel hervor, während er auf dem Boden aufschlug und sich fortwälzte. Der Killer warf die Zeitschrift weg und stand auf, die Waffe in der Hand, ohne Angst davor, dass man ihn sah oder erwischte. Allerdings war er im Moment nicht in der Lage, Tacoma hinter der davonstürzenden Menge auszumachen.

Tacoma feuerte zweimal schnell hintereinander, während er über den Boden robbte. Die erste Kugel ging daneben, die zweite traf den Kerl am Oberschenkel. Trotzdem bewegte er sich weiter, allerdings presste er die freie Hand auf die Wunde. Tacoma feuerte erneut. Diesmal schlug die Kugel im Mund des Mannes ein und zerschmetterte ihm den Hinterkopf, der über die Bänke hinter ihm verteilt wurde. Er sank zu Boden.

»Da ist noch einer auf sechs Uhr«, sagte Igor. »Er kommt direkt auf dich zugerannt, Rob.«

Tacoma drehte sich auf den Rücken und zielte aufwärts,

gerade als der große Blonde im Begriff war zu schießen. Tacoma drückte den Abzug ein-, zwei-, dreimal und traf den Blonden mit der letzten Kugel seines Magazins in den Hals. Der hünenhafte Kerl sank blutüberströmt zusammen, doch in dem allgemeinen Durcheinander bekam es kaum jemand mit.

Auf dem Flughafen herrschte ein fürchterliches Gedränge, alles war außer Rand und Band, überall schrien und kreischten Menschen. Zahllose Sirenen heulten hartnäckig aus den Lautsprechern. Scharen von Passagieren rannten gegen die Handvoll Polizisten und Security-Leute an, die die Ausgänge sperrten und so das Chaos noch vergrößerten. Noch während sie nach dem Verursacher der Gewalt suchten, wurden sie von der Panik und dem Geschrei überrollt.

Der hektische Ansturm verschaffte Tacoma die Gelegenheit, die er brauchte. Er kroch auf die Füße, warf das Magazin aus und suchte nach dem zweiten Magazin, stellte jedoch fest, dass er mit leeren Händen dastand. Suchend tastete er im Gehen seine Jacke ab, konnte es aber nicht finden. In genau diesem Moment fiel ihm ein weiterer Mann ins Auge. Er hatte gewelltes braunes Haar und stand beobachtend vor einem Starbucks.

Tacoma hatte den Mann von Weitem ausgemacht, jenseits des Gateways.

Der Kerl war an einem entscheidenden Engpass postiert und hielt nach ihm Ausschau, Verstärkung für den Fall, dass die anderen ihn nicht töteten.

Abermals tastete Tacoma in seiner Jacke nach dem zweiten Magazin. War es ihm im Flugzeug aus der Tasche gefallen? Jetzt war es egal.

Er zog den Kopf tiefer ein und bog ein paar Ladenfronten hinter dem Starbucks in einen Hudson News Store

ein. Er fand den Souvenirshop, nahm sich einen Füller und ging damit zur Getränkeabteilung an der Seite des großen Ladens. Er öffnete den Getränkekühlschrank und sah sich um, um sich zu vergewissern, dass niemand in der Nähe war. Er nahm sein Messer, hebelte die Verkleidung auf der rechten Seite auf, fand eine Kupferleitung und stieß die Klinge von hinten gegen das dünne Rohr. Nach mehreren Hieben brach die Leitung. Eine aquagrüne Flüssigkeit lief heraus. Tacoma nahm den Füller, schraubte das Ende ab und riss den Tintenkonverter heraus. An der Spitze des Füllers machte er einen scharfen Einschnitt und verwandelte ihn so in eine behelfsmäßige Injektionsnadel. Er hielt die offene Hälfte unter die herausrinnende grüne Flüssigkeit, anschließend schraubte er die Kappe wieder zu.

Er nahm ihn so in die Hand, dass ein Ende an seinem Handgelenk lag und das andere zwischen seinem rechten Mittel- und Ringfinger. Die Spitze des Stifts ragte heraus und war nahezu unsichtbar, nur ein silberner Fleck an der Hand eines Mannes mitten im Chaos eines drängend vollen, von Panik ergriffenen Flughafens.

Sicherheitshalber sah Tacoma noch einmal zu dem Mann, der vor dem Starbucks stand. Er wirkte aufgeregt und hielt sich ein Handy ans Ohr, während er verzweifelt nach Tacoma Ausschau hielt.

Tacoma machte eine Familie mit Kinderwagen aus, die an dem Hudson News Store vorüberging, bestrebt, aus dem Flughafen zu kommen. Er ging nach links, gelangte hinter sie und stellte fest, dass sie sich ungefähr in die Richtung des Mannes hielten, der die Augen nach ihm offen hielt, ihn allerdings noch nicht gefunden hatte. Tacoma reihte sich hinter ihnen ein, ließ sich von der Menschenmasse nur Zentimeter entfernt an dem Mann

vorbeischieben und sah von der Seite dessen Hand, die den Griff einer Pistole umklammerte. Unvermittelt holte Tacoma mit dem Arm aus, rammte ihm den Füller in die Rippen, drückte auf das Ende des Füllers und stieß ihm die scharfe Spitze tief in den Körper. Der Füller bohrte sich durch Haut und Muskeln. Vor Schmerz jaulte der Mann auf, ein kurzer Aufschrei, den kaum jemand mitbekam. Das Gift traf eine Vene. Mit einem Mal begriff der Russe, dass nicht nur die gesamte Operation vorüber, sondern dass er auch erledigt war. Sein ganzer Körper brannte, es musste irgendein Gift sein, und in seiner letzten halben Sekunde wurde ihm klar, dass er verloren hatte. Er stürzte zu Boden, während sein Hals sich verkrampfte und sein Gesicht sich vor Qual verzerrte.

Tacoma griff sich die Pistole des Mannes, mit der anderen Hand schnippte er den Füller in einen Mülleimer und war gerade im Begriff wegzugehen, da drehte der Mann sich mit leerem Blick um, fiel nach links und sackte auf dem Estrich des Flughafens zusammen. Mittlerweile war Tacoma schon einige Meter weiter, untergetaucht in einer Schlange Passagiere, und machte sich noch nicht einmal die Mühe, sich umzusehen, denn ihm war klar, dass jemand die Kameraaufzeichnungen kontrollieren würde.

Im Laufschritt erreichte Tacoma den Ausgang und rannte mit in einer unübersehbaren Schlange, die verzweifelt versuchte, dem Central Terminal zu entkommen. Er kam an einen Rollsteig voller Menschen, blieb stehen und ging in die Knie. Er wartete – tat, als wäre er außer Atem –, dann steckte er das leere Magazin unten in die Seite des Rollsteigs, in eine Aussparung voller Zahnräder und Ketten, wo man es wahrscheinlich monatelang nicht entdecken würde, wenn überhaupt jemals, und ließ es los.

Er machte einen Bus zum Mietwagenbereich ausfindig. Als der Bus am Hertz-Parkplatz hielt, stieg er mit einer Menschenmenge aus.

In der Ferne heulten Sirenen. Angst lag in der Luft, alle sahen sich argwöhnisch, aber auch voller Anteilnahme um. Hatten sie überstanden, was soeben passiert war? Was war überhaupt geschehen?

Tacoma ging am Hertz-Hauptgebäude vorbei nach hinten zu einem dunklen, halb vollen Parkplatz, auf dem die Fahrzeuge der Angestellten standen. Er trat an die Hintertür des Gebäudes. Sie war nicht abgeschlossen. Er öffnete die Tür und betrat den hell erleuchteten Mitarbeiterbereich, sah jedoch niemanden. Er ging nach links und legte das Ohr an eine geschlossene Tür. Da er nichts hörte, trat er ein.

Es war ein kleiner Umkleideraum für die Angestellten. Rasch durchsuchte er die Spinde. In der Tasche einer Jeanshose, die in einem der Schränke hing, fand er einen Autoschlüssel.

Auf dem Parkplatz hinter dem Bürogebäude ging Tacoma zu einem alten Toyota. Er stieg ein, ließ den Motor an und fuhr vom Parkplatz auf die Umgehungsstraße, die um die Stellplätze der Mietwagenfirma führte.

Die Luft war erfüllt von rot-weißen Blinklichtern und schrillem Sirenengeheul. Sie waren schon dabei, den Verkehrsfluss aus dem Flughafen unter Kontrolle zu bringen, und ihm war klar, dass er wegmusste. Nicht mehr lange, dann war der Airport abgeriegelt. Schwierigkeiten würde er keine bekommen, aber es würde ihn aufhalten. Im Moment war er ein namenloser Soldat, und das war sein Glück. Wenn er festgenommen wurde, würde man ihn zwar wieder laufen lassen, aber es würde einen elektronischen Abdruck hinterlassen, der diverse Dinge zeigte, von

denen er nicht wollte, dass sie jemand erfuhr. Er würde den Vorteil verlieren, den er momentan hatte; den operativen Vorteil im Einsatzgebiet, der eine Rolle spielte, wenn es hart auf hart kam.

An der Ausfahrt sah er rote Blinklichter.

Die Miami Police war dabei, den Flughafen abzuriegeln. Sie würden versuchen, die Anlage abzusperren, um die für die Morde Verantwortlichen zu finden. Sie benötigten Zeit, um die Aufnahmen der Überwachungskameras zu sichten, die Beamten am Ausgang zu bewaffnen und jeden festzunehmen, von dem sie annahmen, er habe etwas damit zu tun.

Tacoma konnte es sich nicht leisten, am Flughafen festzusitzen. Falls sie ihn verhafteten, war die gesamte Operation im Eimer.

Womöglich gelang es den Leuten, die wussten, dass er kam, vor Calibrisi an ihn heranzukommen. Es bestand eine reelle Chance, dass er, falls sie ihn erwischten, bald die Erfahrung machen würde, wie sich eine warme Kugel im Hinterkopf anfühlte.

Er musste an Billy Cosgrove denken. Er hatte ihn nicht gekannt, war ihm nie begegnet. Aber seinetwegen war er hier. Er war hier wegen einer Menge Leute. Tacoma war hier für das Land, das er liebte.

Mach, dass du hier wegkommst.

Rasch nahm er den Wagen in Augenschein, den er fuhr, registrierte den Kilometerstand und die verschiedenen Leuchten am Armaturenbrett. Er befühlte den Hals der Lenksäule, langte nach unten und ließ seine Finger über Stahl und Kabelgewirr gleiten, heiß und kalt.

Tacoma gab Gas, zwängte sich zwischen zwei Autoschlangen vorwärts und schaffte es an mehreren Reihen

vorbei, bis er gegen die hintere Stoßstange eines Wagens stieß.

Er trat fester aufs Gas und rammte mit dem Toyota erneut den anderen Wagen, während ein Mann etwas rief. Doch mittlerweile hatte er Geschwindigkeit aufgenommen und rammte noch einen Wagen auf der anderen Seite.

Die Leute schrien und brüllten durcheinander, während Tacoma sich mit dem nun ziemlich verbeulten Toyota einen engen Spalt entlangschob. Tacoma langte in seine Jacke und fand die Pistole, die er dem Russen im Terminal abgenommen hatte. Rücksichtslos steuerte er den Toyota auf die Flughafenausfahrt zu und lud die Waffe mit den Zähnen durch.

In der Ferne sah er einen einzelnen Polizisten, der vor der langen Autoschlange stand. Er war jung, in den Dreißigern, und hielt den Verkehr an. Die Polizei wollte jeden Fahrer und Fahrzeuginsassen mit den Aufnahmen der Überwachungskameras abgleichen. Sie hatten das Video zwar noch nicht synthetisiert, wollten das Gebiet aber sofort abriegeln.

Am Himmel erschienen Polizeihubschrauber.

Tacoma nahm die Waffe in die Rechte und hielt sie aus dem Fenster, stieß schneller und schneller vorwärts, als die Fahrspuren sich vor ihm auftaten, und hielt auf die Stelle zu, an der der Beamte das Absperrband gespannt hatte.

Der Beamte sah Tacoma, der mittlerweile mit 100 Stundenkilometern auf die Flughafenausfahrt zuraste, und richtete eine kompakte schwarze Waffe auf Tacoma, die dieser auf Anhieb erkannte. Eine MP5. Im Näherjagen feuerte Tacoma, während ein Kugelhagel seine Windschutzscheibe in ein Spinnennetz verwandelte. Geduckt an die Tür gepresst betete Tacoma darum, dass der Stahl

des Wagens ihn schützen würde. Tacoma zog den Abzug durch. Die Kugel traf den Polizisten ins Bein, mitten in den Oberschenkel. Der Mann ging zu Boden.

Tacoma trat das Gaspedal durch und jagte an ihm vorüber – gefolgt von weiteren Fahrzeugen. Alles strebte wie wild dem Ausgang zu. Autos rasten an dem verletzten Beamten vorbei, der wie ein überfahrenes Tier auf dem Asphalt lag. Jeder wollte bloß weg von dem, was gerade auf dem Flughafen passiert war, weg von dem Chaos des Gemetzels, das keiner begriff.

44

TOLEMAIDA, KOLUMBIEN

Cavalieri landete in Tolemaida und stieg aus dem Hubschrauber. Ein weißer Porsche Targa wartete mit laufendem Motor auf ihn, das Licht eingeschaltet. Er stieg ein, trat aufs Gas und jagte dem Highway zu in dem Bewusstsein, dass er bereits zu spät kam.

Der Tötungsbefehl war einfach. Ein Mann auf einem Handydisplay. Dimitri Gonz, 83 Jahre alt, mutmaßlich der Pate der Odessa-Mafia, der nun im Exil lebte. Es war Polks ultimatives »Fickt euch« an eine Welt, die er noch gar nicht kannte, geschweige denn verstand.

Für Cavalieri hatte der Name keinerlei Bedeutung. Er peitschte den Targa vorwärts, ohne nach den Gründen zu fragen, weshalb die US-Regierung diese spezielle Person tot sehen wollte. Sie wollten es eben. Und sein Job bestand darin, es auszuführen.

Auf dem Highway nach Bogotá gab Cavalieri dem Targa die Sporen, brachte den Sportwagen heftig auf Touren. Auf der zweispurigen Autobahn raste er durch die Außenbezirke Bogotás, überholte und benutzte mitunter den Standstreifen, wenn der Verkehr ihn auf unter 160 Stundenkilometer zu verlangsamen drohte.

Cavalieri war spät dran und wusste das auch. Er musste den Schlag gegen die Zielperson zu einem genauen Zeitpunkt führen. Um ungefähr 23:10 Uhr war sie exponiert. Das Problem bestand darin, dass er es nicht rechtzeitig schaffen würde.

Er fuhr mit der Linken, während er auf sein Handy blickte, das er in der rechten Hand hielt. Eine CIA-App zeigte die wesentlichen Kennzahlen an, groß genug, um sie auch auf einer belebten Straße noch bei 160 Stundenkilometern zu erkennen. In der oberen Hälfte des Displays befand sich eine gerasterte digitale Karte. Ein grüner Punkt darauf zeigte Cavalieris Zielperson in Relation zum Porsche an.

Cavalieri kam näher. Ein Piepton zeigte an, dass er gerade mal anderthalb Kilometer von seinem Ziel entfernt war.

Ein kurzer Blick aufs Handy.

Zwei kleine digitale Anzeigen befanden sich in der rechten oberen Ecke. Cavalieri war klar, wofür sie standen. Die erste zeigte die Anzahl der Sekunden bis zur Zielperson an – wie lange es noch dauerte, bis er nahe genug war, um den Mann zu töten. Die zweite Ziffer zeigte die Zeit bis zum Abbruch an – die Zeitspanne, nach der Langley zufolge die Operation gestoppt werden musste, aller Voraussicht nach aus Angst vor Entdeckung.

59 Sekunden dauerte es noch, bis er nahe genug war, um die Zielperson zu töten.

36 Sekunden gab die Software an, bis es Zeit war abzubrechen.

Ihm blieb nicht genug Zeit. Der Anschlag auf die Zielperson war eine gescheiterte Mission, 13 Sekunden bevor Cavalieri überhaupt in Reichweite kam. Er trat das Gaspedal durch und jagte den Porsche auf über 200 Stundenkilometer, blieb auf dem Standstreifen, eine Irrsinnsfahrt – wenn jetzt Polizei auftauchte, war die Operation vorüber. Aber Cavalieri setzte alles auf eine Karte.

Der untere Teil des Handydisplays zeigte in Grün vor schwarzem Hintergrund eine Reihe von Waffen, die Übersicht über die Optionen, die Cavalieri zur Verfügung standen. Die erste war eine AR-15. Ihre Darstellung drehte sich auf dem Display, wie um ihm all die Vorzüge dieser Waffe ins Gedächtnis zu rufen. Mit dem Daumen wischte er weiter, während er die Straße entlangpreschte und das Letzte aus dem Wagen herausholte.

Eine HK MP7A1 war die nächste Option. Im Fahren scrollte er vorwärts, an einer Pistole mit Schalldämpfer vorbei, einem kompakten Flammenwerfer, einer kurzläufigen Pumpgun, bis er innehielt und mit dem Daumen das Display antippte.

Ein SASS M110 – ein mobiles, kompaktes Scharfschützengewehr von Knight's Armament.

Cavalieri tippte aufs Display, und mit einem elektrischen Surren bewegte sich eine Kipphebelvorrichtung unter dem Beifahrersitz. Aus der Mittelkonsole tauchte ein Roboterarm auf, der ein M110 hielt, geladen und entsichert.

Cavalieri überprüfte den oberen Teil des Displays.

00:13 Entfernung zum Ziel
00:08 Zeit bis zum Abbruch

Mit 150 Stundenkilometern erreichte Cavalieri die Straße nahe der Ecke des Parks. Er latschte auf die Bremse. In einer fließenden Bewegung schnappte er sich das Gewehr, öffnete die Tür und sprang aus dem Porsche, noch während dieser auf einen geparkten Minivan schleuderte.

Er knallte das Stativ auf den Boden und erfasste das Ziel in 550 Metern Entfernung. Als der leise, monotone Signalton aus dem Wagen ertönte …

Abbruch

… drückte Cavalieri den Abzug. Der alte Mann, der bei seinem Hund stand, wurde zweieinhalb Zentimeter über dem Ohr getroffen. Die Kugel zerschmetterte ihm den Kopf und schleuderte ihn nach hinten. Unbeholfen sank er an der Straßenecke vor einem Café zusammen, das bereits dunkel war für die Nacht.

Cavalieri klappte die Waffe zusammen, stieg wieder in den Porsche und beschleunigte, nur weg aus der Gegend. Mission erfüllt.

45

SETAI TOWER
MIAMI BEACH, FLORIDA

Wolkow befand sich allein in seiner Eigentumswohnung, einem Penthouse im Herzen Miamis auf dem Dach eines erst kürzlich errichteten Glaspalastes, den man Setai Tower nannte. Die Wohnung hatte Wolkow 41 Millionen Dollar gekostet, fünf Millionen mehr als ursprünglich gefordert, der Aufpreis dafür, dass sie ihn mit Reisetaschen voller Bargeld bezahlen ließen. Fraglos eine teure Immobilie. Sie war weitgehend unmöbliert, Glas und Beton, ein paar Wände, zwei Swimmingpools, einer drinnen, der andere im Außenbereich, mit großartigem Blick aufs Meer und einer umlaufenden Terrasse, die durch eine gläserne Außenkante geschützt war, 38 Stockwerke hoch in der trüben, feuchten, lärmgetränkten Atmosphäre von Miami Beach.

Im großen Schlafzimmer stand ein Bett, und das war es auch schon.

Er öffnete eine Schachtel Zigaretten und steckte sich eine an, während er den riesigen leeren Raum durchmaß. Alles, woran er zu denken vermochte, war, dass es das Einzige war, was er besaß, das noch nie den Tod gesehen hatte. Noch nie waren die Wände geschrubbt worden, weder hatte man hier Leichen herausgetragen noch sie in Chemikalien aufgelöst oder eingeäschert. Für Wolkow war diese Wohnung gewissermaßen sakrosankt, wie eine Kirche.

Die Marlboro Lights waren Wolkows einziges Laster und so ungefähr das Legalste, was er machte. Alles andere

konnte man wohl kaum als Laster bezeichnen; Wolkow lebte in einer Welt kontrollierten Blutvergießens und schwerer Körperverletzung. Dass er rauchte, war das Liebenswürdigste, womit er sich beschäftigte.

Er trug lediglich ein Tanktop und Shorts. Arme, Brust und Rücken waren über und über tätowiert. Grelle Farben, Waffen, Messer, Tiere und Ziffern, unheimliche Symbole. Man musste schon Kyrillisch können, um die Botschaften wirklich zu verstehen, die wie ein Triptychon über seinen Körper ausgebreitet waren. Die Tattoos verbargen Narben von Schusswunden und Messerstichen. Es war eine Galerie der Gewalt, alles in seine bleiche Haut geritzt, bevor er 20 war.

Wolkow hatte krumme Beine und war muskulös. Er war stattlich wie ein guter Preisboxer, gut aussehend, brutal. Zwar zählte er nicht zu den Top-Männern der Odessa-Mafia in Amerika, doch schon allein seine Gegenwart brachte die Leute aus dem Konzept.

Aber so luxuriös seine Wohnumgebung auch sein mochte – denn Wolkow hatte ähnliche Paläste in Manhattan, London und Las Vegas –, kein Geld der Welt konnte auslöschen, was er durchgemacht hatte, dass sie ihm seine Würde, seine Familie, jede Hoffnung in so jungen Jahren genommen hatten. Das war alles weit weg, auf der anderen Seite des Ozeans, doch nicht einen Augenblick lang konnte Wolkow vergessen. Sein Zorn wich niemals von ihm. Darum hatte er das Apartment kaufen müssen. Er musste über den riesigen Atlantik zurück in seine Heimat blicken, wie um zu sagen: »Fickt euch!«

Er ging ins Badezimmer, um sich die Zähne zu putzen, und blickte in den Spiegel. Er war jetzt 27 Jahre alt, doch wenn er in den Spiegel blickte, sah er das Gesicht eines

Elfjährigen vor sich. Er starrte noch einen Moment länger hinein.

Wolkow war ein kleines, dürres, schüchternes Kind gewesen, von klein auf hatten sie ihn immer gehänselt. Er war der Knirps, der Unbeliebte, aber sie lagen ja alle so falsch. Es dauerte eine Weile, doch er zeigte es ihnen. Für jeden Schlag, den Wolkow als Kind einstecken musste, legte er zehn Leute um. Jedes Mal wenn er in den Spiegel blickte, sah er jenen Jungen vor sich. Nicht den Aufseher über ein 14-Milliarden-Dollar-Imperium. Er sah nicht die Organisation unter sich, die sich in einem geplanten geografischen Vorstoß nach Westen eine Stadt nach der anderen unterwarf. Nein, er sah den anderen Jungen, ein Einzelkind in einer Moskauer Mietwohnung, das bloß bei Vater und Mutter sein wollte.

Die Erinnerung fing immer gleich an.

Es war sein erster Tag in St. Agatha, einem katholischen Internat, auf das sein Vater und seine Mutter ihn geschickt hatten, damit er von der öffentlichen Schule am Ende der Straße wegkam, wo sich die älteren Jungen aufgrund seiner Größe ständig mit ihm anlegten. Das Problem war: Wolkow verlor bei den Prügeleien nicht. Als der örtliche Schulleiter ein anderes Umfeld empfahl, willigten Wolkows Eltern ein. St. Agatha war zweieinhalb Stunden weit weg von seinem Zuhause in Moskau. Abgesehen davon, dass er sich gewehrt hatte, hatte er nichts Falsches gemacht. Doch seine Mutter hatte Angst um ihn. Sein Vater hatte Verbindungen und steckte Wolkow, als sähe er dessen künftiges Verhalten voraus, in eine Anstalt für schwer erziehbare Jugendliche.

Insbesondere in St. Agatha war Wolkow kleiner als die anderen. Er war elf Jahre alt, als er dorthin kam. In seiner

zweiten Nacht in St. Agatha kam eine Gruppe älterer Schüler in die Toilette des Wohnheims. Er versuchte, sich in einer der Kabinen zu verstecken, doch sie sahen ihn und rissen die Tür auf. Dann fielen sie über ihn her und schlugen ihn. Zwei gebrochene Schlüsselbeine, ein gebrochener Arm und eine schwere Gehirnerschütterung waren das Ergebnis, ganz zu schweigen von der gebrochenen Nase und mehreren ausgeschlagenen Zähnen. Wolkow verbrachte zwei Monate im Krankenhaus. Dort, im Krankenhaus, feierte er seinen zwölften Geburtstag. Keine Glückwünsche, niemand machte ihm ein Geschenk.

Die vier Schüler, die Wolkow verprügelt hatten, wurden in die Kolpino-Kolonie gesteckt, eine russische Strafanstalt, in der Jugendliche neben Erwachsenen untergebracht waren.

Nachdem Wolkow von seinen Verletzungen genesen war, kehrte er ins Wohnheim zurück. Niemand sagte etwas, aber jeder wusste, was passiert war. Freunde der vier Schläger machten Wolkow schlecht. Aber für den Rest des Herbstes ließen sie ihn in Ruhe. Nach einem Weihnachtsfest, das er größtenteils in wütendem Schweigen bei seinen von Schuldgefühlen geplagten Eltern verbrachte, wurde Wolkow all seinen Bitten zum Trotz zurückgeschickt. An seinem ersten Abend zurück in St. Agatha putzte er sich gerade die Zähne. In jenem Moment übergoss ihn jemand von hinten mit kaltem Wasser, gleichzeitig spürte er einen heftigen Tritt gegen die Hüfte.

An jenem Abend bewahrheiteten sich auf brutale Weise die schlimmsten Befürchtungen seiner Eltern. Als Erstes rammte er einem von den Kerlen die Zahnbürste, die er in der Hand hielt, ins Auge. Dieser war gerade einmal zwölf Jahre alt. In jener Nacht tötete er zwei Jungen, beide 17. Er

hätte noch mehr umgebracht, hätten ihn nicht zwei Aufseher im Waschraum des Wohnheims gestoppt, kurz nachdem er in weniger als einer Minute zweien der Schläger das Genick gebrochen hatte.

Als sie Wolkow im Alter von zwölf Jahren in die Kolpino-Kolonie schickten, kam er mit einer schwerwiegenden Bereitschaft, einer Kriegermentalität, dorthin. Er brachte die Schläger zur Strecke, die ihn beinahe umgebracht hatten. Er tötete jeden von ihnen, alle innerhalb weniger Wochen nach seinem Eintreffen. Keiner der Morde ließ sich zurückverfolgen. Wolkow war klar, dass sie wussten, wer es war. Aber er dachte, indem er so skrupellos vorging, ohne Spuren zu hinterlassen, würde er irgendwem irgendwo auffallen. Die GRU, darauf hoffte er.

Doch niemand nahm Notiz davon.

Wolkow wurde einer der Wortführer in Kolpino. Mit 14 war er Kolpinos gefürchtetster Insasse. Er war zu einem 1,80 großen Muskelpaket herangewachsen. Bei Streitereien, selbst wenn er nicht beteiligt war, wusste jeder, dass Wolkow das letzte Wort hatte. Wurde er herausgefordert, war es immer das Gleiche. Wolkow schlug jeden innerhalb einer Minute k. o. Er griff an wie ein hungriger Grizzlybär. Jeder in Kolpino hatte Angst vor ihm, sogar die Wärter.

Eines Tages entkam Wolkow schließlich. Lautlos spazierte er durch die großen Schlafsäle nach draußen, während alles schlief, die Wärter eingeschlossen. Es war ein Kinderspiel. Er ging zum Zaun, griff sich ein Stück Stacheldraht und zog mit aller Gewalt daran, bis eine Lücke entstand. Wolkow hielt sich nach Südwesten, Richtung Lettland, über verlassenes Ackerland und durch Wälder, stets nur nachts. Als er floh, war es Frühling. Mehrere Wochen lang marschierte er, stets auf der Hut. Den ganzen

Weg über versteckte er sich nachts im Gesträuch und stahl sich etwas zu essen. Es war die beste Zeit seines Lebens. Weder zuvor noch danach hatte er Besseres erlebt, allein in der Wildnis, allein auf der Welt, zu Fuß durch Ackerland und kleine Dörfer, ein, zwei Städte, kilometerweit nur Wald, sonst nichts. Wolkow überquerte die lettische Grenze bei Vecumu meži durch einen verdorrten Wald.

Ein Jahr lang lebte er obdachlos in einer kleinen Stadt namens Daugavpils und ließ sich mit einer Gruppe von Kleinkriminellen ein. Sie stahlen Autos, fuhren in der Gegend herum und ließen die Wagen dann stehen. Es brachte wenig bis gar keinen Profit, aber es waren die ersten Freunde, die Wolkow je hatte. Sie lebten am Stadtrand von Daugavpils, dort hatten sie eine verlassene Seilerei besetzt. Manchmal gingen sie in die Stadt, tranken und fingen Streit an. Da war er 18. Wann immer ein derartiger Streit außer Kontrolle geriet, was oft der Fall war, und seine betrunkenen Kumpels einem Haufen Junkies zahlenmäßig unterlegen waren, war Wolkow derjenige, der schließlich einschritt und für Ordnung sorgte.

Eines Tages hatte Wolkow in Daugavpils eine Idee, und zwar eine ziemlich gewagte.

Er fing an, die Schüler des örtlichen Gymnasiums zu beobachten. Jeden Tag. Von verschiedenen Standpunkten aus, bis er jemanden fand, der ihm ähnlich sah. Athletisch, hochgewachsen. Wolkow begann, den Schüler von der Schule aus zu verfolgen. Er folgte ihm mehrere Tage lang, bis er das Bewegungsmuster begriff. Er pausierte eine Woche. An einem Frühlingstag wartete er schließlich auf dem Weg, den der Schüler nehmen musste, in einem Durchgang an einer Straße mit eng beieinander stehenden Dreifamilienhäusern. Wolkow überfiel den Jungen von hinten und schlitzte ihm den Hals auf, tötete ihn. Die Leiche schleifte er

in den Durchgang und warf sie in einen Müllcontainer. Die Geldbörse des Jungen behielt er.

Wolkow war klar, dass er nicht viel Zeit hatte. Doch ein wenig brauchte er schon. In einer Drogerie machte er Passbilder und zahlte mit dem Geld aus der Börse des Schülers. Auf einer schmutzigen Bahnhofstoilette nahm er den Führerschein des Jungen, schnitt das Passbild heraus und fügte an dessen Stelle sein eigenes ein. Am nächsten Tag kehrte er nach Russland zurück.

Wolkow stahl einen Wagen, fuhr nach Moskau und suchte die Wohnung seiner Eltern im Otradnoje-Distrikt auf. Er klopfte an die Tür, und als sein Vater öffnete, sah Wolkow einen wesentlich gealterten Mann vor sich. Als sie ihn fortgeschickt hatten, war sein Vater größer gewesen als er, doch nun überragte Wolkow ihn. Wolkow war zwar erst 18 Jahre alt, aber als sie ihn wegschickten, war er elf gewesen.

Wolkows Vater ließ ihn ein und streckte die Hand aus. Mit einem Mal kamen ihm die Tränen.

»Oh, mein Sohn«, schluchzte er.

Wolkow schloss die Tür hinter sich und umarmte seinen Vater. Dabei blickte er in das kleine Wohnzimmer, in dem der Fernseher lief, die einzige Lichtquelle in dem Raum. Er sah seine Mutter. Sie saß auf einem der beiden Kunstledersessel vor dem Fernsehgerät. Er drückte seinen Vater, ohne ihn loszulassen, fester und fester, presste und presste, bis sein Vater ein leises Ächzen ausstieß, nicht mehr in der Lage, Luft zu holen. Wolkow drückte nun fester zu, bis er spürte, wie ihm sein Vater schwach mit den Fäusten auf den Rücken trommelte. Sein Vater schrie leise und jämmerlich auf, als Wolkow die alten, hinfälligen Knochen brach. Er ließ ihn zu Boden sinken, stellte sich auf seine Brust und trampelte ihm den Schädel zu Brei.

Als er langsam zu seiner Mutter ging, hielt sie den Telefonhörer hoch.

»Ich habe gerade die Polizei gerufen«, heulte sie.

Wolkow nahm ihr den Hörer ab und zertrümmerte ihn an ihrer Schläfe, was sie auf der Stelle tötete. Als er sich umdrehte, traf auch schon die Polizei ein, vier Beamte, die Waffen gezogen.

Er ließ das Telefon fallen. Diesmal wurde Wolkow in den Schwarzen Delfin geschickt, Russlands schlimmstes Hochsicherheitsgefängnis.

Nathaniel sah auf seinem Bildschirm, wie die Überwachungsaufnahmen am Flughafen Miami abgeschaltet wurden. Er tippte etwas, kehrte zu einem Quellalgorithmus zurück und sah dann zu, wie sein gesamter Bildschirm schwarz wurde.

Er hatte schon von solchen Leuten gehört. Richtigen Hackern. Er ging an Darrés Schreibtisch.

»Ich muss an deinen Computer.«

Er tippte wie ein Wilder und gelangte in die Notrufzentrale des Miami Police Department.

MDIA
SCHIESSEREI GEMELDET
5 TOTE

Nathaniel fand ein zentrales Verzeichnis im System und begann, nach einem Zugang zum Video Feed des Flughafens zu suchen.

Unterdessen vibrierte Wolkows Handy. Mit einem Kopfschütteln löste er sich aus der Erinnerung an den

Schwarzen Delfin. Er blickte auf sein Handy. Vier Anrufe von ein und derselben Nummer.

»Bruno«, sagte Wolkow.

»Am Flughafen hat es fünf Tote gegeben«, sagte Darré. Wolkow schwieg. »Ich rufe dich gleich zurück.«

Im warmen Wind trat er auf die Terrasse hinaus und blickte über die Lichter und Wolkenkratzer hinweg in Richtung Airport. Er wählte Audras Nummer und ließ es klingeln, bis die Voicemail ansprang. Er legte auf und versuchte es erneut. Das Gleiche. Er wartete eine Minute und rief dann Darré an.

»Ich habe versucht, sie zu erreichen«, sagte Wolkow. »Sie nimmt nicht ab. Ich setze mich mit dem Team am Flughafen in Verbindung.«

»Spar dir die Mühe. Du weißt, was die Toten zu bedeuten haben«, erwiderte Darré. »Der Kerl hat das Team umgelegt, das du geschickt hast, und jetzt ist er weg. Vorhin wolltest du von mir wissen, ob du Audra umlegen sollst, und ich habe Nein gesagt. Ich denke, diese Phase haben wir jetzt hinter uns. Sollte dieser CIA-Agent an sie herankommen, kriegt er auch dich. Wir müssen jetzt zuschlagen. Wir brauchen unseren besten Brandstifter, es darf nämlich keine Spuren geben. Kapiert?«

»Ja.«

»Leg sie entweder um oder schaffe sie sonst wie aus dem Weg«, sagte Darré ruhig. »Schick sie für ein paar Jahre nach Odessa. Wir haben ihr genug gezahlt. Aber hier kann sie nicht bleiben, sonst schnappen die sie, und dann erfahren sie von dir. Wenn das geschieht, dann stehen du und ich vor der allgemeinen philosophischen Idee, uns mit der gesamten *gottverdammten* CIA anzulegen, und darauf habe ich für meinen Teil absolut keine Lust. Glaub

mir, diesen Kampf können wir uns nicht leisten. Finde sie, sperre sie ein, oder noch besser, leg sie um. Kapiert?«

»Du hast es in Gang gebracht.«

Darré schwieg. »Wer immer es angefangen hat, wir müssen es beenden«, sagte er. »Es gibt kein Zurück.«

»Ich fahre sofort rüber. Wenn es sein muss, lege ich sie persönlich um.«

46

ALLAPATTAH FLATS
FLORIDA

Vom Airport aus fuhr Tacoma sich stets an die Geschwindigkeitsbeschränkung haltend Richtung Norden. Mehr als zehn Minuten blieb er auf dem Highway. An einer Ausfahrt bog er nach Hobe Sound ab, geografisch gesehen nördlich von Audras Anwesen auf Jupiter Island.

Zweimal fuhr er durch Hobe Sound, um sich dann auf einer wenig befahrenen Straße Richtung Westen zu halten. Er fuhr genau acht Kilometer in die Allapattah Flats, fand einen Pfad, der durch ein Feld führte, und schließlich einen Teich, in den er mit dem Wagen zurücksetzte, bis dieser blubbernd unterging. Tacoma rannte wieder in den Ort. Die acht Kilometer legte er in zügigem Tempo zurück, den Blick kühl geradeaus gerichtet, Arme und Beine bewegten sich gleichmäßig, in flüssigem Rhythmus. Der Schweiß lief ihm übers Gesicht, sein Haar war klatschnass. Als Tacoma am Stadtrand von Jupiter Beach anlangte, war seine Kleidung schweißgetränkt, sein Gesicht gerötet. Fast

alles, was er anhatte, war durch und durch feucht. Tacoma ging die Bürgersteige entlang und fand einen sandigen Weg hinunter zum Strand. Sie wussten, dass er gerade mehrere ihrer Männer in einer dynamischen Situation vor aller Augen getötet hatte. Ihnen war klar, dass er es nun auf Audra abgesehen hatte.

Er begann, den Strand entlangzujoggen, da kam ihm eine Idee. Während Tacoma über den Sandstrand lief, steckte er sich den Stöpsel ins Ohr und klopfte dreimal daran. Er wartete ein paar Sekunden, schließlich meldete sich Calibrisi.

»Hi, Rob!«

Igor und Katie schalteten sich dazu.

»Wo bist du?«, wollte Katie wissen.

»Am Strand«, sagte er, ohne im Laufen innezuhalten.

Endlich hatte er einige Augenblicke, um die Sache zu klären.

»Die hatten ein ganzes Team dort, das mich erwartete«, sagte Tacoma. »In was für eine Scheiße habt ihr mich da geritten?«

»Ganz ruhig«, sagte Katie. »Wir haben dich gewarnt. Außerdem mussten wir erst begreifen, wie raffiniert die sind.«

»Großartig!« Schwer atmend rannte Tacoma am Rand des Ozeans den Strand entlang. »Wie raffiniert sind sie?«

»Die wussten schon Bescheid, bevor du aus dem Flieger gestiegen bist«, meinte Calibrisi. »Die sind mit allen Wassern gewaschen. Jetzt hör auf, dich selbst zu bemitleiden, und konzentriere dich. Mittlerweile wissen die, dass du die Frau holen willst. Du betrittst eine Kampfzone, und womöglich ist sie gar nicht mehr dort. Aber wer auch immer diese Kerle zum Flughafen geschickt hat, jetzt dürfte ihm klar sein, dass sie tot sind.«

»Was ist mit den Aufnahmen der Überwachungskameras?«, fragte Katie.

»Die habe ich gelöscht«, sagte Igor. »Was das Haus betrifft, das du jetzt aufsuchst, davon habe ich Wärmebilder. Wie es aussieht, befinden sich draußen vier Mann als Wache, im Innern sind zwei Personen.«

Tacoma nahm den Stöpsel aus dem Ohr und steckte ihn wieder in die Tasche.

Katie sah Calibrisi an.

»Die Tatsache, dass sie wussten, dass er kommt, und ein Team nach ihm ausgesandt haben, sagt alles«, meinte sie ein wenig beunruhigt. »Sie werden versuchen, ihn umzubringen.«

»Sie haben es bereits versucht – *und versagt*«, entgegnete Calibrisi. »Er geht jetzt dorthin. Lass es ihn erledigen. Niemand hat je gesagt, es würde einfach werden.«

47

JUPITER ISLAND, FLORIDA

Am Strand ging Tacoma ungesehen ins Wasser, tauchte unter einer Welle hinweg und schwamm zu einem Punkt vor der Küste. Unter dem dunklen Himmel schwamm er parallel zum Ufer und ließ sich von einer schwachen Strömung nach Süden treiben. Nach seinem Lauf fühlte sich das kalte Wasser gut an.

Er musste an die Worte aus seiner Ausbildung denken. *Wenn ihr an einem Ort im Ozean seid, heißt das, dass*

ihr irgendwie dort hingekommen seid. Spürt die Strömung und denkt nach. Alles, was ihr tun müsst, ist, eure Schritte zurückzuverfolgen.

Es bedeutete nichts, außer dass es ihn zurück in die Gegenwart brachte.

Ein paar Häuser von der Villa entfernt kam er am Strand wieder zum Vorschein und trat, die Pistole in der Hand, aus dem Wasser.

Tacoma näherte sich der Grundstücksgrenze von der Flutlinie her, entlang einer von Menschenhand angelegten Baum- und Heckenreihe, die die ausgedehnten Anwesen vom öffentlichen Strand trennte. Ein schwacher Schein erhellte den Himmel. Weder in Miami noch sonst wo an der Küste Südfloridas, an der die Gutbetuchten lebten, wurde es je richtig dunkel, und schon gar nicht hier auf Jupiter Island, wo Milliardäre, Oligarchen und diverse Stars wohnten oder Grundstücke besaßen, unter anderem Tiger Woods. Die meisten ließen ihren Besitz beleuchten, teils aus Sicherheitsgründen, teils um ihn zur Geltung zu bringen. Jupiter Beach war ein Strandabschnitt, der allenthalben von Reichtum zeugte. Abgeschieden erstreckte er sich über endlose Kilometer.

Und doch schuf diese Zurschaustellung des Geldes Anonymität. Als Tacoma Audras Anwesen erreichte, tobte nur ein paar Villen entfernt eine laute Party.

Tacoma beobachtete das Haus, in dem die Party stattfand, und erspähte eine Reihe von Wagen, Limousinen und sonstige Fahrzeuge, die darauf warteten, die Gäste abzuholen. Musik lief. Laute Toasts wurden ausgebracht. Tacoma bahnte sich seinen Weg über das Nachbargrundstück – zwischen dem Partyhaus und Audras Anwesen. Er bewegte sich weg vom Strand, landeinwärts, einen

kunstvollen Eisenzaun entlang, parallel zu der wartenden Autoschlange, bog in das angrenzende Gehölz ein und steuerte auf Audras Villa zu. Tacoma rückte schnell vor, beinahe im Laufschritt, fing Zweige ab, wich ihnen aus. Er hielt diagonal auf Audras Grundstücksgrenze zu und bewegte sich unter einem Baumdickicht, das einen hohen Stahlzaun verbarg, ein Gitter aus Stacheldrahtgeflecht, gebogene Streifen rautenförmigem Stahls, dazu gedacht, potenzielle Eindringlinge fernzuhalten.

Tacoma blieb stehen, kniete sich neben einen Baum und musterte Audras Sicherheitszaun. Das Licht vom Haupttor warf einen schwachen Schein darauf. Tacoma wartete ab, beobachtete. Nach über einer Minute sah er einen Posten, der vom Strandende her an der Grundstücksgrenze patrouillierte und sich nur wenige Meter von ihm entfernt zwischen den Bäumen am Zaun entlangbewegte.

Tacoma verharrte reglos und beobachtete den Mann, der eine MP5 mit Schalldämpfer in der Hand hielt. Eine Minute nachdem der Posten wieder zurück zum Strand gegangen war, sah Tacoma einen weiteren Posten, diesmal vor dem Haus. Er schritt in der Einfahrt auf und ab und bewachte die Zufahrt zum Anwesen von der Straße her. In der Ferne sah er einen dritten Wächter, der an der anderen Seite des Grundstücks entlangging. Dieser fiel Tacoma auf, als er dem Posten in der Einfahrt begegnete und sie einige Sekunden lang miteinander redeten.

Unweit von Tacoma war auf einem der Pfosten des Haupttores eine Überwachungskamera montiert. Sie befand sich auf einer Art Betonpfeiler, drei Meter hoch, und Tacoma näherte sich ihr von hinten. Langsam drehte die Kamera sich um 180 Grad und scannte den Hof. Tacoma fand einen kleinen Steinbrocken und sprang an

der Rückseite des Betonpfeilers hoch. Mit einer Hand hielt er sich fest, während er die langsame Bewegung der Kamera verfolgte, die sich mit einem leisen elektronischen Surren drehte. Als die Kamera nach links gerichtet war, zur Straße hin, weg vom Haus, langte er nach oben und klemmte den Stein am Fuß des Gerätes zwischen den Boden des Kameragehäuses und den Pfeiler. Als die Kamera allmählich zum Haus zurückschwenkte, blieb sie an dem Stein hängen. Einige Momente lang knirschte es, dann blieb sie stehen.

Tacoma stieg hinab, nahm mehrere Schritte Anlauf, stürmte auf den Zaun los und hechtete durch eine freie Stelle zwischen den Stacheldrahtschlaufen. Mit den Händen packte er zwei vertikale Eisenstäbe, die unter dem Ziehharmonikadraht lagen. Er hatte zwar Schwung, dennoch hielt er die Arme gerade und stieß sich ab, damit sein Gesicht, seine Brust, der Oberkörper, die Hüften und Beine nicht die langen, gezackten Schneiden aus rasiermesserscharfem Stahl berührten. Bevor er in die Klingen stürzen konnte, schoss sein rechter Fuß vor, weniger als zweieinhalb Zentimeter über dem sich windenden Stahl des Stacheldrahtes. Tacoma klammerte sich an den Zaun. Er blickte zu Audras Haus auf der anderen Seite, nur wenige Meter weit weg, und hielt sich zwischen den 30 Zentimeter langen Klingen fest, die nur Zentimeter davon entfernt waren, in seinen Körper einzudringen. Doch darin war Tacoma ausgebildet. Vor langer Zeit hatte man ihm beigebracht, über einen Zaun mit in Gefängnissen üblichem Stacheldraht zu klettern. Als Andenken daran hatte er eine verblasste Narbe an seinem Oberschenkel davongetragen, eine Schnittwunde, die ihn 40 Stiche und eine ziemliche Menge Blut gekostet hatte. Nun allerdings

war es wie Fahrradfahren. Langsam bewegte Tacoma sich zwischen den spiralförmigen Stacheldrahtschlaufen nach oben. Vorsichtig setzte er eine Hand vor die andere, einen Fuß vor den anderen, um ja kein Geräusch zu verursachen, während er zwischen Schneiden emporkletterte, die scharf genug waren, ihm die Muskeln bis auf den Knochen zu durchtrennen. Als er das obere Ende der Umzäunung erreichte, holte er sein Handy heraus und blickte sich um. In der Ferne sah er die beiden ihm am nächsten stehenden Wachen, beide blickten in die entgegengesetzte Richtung. Er rief eine App namens ISI auf und scannte den Boden unter dem Zaun ab. Auf dem Handy wurde eine grüne Linie sichtbar. Sie zeigte an, dass es eine zusätzliche digitale Umgrenzung gab, die Audras Anwesen schützte.

Tacoma musterte die Position des Strahls. Er befand sich unter ihm, circa 1,20 Meter über dem Boden, allerdings mindestens 1,50 Meter hinter dem Zaun. Tacoma sprang – griff ins Leere, trat mit den Beinen und landete auf dem Boden, wartete, spürte nichts.

Er war innerhalb der Umzäunung.

Sofort stürmte er auf eine dunkle Wand zu, dann kroch er am Fundament entlang, weiter an der Rückseite des Hauses, über Unkraut, Erde und Kieselsteine. Er wartete, um wieder zu Atem zu kommen, schließlich nahm er schwach den Geruch von Zigarettenrauch wahr. Er beobachtete, wie der Wächter – ein hochgewachsener Mann in einem schwarzen Polohemd – mit einer MP5 in der Hand systematisch über den Rasen zwischen dem Haus und dem Zaun patrouillierte. Tacoma hob die schallgedämpfte P226R, feuerte und schoss absichtlich daneben, und als der Posten sich bei dem Geräusch umdrehte, drückte er ein weiteres Mal ab. Die Kugel traf

den Mann neben dem Ohr in die Schläfe. Lautlos sackte er zusammen. Tacoma ging hin, packte den toten Killer am Kragen und schleifte ihn in die Schatten am Haus.

Er nahm die MP5 des Toten an sich, inspizierte Magazin und Schalldämpfer, stellte den Feuerwahlhebel auf Einzelfeuer und wartete, bis der Posten von der Einfahrt neben das Anwesen kam. Dann feuerte er einen einzelnen Schuss ab. Mit einem leisen, hellen Knall drang die Kugel dem Mann mitten in den Hals. Mit einem Röcheln sank er zu Boden.

Tacoma ging an ihm vorbei die Einfahrt entlang zum Tor. Ein Stück weit davor suchte er den Boden ab und sah, von Blumen verdeckt, eine lange, zwei Zentimeter hohe Stahlbox. Mithilfe seiner Picking-Gun öffnete er sie. Er schnitt mehrere Drähte durch und deaktivierte so das elektrische Tor.

Im grellen Scheinwerferlicht stürmte Tacoma durch die Einfahrt und hielt sich links vom pompösen Eingang der Villa. Er sprintete von der Stelle, an der er eingedrungen war, auf die andere Seite des Grundstücks, bog um die Ecke und stellte den Feuerwahlhebel der MP5 auf Dauerfeuer. Gerade als er den Garten neben dem Haus erreichte, näherte sich der dritte Posten. Der Mann sah Tacoma und machte Anstalten, seine Waffe auf ihn zu richten, doch Tacoma hatte den Killer bereits im Visier der MP5 und drückte den Abzug. Wütend spie die Maschinenpistole ein blechernes Stakkato schallgedämpfter Geschosse, stanzte sie dem Posten quer über die Brust, warf ihn um, tötete ihn.

Der Mann hatte genau wie Tacoma einen rasierten Schädel. Außerdem ungefähr die gleiche Größe und einen ähnlichen Körperbau.

Tacoma stellte den Feuerwahlhebel zurück auf Einzelfeuer. Ungedeckt bewegte er sich zur Rückseite des Anwesens, Gang und Körperhaltung des Postens imitierend. Selbstbewusst ging er vorwärts, systematisch, nicht zu schnell, bis er zu dem gepflegten Rasen zwischen dem Haus und dem Meer kam. Er sah den vierten Posten, als der Mann an der Hecke direkt oberhalb des Strandes entlangging. Er kam auf den Posten zu, als dieser sich wieder von seiner Seite des Anwesens entfernte. Er folgte ihm und hob im Näherkommen die Waffe. Als der Killer sich endlich umdrehte, war Tacoma keine sechs Meter mehr von ihm weg. Der Mann unternahm noch nicht einmal den Versuch, sich zu rühren, ehe Tacoma ihm eine Kugel in die Stirn jagte.

Tacoma ging an die Seite der Villa und fand eine Tür. Er legte die MP5 auf den Boden. Durch die senkrechten Fenster neben dem Türpfosten spähte er ins Innere. Er zückte seine Picking-Gun, hielt sie ans Schloss und drückte. Eine dünne Metallnadel fuhr aus dem Gerät, erhellt von blinkenden digitalen Leuchten. Er steckte die Nadel ins Schloss. Eine Sekunde später öffnete es sich mit einem Klicken. Tacoma trat ein.

Er befand sich in einem riesigen Wohnzimmer. Die gegenüberliegende Wand war ein zweigeschossiger gläserner Bogen. Tacoma sah sie auf der anderen Seite des Raumes auf einem Ledersofa, an einen jüngeren Mann geschmiegt.

Lautlos drang Tacoma in das Wohnzimmer vor, noch immer feucht vom Meer, die SIG Sauer ohne Unterlass auf Audra gerichtet. Selbst während er sich dem Paar näherte, das nackt war und ein Glas Champagner miteinander trank, bemerkte ihn keiner der beiden. Erst als es zu spät

war, sah der Mann Tacoma. Seine Reaktion veranlasste Audra, sich umzudrehen. Sie erkannte ihn sofort. Schweigend blickten sie und ihr Lover auf Tacoma, starrten ihn sekundenlang voller Argwohn und Unglauben an. Dann feuerte Tacoma. Die P226 spie eine schallgedämpfte Kugel, die in die Stirn des jungen Wachpostens einschlug.

Er nahm Audra ins Visier, ihr Gesicht mit dem Blut aus dem Kopf des Mannes bespritzt.

»*Privet*, Audra«, sagte Tacoma.

Audras Gesicht war übersät von kleinen Schnitten, die sie sich an Cosgroves Fenster zugezogen hatte. Trotzdem war sie immer noch schön. Sie begegnete Tacomas Blick mit einem wissenden Ausdruck. Erkennen, Angst. Tacoma trat näher, ohne die Waffe von der Auftragskillerin zu nehmen. Ihr Blick glitt zu einem Fenster direkt hinter Tacoma. Er fuhr herum, blickte aus dem Fenster und sah nichts. Als er wieder zu Audra herumwirbelte, zog sie gerade eine Pistole unter dem Kissen hervor und schwenkte ihre Linke auf Tacoma. Tacoma feuerte, ein präziser Schuss aus der Hüfte, der Audra in den Unterarm traf. Die Kugel schlug direkt hinter dem Handgelenk ein. Ihr Arm wurde zur Seite geschleudert, die Waffe fiel ihr aus der Hand. Sie schrie auf, als sich ihr Arm nach hinten krümmte und plötzlich Blut aus der Wunde floss.

Tacoma kam näher, während er noch einmal zurückblickte, um die Fenster zu überprüfen, die Mündung auf ihre nackte Brust gerichtet.

»Wer hat dich beauftragt, Cosgrove umzubringen?«

Audras blutiger Arm lag zitternd da, den anderen konnte sie nicht bewegen. Blut quoll aus der Schusswunde und ergoss sich neben dem Toten auf das Ledersofa. Keuchend blickte sie zu Tacoma auf.

»Was springt für mich dabei raus?«, fragte sie.

»Ich verhandle nicht«, sagte Tacoma. »Du hilfst mir, dann helfe ich dir auch. Wer hat dich geschickt? Wer hat es geplant? Wer trägt die Verantwortung dafür?«

»Ich bin bloß eine Gefangene«, erwiderte sie. »Es war alles ein abgekartetes Spiel. Die haben mich reingelegt.«

»Ja, natürlich«, meinte Tacoma. »Du wurdest aus der GRU rekrutiert. Offensichtlich für eine Stange Geld. Wer hat dich geschickt, um Cosgrove umzulegen?«

Er trat näher, packte ihren bewegungsunfähigen Arm am Handgelenk und verdrehte ihn. Audra stieß einen fürchterlichen Schrei aus.

»Hast du Senator O'Flaherty vergiftet?«

In ihrer Qual nickte sie. Ja.

»Wer hat es in Auftrag gegeben?«

»Was glaubst du denn?«, schluchzte sie, sich Blut und Tränen aus dem Gesicht wischend.

»Ich frage dich zum letzten Mal!«

Audra streckte ihre blutüberströmte Hand aus und packte den Schalldämpfer, doch Tacoma zog ihn weg. Er jagte ihr eine Kugel in den Fuß, zerschmetterte ihn.

»*Du elender Mistkerl!*« Tränen liefen ihr übers Gesicht.

»Gib mir eine Antwort«, sagte Tacoma ruhig.

»Bitte«, flüsterte sie. »Ich will nicht sterben.«

»Dann nenne mir einen Namen.«

Er wartete, bis sie wieder aufblickte.

»Versprichst du es?«

Tacoma nickte.

»Wolkow. Andrej Wolkow.«

Tacoma hob den Schalldämpfer und hielt ihn Audra an die Stirn.

»Aber du hast es doch versprochen!«

»Ich habe versprochen, jeden umzubringen, der darin verwickelt ist.« Tacoma feuerte. Die Kugel traf Audra mitten in die Stirn und schleuderte ihr den Kopf nach hinten. Blut und Hirnmasse spritzten über das Ledersofa.

Tacoma durchstreifte das Erdgeschoss des großen Hauses, bis er ein Badezimmer fand. Er knipste das Licht an und betrachtete sich im Spiegel. Ohne Haare sah er völlig verändert aus. Seine Kopfhaut war blass. Er wirkte gefasst, und doch starrten ihn seine Augen auf eine Weise an, die er nicht ganz verstand. Er fühlte sich hilflos – und doch auch lebendig. Er starrte noch ein paar Sekunden länger, dann langte er nach dem Lichtschalter, während er mit der anderen Hand die 226 aus dem Holster zog. Er trat in den Korridor und stahl sich lautlos am Glas entlang, die Waffe erhoben, den Schalldämpfer vor sich gestreckt.

Durch dieselbe Tür, durch die er hereingekommen war, ging er wieder ins Freie und schlich durch die Gartenanlage entlang der Grundstücksgrenze zum Strand. Er erreichte den Sand, blickte nach links und rechts und begann einen anstrengenden Lauf den Strand entlang, zurück dorthin, wo er hergekommen war.

Unvermittelt vernahm er Schüsse aus einer Schrotflinte – einen lauten Knall, dreimal hintereinander. Tacoma wandte sich um. Die Schüsse kamen von Audras Haus. Er hielt einen Moment inne und rannte dann schneller, den Weg zurück vom Meer in die Vororte und schließlich aufs flache Land hinaus. Irgendwann während der acht Kilometer setzte er seinen Ohrstöpsel ein.

»Igor«, sagte er schwer atmend.
»Ja, Rob.«
»Ich habe einen Namen: Andrej Wolkow.«
»Bin schon dran.«

48

JUPITER ISLAND, FLORIDA

Langsam fuhr Wolkow in Audras Wohngegend auf Jupiter Island. Es war ein stark bewachtes Gebiet, eine ruhige, verschlafene Straße mit Strandvillen, die von riesigem Reichtum zeugten. Das Letzte, was er wollte, war, die Polizei auf sich aufmerksam zu machen. Wolkow fuhr einen Toyota Tacoma Pick-up. Gemächlich schlängelte er sich die South Beach Road entlang, fuhr mehrmals an Audras Einfahrt vorbei und hielt nach Markus Ausschau, der das Kommando über die Wachposten hatte.

Zuvor hatte er schon mehrmals versucht, Audra anzurufen, um sie zu warnen, dass jemand kommen könnte, aber sie hatte nicht abgenommen. Wolkow hatte fünf Mann geschickt, Markus die Verantwortung übertragen und ihm gesagt, er solle die Grundstücksgrenze bewachen. Markus hatte Wolkow mitgeteilt, Audra befinde sich im Haus in Sicherheit. Trotz der Security, die Wolkow geschickt hatte, fuhr er auf der South Beach Road auf und ab und hielt Ausschau nach dem Mann, den die CIA ausgesandt hatte, um Audra zu finden. Wolkow war klar, dass Darré recht hatte: Wenn sie an Audra herankamen, würden sie ihn ebenfalls kriegen.

Doch abgesehen von einer lauten Party voller Menschen ein paar Häuser weiter war auf der South Beach Road alles ruhig.

Während Wolkow langsam zu Audras Haus zurückfuhr, rief er Markus an, um einen Lagebericht zu erhalten. Es klingelte mehrmals, dann sprang die Mailbox an. Wolkow

versuchte es noch einmal, wieder keine Antwort. Nacheinander rief er die anderen Männer an, obwohl er, nachdem der dritte Posten sich nicht gemeldet hatte, bereits in die Zufahrt einbog und sich dem kunstvollen Eisentor näherte. Er hatte das Anwesen für Audra gekauft. Es war eine geometrische Anordnung von Glasscheiben auf Pfählen, 9,5 Millionen Dollar.

Wolkow hatte die Beziehung beendet, nachdem seine Frau Leana dahintergekommen war. Dennoch träumte er noch von Audra.

Er ließ das Fenster herunter und gab einen Code in eine kleine digitale Tastatur ein. Das Tor öffnete sich nicht. Er versuchte es noch einmal. Immer noch nichts. Sie hatte die Kombination geändert. Er stieg aus und versuchte es ein drittes Mal. Als sich immer noch nichts rührte, ging Wolkow ans Tor und blickte hindurch. Er sah Markus mit dem Gesicht nach unten in einer Blutlache auf der Erde liegen.

Wolkow ging zurück zum Truck und holte seine Schrotflinte Kaliber 12. Er betätigte den Abzug, feuerte einen Schuss aus der abgesägten Pumpgun ab und sprengte die Tastaturkonsole in Stücke. Anschließend ging er zum Tor und feuerte erneut, diesmal auf das Schließ-Interface. Ein dritter Schuss riss das Stahltor aus seiner Führung, und er trat ein. Auf dem Rasen neben dem Haus sah er Leffen, einen seiner Männer, der Länge nach auf dem Rücken liegen. Erschossen.

Wolkow ging ums Haus herum und kam von der Terrasse her zu dem riesigen Wohnzimmer.

Die deckenhohen Fenster standen offen und ließen die warme Luft ein. Eng umschlungen saß Audra mit einem Mann auf dem Sofa, Guillaume, einem von Wolkows

Unterführern. Beide waren nackt, Audra hatte ein Handtuch um. Mit einem Mal bemerkte Wolkow das Blut auf dem Fußboden unter dem Sofa. Wie in Zeitlupe bewegte er sich auf das Sofa zu. Audras wunderschönes Gesicht war zerstört.

Wolkow ging wieder nach draußen, die Einfahrt entlang zu seinem Pick-up und holte einen roten 20-Liter-Plastikkanister Benzin. Er ging rings um die Villa und goss Benzin in einem Schwall am steinernen Fundament entlang. Er schleifte die vier übrigen toten Posten auf die Terrasse. Als sie alle auf einem Haufen lagen, überschüttete Wolkow sie mit dem restlichen Benzin. Den leeren Kanister warf er dazu, dann steckte er sich eine Zigarette an und rauchte, versuchte nachzudenken. Als die Zigarette halb aufgeraucht war, schnippte Wolkow die glühende Kippe an die Hausfront. Einen Moment lang herrschte Stille, dann loderten mit einem Mal blaue Flämmchen auf. Nicht lange, und der Glaspalast war in Feuer gehüllt – rasende, wild wogende, orangefarbene, rote, weiße und blaue Flammen schossen empor. Zu diesem Zeitpunkt saß Wolkow allerdings wieder in seinem Pick-up und fuhr von Jupiter Island weg, gerade als die Sirenen ertönten und die friedliche Nacht Floridas sich in Hitze und Flammen auflöste.

49

DARRÉ GROUP
NEW YORK CITY

Mitternacht war vorüber. Nathaniel studierte, was auf der anderen Seite der Welt passierte, insbesondere den Nikkei 225, den japanischen Leitindex, wo der Darré-Fonds mehr als vier Milliarden Dollar investiert hatte. Er sah ein flackerndes Signal auf seinem Bildschirm. Er ging auf das Symbol und tippte es mit dem Finger an.

Ein Foto erschien auf dem Bildschirm. Die Schwarz-Weiß-Aufnahme eines Mannes, der früher an diesem Tag in Miami angekommen war. Ein einzelnes Bild, das er noch erfassen konnte, bevor irgendwo jemand die Aufnahmen der Überwachungskameras löschte. Der Mann war jung und hatte den Schädel rasiert. Man sah einen Hauch heller Stoppeln, die sich über eine blasse Kopfhaut zogen. Er trug eine dunkle Sonnenbrille. Nathaniel starrte das Foto sekundenlang an, dann griff er nach seinem Handy.

»Mr. Nebeker, wie kann ich Ihnen helfen?«, meldete sich eine strenge Frauenstimme.

»Geben Sie mir Bruno«, sagte Nathaniel zu einer von Darrés Assistentinnen.

»Es ist halb drei Uhr morgens, Mr. Nebeker.«

»Geben Sie ihn mir«, sagte Nathaniel kühl.

Ein schriller, monotoner Alarm seines Handys weckte Darré.

Er blickte auf die Smartphone-Halterung neben dem Bett.

2:33 Uhr.

Darré schüttelte den Kopf, klatschte sich fest auf die Wange und nahm ab.

»Ich bin's, Nathaniel.«

»Was gibt es?«, fragte Darré.

»Ich glaube, du musst herkommen, Bruno«, sagte Nathaniel.

Darré stieg in den wartenden Hubschrauber, dessen Rotorblätter bereits die Luft Connecticuts zerteilten, als er aus der Haustür seiner Villa trat. Sobald er an Bord war und in der Druckkabine saß, hob er sein Handy, während er sich die Augen rieb, bemüht, wach zu werden. Er rief Wolkow an.

»Was zur Hölle ist los?«, wollte Darré wissen.

»Was meinst du damit?«

»Hat er es zu Audra nach Hause geschafft?«

»Ja«, sagte Wolkow. »Ich komme gerade von dort. Er hat sie umgelegt.«

»Weiß er …«

»Ich weiß es nicht«, fauchte Wolkow. »Woher denn auch? Er hat ihr den Kopf weggepustet.«

»Tut mir leid«, meinte Darré. »Ich wollte nicht so selbstsüchtig klingen.«

»Schon okay«, sagte Wolkow. »Es ist nur so, dass ich sie hier reingebracht habe. Ich habe sie nach New York geschickt und dann nach Washington. Sie war eine sehr freundliche Person.«

»Ich weiß«, meinte Darré beschwichtigend. »Aber was, wenn er sie kleingekriegt hat?«

»Er hat sie nicht kleingekriegt.«

»*Und wenn doch*«, schäumte Darré. »Was weiß sie alles? Sie kannte dich, Andrej.«

»Was willst du damit sagen?«, fragte Wolkow.

»Du musst dich versteckt halten«, sagte Darré. »Bleib im Hafen. Dort bist du gut geschützt. Hoffentlich hast du recht und sie hat denen nicht deinen Namen preisgegeben. Aber da können wir uns nicht sicher sein. In der Zwischenzeit werde ich herausfinden, wer dieser Hurensohn ist.«

Nachdem Darré aufgelegt hatte, suchte er eine andere Nummer. Eine Nummer, die er nur ungern anrief. Ein Mann, bei dessen Namen ihm war, als krampfte sich eine eiskalte Faust um sein Inneres. Er fand Kaisers Nummer und wählte.

50

EATON SQUARE
BELGRAVIA
LONDON

Kurz vor neun Uhr morgens kam Kaiser in sein Apartment. Er knipste das Licht an und schloss die Tür hinter sich. Auf einer herrlichen Ahorn-Anrichte stand eine Schale mit Golfbällen. Rings um die Schale war die Oberfläche der Anrichte übersät von kaputten Golfbällen, die meisten zerquetscht und in zwei Hälften. Plastikscherben ragten heraus, als hätte jemand die Bälle in einen Schraubstock gezwängt und zugedreht.

Kaiser schnappte sich einen der Golfbälle aus der Schale, als er in die Wohnung ging.

Das Apartment nahm eine ganze Etage ein, eine elegante Suite in einem der renommiertesten Gebäude Londons.

Die Wände waren voller Fenster, die auf den Grosvenor Square hinausgingen.

Es handelte sich um eine der teuersten Wohnungen Londons. Es war ein trüber, regnerischer Tag in der City. Die schwache Beleuchtung tauchte Korridore und Räume mit erlesenen Möbeln und Kunstwerken in ihr warmes Licht, ähnlich der Präsidentensuite im Hotel George V in Paris.

Von einem Bewegungssensor ausgelöst, ertönte gedämpfte Musik, ein Violinkonzert von Mozart.

Kaiser zog sich im großen Schlafzimmer aus und nahm die Krawatte mit der linken Hand ab, während er in der rechten den Golfball hielt und in seiner Handfläche drehte. Er hatte eine ordentlich gekämmte Frisur, einen kurzen, schwarzen Haarschopf und wirkte wie ein Leichenbestatter. Er war über zwei Meter groß. Auch wenn er ein wenig gebeugt ging, bot Kaiser mit seinen 58 Jahren immer noch einen furchterregenden Anblick. Er hatte eine massige Statur. Schon seine körperliche Präsenz, dazu noch die kalten, schwarzen Augen ließen ihn Furcht einflößend aussehen. Mit der linken Hand knöpfte Kaiser sein Hemd auf.

Er stand vor dem Spiegel, während er das Button-down-Hemd auszog. Er war ein großer Mann, nicht typisch aussehend, aber menschlich – zumindest bis zu seiner rechten Achselhöhle. Von der rechten Achselhöhle abwärts trug er eine Prothese, bis zum Ellenbogen eine schwarze Metalllegierung, danach ein mit synthetischer Haut bezogener Unterarm nebst Hand, Fingern und Daumen. Er starrte auf seinen grotesken Arm, während er den Golfball umklammert hielt. Der fleischfarbene Kunststoff war dünn. Zwar sah er für die meisten echt aus, für Kaiser hingegen war es ein ausgemachter Schwindel.

Den Ball festhaltend ballte er seine mechanische Hand langsam zu einer Faust.

Unvermittelt zersprang der Golfball, zerbrach wie ein gekochtes Ei in Scherben aus weißem Keramikplastik. Kaiser starrte ihn an und ließ ihn dann auf eine Ablage im Schrank fallen.

Wieder im Wohnzimmer, machte Kaiser sich einen Wodka Martini und schaltete den Fernseher ein. Er fand BBC, wo gerade ein Bericht über den Tod von Nick Blake und John Patrick O'Flaherty lief. Als er den Vibrationsalarm spürte, stellte er den Fernseher leise, setzte sich hin und zückte sein Handy.

»Was gibt's?«, fragte Kaiser.

»Ich bin's. Bruno Darré.«

»Wo sind Sie?«

»In New York City«, sagte Darré.

»Was wollen Sie?«, fragte Kaiser.

»Wolkows Leute haben den Amerikaner umgebracht. Cosgrove. Aber ich fürchte, damit ist die Sache noch nicht zu Ende«, sagte Darré. »Jemand – mutmaßlich die Central Intelligence Agency – nahm einen seiner Männer gefangen, und der gab den Namen von Wolkows primärer Kontaktperson preis.«

»Von der Frau?«, fragte Kaiser.

»Ja«, erwiderte Darré. »Audra Butschko.«

»Lassen Sie mich raten«, sagte Kaiser. »Sie machen sich Sorgen, weil sie die CIA zu Andrej führen kann, und Andrej kann die CIA zu Ihnen führen.«

»Und ich kann diese Kerle zu Ihnen führen«, sagte Darré.

»Dann legen Sie die Frau doch um!«

»Zu spät! Jemand hat sie schon vorher erwischt.«

Kaiser nippte an seinem Martini. Sein Blick fiel auf den Fernseher, der mittlerweile stumm geschaltet war. In den Nachrichten lief etwas über eine Krisensituation am Miami International Airport. Der Flughafen war abgeriegelt und von Polizei, Feuerwehr und Krankenwagen umgeben sowie – hinter Sicherheitsabsperrungen – von Scharen von Journalisten.

»Was ist am Flughafen los?«

»Der Mann, den sie geschickt haben, wahrscheinlich das andere Mitglied der CIA-Einheit, hat fünf von Andrejs Männern umgelegt«, sagte Darré. »Anschließend fuhr er zu Audra und legte noch ein paar von Andrejs Leuten um, ehe er Audra tötete.«

In der Leitung herrschte sekundenlang Stille.

»Verstehe«, meinte Kaiser schließlich.

»Wir müssen die Bedrohung ausschalten«, sagte Darré.

»Mit Bedrohung meinen Sie Andrej?«

»Ja«, erwiderte Darré. »Wenn die ihn erwischen, werden sie ihn foltern und unter Drogen setzen, alle möglichen Pharmaka an ihm ausprobieren. Irgendwann kriegen sie dann mich. Das kann ich Andrej nicht zum Vorwurf machen. Er war mein Partner. Ohne ihn muss die gesamte Ostküste neu aufgebaut werden. Aber das wäre mir immer noch lieber, als den Rest meines Lebens im Gefängnis zu verbringen.«

»Verstehe«, sagte Kaiser ruhig.

»Sie müssen ihn umlegen lassen«, sagte Darré. »Das fällt nicht in meinen Kompetenzbereich.«

»Wir werden Andrej Wolkow nicht töten«, sagte Kaiser.

Es entstand ein langes Schweigen.

»Was?«, meinte Darré. »Haben Sie mir denn nicht zugehört?«

»O doch!«

»Sie haben einen Krieg angezettelt«, sagte Darré. »Ich habe bloß getan, worum Sie mich gebeten haben.«

»Ich habe keinen Krieg angezettelt, Bruno. Der Krieg hat schon vor langer Zeit begonnen, bevor Sie oder ich überhaupt geboren waren. Wir werden Andrej Wolkow nicht töten. Er ist zu wertvoll.«

»Was zur Hölle soll ich denn tun?«

»Sie müssen den anderen Amerikaner aufspüren«, sagte Kaiser in nonchalantem Tonfall. »Hören Sie auf damit, sich Sorgen darüber zu machen, dass Andrej Sie verraten könnte, und fangen Sie endlich an, sich Gedanken zu machen, wie man diesen anderen Kerl finden kann!«

»Die sind uns auf der Spur«, sagte Darré. »Die Amerikaner drehen verdammt noch mal durch!«

»Ja, sie sind dabei«, meinte Kaiser. »Aber wir werden jetzt nicht anfangen, unsere wichtigsten Leute umzulegen, und ganz bestimmt nicht jemanden vom Kaliber eines Wolkow. Legen Sie auf und machen Sie sich endlich auf die Suche nach diesem anderen Agenten.«

»Sie haben einen Krieg angefangen!«, maulte Darré.

»Wir befanden uns schon im Krieg!«, brüllte Kaiser. *»Und jetzt sind Sie an der Front! Das ist kein Spiel, Bruno!«*

»Sie haben einen Krieg angefangen, und ich bin derjenige, auf dessen Rücken er ausgetragen wird!«, kreischte Darré.

»Sie haben letztes Jahr mehr als eine Milliarde Dollar verdient«, sagte Kaiser. »Wofür? Weil Sie dafür bezahlt werden, Kriege zu führen! Wenn Sie das nicht hinkriegen, werde ich jemanden finden, der es kann.«

»Was nützt mir denn das Geld, wenn ich in einer Gefängniszelle sitze – oder tot bin?«

»Sollte eines davon eintreten, nun ja, dann sind Sie das Geld nicht wert, Bruno Darré«, sagte Kaiser gelassen. »Sie rühren Andrej nicht an. Haben Sie verstanden?«

Darré schwieg.

»Sag mir, dass du verstanden hast, *du undankbarer Dreckskerl!*«

»Ich habe verstanden«, sagte Darré.

51

COMMONWEALTH TOWER
1300 WILSON BOULEVARD
ARLINGTON, VIRGINIA

»Ich habe da etwas«, sagte Igor.

Calibrisi ging zu Igor hinüber, während Katie aufstand und sich zu ihnen stellte.

Der riesige Bildschirm vor ihm zeigte ein Foto, das von der Luft aus aufgenommen war.

»Ich habe mich in den FBI-Prozessor gehackt«, sagte Igor.

»Ich hätte dir auch so Zugang verschaffen können«, meinte Calibrisi.

»Beim Hacken geht es darum, Schwachstellen zu finden«, entgegnete Igor.

Das Foto zeigte zwei Männer, die in Manhattan an einer Ecke standen, auf dem Bürgersteig, inmitten von Wolkenkratzern. Sie stritten miteinander; das sah man an der Wut in ihren Gesichtern.

»Wer ist das?«, fragte Calibrisi.

»Der Kräftige ist Andrej Wolkow«, sagte Igor. »Das Bild stammt aus den Aufnahmen einer Drohne, mit der sie ihn überwachten.«

»Wer ist der Mann rechts von ihm?«, wollte Katie wissen.

»Genau diese Frage habe ich mir auch gestellt.« Igor streckte die Hand aus und tippte etwas auf seiner Tastatur. Ein weiterer Bildschirm erwachte zum Leben, diesmal mit einem deutlicheren Foto. Es zeigte denselben Mann, allerdings vom Straßenniveau aus, HUMINT, ein Bild, aufgenommen von einem FBI-Agenten während Wolkows Beschattung.

Der Mann hatte dichtes blondes Haar sowie einen Mittelscheitel, eine markante Nase und trug ein elegantes weißes Button-down-Hemd. Er lächelte. Ihm gegenüber befand sich der Hinterkopf eines großen Mannes mit Bürstenschnitt, dessen Muskeln den Stoff seines Hemdes spannten.

»Wolkow?«, fragte Calibrisi.

»Ja, der Mann auf der linken Seite. Das ist sein Hinterkopf.«

»Und wer ist der andere Kerl?«

Abermals tippte Igor auf der Tastatur, und in einer Kachel auf dem nächsten Bildschirm erschien eine Reihe von Fotos. Er tippte erneut und mehrere Zeitungsberichte erschienen: *Wall Street Journal, Financial Times, Bloomberg*. In jedem Artikel hatte Igor einen Namen hervorgehoben.

»Bruno Darré«, sagte Katie.

»Kennst du ihn?«, fragte Igor.

»Selbstverständlich«, entgegnete Katie.

»Ein Finanzmann«, sagte Calibrisi. »Hedgefonds. Milliardär. Was hat der mit Wolkow zu tun?«

»Woher zum Teufel soll ich das wissen?«, meinte Igor.

»Finde es heraus«, sagte Calibrisi.

»Katie, kannst du Rob anrufen und ihm sagen, dass wir Wolkow gefunden haben?«, sagte Igor. »Er leitet eine kleine Schifffahrtsgesellschaft im Hafen von Miami. Rob muss da irgendwie reinkommen. Aber es wird nicht einfach – so wie die Docks aussehen, sind sie schwer bewacht. Das kann er sich nicht aus dem Ärmel schütteln, dazu braucht er einen richtigen Plan.«

52

CIA-ZENTRALE
LANGLEY, VIRGINIA

Jenna Hartford arbeitete an einem Bericht. Sie schlug eine Operation vor, um einen hochrangigen britischen Geheimagenten auszuschalten, der Geheimnisse an die Saudis verkaufte. Es musste einwandfrei und sauber ablaufen, ein »Unfall«, den jeder auch dafür hielt, der Tatsache zum Trotz, dass es sich um einen Agenten handelte und ja auch gar kein Unfall war. Trotzdem kam sie nicht umhin, weiter zu analysieren, was auf US-Boden geschah: zwei Politiker getötet, dazu noch der brutale Mord an Cosgrove. Eigentlich durfte sie ja nichts über Tacoma wissen. Dennoch machte sie es sich stets zur Aufgabe, alles auf die eine oder andere Weise zu erfahren. Insgeheim verfolgte sie Tacoma, als er nach Florida flog und den äußeren Zirkel um diejenigen, die dies getan hatten, auseinanderzunehmen begann, denjenigen Teil der russischen Mafia, der für die Kriegshandlungen verantwortlich war.

Jenna leitete die Einsatzplanung bei der CIA. Mit ihren 27 Jahren entwarf sie alle hochwertigen verdeckten Spezial-Missionen für die Firma. Jenna war Britin, vom MI6 ausgeliehen, dem britischen Gegenstück der CIA. Bei westlichen Geheimdiensten galt Jenna weithin als Koryphäe auf ihrem Gebiet, ihre Meinung war äußerst gefragt. Infolgedessen hatte Jenna vollen Zugriff auf alle CIA-Aktivitäten mit hoher Priorität, und diesen Zugriff nutzte sie, um die Einheit heimlich aus der Ferne zu überwachen.

Sie machte sich auf die Suche nach Calibrisi, doch sein Büro war leer. Als sie zurück in ihr Büro kam, rief sie ihn an.

»Was gibt's, Jenna?«, fragte Calibrisi.

»Es geht um die Sache mit der Russenmafia«, sagte Jenna mit ihrem aristokratischen britischen Akzent. »Jeder kommt zu einem übereilten Schluss, nur weil Blake und O'Flaherty Gegner der russischen Mafia waren. Aber sehen Sie sich die Anschläge doch einmal an. Einmal eine Kugel in den Kopf aus schätzungsweise 500 Metern Entfernung, das andere Mal ein Designergift, mit äußerster Präzision verabreicht. Klingt das für Sie nach der Russenmafia, Hector?«

Jenna war ein wenig aufgebracht. Mit der rechten Hand strich sie sich das hellblonde Haar zurück, eine nervöse Angewohnheit, aber bei ihr sah es natürlich aus.

»Wie ich sehe, schnüffeln Sie in Dingen herum, für die noch nicht mal Sie eine Freigabe haben. Aber wie Sie wohl bereits wissen, verfolgen wir die Russenmafia jetzt auf US-Boden«, sagte Calibrisi.

»Hector, Sie begehen einen Fehler. Diese Morde tragen eindeutige Anzeichen einer GRU-Operation.«

»Bullshit«, entgegnete Calibrisi. »Nicht hinter allem steckt die russische Regierung. Ich bin sicher, es gibt enge Verbindungen, aber das hier waren Anschläge der Russenmafia.«

»Audra Butschko?«

»Ich hege nicht den geringsten Zweifel, dass die russische Mafia Leute von der GRU rekrutiert«, sagte Calibrisi. »Das heißt jedoch nicht, dass hinter dem Ganzen die russische Regierung steckt.«

»Diese neue Einheit – die, von der ich nichts wissen darf – hat einen Freibrief für die Russenmafia«, sagte Jenna. »Korrekt?«

»Ja.«

»Aber falls sich ein größeres Szenario ergeben sollte, in dem wir womöglich die Beteiligung der russischen Regierung an diesen Verbrechen aufdecken, würde ich verdammt noch mal hoffen, dass Sie sich dafür interessieren!«

»Selbstverständlich! Sehen Sie, wir befinden uns an einem kritischen Punkt in der aktuellen Mission, und da Sie sich entschieden haben, sich einzuarbeiten, könnten wir wirklich Ihre Hilfe gebrauchen«, sagte Calibrisi. »Wir müssen jemanden in einen relativ sicheren Bereich bringen, in die Nähe einer Person der Russenmafia. Der Mann ist sowohl auf der Hut als auch gut geschützt.«

Hector erklärte die Situation mit Andrej Wolkow und gab Jenna alle Einzelheiten, die Igor zutage gefördert hatte.

»Können Sie mir auf die Schnelle etwas entwerfen?«

»Natürlich! In einer Stunde rufe ich Sie an.«

45 Minuten später klingelte Calibrisis Handy. Es war Jenna.

»Haben Sie einen Plan?«, wollte Calibrisi wissen.

»Ja. Ich nenne ihn ›der Russe‹«, antwortete Jenna. »Er ist einfach und doch auch wieder nicht. Auf einer Ebene verfolgen wir Andrej Wolkow. Er ist der Russe. Aber was, wenn ihm befohlen wurde, dass er tun soll, was er getan hat? Was, wenn es in Wirklichkeit von jemand anders angeordnet wurde? Wer ist derjenige, der ihm den Befehl gab? Und wer steckt hinter diesem Mann? Woher hatte der den Befehl, die beiden Politiker umzubringen und dann auch noch Cosgrove? Auch er ist der Russe. Wir müssen herausfinden, ob die GRU hinter alldem steckt, und genau darauf zielt mein Plan ab. Audra Butschko wurde von der GRU rekrutiert. Wir werden die GRU herauslocken – oder eine andere Organisation. Und wenn wir sie entlarven, wer auch immer es ist, sollten wir sie töten. Als ich beim MI6 war, gab es vage Gerüchte über einen solchen Mann. Ehrlich gesagt, alles, was wir hatten, waren diese paar hauchdünnen Gerüchte und ein Name: Kaiser.«

»Kaiser?« Calibrisi musste an sein Gespräch mit Alexej Malnikow denken.

»Haben Sie schon von ihm gehört?«, fragte Jenna.

»Ja.«

»Kaiser könnte ein Mythos sein«, meinte Jenna. »Vielleicht existiert er auch tatsächlich. Die bisherigen Ergebnisse weisen auf eine ausführliche Planung hin. O'Flaherty, Blake, Cosgrove. Jeder Mord war brutal und doch äußerst sauber ausgeführt. Wäre Rob nicht zur falschen Zeit aufgekreuzt, hätten wir nichts über den Mord an Cosgrove. Das Ganze ist eindeutig ziemlich verschachtelt, und bisher kratzen wir nur am äußeren Rand. Aber ich habe eine Idee, wie man in den inneren Kreis vordringen kann. Die Ausgangsoperation erfüllt die grundlegende Funktion: Andrej Wolkow zu töten. Aber

ich glaube, damit können wir auch aufdecken, wer über ihm steht, womöglich auch Kaiser.«

»Mit anderen Worten: Gemäß Ihrem Plan können wir Tür eins oder Tür zwei wählen«, sagte Calibrisi. »Dann kriegen wir immer noch alles hinter Tür eins, bekommen aber auch potenziell wesentlich mehr?«

»Exakt«, erwiderte Jenna. »Aber wie bei jeder Operation, die unterschiedliche Ebenen der Echtzeitausführung hat, werden die Risiken komplexer, und zwar um ein Vielfaches. Wir können Wolkow einfach töten. Das ist eigentlich nicht weiter schwierig. Aber wenn wir es so machen, wie ich es mir ausgedacht habe, kommen wir möglicherweise an die Hierarchie dahinter heran. Unglücklicherweise erhöht sich auch das Risiko für den Agenten. Es ist eine äußerst gefährliche Operation, die von einer gewissen Tötungsrate in einem begrenzten Zeitfenster abhängt.«

»Wenn einer das hinbekommt«, meinte Calibrisi, »dann Rob. Wie ist die Idee?«

»Wir wissen, dass Wolkow sich im Hafen aufhält«, sagte Jenna. »Tacoma wird hingehen, um ihn zu töten, und wird versuchen herauszufinden, für wen er arbeitet. Korrekt?«

»So ungefähr.«

»Er wird also einfach reinspazieren und anfangen zu schießen?«

»Es würde mich nicht überraschen. Das ist seine bevorzugte Methode.«

»Nun, nicht gerade die ideale Methode. Damit könnte er zwar an Wolkow herankommen, dürfte aber dabei draufgehen«, meinte Jenna. »Er sollte zurückhaltender in den Hafen vordringen. Ich habe eine Möglichkeit, um zu Wolkow zu gelangen, aber sie erfordert ein gewisses Maß an Geduld von Robs Seite. Er soll den Pass benutzen, den

er von Katie hat, sich einen Job suchen und beobachten. Die halten die Augen nach ihm auf. Ein, zwei Tage Pause werden uns schon helfen. Die wissen, dass wir Audra Butschko getötet haben, und gehen davon aus, dass wir es jetzt auf Wolkow abgesehen haben. Er wird im Hafen untertauchen. Nach dem, was ich in den letzten paar Minuten in Erfahrung bringen konnte, hat er sich wahrscheinlich schon dort verschanzt. Der erste Teil des Plans ist einfach. Den Hafen infiltrieren und auf die richtige Gelegenheit warten. Es muss ganz normal aussehen.«

»Ich höre«, sagte Calibrisi. »Bevor Sie ins Detail gehen, lassen Sie mich versuchen, Rob dazuzuschalten, bevor er etwas Unüberlegtes tut.«

53

APQA TERMINAL
PORT BOULEVARD
DODGE ISLAND
MIAMI, FLORIDA

Tacomas Handy summte. Er holte es hervor – es war eine SMS von Katie. Sie hatten Wolkows Aufenthaltsort gefunden.

Tacoma fuhr nach South Beach und nahm den MacArthur Causeway nach Downtown Miami. Den gestohlenen Wagen ließ er auf einem Parkplatz am Miami Dade College stehen. Als er dort ankam, war es nach Mitternacht. Er ging die verlassene, dunkle Straße entlang, bis er eine Leuchtreklame vor einem Holiday Inn am Biscayne Boulevard sah. Es war ein

mickrig aussehendes Motel. Er musste den Nachtmanager wecken, um ein Zimmer zu bekommen. Das Zimmer selbst war groß, roch jedoch nach Schimmel. Allerdings war Tacoma so müde, dass es ihm egal war. Er stieg mit seiner Kleidung ins Bett und lag noch einige Augenblicke wach. Trotz seiner Bemühungen, einzuschlafen, fühlte er sich aufgeregt. Vor lauter Erschöpfung musste er an die Höllenwoche denken – Hell Week. Die Woche in der SEAL-Ausbildung, in der man keinen Schlaf bekam. An den letzten beiden Tagen der Höllenwoche erlaubten die Ausbilder ein Nickerchen pro Tag, jeweils für eine Stunde. Die meisten Männer, die in Coronado die Glocke läuteten, um auszusteigen, taten dies, lange bevor sie sich zum ersten Mal eine Stunde hinlegen konnten. Hatte man es erst einmal so weit geschafft, standen die Chancen gut, dass man bis zum Schluss durchhielt.

Damals wie heute war Tacoma nicht in der Lage zu schlafen. Nun, da er die Gelegenheit dazu hatte, blieb er wach, in Gedanken versunken. In der Höllenwoche hatte Tacoma festgestellt, wozu er imstande war. Am letzten Tag jener Woche hatte Tacoma beim Hindernislauf in Coronado einen Rekord aufgestellt. Es war nicht die schnellste Zeit, nicht einmal dicht dran – aber dafür war es die schnellste Zeit, die je am letzten Tag der Höllenwoche gemessen wurde.

Das Handy riss Tacoma aus seinen Gedanken. Er nahm ab und hörte Hectors Stimme. »Rob? Ist alles okay?«

»Ja, alles gut. Was gibt's?«

»Wir haben einen Plan, der dich in Wolkows Nähe bringt, aber erst müssen wir noch einige Einzelheiten klären. Bis dahin besorg dir einen Job im Hafen bei Wolkows Firma. Sie heißt APQA. Sobald du einen Fuß in der Tür hast, reden wir darüber, wie wir dich an einem Stück wieder dort rauskriegen. Okay?«

»Ja.«

Tacoma legte auf. Nicht lange, und er war eingeschlafen. Am nächsten Morgen weckte ihn das Heulen einer Sirene in der Nähe des Motels.

Tacoma sah auf seine Uhr. Es war neun.

Er duschte und zog seine Klamotten wieder an, packte seine Sachen zusammen und ließ alles in einem Rucksack im Zimmer zurück. Am Rand des Hafens entlang verlief eine Hauptverkehrsstraße. Der Hafen war eine gewaltige Anlage, übersät mit Lagerhäusern, riesigen Beton- und Teerflächen, mit Brückenkränen, Lastwagen, Greifstaplern und Bahnwaggons, die einem die Sicht nahmen. Rings um den Hafen verlief ein hoher Stahlzaun, oben mit Stacheldraht bewehrt.

Tacoma kam ans Sicherheitstor und sprach den Wachmann an. »Ya ishchu rabotu.«

Ich suche Arbeit.

Tacoma reichte dem Mann seinen russischen Pass. Der Wachmann inspizierte ihn kurz und nickte dann, hielt sich sein Handy ans Ohr und sprach mit jemandem.

»Komm vor fünf Uhr wieder.«

Um 20 vor fünf kehrte Tacoma zurück. Er fand denselben Wachmann vor. Dieser nickte und winkte ihn zu sich.

»*Idite k dveri s nomerom odinnadtsat. Ya ne znayu, priyedut li oni na rabotu.*«

Geh zu der Tür, auf der die Nummer 11 steht. Ich weiß nicht, ob sie Leute einstellen.

»Danke sehr«, sagte Tacoma.

»Geh am Zaun entlang«, riet ihm der Wachmann. »Sonst wirst du noch überfahren. Die Lkw-Fahrer hier sind ein Haufen blöder Arschlöcher.«

Tacoma nickte und ging durchs Tor, an der Wachstation vorbei, einen hohen Maschendrahtzaun entlang.

Der Himmel war bedeckt, aber schwach blau. Die Temperatur lag um die zwölf Grad, ein heftiger Wind blies über die Beton- und Teerflächen der Hafenanlage.

Ein Parkplatz von der Größe eines Fußballfeldes war mit brandneuen Autos gefüllt, bereit, zu Händlern im Nordosten und in den Mittelatlantikstaaten transportiert zu werden. Eine weitere Fläche stand voller Auflieger, die bei Bedarf von APQA oder einem ihrer Kunden genutzt werden konnten. Dazwischen verstreut die Wagen, Pickups und Motorräder der Arbeiter.

Der Hafen gehörte APQA. Es war ein Schweizer Unternehmen, die Eigentümer weit weg. Ihre Einnahmen flossen über die Seychellen zurück in die USA. APQA war ein Unternehmen im Besitz der Darré Group – über verschiedene juristische und Finanz-Scheinkörperschaften. Die Buchstaben standen für nichts. Es war nur eine Firma von buchstäblich Tausenden von GmbHs und sonstigen Unternehmen, die der Darré Group gehörten.

In der Mitte des riesigen Platzes verlief eine zweispurige Straße, deren äußerer Rand mit leuchtend oranger Farbe abgegrenzt war, wie um sicherzustellen, dass die Lastwagen in der Spur blieben.

Der Port of Miami war einer der verkehrsreichsten Häfen in den USA. Wie die meisten Häfen war er ein vielsprachiges Sammelsurium individuell verwalteter, in Privatbesitz befindlicher Terminals, das heißt Piers zum Be- und Entladen von Frachtschiffen. Der Hafen war ein ausgedehnter Bezirk mit Tiefwasserpiers, die die größten Schiffe der Welt aufnehmen konnten. Ein Tor für Produkte aus aller Welt, angeliefert von riesigen Schiffen – Containerschiffe,

Öltanker, LNG-Tanker, Stückgutdampfer und eine Vielzahl weiterer spezialisierter Frachter. Ähnlich wie ein Stadtviertel bestand der Hafen aus selbstständigen Einzelbetrieben, wobei jeder Pier auf bestimmte spezifische Produkte und Dienstleistungen spezialisiert war. Ein aus Rotterdam kommendes Containerschiff beispielsweise musste seine Ladung an einer für den Containerumschlag geeigneten Anlage löschen. Ein Öltanker hingegen benötigte völlig andere Dienste.

Es gab fast 30.000 Angestellte, die jeden Tag im Hafen von Miami zur Arbeit gingen.

Bei APQA arbeiteten schätzungsweise 500 Leute.

Es war kein sonderlich bekannter Betrieb. APQA wickelte ausschließlich Stückgut ab. Fracht, die sich nicht in Containern befand, sondern so verpackt war, dass Gabelstapler, Kräne, Lastwagen und Männer sie löschen und in einen Teil der APQA-Anlage schaffen konnten, üblicherweise in eines der beiden riesigen Lagerhäuser, die APQA gehörten. Beide waren sie grün gestrichen und lagen unweit vom Wasser, nur ein paar Hundert Meter von dem Pier entfernt, an dem die Frachter festmachten.

Ein typischer Transport funktionierte folgendermaßen: Ein mit Papierpaletten beladenes Schiff legte an. Dann machten sich die Kräne und Gabelstapler von APQA an die Arbeit und transportierten die Acht-Tonnen-Paletten in eines der Lagerhäuser. Es war Sache der Papierfirma, einen Käufer zu finden. Bis der Hersteller das Papier verkaufte, blieb es im Lager. Sobald das Papier verkauft war, wurde einer der neben dem Lagerhaus geparkten Anhänger zu einer der Ladebuchten an der Seite gefahren. Anschließend wurde das Papier in den Hänger verladen und zum Kunden geliefert.

Es war die Aufgabe des Schiffseigners, das Papier zur Niederlassung von APQA in Miami zu bringen. Er rechnete damit, das Schiff, nachdem die Ladung gelöscht war, wieder mit ausgehenden Produkten zu beladen, die zu einem anderen Hafen transportiert werden sollten.

Die Aufgabe von APQA bestand darin, die Logistik aller Ein- und Ausgänge so schnell und reibungslos wie möglich abzuwickeln.

Beide APQA-Lagerhäuser sahen gleich aus. Lange Gebäude aus Wellblech, beide dunkelgrün gestrichen, standen sie, durch eine zweispurige Straße getrennt, einander gegenüber.

Tacoma ging zum Lagerhaus auf der rechten Seite. Neben einem der wenigen Fenster stand dort auf einem Schild: BÜRO. Er öffnete die Tür. Dahinter befand sich ein Großraumbüro voller Schreibtische, Kopiergeräte und Leute.

Eine Frau saß an einem Schreibtisch. »Kann ich Ihnen helfen?«

»Ich möchte fragen, ob es hier Arbeit gibt«, sagte Tacoma.

Die Frau drehte sich um und deutete mit einer Kopfbewegung auf einen kahlköpfigen Mann, der an einem Schreibtisch saß und etwas in einen Computer tippte. Tacoma trat an den Tisch und wartete, bis der Mann fertig war und aufblickte.

»Was zum Teufel willst du?«, fragte der Mann.

»Ich möchte wegen Arbeit nachfragen«, sagte Tacoma.

Der Mann musterte Tacoma rasch und sah ihm dann fest in die Augen. »*Otkuda ty?*«, fragte er auf Russisch.

Woher bist du?

»*Moskwa*«, antwortete Tacoma. »Ich bin gestern angekommen.«

Tacoma unterhielt sich weiter mit ihm auf Russisch.

»Warum?«

»Ich ziehe in die USA«, sagte Tacoma. »Ich möchte Chancen haben.«

Ohne etwas zu sagen, streckte der Mann die Hand aus. Tacoma reichte ihm seinen Pass.

Der Mann betrachtete einige Augenblicke lang den gefälschten Pass, dann gab er ihn wieder zurück. »Der US-Zoll hat dich vernommen, ja?«

Tacoma schüttelte den Kopf.

»Spar mir die Zeit«, meinte der Mann. »Wenn ich dich ein bisschen unter die Lupe nehme, was werde ich dann finden, Jewgeni? Glaub mir, du bist nicht der Erste und wirst auch nicht der Letzte sein, der etwas auf dem Kerbholz hat. Wir suchen hier keine Engel, nur Männer, die zupacken können.«

»Als ich 15 war, habe ich eine Bank überfallen«, sagte Tacoma.

Der Mann starrte Tacoma an, sein Gesicht blieb ausdruckslos. »Haben sie dich dabei erwischt?«

»Nein. Erst ein paar Tage später.«

»Wie haben sie dich gekriegt?«

»Mein Freund hat sich von dem Geld eine Rolex gekauft«, sagte Tacoma.

»Bist du immer noch befreundet mit diesem sogenannten Freund?«, wollte der Mann wissen.

»Er ist tot«, erwiderte Tacoma. »In Romegrant gestorben.«

»Ich habe davon gehört. Wie lange warst du dort, Jewgeni?«

»Ein Jahr, Chef«, sagte Tacoma.

Der Mann nickte und lehnte sich auf seinem Stuhl zurück. »Du willst also einen Job? Was kannst du denn?«

»Ich kann früh anfangen und verdammt hart arbeiten«, antwortete Tacoma. »Ich höre auf meine Vorgesetzten, Chef, und beklage mich nicht. Außerdem bin ich sehr stark und kann einiges an Gewicht heben.«

Der Mann grinste leicht. »Gute Antwort, Jewgeni. Sag mir, stiehlst du noch, Jewgeni?«

»Nein, Chef.«

»Wie viel habt ihr beiden Idioten denn geklaut, wenn ich fragen darf?«

»Ein bisschen über eine Million Dollar.«

»Okay, gut«, meinte der Mann. »Wir brauchen immer Leute, die hart arbeiten und nicht jammern. Ach übrigens, ich heiße Wiktor.«

»Danke für die Chance, Wiktor.«

»Du gehst zu einem Mann an den Docks, er heißt Grigor«, sagte Wiktor. »Er wird dir sagen, was zu tun ist. Die Schicht beginnt um sieben Uhr morgens. Pünktlich. Die Tore werden um sechs geöffnet für jeden, der Frühstück möchte. Die Arbeit beginnt um sieben. Kommst du um 7:01 Uhr, dann geh und such dir woanders einen Job. Die Bezahlung liegt ein paar Dollar über dem Mindestlohn, aber wir geben jedem zwei Mahlzeiten am Tag und bieten Schulungen an. Dort kannst du Fähigkeiten erlernen, die besser bezahlt werden. Wir bieten dir eine Krankenversicherung. Viele Jungs arbeiten hier schon seit über 20 Jahren.«

»Ich bin dankbar, Chef.«

Eine laute, durchdringende Sirene erscholl vor dem Lagerhaus. Es dauerte zehn Sekunden, dann verstummte sie.

»Feierabend!« Wiktor griff in eine Schublade, zog einen dicken Umschlag hervor und nahm einen kleinen Stoß

Geldscheine heraus. »In der Stadt gibt es ein Geschäft, das Klamotten verkauft. Kauf dir ein paar bessere Boots und ein anständiges Paar Handschuhe. Der Laden ist bis acht geöffnet. Ich werde es von deinem ersten Gehaltsscheck abziehen. Bis morgen früh, Jewgeni.«

Als Tacoma das Lagerhaus verließ, bewegte sich eine Gruppe von Arbeitern auf den Bereich zwischen den beiden Lagerhäusern zu. Nicht lange, und eine Menschenmenge hatte sich versammelt, Hunderte von Hafenarbeitern, ausschließlich Männer, alle muskelbepackt von Jahren harter Arbeit.

Der Himmel färbte sich allmählich schwarz.

Von einem Kran über ihnen leuchteten zwei Halogenscheinwerfer herab. Plötzlich trat ein Mann aus der Menge hervor. Ein sehr großer Mann. Er war über zwei Meter groß und trug ein schmutziges T-Shirt.

Tacoma blickte Wiktor an, der auf das Gedränge zuging.

»Was ist los?«, wollte Tacoma wissen.

Mit einer Kopfbewegung deutete Wiktor auf die Menge. »Komm mit. Sieh es dir selber an.«

In der zunehmenden Dunkelheit waren alle Arbeiter unter den Halogenscheinwerfern versammelt. Tacoma sah Wodkaflaschen kreisen. Die Leute bildeten einen Ring, die Gespräche ein alkoholgeschwängertes, lärmendes Grölen, die Worte auf Russisch oder Ukrainisch.

Tacoma zwängte sich durch den äußeren Rand des Kreises, folgte Wiktor, schwenkte schließlich nach links und drängte sich an Männern vorbei, die wesentlich größer waren als er. Bemüht, freundlich zu bleiben, kämpfte er darum, in die Mitte des Gedränges zu gelangen. Es war

laut, die Leute johlten und schrien. Ein paar Reihen weiter im Gedränge stieß Tacoma auf Widerstand. Ein bärtiger Dicker drehte sich um und holte zu einem Schlag gegen Tacoma aus. Tacoma duckte sich. Als die Faust des Mannes über ihm vorbeizischte, rammte er ihm unvermittelt das rechte Knie heftig gegen den Brustkorb. Unfähig zu sprechen sank der Mann um Atem ringend mit mindestens zwei gebrochenen Rippen auf den Asphalt. Allerdings bekam es in dem allgemeinen Durcheinander niemand mit außer dem Kerl selbst und Tacoma.

Tacoma schaffte es ganz nach vorn. Der Ring aus Menschen befand sich zwischen den beiden Lagerhäusern. Er war in grelles Halogenlicht getaucht. Tacoma stand vorn an der Linie, einer von vielen, die die bevorstehende Attraktion sehen wollten – obwohl er der Einzige war, der noch gar keine Ahnung hatte, worin diese Attraktion überhaupt bestand.

Rufe wurden von der anderen Seite des Kreises laut, als der ungewöhnlich große Mann um den Ring spazierte, die Fäuste schwang und Schläge in die Luft ausführte. Das Gejohle schwoll mit jedem Boxhieb im Scheinwerferlicht an.

Langsam tänzelte der Riesenkerl durch den Ring. Seine Augen standen weit auseinander. Tacoma vermutete, dass er aus dem östlichen Teil Russlands stammte, aus der Mongolei oder Sibirien.

Neben Tacoma warf jemand eine Handvoll Scheine auf den Boden. Tacoma sah zu, wie weitere Männer rings um den Kreis in ihre Taschen langten. Mit einem Mal flatterten Geldscheine auf die freie Fläche in der Mitte und bildeten einen grünen Rand aus Bargeld. Tacoma sah jede Menge Ein-Dollar-Noten, aber auch Fünfer und Zehner.

Das Gegröle und Gejohle war mittlerweile laut. Es war schwierig, etwas anderes mitzubekommen als das Geschrei, während der Riese langsam den Ring abschritt und die Menge ansah.

Tacoma blickte nach rechts. Vorn sah er Wiktor.

»Was ist hier los?«, rief Tacoma.

»Sieh einfach hin«, formte Wiktor mit den Lippen, während er Geld setzte.

Wiktor zwängte sich vor die zusammengescharten Raufbolde, die ihn wortlos vorbeiließen. Sie waren klug genug, den Mund zu halten, und erst recht wollte keiner Hand gegen Wiktor heben. Er stellte sich neben Tacoma.

»Es ist ein Wettkampf«, brüllte Wiktor. »Der Gewinner kriegt das Geld. Wählt man sich einen Schwächling als Gegner für den Kampf, setzt keiner etwas. Sucht man sich aber jemanden aus, der stark ist, kann man ein paar Tausender verdienen.«

»Was soll das heißen: Man sucht sich jemanden aus?«

Wiktor starrte Tacoma über den Lärm hinweg an.

»Der Gewinner vom Abend zuvor hat die Wahl.« Wiktor deutete auf den Riesen, der durch den Ring tigerte auf der Suche nach jemandem, mit dem er sich anlegen konnte. »Es ist Tikkars 18. Abend als Champion. Das ist seit Jahren die längste Strähne. Er hat praktisch alle kräftigeren Männer erledigt. Niemand weiß, ob er jemals verlieren wird. Keiner will mehr gegen ihn antreten, allerdings gibt der Sieger dem Verlierer immer etwas ab. Außerdem spielt es sowieso keine Rolle. Wer Nein sagt, braucht morgen früh gar nicht mehr zur Arbeit zu kommen.«

Unvermittelt deutete der Hüne über die Menge.

»Du«, blaffte Tikkar in einem dumpfen Bariton. »Mischka. Mach dich bereit, deinem Schöpfer zu begegnen.«

Alle Augen schossen zu einem Bereich in der Nähe Tacomas. Der Hüne – Tikkar – deutete auf einen kahlköpfigen, wesentlich kleineren Mann. Er mochte 1,75 oder 1,80 Meter groß sein, war stämmig und muskelbepackt, niemand, dem man in einer dunklen Gasse begegnen wollte. Er stand in der Menge, ein Bier in der Hand, blickte nach rechts und sagte etwas zu dem Mann neben ihm. Er trank das Bier aus, reichte jemandem die Flasche und trat krummbeinig in den Ring. Er warf seine Lederjacke weg und fing an, Tikkar auf Russisch anzuschreien.

»*Scheiß auf dich, Tikkar!*«, brüllte er so laut, dass jeder es hörte, ein wütendes, teuflisches Grinsen im Gesicht. »Es wird langsam Zeit, dass du die Eier hast, gegen mich zu kämpfen, du Schwuchtel!«

Das Gebrüll der Menge wurde zu einem ohrenbetäubenden Radau, Geldscheine schwebten zu Boden. Sogar Tacoma langte in seine Tasche und warf das Bündel Scheine in den Kreis, das Wiktor ihm gegeben hatte.

Tikkar sagte nichts, während er zusah, wie der andere – Mischka – in den von Menschen gebildeten Ring trat.

Die beiden Männer, beide bullig, allerdings auf unterschiedliche Weise, nahmen eine Kampfstellung ein, während die Menge schrie und johlte.

»Mischka«, erklärte Wiktor Tacoma und deutete auf den kleineren, glatzköpfigen Mann. »Er ist ein harter Kerl, wie ein Bär. Das wird ein Kampf zwischen einem Löwen und einem Bären. Tikkar wird heute Abend entweder verlieren oder ein Schweinegeld einstreichen. Dieser Kampf zeichnet sich schon seit einer ganzen Weile ab. Die Leute haben Angst vor Mischka. Er hat im Schwarzen Delfin gesessen. Vielleicht will Tikkar ja verlieren? 18 Tage am Stück können einen ganz schön schlauchen, was meinst du?«

»Was ist der Rekord?«, wollte Tacoma wissen.

»45 Tage. Dieser Mann dort hält ihn.« Mit einer Kopfbewegung deutete Wiktor auf das Lagerhaus hinter den Halogenscheinwerfern. Schäbig aussehende Fenster säumten eine Ecke im Obergeschoss, es gab eine Tür und davor eine Feuerleiter. Vor dem Notausgang stand ein Mann. Er trug Slacks und ein Button-down-Hemd. In der einen Hand hielt er einen Drink, in der anderen eine Zigarre. Er war groß und kahlköpfig, seine Arme so muskulös, dass sie seitlich abstanden, Ergebnis jahrzehntelanger harter Arbeit, harter Kämpfe und schwerer Gewichte. Er hatte eine starke Präsenz. Allein stand er da und zog an der Zigarre, während er den Kampf von oben beobachtete.

»Wer ist das?«, fragte Tacoma.

»Andrej Wolkow«, antwortete Wiktor. »Der große Boss. Der Mann, für den du arbeitest.«

Tacoma musterte Wolkow, der sich im Halbdunkel befand, da er hinter den Halogenscheinwerfern stand, im Schatten verborgen. Nur wenige Lichtstreifen fielen diffus über ihn. Er war da, um dem Kampf zuzusehen.

»Sind 45 Abende am Stück viel?«, wollte Tacoma wissen.

Wiktor wandte sich ihm mit einem merkwürdigen Grinsen zu.

»Du hast wirklich von nichts eine Ahnung, was? Sieh einfach zu, Jewgeni. Und hinterher sagst du mir, wie viele Abende hintereinander du durchhalten würdest.«

Tacoma lächelte und drehte sich wieder zu den beiden Kämpfern um, die mittlerweile aufeinander zukamen und schattenboxend die Entfernung von einigen Metern auf wenige Schritte verringerten.

Mischka, der Kleinere, Dickere, Stämmigere, hatte die Linke als Führhand. Zentimeter um Zentimeter schob

er sich immer näher an Tikkar heran. Tikkar überragte Mischka um gut 30 Zentimeter. Er hatte einen seltsamen Ausdruck im Gesicht, wütend, wenn nicht gar hungrig. Schließlich griff Mischka als Erster an, machte einen Ausfallschritt und hieb mit der linken Pranke nach Tikkar, verfehlte ihn absichtlich und zog sich wieder einen Schritt zurück, um mit der rechten Faust – seinem starken Arm – auszuholen und Tikkar einen Schlag ans Kinn zu verpassen. Es war eine schnelle Aktion, die nur wenige Sekunden in Anspruch nahm. Tikkar sah sie zwar kommen, hatte aber keine Deckung. Sein Kopf wurde nach hinten geschleudert, als Mischkas Faust ihn am Kinn traf. Tikkar wollte ausholen, um sich zu verteidigen, doch Mischka war bereits über ihm. Von seinem eigenen Schwung vorwärtsgetragen, folgte er dem Hieb an Tikkars Kinn, setzte ihm nach und stürzte sich wie ein Footballspieler zu einem Tackling auf Tikkars Oberkörper. Tikkar war ein hünenhafter Mann, doch Mischka war von Wut und Hass getrieben, und Tikkar stolperte rückwärts, als Mischka ihn plötzlich angriff.

Die Menge war außer sich, schrie und johlte, wollte Blut sehen.

Mischka saß rittlings auf Tikkar, mit seinen ganzen 115 Kilo. Mit den Knien presste er ihm die Arme nach unten, sodass Tikkar sich nicht wehren konnte. Rasend hämmerte Mischka ihm die Fäuste wie Dreschflegel ins Gesicht. Nicht lange, und Tikkar schoss das Blut aus dem Mund. Schließlich traf Mischka Tikkars Nase, und mit einem Mal spritzte das Blut erst aus einem Nasenloch, dann aus beiden.

Allem Anschein nach war Tikkar so gut wie erledigt. Tacoma sah jedoch Tikkars rechten Fuß. Tikkar lag auf dem Rücken, während Mischka ihm das Gesicht gnadenlos zu Brei schlug. Aber Tikkar hatte das Knie angewinkelt

und zog den Fuß zurück bis an die Hüfte auf der Suche nach dem Druckpunkt, den er benötigte.

Wiktor blickte Tacoma an.

»*Er ist erledigt!*«, brüllte Wiktor über den Lärm hinweg. »*Ich dachte, Tikkar würde länger durchhalten.*«

Doch Tacoma wusste, dass Tikkar den Kampf gewinnen würde und der andere Mann nicht mehr lange hatte.

Tikkar stemmte den Fuß gegen den Asphalt, stieß sich mit aller Kraft ab, die ihm zur Verfügung stand, und rammte Mischka brutal das Knie in den Rücken. Unvermittelt erhielt Mischka einen Schlag in die Wirbelsäule und wurde nach vorn geschleudert. Er stieß ein schmerzerfülltes Ächzen aus, so laut, dass man es über das Gejohle hinweg hörte. Als sein Kopf vorwärtskatapultiert wurde, empfing Tikkar ihn mit einem kleinen, dafür jedoch präzisen – und heftigen – Kopfstoß, der Mischka direkt auf die Nase traf und sie zertrümmerte.

Tikkar bekam seine Hände frei, warf Mischka zur Seite und stand auf, als Mischka sich seine zerschmetterte Nase hielt. Tikkar umkreiste ihn, während die Menge weitergrölte. Mischka war hilflos. Er hatte eine Gehirnerschütterung, sein Rücken war verletzt, seine Nase zerschlagen, sein Gesicht blutüberströmt. Tikkar wischte sich über sein übel zugerichtetes Gesicht, während er weiter seine Kreise um Mischka zog. Unvermittelt machte er einen Satz nach vorn und trat Mischka auf den Mund, sprang auf ihn und fing an, ihn mit den Fäusten zu bearbeiten. Keine schnellen, kurzen Schläge, wie Mischka es gemacht hatte, sondern langsame, schwere Hiebe wie von einem Vorschlaghammer, die Mischkas Gesicht in einen Brei aus Blut und gebrochenen Knochen verwandelten. Er schlug weiter zu, selbst nachdem Mischka längst das Bewusstsein verloren hatte.

Schließlich trat Wiktor vor. »*Es reicht!* Tikkar, der Kampf ist vorbei!«

Tikkar hörte auf, auf Mischkas Schädel einzuhämmern, und erhob sich. Er trat an den Rand des Rings, während ringsum Rufe erschollen: »*Tikkar, Tikkar!*« Tikkar drehte eine Runde, hob die Geldscheine auf, noch während einige Männer weitere Scheine auf den Boden warfen, obwohl der Kampf schon vorüber war.

Wiktor kehrte zu Tacoma zurück, während die Menge sich allmählich zerstreute.

»Und?«, meinte er mit einem vielsagenden Grinsen. »Glaubst du, du hältst 45 Abende durch, Jewgeni?«

Tacomas Blick wanderte zu Wolkow, der immer noch von der Feuertreppe aus zusah.

»Nein«, sagte Tacoma.

54

SIGNALS INTELLIGENCE DIRECTORATE
NATIONAL SECURITY AGENCY
FORT MEADE, MARYLAND

Es klopfte an Jim Bruckheimers Tür.

Bruckheimer, der die SID leitete, hatte seinen besten Kryptologen darauf angesetzt, herauszufinden, wer Cosgroves Identität weitergegeben hatte, wer der Verräter war.

Dunn war 24, BYU-Absolvent und hatte die Gabe, riesige Datenmengen zu analysieren und darin Muster zu entdecken. In diesem Fall war er auf einen gemeinsamen

»Cookie« gestoßen, der sich durch verschiedene Prepaidhandys und Quittungen zog.

Nachdem Dunn seine Ergebnisse präsentiert hatte, scheuchte Bruckheimer ihn aus seinem Büro, hob den Hörer ab und rief Calibrisi an.

»Hi, Jim«, sagte Calibrisi. »Wie geht's Ihrer Familie?«

»Großartig«, erwiderte Bruckheimer. »Vor ein paar Jahren habe ich sie zum letzten Mal gesehen.«

»Ich schätze, Sie haben es ganz gemütlich da drüben.«

»Ich denke, wir haben Ihren Mann gefunden, Chief«, sagte Bruckheimer.

»Wer ist es?«, wollte Calibrisi wissen.

»Peter Lehigh, Senior Senator aus Kalifornien. Wir stießen auf das Geld, verfolgten diverse Rechnungen und verknüpften sie mit Telefonanrufen. Letztlich waren wir in der Lage, ihn mit einem geografischen Verlauf in Verbindung zu bringen, den wir aus Uber-Daten und Google Maps zusammenschusterten.«

»Gute Arbeit«, meinte Calibrisi. »Können Sie mir die Dateien schicken?«

»Ja, kein Problem. Was werden Sie mit ihm anstellen?«, fragte Bruckheimer.

»Ich bin mir nicht sicher«, sagte Calibrisi. »Offensichtlich ist er ein Verräter, aber vielleicht können wir ihn umdrehen. An wen verkauft er Geheimnisse?«

»Das ist nicht klar, aber es läuft schon seit einer ganzen Weile«, erwiderte Bruckheimer. »Er benutzt Prepaidhandys zum Telefonieren. Allerdings kauft der Idiot sie alle ein, zwei Tage im selben Laden. Wir spürten ihn durch die Käufe auf und sahen uns dann den Film der Überwachungskamera an. Es ist Lehigh. An wen er verkauft? Hector, seien wir doch mal realistisch. Lehigh verkauft

Informationen entweder an die Russenmafia oder an die russische Regierung.«

»An wen im Einzelnen?«, wollte Calibrisi wissen.

»Das wissen wir nicht. Sehen Sie, wir haben Lehigh verfolgt, aber er hat es sauber durchgezogen. Diese koreanischen Handys sind nahezu unmöglich aufzuspüren«, sagte Bruckheimer. »Ein verschwindendes digitales Signal, das sich im Nichts auflöst.«

»Verstehe. Danke, Jim.«

55

HOLIDAY INN
BISCAYNE BOULEVARD
MIAMI, FLORIDA

Tacoma kehrte zurück in sein Zimmer im Holiday Inn. Er duschte, spülte sich Schmutz und Schweiß vom Körper und versuchte konzentriert zu bleiben, obwohl er sich hilflos vorkam. Der Kampf vorhin hatte die aufgestaute Wut in Tacoma geweckt. Er hatte zugesehen, hätte am liebsten in die Schlägerei eingegriffen. Nun befand er sich allein in einem Motelzimmer.

Als er sich abtrocknete, nahm er seinen Ohrhörer und steckte ihn sich ins Ohr.

»Katie?«, sagte er.

»Ich bin hier. Hat es mit dem Hafen geklappt?«

»Ja, ich bin drin, aber ich brauche einen Plan. Ich habe Wolkow entdeckt, aber er ist gut bewacht. Ich brauche eine Möglichkeit, an ihn heranzukommen.«

»Ich schalte Hector und Igor zu. Außerdem noch Jenna Hartford. Erinnerst du dich an sie?«

»Die Planerin aus London?«

»Ja.«

Einen Moment lang herrschte Stille, dann einige digitale Pieptöne. Schließlich meldete Katie sich wieder. »Rob, bist du noch da?«

»Ich bin hier.«

»Du hast Hector, Igor, Jenna und mich in der Leitung«, sagte Katie. »Erzähl uns, was du heute über Wolkow und den Betrieb am Hafen in Erfahrung bringen konntest.«

»Es ist ein bisschen darwinistisch«, meinte Tacoma. »Der Stärkste überlebt.«

Tacoma informierte die anderen über alles, was er an jenem Tag erfahren hatte, von der Security auf dem Hafengelände bis hin zu dem inoffiziellen Fight Club nach Feierabend.

»Wie sieht der Plan aus?«, kam Tacoma schließlich zur Sache.

»Ziemlich einfach, allerdings könnte es womöglich Schwierigkeiten geben. Der Plan beruht auf der Tatsache, dass Wolkow für jemand anders arbeitet«, sagte Jenna fest mit ihrem präzisen britischen Akzent. »Das Ziel besteht darin, die Lieferkette zu infiltrieren. Um an die Hintermänner heranzukommen, müssen Sie in Wolkows innersten Kreis vordringen. Dieser Fight Club bietet eine Gelegenheit dazu. Wolkow ist eine lebende Legende. Besiegen Sie Tikkar und fordern Sie Wolkow heraus, töten Sie ihn aber bloß nicht. So schwer es Ihnen auch fallen mag, Rob, lassen Sie Wolkow gewinnen. Lassen Sie zu, dass er Mitleid mit Ihnen hat, sich Ihnen überlegen fühlt, allerdings erst, nachdem Sie ihn fast umgebracht haben.

Nachdem er Sie besiegt hat, wird sein Ego befriedigt sein, und Sie kommen näher an ihn heran. An diesem Punkt haben Sie vollen Zugriff auf Informationen, die zu seinem Auftraggeber führen.«

»Verstehe«, sagte Tacoma. »Alles, was ich tun muss, ist, eine zwei Meter große ukrainische Bestie zu besiegen und anschließend gegen den einzigen Kerl in den Docks anzutreten, der womöglich noch härter ist, ohne mich dabei umbringen zu lassen. Sie haben recht. Das ist einfach. Gute Nacht, ihr alle, jetzt brauche ich ein bisschen Schlaf.«

56

APQA TERMINAL
MIAMI, FLORIDA

Am nächsten Morgen um halb sieben war Tacoma am Tor von APQA. Sattelzüge standen bereits auf der Straße davor Schlange und warteten darauf, Fracht in die APQA-Anlage zu bringen. Tacoma hatte keine Ahnung, wohin er gehen musste, aber er folgte den wenigen Männern, die schon da waren, in das Lagerhaus auf der linken Seite. Sie passierten eine Tür nahe der Ecke. Innen befand sich ein großer Raum voller Spinde. Dahinter eine Kantine. Dort waren bereits mindestens 100 Männer versammelt, sie saßen an den Tischen und aßen. Tacoma roch Kaffee. Er reihte sich in die Schlange ein, nahm sich ein Tablett und häufte sich Rührei, Bacon, Kartoffeln und Würstchen auf einen Plastikteller. In einen Styroporbecher schenkte er Kaffee ein und nahm an einem freien Tisch Platz.

Tacoma redete mit niemandem und hielt den Blick auf sein Essen gerichtet, obwohl er alles im Saal um sich herum wahrnahm. Das Erste, was ihm auffiel, war, dass jeder Russisch sprach. Die Gespräche an den Tischen ringsum waren ausschließlich in dieser Sprache. Außerdem bemerkte er, dass alle ihn abschätzend anstarrten, auch wenn keiner Hallo sagte.

Um sieben erscholl irgendwo draußen eine Sirene, und wer noch nicht aufgegessen hatte, warf sein Essen in den Mülleimer. Tacoma folgte der Menge in die Lagerhalle, ein massives, hell erleuchtetes Gebäude, in dem bereits reger Betrieb herrschte und alles entsprechend laut war. Endlos erstreckte sich Reihe um Reihe von Paletten, auf denen sich in Plastik eingeschweißte Kartons stapelten, jede Reihe übersichtlich angeordnet. Das Lager war mindestens so groß wie ein Fußballplatz. Dies war das Lager für ausgehende Fracht. Gabelstapler bewegten sich in hohem Tempo, hoben Paletten hoch und fuhren zum Pier, um sie auf die Schiffe zu laden, die draußen lagen. Tacoma ging durch das Lagerhaus, folgte den anderen und kam auf den großen Betonpier, an dem zwei Schiffe festgemacht waren. Er fand Grigor, einen hochgewachsenen Mann, der neben einem der Boote stand und zusah, wie ein Mobilkran den Löffel absenkte und eine aufgewickelte, trommelförmige Stahlrolle aufhob.

»Wiktor schickt mich«, sagte Tacoma.

»Er hat es mir gesagt.« Mit ungeduldiger, wenn nicht verächtlicher Miene musterte Grigor abschätzig Tacomas Körperbau. »Du siehst kräftig aus. Du arbeitest in der Drop-Crew. Jay wird es dir erklären. Jay«, blaffte er einen der Männer an. »Steck ihn in deine Crew. Wie heißt du?«

»Jewgeni.«

»Tu, was sie dir sagen«, sagte Grigor. »Wenn sie herunterzählen, heißt das: verdammt noch mal raus unter der Last. Kapiert?«

Tacoma nickte.

»Ja, Chef. Danke für den Job.«

»Ich habe dich nicht eingestellt«, blaffte Grigor. »Besorg dir einen Helm, du verdammter Schwachkopf.«

Die Aufgabe des Teams, dem Tacoma zugewiesen war, bestand darin, die Kranlasten jeweils zu einer bestimmten Stelle am Boden oder auf einen Tieflader zu lotsen. Die Ladung kam mit Schwung herein, jede Palette mit 2,7 Tonnen Fracht beladen. Heute luden sie Papierrollen ab. Tacoma und ein weiterer Mann mussten die Paletten nach unten lotsen und auf dem Boden absetzen. Ließ der Kranführer sich Zeit, war die Arbeit einfach. Aber er ließ sich keine Zeit, um es ordentlich zu machen. Der Kranführer – die gesamte Anlage – verdiente Geld, indem er die Waren so schnell wie möglich bewegte, und Hilfsarbeiter wie Tacoma und die anderen in der Drop-Crew waren entbehrlich. Die Paletten kamen schwingend herein, und man musste sie abfangen und näher dirigieren, bevor der Kranführer den Haken losließ, manchmal eben zu früh.

Wer immer den Kran bediente, es war klar, dass er sich einen Dreck um die Männer am Boden scherte. Tacoma und die anderen mussten aufpassen, weil die ankommende Last hin und her schwang. Waren sie bereit, schwenkte der Kranführer die Ladung von der Seite heran und zwang entweder Tacoma oder den Mann ihm gegenüber, nach dem tonnenschweren Gewicht zu greifen und zu versuchen, es langsam an Ort und Stelle zu bugsieren. Manchmal, wenn der Kranführer die Höhe nicht richtig eingestellt hatte,

kam die Palette so tief herein, dass sie ihnen um ein Haar den Kopf abriss. Tacoma lernte schnell, sich zu ducken und jederzeit zu reagieren.

Um zwölf Uhr erscholl ein lauter Pfeifton, der die Mittagspause ankündigte.

Als die meisten Arbeiter alles stehen und liegen ließen und sich zum Lagerhaus in Bewegung setzten, blieb Tacoma neben einer Papierpalette stehen. Sein Blick folgte dem Stahlseil, das noch daran befestigt war, hoch zum Kranausleger und an dem rot gestrichenen Stahlausleger hinab bis zur Führerkabine. Er sah zu, wie die Kabinentür geöffnet wurde und ein Mann herauskam. Drei Sprossen auf einmal nehmend stieg er die Leiter hinab. Der Mann war ziemlich groß.

Überwiegend aus Neugier wollte Tacoma sehen, wer ihn heute ein halbes Dutzend Mal um Haaresbreite umgebracht hätte. Am Fuß der Leiter drehte der Mann sich um. Es war Tikkar. Abgesehen von einem kleinen weißen Verband über dem Nasenrücken war er anscheinend nicht weiter beeinträchtigt von dem Kampf am Abend zuvor.

Tikkar war groß, sein braunes Haar lang, zu seinem Schnurrbart trug er einen Spitzbart. Er stieg von der Leiter und sah sich um, als suchte er jemand, der sich mit ihm anlegen wollte. Er trug ein weißes T-Shirt, seine Arme waren über und über tätowiert und muskelbepackt. Tacoma überlegte kurz, ob er zu ihm gehen und ihn umbringen sollte. Stattdessen drehte er sich um, trottete vom Pier zum Lagerhaus und reihte sich mit Dutzenden anderer Männer ein. Der Blonde mit den Tattoos ging neben ihm.

»Tikkar«, begann der Mann auf Russisch, mit einer Kopfbewegung auf den Kranführer deutend. »Dreckskerl!«

Tacoma nickte. »*Da.*«

»Ich heiße Zachary«, sagte der Blonde.

»Jewgeni«, erwiderte Tacoma.

»*Vash pervyy den?*«, fragte der Russe.

Dein erster Tag?

»*Da*«, sagte Tacoma.

»*Iz Moskwy?*«

Aus Moskau?

»*Da*«, sagte Tacoma. »Postulow-Platz.«

»Wo wohnst du?«, fragte Zachary.

»Im Holiday Inn.«

»Da habe ich auch gewohnt, als ich hierherkam. Ein absolutes Dreckloch.«

»Ja«, sagte Tacoma.

»Es gibt da eine Apartmentanlage. Das kostet dich das Gleiche wie ein Zimmer. Dort wohne ich. Ich kann sie dir zeigen.«

»Danke«, sagte Tacoma. »Vielleicht kann ich mich morgen schlaumachen.«

Tacoma suchte die Toilette auf und spritzte sich Wasser ins Gesicht. Als er zurückkehrte, war die Schlange der Männer, die fürs Mittagessen anstanden, sehr, sehr lang geworden. Alle hatten Hunger, Tacoma eingeschlossen, und das Essen war zwar nichts Besonderes, aber dafür gut. Nachdem Tacoma über zehn Minuten angestanden hatte, näherte er sich dem Ende der Schlange. Er wollte sich gerade ein Tablett nehmen, da kam der riesenhafte Kerl aus dem Fight Club, Tikkar, an der Reihe der Arbeiter entlanggeschlendert, die auf ihr Essen warteten. Lässig drängte er sich ein paar Leute vor Tacoma vor, schob jemanden beiseite und stellte sich an die Spitze der Schlange, ohne zu fragen oder sich zu entschuldigen.

Tacoma sah seine Chance. »Wir stehen hier Schlange«, sagte er.

Tikkar ignorierte ihn.

Tacoma streckte die Hand aus und packte Tikkar von hinten am T-Shirt, hielt es fest und stoppte Tikkar. Tikkar spürte die Hand und drehte sich um. Tacoma ließ los, als Tikkar sich ihm mit wütender Miene zuwandte.

»*Otvali!*«, sagte Tikkar.

Verpiss dich!

»*Yest' liniya*«, entgegnete Tacoma.

Wir stehen hier an.

Tikkar nickte, sah Tacoma fest an und schlug mit seinem Tablett nach Tacomas Kopf. Tacoma wehrte es ab, gerade als Tikkar bereits mit der anderen Faust ausholte. Tacoma duckte sich und hämmerte Tikkar, als dessen Hieb an ihm vorüberzischte, eine harte Faust ans Kinn, die ihm den Kopf nach hinten schleuderte. Tikkar vollführte einen Sidestep und hielt inne – eher überrascht als alles andere. Als er schließlich auf Tacoma losgehen wollte, ließ dieser sein Bein in einer 180-Grad-Drehung durch die Luft sausen. Eine präzise Bewegung, so schnell, dass man sie kaum wahrnahm. Tacomas Fuß traf Tikkar am Hals und riss ihm den Kopf zur Seite. Tikkar stieß ein tiefes Stöhnen aus, taumelte rückwärts und stürzte zu Boden.

Einige Männer gingen dazwischen und trennten die beiden. Tikkar stand auf und deutete auf Tacoma. »*Ty pokoynik*«, sagte er.

Du bist ein toter Mann.

Damit verließ er die Kantine.

Tacoma häufte sich Lasagne und grüne Bohnen auf den Teller und setzte sich getrennt von den anderen. Das Essen war nicht schlecht, allerdings hätte er zu diesem

Zeitpunkt alles gegessen. Am Tisch trank er einen ganzen Krug Wasser. Er aß mit Heißhunger und war immer noch schweißgebadet, als 20 Minuten später die Sirene erscholl und anzeigte, dass die Mittagspause vorüber war. Er konnte sich nicht erinnern, jemals so hungrig oder durstig gewesen zu sein, und das schloss das Wüstentraining mit ein, nachdem sie ihn bei den Navy SEALs aufgenommen hatten.

Der Nachmittag wurde noch schlimmer. Ein Trampdampfer – der eigentlich für die Mittagszeit vorgesehen war – lag im Kanal und wartete darauf, dass das Schiff, das schon festgemacht hatte, ein russischer Dampfer, seine Fracht löschte. Sie hinkten dem Zeitplan hinterher und mussten das vertäute Schiff so schnell wie möglich entladen, da ihnen sonst Strafgebühren von beiden Spediteuren drohten. Die Paletten kamen nun Schlag auf Schlag, und Grigor schickte einen weiteren Mann, um Tacoma und seinem Partner zu helfen. Er war hager, hatte langes, zotteliges Haar und tätowierte Arme, aber er handhabte die ankommenden Paletten geschickt, übernahm die Führung und dirigierte sie ruhig.

Als um fünf Uhr die Sirene ertönte, war Tacoma fix und fertig. Sie hatten die Fracht eine halbe Stunde schneller gelöscht und dann das zweite Schiff entladen.

Tacoma hatte vorgehabt, die Leute, die Cosgrove getötet hatten, auf eigene Faust zu verfolgen, doch nun fragte er sich, ob das wirklich eine so gute Idee war. Er konnte kaum noch die Arme heben und wollte nur noch ins Bett. Dabei wurde ihm klar, dass das eine dünne Matratze in einem komisch riechenden Zimmer im Holiday Inn war.

Tacoma folgte den anderen nach draußen auf die freie Fläche zwischen den beiden Lagerhäusern. Die Halogenscheinwerfer brannten. Nicht lange, und der Ring war gebildet. Wodkaflaschen kreisten, und das Gegröle und Gejohle ging los.

Tikkar tauchte aus dem Lagerhaus auf. Er sah wütend aus.

Gestern Abend hatte er noch einige Zeit gebraucht, jemanden zu finden, mit dem er kämpfen konnte. Nicht so heute. Heute Abend musste er nur nach dem Kerl Ausschau halten, der ihn bloßgestellt hatte. Als Tikkar ihn gefunden hatte, deutete er auf ihn.

»Du«, sagte Tikkar mit schwerem Akzent. »Neuer!«

Tikkar schnippte mit dem Finger, um Tacoma in die Mitte des menschlichen Ringes zu fordern.

Tacoma spürte, wie der Finger über die Menge hinweg auf ihn zeigte. Ihm lief ein Schauder über den Rücken. Er blickte nach rechts, dann nach links, als würde Tikkar womöglich auf jemand anderen deuten.

Tacoma trat vor, in den Ring in der Mitte des Gedränges.

Das Gebrüll und Gejohle wurde leiser, als die übrigen Arbeiter Tacoma in den Ring treten sahen. Mit seinen fast 1,90 war Tacoma einen Kopf kleiner als Tikkar. Abrupt hörten die Männer auf, ihr Geld zu setzen. Allesamt dachten sie das Gleiche: dass Tikkar einen kleineren Mann, einen Neuen, auswählte, um sich einen Abend freizunehmen.

Nur Wiktor trat vor, langte in seine Tasche und warf ein Bündel Zwanziger auf den Boden.

Tikkars Blick war finster, seine Augen tief in den Höhlen vergraben, sodass sie stets im Schatten lagen, wie bei einem Phantom. Seine Brauen dicht und dunkel. Als er

auf Tacoma losging, wurde das Gejohle der versammelten Dockarbeiter lauter.

Tikkar hob die Fäuste, ein Boxmanöver, wippte auf den Füßen. Er machte einen Schritt auf Tacoma zu und holte aus, doch Tacoma duckte sich und wich zurück. Allerdings hämmerte Tikkar ihm dabei wie aus dem Nichts seine andere Faust ans Kinn. Einen Moment lang war Tacoma wie betäubt, benommen und sah alles nur noch verschwommen. Als er seitwärts steppte, bemüht, das Gleichgewicht wiederzugewinnen, holte Tikkar erneut aus, diesmal mit seinem starken Arm. Tikkars Faust erwischte Tacoma im Magen, ein harter, brutaler Hieb, der Tacoma aufstöhnen ließ. Vor Schmerz krümmte er sich zusammen.

Die Menge tobte.

Tikkar holte aus, um die Sache zu erledigen. Tacoma krümmte sich nach wie vor. Tikkars Arm zischte durch die Luft zu einem gemeinen Schlag gegen Tacomas ungedeckte Wange.

Trotz seiner Schmerzen bekam Tacoma alles mit. Er sah Tikkar, sah, wie er ausholte, hörte die Anfeuerungsrufe, als Tikkar ihn töten wollte. Da erinnerte er sich an die Worte:

Gebt niemals auf.

Rasch zog er sich zurück, wich dem tödlichen Schlag aus und streckte dann den Fuß vor, als Tikkar ins Leere schlug. Tikkar stolperte über Tacomas Fuß, prallte zur Seite und stürzte auf den Asphalt.

Puterrot stand Tacoma da, schweißüberströmt, und schlug sich mit der Faust auf die Brust. »Hoch mit dir!«, blaffte er.

Die Arbeiter waren außer sich, die Lautstärke stieg.

Tikkar erhob sich und ging auf Tacoma los.

Tacoma timte es, erfasste jeden Schritt, den Tikkar machte, und als er ihn hatte, kam Tacoma unvermittelt

zwei Schritte auf ihn zu, tauchte nach links weg und riss sein Bein zu einem wuchtigen Aufwärtstritt nach oben. Sein Fuß traf Tikkar am Kinn, gerade als dieser nur noch Zentimeter davon entfernt war, ihn zu packen. Ein dumpfes Knacken, mit dem der Knochen brach, hallte durch eine plötzlich fassungslose Menge. Tacomas Tritt hatte Tikkar den Kiefer zerschmettert. Zähne bröselten auf den Asphalt. Tikkar brach bewusstlos zusammen, während ihm das Blut aus Nase, Mund und Ohren lief.

Tacoma kam auf die Beine. Regungslos stand er mit geballten Fäusten da und wartete darauf, dass Tikkar aufstand. Doch das geschah nicht.

Tacoma ließ seinen Blick über die Menge der Hafenarbeiter schweifen. Ein paar warfen Geld hin, dann noch einige mehr. Tacoma ging am Rand der Menge entlang und hob es auf. Dabei fiel sein Blick auf das Lagerhaus. Wolkow stand auf der Feuerleiter und beobachtete alles.

»Nicht schlecht«, meinte Wiktor, der sich Tacoma von der gegenüberliegenden Seite des Rings näherte. »Als ich gehört habe, was heute Mittag passiert ist, dachte ich schon, du seist ein toter Mann.«

Wiktor beugte sich vor und half Tacoma, die Geldscheine vom Boden aufzuheben.

»Danke«, sagte Tacoma.

»Wo hast du so zu kämpfen gelernt?«, wollte Wiktor wissen.

Tacoma sagte nichts.

Als er mit dem Einsammeln des Geldes fertig war, hatte sich die Menge zerstreut. Lediglich ein paar Männer waren noch da, die halfen, Tikkar auf den Rücksitz eines Trucks zu verfrachten, um ihn ins Krankenhaus zu bringen. Tacoma ging zum Fahrer, einem von Tikkars Freunden,

und stellte sich vor die Tür. Schließlich ließ der Mann die Fensterscheibe herab.

»Was zum Teufel willst du?«, fragte der Fahrer.

»*Eto dlya doktora*«, sagte Tacoma ruhig und drückte ihm das dicke Bündel Scheine in die Hand.

Das ist für den Arzt.

Tacoma warf einen Blick auf Tikkar. Er lag auf dem Rücksitz, lang ausgestreckt, besinnungslos.

57

APQA TERMINAL
MIAMI, FLORIDA

Der nächste Tag war einfacher als der erste.

Tikkar, der Kranführer, erschien nicht zur Arbeit, und ein anderer Mann bediente den Kran, jemand, der nicht so rücksichtslos war. Die Arbeit war immer noch brutal, ermüdend, ohne Pause, aber immerhin war der Kranführer kein Psychopath.

Sosehr er auch wollte, dass die Arbeit erledigt wurde, wusste Tacoma doch, dass er letzten Endes vor einer Entscheidung stehen würde. Wen sollte er zum Kampf herausfordern? Er spielte mit dem Gedanken, sich einen einfachen Gegner auszusuchen und quasi einen Tag freizumachen. Dabei hatte er sich in Wirklichkeit längst entschieden. Er würde Jennas Plan befolgen.

Als um fünf Uhr der Pfeifton erklang, ging er mit Zacharias zu den Spinden. Alle sahen ihm zu, wie er seinen Spind öffnete. Schließlich sprach Zachary ihn an.

»Es ist Zeit«, sagte er.
»Ich weiß.«
»Wer wird es sein?«
Tacoma überhörte die Frage.

Er trank zwei Flaschen Wasser, und anschließend ging er hinaus auf den Parkplatz, wo sich bereits ein Ring aus Menschen bildete. Er musste sich bis zum inneren Ring durchkämpfen, dabei stieß er auf Geschubse und Tritte. Jeder wollte es mit ihm aufnehmen.

Tacoma zwängte sich in die Mitte des menschlichen Rings, zog sich das T-Shirt über den Kopf und warf es auf den Boden. Die Arbeiter brachen in Anfeuerungsrufe aus und fingen an zu johlen, während Wodkaflaschen herumgereicht wurden.

Tacoma ließ seinen Blick über die Menge schweifen. Mindestens 300 Männer waren versammelt. Auf der Feuerleiter sah er Andrej Wolkow.

58

REAGAN NATIONAL AIRPORT
WASHINGTON, D. C.

Die Maschine landete um Mitternacht, eine schwarze Gulfstream mit gefälschtem Flugplan. Kaiser stieg in eine wartende Mercedes-Limousine und wurde im Handumdrehen nach Washington gebracht, eine Stadt, die er nur zu gut kannte.

Seine riesige Gestalt nahm den Rücksitz der Limousine ein, und wie gewünscht erwartete ihn eine gekühlte

Flasche Moskovskaya Osobaya. Wenn Kaiser trank, ging er keinerlei Kompromisse ein. Er schraubte die grüne Kappe ab, öffnete das Fenster und schleuderte die Kappe hinaus, während der luxuriöse Mercedes nach Washington raste. Er fuhr die Fensterscheibe wieder hoch, setzte die Flasche an und fing an zu trinken wie ein Verdurstender in der Wüste, der urplötzlich eine Flasche Wasser findet. Kaiser leerte die ganze Flasche in weniger als zehn Sekunden. Auf dem Freeway warf er sie aus dem Fenster.

Im Kosovo, zur Zeit des Aufstands, hatte Kaiser das Sagen gehabt. Er traf die Entscheidung, unschuldige Männer, Frauen und Kinder zu töten, erst nachdem er eine Flasche getrunken hatte, wie heute Nacht. Er vernichtete Leben, wenn er so trank. Aber nur der Alkohol konnte ihn dazu bringen, etwas Wichtigeres zu tun, als sich um ein einzelnes Leben zu kümmern.

Kaiser hatte wenige persönliche Loyalitäten oder Vorlieben. Dennoch waren ihm in dem Labyrinth, das die Odessa-Mafia darstellte, die Bergens wesentlich lieber als Darré. Er mochte die Amerikaner nicht, und doch lieferten sie die höchsten Profite. Amerika war der Motor und Darré ein Sonderverdiener. Natürlich gab es auch andere, aber niemanden wie Darré und seinen Betriebspartner Wolkow. Darré war raffinierter als jeder andere in der ausgedehnten Diaspora des Odessa-Clans. Darré hatte die Malnikows entlang der Ostküste der USA überflügelt. Überdies kontrollierte Darré 55 Prozent aller Cyberkriminalität weltweit. Darré war ein Intellektueller. Einmal hatte er mit Darré das Bolschoi-Theater besucht, gemeinsam mit zwei hübschen Frauen, die Darré für den Abend engagiert hatte. Abgesehen davon konnten Darré und sein Handlanger Wolkow ebenso gewalttätig und

brutal sein wie jeder andere auch, womöglich schlimmer. Ihre Verbrechen mochten nicht so blutig sein wie bei anderen, dafür waren sie brutaler. Ihre Phisher hatten kein Problem damit, jemandem die Ersparnisse eines ganzen Lebens abzunehmen, und letzten Endes litten die Opfer von Darrés Verbrechen weit mehr, als wenn sie bloß gestorben wären.

Bruno Darré war die logische Wahl gewesen, um die beiden amerikanischen Politiker zu erledigen, Blake und O'Flaherty. Doch das Ganze fing allmählich an, ein Eigenleben zu entwickeln. Ein beunruhigendes Eigenleben. Kaiser war klar, dass er dem ein Ende setzen musste. Darum war er hier in den Vereinigten Staaten.

Kaiser wurde in den USA mit mehreren Haftbefehlen gesucht – unter verschiedenen Identitäten, keine davon seine wirkliche. Doch schon vor langer Zeit hatte er herausgefunden, wie man die Technologie zur Verwaltung ausländischer Besucher manipuliert. Er konnte nach Belieben einreisen, behielt jedoch stets im Hinterkopf, dass schon ein einziger falscher Schritt katastrophale Konsequenzen nach sich ziehen konnte. Seine Besuche waren kurz, aber notwendig.

Der Mercedes hielt vor einem eleganten Apartmenthaus in einem Viertel nördlich der National Mall, einem Gebäude mit hervorragender Sicht auf das Kapitol und das Weiße Haus.

Kaiser ging um die Rückseite des Apartmentgebäudes herum und betrat es durch die Tiefgarage. Er nahm den Aufzug in die vierte Etage, dann die Treppe hinab in die dritte. Er klopfte an die Tür.

Nach einigen Augenblicken wurde geöffnet. Vor Kaiser stand ein großer, hagerer, distinguiert aussehender Mann.

»Guten Abend, Senator Lehigh«, sagte Kaiser.

»Wer sind Sie?« Lehigh versuchte, die Tür wieder zu schließen.

Unvermittelt trat Kaiser zu, rammte den Fuß in die Tür. Das Kettenschloss wurde gesprengt, die Tür flog auf und traf Lehigh direkt an der Stirn. Er schrie auf, als er zurückgeschleudert wurde, und schlagartig schoss ihm das Blut aus seiner gebrochenen Nase.

Kaiser schloss die Tür hinter sich, ging an die Bar und kam mit einer Flasche Wodka zurück. Er schraubte den Deckel ab und nahm einen großen Schluck. »Guten Abend, Senator Lehigh!«

»Wer zum Teufel sind Sie?«

»Meine Identität ist irrelevant«, sagte Kaiser. »Und jetzt sagen Sie mir: Wer weiß von Ihrer Abmachung mit Bruno Darré?«

»Nur ich«, sagte Lehigh.

Kaiser trank einen weiteren großen Schluck, langte in seine Manteltasche und zog eine Waffe, eine Stetschkin APS, aus deren Mündung ein langer schwarzer Metallschalldämpfer ragte.

»Wie heißt der andere CIA-Agent, der der Einheit zugewiesen wurde, Senator Lehigh?«

Er hielt inne, sein Gesicht spiegelte erbärmliche Angst, wenn nicht Entsetzen. »Ich weiß es nicht. Das schwöre ich ...«

Kaiser richtete die Pistole auf Lehighs Kopf, schwenkte sie dann zum Fernseher und schoss ein Loch in den Bildschirm. Ein Netz aus Rissen breitete sich von dem daumennagelgroßen Loch aus.

Kaiser nahm Lehigh erneut ins Visier, der aus einer Platzwunde an der Stirn blutete.

»Tacoma«, flüsterte Lehigh. »Robert Tacoma.«

»Warum haben Sie uns das nicht gesagt?«

»Er hat gekündigt«, antwortete Lehigh. »Nach dem Mord an Cosgrove hat er alles hingeschmissen. Ich habe es mit eigenen Augen gesehen.«

»Sie haben gesehen, was die Sie sehen lassen wollten.« Kaiser legte seine Pistole auf den Couchtisch und setzte sich auf die Couch.

Sich die Nase haltend, kam Lehigh langsam auf die Beine. Behutsam bewegte er sich, unvermittelt machte er einen Satz auf Kaiser zu, hechtete über den Couchtisch und streckte die Hand nach der Waffe aus. Alles geschah innerhalb eines Sekundenbruchteils. Lehigh griff nach der Pistole, ehe Kaiser sich überhaupt zu rühren vermochte. Er packte die Waffe und richtete den Lauf auf Kaiser, während er über die Marmoroberfläche glitt, Kaiser anvisierte und abdrückte. Kein Geräusch war zu hören, nur das dumpfe, mechanische Klicken der leeren Kammer, gleich darauf wieder und dann noch einmal.

»Es geht nicht um mich, Senator.« Kaiser blieb sitzen, während er den noch verbliebenen Wodka in einem einzigen großen Zug schluckte. Sein russischer Akzent war unverkennbar, und er gab sich keinerlei Mühe, ihn zu verbergen. »Wir befinden uns im Krieg. Sie sind ein Kriegsopfer, und wir müssen die Verbindung zwischen Ihnen und uns kappen. Ich hoffe, Sie verstehen das. Ich weiß Ihren Mut zu schätzen.« Kaiser streckte die Hand aus, packte Lehigh mit der Prothese am Arm und brach ihm den Unterarm genau zwischen Ellenbogen und Handgelenk. Lehigh kreischte.

»Ihrer Frau und Ihrer Tochter wird nichts passieren«, fügte Kaiser nüchtern hinzu. »Das Geld, das Sie von Bruno

Darré erhalten haben, wird niemand anrühren, darauf haben Sie mein Wort. Sie haben es sich verdient. Leider werden Sie nicht mehr da sein, um die Früchte Ihrer Arbeit zu genießen. Ihre Frau und Ihre Tochter allerdings schon.«

Lehigh stöhnte, holte blindlings aus und trat nach Kaiser, während Kaiser aufstand und jeden Schlag wegsteckte. Kaiser hob Lehigh am Genick hoch, hielt ihn mit seiner Handprothese in der Luft, packte ihn fester und fester, bis die Haut unter dem Druck der mechanischen Gliedmaße aufplatzte. Lehigh starrte Kaiser an und hörte auf, sich zu wehren, während sein Gesicht rot anlief und ihm Blut aus den Nasenlöchern sickerte. Schließlich verdrehte er die Augen. Kaiser ließ ihn fallen. Er stürzte zur Seite, riss einen Stuhl mit und landete in einer sich immer weiter ausbreitenden Blutlache auf dem Teppich.

59

MANDARIN HOTEL
WASHINGTON, D. C.

Tacoma.

Sobald Kaiser einen Namen hatte, war es ein Leichtes, einen seiner Hacker darauf anzusetzen, tiefer zu schürfen und ein Dossier zusammenzustellen.

Tacoma.

Kaiser war klar, dass der Mann eliminiert werden musste, denn sie durften nicht zulassen, dass ein amerikanischer Kampf gegen die russische Mafia erfolgreich war.

Das musste man von Anfang an ersticken. Mit so einem Bestreben würde die CIA nie mehr durchkommen. Es musste gestoppt werden. Das wusste Kaiser.

Doch ihm ging etwas ganz anderes durch den Kopf. Er hasste diesen Kerl, Tacoma, wie er noch nie zuvor jemanden gehasst hatte.

Kaiser würde tun, wozu alle anderen offensichtlich unfähig waren, nämlich das zweite Mitglied des Teams erledigen. Dieses Unkraut einer Spezialeinheit musste man ausreißen, bevor es keimte.

Kaiser studierte die Fotos von Robert Tacoma. Das Dossier wuchs von Minute zu Minute, Einsatzberichte von Orten, über die Tacoma Chaos und Verwüstung gebracht hatte. Lissabon, Paris, Monaco, Tokio ... Moskau.

Er starrte auf die Fotos. Tacoma in seiner Zeit an der UVA, als Navy SEAL und unscharfe Überwachungsaufnahmen. Ein Foto aus dem *People*-Magazin.

Kaiser wollte ihn töten. Aber wichtiger als wer ihn umbrachte, war, dass es überhaupt geschah, so viel war ihm klar. Tacoma musste sterben.

Kaiser nahm sein Telefon und versuchte, Darré anzurufen, doch die Mailbox sprang an. Er versuchte es noch einmal, doch wieder nahm niemand ab. Kaiser hatte nicht vor, eine Nachricht zu hinterlassen. Er knallte das Telefon hin, während er aus dem Fenster des Mandarin Hotels auf das leere, dunkle Wasser des Potomac blickte.

Ich werde dich finden, Tacoma, und dann bringe ich dich um.

60

APQA TERMINAL
MIAMI, FLORIDA

Wolkow ging an das kleine Fenster, von dem aus man den Parkplatz zwischen den beiden Lagerhäusern überblickte. Wie jeden Abend trat er auf die stählerne Feuertreppe hinaus. Der Ring hatte sich bereits gebildet, und Wolkow sah zu, wie der neue Champion vortrat. Mit seinem überraschenden Sieg gestern Abend hatte Jewgeni, der Neue, Wolkows Rekord kontinuierlicher Siege vor Tikkar bewahrt. Tikkar hatte ihn unterschätzt. Heute Abend werden wir allerdings sehen, was er wirklich draufhat, dachte Wolkow. Der Neue trat hinaus in den menschlichen Ring. Der Himmel war schwarz. Der Asphalt wurde von grellen Halogenscheinwerfern an Kränen ausgeleuchtet.

Tacoma zog sein T-Shirt aus und warf es hinter sich auf den Boden. Er sah muskulös aus, hart sogar, auch wenn er nicht so groß war wie viele der Männer, die sich um das immer lauter werdende Gedränge scharten. Er war nicht wuchtig gebaut, hatte dafür jedoch ausgeprägte Muskeln. Seine ganze Körperhaltung ließ auf Erfahrung, Können, Gewandtheit und Schnelligkeit schließen.

Tacoma zog im Ring seine Kreise. Aus dem Augenwinkel beobachtete er Wolkow, wie er die Feuerleiter entlangging, um eine bessere Sicht zu bekommen.

Die Menge tobte immer lauter, feuerte Tacoma an. Viele verhöhnten ihn. Alkohol floss in Strömen. Jeder wollte wissen, wen er sich für einen Kampf aussuchte. Die

Dockarbeiter waren gespannt und drückten ihre gesteigerte Erwartung aus, indem sie Geld hinwarfen, um ihn anzuspornen.

Tacoma ließ seinen Blick über die im Kreis stehenden Männer wandern, musterte die Arbeiter, schätzte sie ab. Sein Gesicht war leer und ausdruckslos. Unvermittelt hob er den Arm und deutete auf die Feuerleiter – hoch zu Wolkow. Die Menge verstummte abrupt, dann drehte sie sich um und sah zu Wolkow hinauf. Sie alle begriffen, was Tacoma gerade getan hatte.

Wolkow ebenfalls.

Wolkow rührte sich einige Augenblicke lang nicht. Er kippte den Drink in seiner Hand hinunter, schnippte seine Zigarette in den Wind und knöpfte sich das Hemd auf, während er zu der Stahltreppe ging, die zum Parkplatz führte. Das Hemd ließ er zu Boden fallen. Alles grölte und johlte wild durcheinander, als er den Ring betrat. Die Dockarbeiter leerten ihre Brieftaschen. Ringsum entbrannten kleinere Streitigkeiten, als die Männer sich um die vorderen Plätze zankten, um näher an der Aktion zu sein.

Reglos blieb Tacoma stehen, während Wolkow näher kam. Vom Hals abwärts war Wolkow über und über tätowiert. Seine Muskeln waren klar definiert. Wolkow hatte O-Beine, und seine Arme waren so kräftig, dass sie seitlich vom Körper abstanden, sein Bizeps so groß, dass er extra Platz brauchte. Mit wütendem Gesicht rückte Wolkow näher, inmitten von frenetischem Gebrüll und Gejohle stieg er in den menschlichen Ring – und stürmte plötzlich auf Tacoma los.

Die Menge drehte durch, als Wolkow auf Tacoma zurannte und ihn – beide Arme ausgestreckt – in dem Versuch

ansprang, ihn zu Boden zu werfen. Tacoma begegnete Wolkows ausgestreckten Armen mit einem unerwarteten Schlag zum Kopf, der Wolkow wie ein Hammer traf und seinen Vorwärtsdrang unterband. Wolkow wurde der Kopf nach hinten gerissen, allerdings blieb er auf den Beinen.

Tacoma sagte nichts, tänzelte unmerklich vor und zurück, schließlich machte er einen Ausfallschritt und hämmerte Wolkow eine Rechte auf die Nase, viel zu schnell, als dass Wolkow etwas hätte tun können. Wolkow schoss das Blut aus beiden Nasenlöchern. Er hielt sich die Nase.

Mehr als ein halbes Dutzend Augenblicke lang täuschte Tacoma an und wehrte ab, dann machte er erneut einen Satz nach vorn, diesmal zwei schnelle Schläge in Wolkows Gesicht und – in den darauffolgenden Sekunden – ein direkter Tritt an Wolkows Kinn, der ihm den Kopf heftig nach hinten schleuderte.

Für den Moment war Wolkow völlig perplex. Er griff sich an den Mund, und als er seine Finger zurückzog, waren sie voller Blut. Er spie aus und ein Zahn flog auf den Asphalt.

Die Menge war still – womöglich erschüttert darüber, wie schnell Wolkow hier demontiert wurde. Alle Augen waren auf die beiden Kämpfer gerichtet.

Tacoma war klar, dass er nicht gewinnen durfte, nicht wenn er herausfinden wollte, wer für das alles verantwortlich, wer der Mann hinter Wolkow war. Der Mann, der Wolkow seine Befehle erteilte. Wer war die Person – respektive wer waren die Leute –, die angeordnet hatten, dass Audra Butschko und Slokawitsch Nick Blake und John Patrick O'Flaherty ermorden sollten?

Doch sosehr der rationale Teil seines Verstandes ihm auch sagte, er solle Wolkow gewinnen lassen, wurde Tacoma doch von einer Reihe grundlegenderer Instinkte

beherrscht, einer davon Selbstverteidigung. Töten. Schon längst. Tacoma hatte bereits zwei spezifische Gelegenheiten gesehen, Momente, in denen Wolkow eine wesentliche Schwachstelle offenbarte. Tacoma hätte Wolkow schon zweimal umbringen können, dabei hatte der Kampf gerade erst begonnen.

Auf einer tieferen Ebene begriff Tacoma, weshalb er diesen Kampf verlieren musste. Aber Verlieren war wesentlich schwieriger als Gewinnen.

Wolkow griff erneut an – abermals beide Arme ausgestreckt, abermals bemüht, Tacoma zu packen. Tacoma schmetterte ihm die Faust ans Kinn, sobald Wolkow in Reichweite kam, doch diesmal ließ Wolkow sich nicht aufhalten. Er steckte den heftigen Schlag weg, sprang Tacoma an und warf ihn auf den Asphalt, auf den Rücken. Tacoma stieß ein gequältes Ächzen aus. Die Menge tobte.

Wolkow saß nun auf Tacoma und fing an, auf ihn einzuhämmern, doch Tacoma blockte die Hiebe ab, bis Wolkow schließlich einen fürchterlichen Schlag auf Tacomas Auge landete. Tacomas Hinterkopf krachte auf den Asphalt, und Wolkow fing an, bösartig auf ihn einzuschlagen, wieder und wieder.

Tacoma versuchte, Wolkows Schläge mit den Unterarmen abzuwehren, doch vergebens. Er steckte mindestens ein Dutzend Schläge ein, dann, als er merkte, dass Wolkow ermüdete, ganz leicht nur, stieß er die Faust nach oben und traf Wolkow direkt auf den Mund. Wolkow biss sich auf die Zunge, Blut floss ihm aus dem Mund. Auf dem Rücken liegend holte Tacoma erneut aus und erwischte Wolkow am Kinn. Wolkow wurde zur Seite geschleudert, und Tacoma nutzte die Atempause, um sich herauszuwinden und auf die Beine zu kommen.

Tacoma war schweißgebadet, er blutete am Auge. Sein Atem ging schwer. Er versuchte, das rechte Auge zu öffnen, aber es war zugeschwollen. Er wusste, was in einer Situation zu tun war, in der er nur *ein* funktionierendes Auge hatte. Darin hatte man ihn ausgebildet. Gleich als Tacoma in die CIA eintrat, war es eine kleine, aber wichtige Sache, zu lernen, wie man mit einer Einschränkung kämpft, seien es ein gebrochenes Bein, Hörverlust, starke Schmerzen oder der Verlust des Sehvermögens.

Er wusste, wie man sich dem Element anpasste. Tatsächlich erkannte Tacoma jetzt – als er vor Wolkow in Kampfstellung ging –, wie einfach es sein würde, ihn zu töten. Wolkow war sehr stark und bewegte sich ohne Angst vor Konsequenzen. Doch schon vor langer Zeit hatte Tacoma die Schwachstellen solcher Kämpfer erkannt. Ausgehend von Wolkows Körperhaltung war Tacoma nun klar, wie dessen nächster Angriff erfolgen würde. Er würde ihn überraschend mit dem rechten Bein angreifen. Das bisherige Tackling und die Fausthiebe sollten Tacoma lediglich ablenken, damit er nicht mit dem rechnete, was nun kam – richtig ausgeführt nämlich eine tödliche Kampftechnik.

Tacoma wusste, was Wolkow gleich tun würde, und den Konter dazu hatte er mit der Muttermilch aufgesogen. Blocken, Fauststoß und dann, das Drehmoment aus dem Block nutzend und da der Gegner nach dem Fauststoß seine Deckung offen hatte, ein 270-Grad-Kick schräg nach oben an Wolkows ungeschützte Luftröhre.

Doch das durfte er nicht tun. Er musste an Cosgrove denken, wie er an dem Seil baumelte. Er hatte ihn noch nicht einmal gekannt, aber sie waren Brüder gewesen. SEALs. Anstatt darauf, Wolkow umzubringen, konzentrierte

Tacoma sich darauf, wie er verlieren konnte. Ein blaues Auge hatte er ja bereits. Es tat nicht sonderlich weh, aber er hatte auch keine Lust, sich von Wolkow weitere Verletzungen zufügen zu lassen. Er musste verlieren – aber konnte er es auf eine Art tun, die schlimmer aussah, als es eigentlich war?

Tacoma schöpfte Atem, während er darauf wartete, dass Wolkow aufstand. Langsam kam der Russe wieder auf die Beine. Sein Gesicht sah fürchterlich aus, von der Nase abwärts mit Blut bedeckt. Er atmete schwer, seine Miene voll erbittertem Hass.

Wolkow stürmte auf Tacoma los, machte einen Satz auf ihn zu und ließ, als er in der Horizontale war, den Fuß durch die Luft auf Tacomas Kopf zusausen. Tacoma duckte sich, streckte dafür den Arm hoch, um Wolkows Bein abzuwehren, streifte es jedoch nur. Unbeholfen stürzte Wolkow zur Seite und landete auf dem Rücken.

Rasch stand er wieder auf, während der Lärm der Menge ohrenbetäubend wurde.

Die beiden Kämpfer umkreisten einander.

Diesmal war Tacoma derjenige, der mit erhobenen Fäusten ein paar Schritte vorwärtsging und vor Wolkow herumlavierte. Er trat näher, und Wolkow rührte sich nicht vom Fleck und blickte Tacoma an, während ihm das Blut übers Gesicht lief. Beide Männer waren erschöpft, mittlerweile blutete Tacomas blaues Auge auch am Rand.

»Was meinst du, teilen wir das Geld einfach?«, meinte Wolkow, ein blutiges Grinsen im Gesicht.

»Das würde mir gefallen.« Tacoma senkte die Fäuste, Wolkow ebenfalls – und als sie aufeinander zugingen, um sich die Hände zu schütteln, holte Wolkow unvermittelt aus und versetzte Tacoma einen Schlag ans Kinn. Tacoma wurde zurückgeschleudert und fast von den Füßen

gerissen, blieb jedoch stehen. Er langte sich an den Mund, gleich darauf waren seine Finger voller Blut.

»*Eto dolzhno byt' urokom?*«, fragte Tacoma.

»*Sollte das jetzt eine Lektion sein?*«

Wolkow hielt inne, als Tacoma in Kampfstellung ging, dann blickte er zur Seite, als ahnte er, dass von dort etwas kommen könnte. Tacoma folgte seinem Blick – in diesem Moment zog Wolkow ein Messer aus einer verborgenen Scheide unter seiner Achselhöhle und ging auf Tacoma los.

Es war ein kleines Messer – ein Stoßdolch –, kurz, mit zwei Löchern für die Finger. Die Arbeiter konnten es nicht sehen. Lediglich Wolkow und Tacoma wussten, was er in der Hand hielt. Er setzte zu einem Stoß gegen Tacoma an. Dieser blockte mit dem Unterarm. Tacoma begriff, dass auf einmal wesentlich mehr auf dem Spiel stand und sein Leben in Gefahr war. Er verpasste Wolkow einen vernichtenden Schlag gegen den Brustkasten, gleich darauf noch einen, wirbelte herum, trat zu und traf Wolkow in die Leiste. Der Tritt war so hart, dass Wolkow zu Boden ging. Er stürzte auf den Asphalt.

Tacoma trat über ihn, bemüht, wieder zu Atem zu kommen.

Wolkows Bein fegte über die Asphaltdecke, ein heftiger Tritt, der Tacoma am Knöchel traf. Er fiel zur Seite, und prompt war Wolkow wieder auf den Beinen. Abermals stürzte er sich, die Hände voran, auf Tacoma, den Stoßdolch nach wie vor an den Fingern, und schlang Tacoma die Arme in einem Würgegriff um den Hals. Er konnte Tacoma jederzeit das Genick brechen – oder ihm einfach den Hals aufschlitzen.

Wolkow ließ los, kniete sich hin und versuchte zu Atem zu kommen, während die Menge in Jubel ausbrach. Er

stand auf und streckte Tacoma die Hand hin, packte ihn und zog ihn hoch.

»Du kannst etwas«, sagte Wolkow.

»Ich entschuldige mich, wenn ich das nicht hätte tun sollen«, erwiderte Tacoma.

»Entschuldige dich niemals dafür, dass du deinen Mann stehst, Jewgeni«, sagte Wolkow.

»Das werde ich nicht, Chef.«

Wolkow war schweißnass, sein Gesicht blutete stark. Er sah sich in der Menge um und grinste breit.

Wolkow blickte Tacoma an. »Magst du Wodka? Ich weiß nicht, wie es dir geht, aber ich könnte einen vertragen.«

»Es wäre mir eine Ehre«, erwiderte Tacoma respektvoll, allerdings mit einem Anflug von Schüchternheit, vor allem Ehrerbietung.

»Komm mit hoch in mein Büro.« Mit der Hand scheuchte Wolkow die Menge weg. »Dein Auge sieht nicht gut aus, und mir tut die Nase weh. Ich glaube, wir könnten beide einen vertragen.«

Als sie Anstalten machten, zur Feuertreppe zu gehen, näherte sich Wiktor.

»Andrej«, sagte Wiktor. »Was ist mit dem ganzen Geld?«

»Sammle es ein und bring es hoch ins Büro.« Mit einer Kopfbewegung deutete Wolkow auf Tacoma. »Es gehört ja sowieso ihm.«

61

MANDARIN HOTEL
WASHINGTON, D. C.

Kaiser spürte, wie eines seiner Handys vibrierte. Es war einer der Männer, die ihm als rechte Hand dienten, derjenige, den er Recherchen über Rob Tacoma anstellen ließ. Kaiser hielt sich das Handy ans Ohr.

»*Dobryy vecher, Dostya*«, sagte Kaiser. »*Chto vy uznali?*« *Guten Abend, Dostya. Was hast du in Erfahrung gebracht?*

»Sie haben mehrere Leute umgelegt«, sagte Dostya.

»Wer?«

»Die CIA. Sie haben Ripsulitin in Moskau getötet«, sagte Dostya. »In St. Petersburg Swerdlow. Dr. Gonz wurde vor ein paar Stunden in Bogotá umgebracht.«

»Ist das alles?«, erwiderte Kaiser. »Die sind alle ersetzbar. Das ist bestenfalls eine armselige Rache. Was ist mit dem CIA-Mann Robert Tacoma?«

»Möglicherweise war er derjenige, der Slokawitsch gefangen nahm«, sagte Dostya. »Ohne jeden Zweifel ist er derjenige, der am Flughafen Wolkows Männer umgelegt hat. Er hat Audra aufgespürt und sie getötet. Er ist ziemlich berüchtigt, dieser Tacoma, wir sollten uns Sorgen machen, Kaiser.«

»Dostya, vielen Dank für deine wie stets hervorragende Arbeit«, sagte Kaiser. »Nun, eine Frage habe ich noch: Welche Informationen hat er wohl aus Audra herausbekommen?«

»Meine Vermutung ist, dass sie jemanden, der sie befragte, höchstens zu Andrej bringen konnte«, meinte Dostya. »Audra Butschko wusste nichts von Darré.«

»Sie hat Andrejs Namen verraten, zumindest müssen wir davon ausgehen«, sagte Kaiser.

»Du willst also Wolkow umlegen, bevor dieser Tacoma ihn erwischt?«

»Nein«, entgegnete Kaiser. »Wegen Andrej Wolkow mache ich mir keine Sorgen. Er ist Russe. Wer mir Sorgen bereitet, ist Bruno Darré. Wenn Tacoma zu Darré gelangt, fliegt alles auf. Alles!«

»Ich habe vorgeschlagen, nur einen dieser Ami-Politiker umzulegen«, meinte Dostya.

»Glückwunsch! Aber dir entgeht das Gesamtbild«, erwiderte Kaiser. »Wir haben es geschafft, die CIA zu mobilisieren. Wenn wir Robert Tacoma töten, ist Washingtons Versuch gescheitert, uns vorzuschreiben, was wir tun und lassen sollen.«

»Ich habe noch mehr Informationen über ihn gefunden. Ich schicke dir eine Datei, die ich auf I2P gefunden habe«, sagte Dostya. »Ein deutscher Computerhacker hat eine Reihe von BND-Dateien geleakt.«

Kaiser legte auf und öffnete seinen Laptop. Die Datei von Dostya war bereits eingetroffen. Er klickte sie an und fing an zu lesen.

BND DATEI NR. 453-1

USA
Tacoma, Robert
US Navy SEALs
CIA Special Operations Group [DDA: 6-R]
Riscon-Group
WARNUNG: Tacoma sollte als Stufe 9 betrachtet werden
Extrem gefährlich

Mehrere Fotos erschienen, die Tacoma jeweils in äußerst unterschiedlichem Licht zeigten. Die ersten paar waren eher zwanglose Schnappschüsse. Mehrere aus dem UVA College-Jahrbuch; Tacoma auf einer Verbindungsparty neben einer Blondine, ein Foto des UVA Lacrosse-Teams, Tacomas Kopf rot umrandet. Auf allen Bildern sah er gut aus, jungenhaft, sogar ein wenig zerzaust. Andere Fotos vermittelten eine Vorstellung seiner Wandlungsfähigkeit oder deuteten zumindest auf eine chamäleonartige Qualität hin. Ein Porträt zeigte Tacoma an dem Tag, an dem er zum Navy SEAL ernannt wurde, gebräunt und todschick mit seiner weißen Schirmmütze. Ein weiteres Foto war von einem BND-Spion im Wasser vor Coronado aufgenommen, ein hervorragendes Beispiel für HUMINT beziehungsweise Human Intelligence, die Informationsbeschaffung durch menschliche Quellen, im Unterschied zu SIGINT, Signals Intelligence, also Fernmelde- und elektronische Aufklärung. Die Informationen wurden von einem Agenten beschafft, nicht von einer Kamera oder sonstigen Maschine.

Schon damals wurde Tacoma von Geheimdienstprofis aus anderen Teilen der Welt beobachtet. Ein weiteres Foto stammte aus dem *People*-Magazin. Tacoma hatte dazu beigetragen, einen nuklearen Anschlag – mit einer schmutzigen Bombe – im Hafen von New York, in der Nähe der Freiheitsstatue, zu verhindern. Triefnass stand Tacoma da, in einem kurzen, schwarzen, knapp sitzenden Neoprenanzug. Das Klatschblatt bezeichnete ihn als Sexiest Man Alive. Er wirkte selbstbewusst, stellte Kaiser fest, das war verdammt sicher.

Als Nächstes kam Tacomas Biografie:

TACOMA, ROBERT THIERIAULT

Staatsangehörigkeit: USA
Geb.: 12.04.90
Wohnsitz:
New York City, NY
Middleburg, VA
Mailand, Italien
Washington, D. C.

University of Virginia Mai 2010 B. A.
Russisch Notendurchschnitt 2,77
Lacrosse Universitätsmannschaft [Kapitän '08/'09, '09/'10]
All-American '06, '07, '08, '09
U. S. Navy: Eintritt Jun '09 [Charlottesville, VA]
U. S. Navy SEALs – Ausbildung Coronado, CA
Rang: 4. in Lehrgang von 232
U. S. Navy SEAL Team 6 [DEVGRU 1]: Virginia Beach, VA
[Mär '10–Dez '12]
CIA Special Operations Group [Dez '12–Jul '15]
RISCON GmbH, Middleburg, VA [Jul '15–heute]:
private Sicherheitsfirma gegründet gemeinsam mit Katherine »Katie« Foxx, Ex-Direktorin, Special Operations Group

SONSTIGES:

- Aufgewachsen in NYC. Jüngerer von zwei Brüdern [Bo Israel Tacoma]

- Bo Tacoma Lt. Cmdr. US Navy SEAL Team 4 [Mär '09–Okt '14]: Bronze Star [Okt '09], Navy Cross [Okt '09]: Beide verliehen für Aktionen, deren Ergebnis die Befreiung und Exfiltration eines

US-Diplomaten und seiner Familie war, die in Sri Lanka gefangen gehalten wurden. Bei dem darauffolgenden Feuergefecht wurden vier Angehörige von SEAL Team 4 im Einsatz getötet.

- Vater, Blake Tacoma [geb. Okt '58, gest. Mai '12] US Attorney für den Distrikt Manhattan Süd [Jan '07–Mai '09]. US Generalstaatsanwalt [Jun '09–Mai '12]

- Portland, ME [Mai '12]: Blake Tacoma während Urlaub mit Ehefrau (Susan) in öffentlichem Restaurant ermordet. Mord nicht aufgeklärt. Allerdings hält das FBI die Ermordung für eine Vergeltung für Aktionen, die er als Distrikt- und Generalstaatsanwalt gegen Gruppierungen der russischen Mafia ergriff.

- Seweromorsk, RUS (Region Oblast Murmansk) [Okt '14]: Bo Tacoma, US Navy SEAL 4 (AD5-I), Beobachtungsoperation + Bei einer Beobachtungs- und Bewertungsoperation in den Gewässern in der Nähe des Hafens von Seweromorsk, Hauptquartier der russischen Nordmeerflotte, in Wintersturm verschollen. Nach zweitägigen Aufklärungsbemühungen wird er für vermisst erklärt, offiziell Code 4.1 MIA, vermutlich ertrunken. Alle übrigen Angehörigen der Einheit überleben.

ERGÄNZUNG:

- RISCON-Kunden (aktuell) unter anderem: EXXON/Mobil, Dmitri Sarkow, Altria/Philip Morris, Apple, KKR, Blackstone Group, Carlyle Group, Alphabet Inc., Raytheon, Abbott Laboratories, Microsoft Inc., The Gladstone Companies, Ryan Herco, E. A. Davis, Digital Fuel Capital, Anadarko, IBM, Disney Companies und andere. REGIERUNGEN: USA (CIA), Saudi-Arabien, Israel, Jordanien, Brasilien, Japan, Mexiko, England (MI6).

Es war an der Zeit, Wolkow persönlich anzurufen. Kaiser zückte ein Handy und wählte. Nach einigen Augenblicken meldete sich Wolkow schroff: »Hallo?«

»Hi, Andrej. Ich bin's, Kaiser. Hör mir ganz genau zu. Du befindest dich in unmittelbarer Gefahr. Wir haben das andere Mitglied dieser CIA-Einheit gefunden, wahrscheinlich kennt er deine Identität. Er ist unterwegs zu dir.«

Wolkow stand in seinem Büro und trank aus der Flasche Stolichnaya, die er mit einem Mann teilte, den er für einen Neuankömmling aus Moskau namens Jewgeni hielt. Er nahm einen großen Schluck, während er zuhörte.

»Sag das noch mal, Kaiser.«

Von der anderen Seite des Büros bekam Tacoma das Wort mit: *Kaiser*.

Wolkow nahm einen Schluck aus der Flasche, ging zum Fenster, weg von Tacoma, und lauschte auf das, was Kaiser sagte.

»Der Mann, der Audra Butschko getötet hat, ist ein Spitzenagent der CIA«, sagte Kaiser. »Du solltest sofort untertauchen.«

»Keine Sorge, ich bin immer noch hier am Hafen.«

»Du musst die Augen offen halten, Andrej. Geh nirgends allein hin. Achte auf strengste Sicherheitsmaßnahmen und hüte dich vor neuen oder verdächtigen Personen. Ich schicke dir umgehend Fotos.«

Wolkow blickte auf sein Handy, während er sich das kleine Handtuch auf die Nase drückte. Das erste Foto erschien, und Wolkow erkannte den Mann auf Anhieb. Er hatte sich zwar den Schädel rasiert, aber der Kerl in seinem Büro, Jewgeni, war der amerikanische Agent Rob Tacoma.

Er hielt sich das Handy wieder ans Ohr und legte auf, tat jedoch, als spräche er weiter.

»Nächste Woche essen gehen klingt gut«, sagte er. Er starrte aus dem Fenster, zog jedoch im Stillen, so, dass Tacoma es nicht sah, den Stoßdolch aus der Tasche. Er redete laut und voller Begeisterung. »Leana wollte unbedingt mal wieder zu einem netten Abendessen ausgehen. Worauf habt ihr beide denn Lust?«

Rasend schnell wirbelte Wolkow herum, schleuderte die rasiermesserscharfe Klinge auf Tacoma und überraschte ihn vollkommen damit. Das Messer flog durch die Luft, landete in Tacomas Bizeps und drang gut zwei Zentimeter tief ein.

Wolkow folgte der Messerklinge und stürmte durch das kleine Büro, gerade als Tacoma begriff, dass er angegriffen wurde. Die Klinge tat weh, doch erst musste er dem Angriff begegnen, ehe er sich um das Messer kümmern konnte. Sein Bein schnellte hoch und erwischte Wolkow an der Schläfe, ein brutaler Tritt. Tacoma ließ sich von seinem Schwung vorwärtstragen und setzte Wolkow nach in den Bereich an der Tür, packte den Stoßdolch und riss ihn sich aus dem Arm. Schräg nach unten hieb er ihn Wolkow in den Hals, schlitzte ihm klaffend die Kehle auf. Ein tiefroter Schwall Blut ergoss sich aus Wolkows Hals. Tacoma sah zu, wie Wolkow zusammenzuckte, etwas zu sagen versuchte und sich in Krämpfen wand wie ein Fisch.

Gleich darauf hörte Tacoma das Klopfen an der Tür.

Er hastete zu Wolkows Schreibtisch, zog die Schubladen auf, fand eine Glock Kaliber 45, rammte ein Magazin hinein, lud die Waffe durch und ging zur Tür. Er hielt einen Moment inne, bevor er öffnete. Im Flur stand Wiktor, allein, ein dickes Bündel Geldscheine in der Hand.

Tacoma schoss und jagte Wiktor eine Kugel durch die Brust, die ihn auf der Stelle tötete.

Der ungedämpfte Knall hallte hinaus in den Hafen.

Tacoma schleifte Wiktors Leichnam in Wolkows Büro, da wurden schon die ersten Rufe laut. Eine Sirene ertönte. Er vernahm Schritte.

Tacoma steckte seinen Stöpsel ins Ohr und tippte dreimal dagegen. »Katie? Igor? Ich habe ein Problem. Wolkow kam mir auf die Schliche und ich musste ihn töten. Ich sitze hier in seinem Büro in der Falle, aber ich habe eine Idee.«

Ohne eine Antwort abzuwarten oder auch nur eine Bestätigung, dass sie ihn gehört hatten, zog Tacoma den Ohrstöpsel heraus und steckte ihn in die Tasche. Er ging zu Wolkows Leiche und legte ihm die Glock in die Hand. Anschließend schnappte er sich den Stoßdolch und klemmte ihn Wiktor in die Hand. Die beiden waren tot. Es sah so aus, als hätten sie sich gegenseitig umgebracht.

Als das Trommeln der Schritte näher kam, legte Tacoma sich auf den Boden, um sich seinen blutigen Arm zu halten. Die Wunde war nicht weiter schlimm, sie musste lediglich mit ein paar Stichen genäht werden, das war alles. Aber im Moment musste er Theater spielen.

Als eine kleine Crew der Hafen-Security die Tür öffnete, lag Tacoma am Boden und umklammerte seinen blutigen Arm. Es waren drei Mann, alle hielten sie Uzis in den Händen. Sie fanden Wiktor auf dem Boden, die Brust voller Blut, und dann Wolkow. Ausdruckslos starrten seine blauen Augen an die Decke.

Die Männer sahen Tacoma an. »Was ist passiert?«

»Ich weiß nicht, es ging alles so schnell.«

»Bist du okay?«, fragte einer der Bewaffneten.

Tacoma nickte bloß, als stünde er unter Schock.

»Sag uns, was du gesehen hast!«

»Sie haben sich um Geld gestritten«, sagte Tacoma.

»Und woher hast du die Schnittwunde?«

»Wiktor zog ein Messer und ging auf Mr. Wolkow los«, sagte Tacoma. »Ich habe noch versucht, Mr. Wolkow zu verteidigen, aber Wiktor hat mir in den Arm gestochen. Danach hat er Mr. Wolkow den Hals aufgeschlitzt.«

Als ahnte er die nächste Frage des Mannes voraus, redete Tacoma weiter: »Mr. Wolkow griff nach seiner Pistole und hat Wiktor erschossen. Als Nächstes hätte Wiktor mich umgebracht, aber Mr. Wolkow hat mir das Leben gerettet.«

Einer der Sicherheitsleute kam näher und kniete sich zu Tacoma. Er riss ihm einen Streifen aus seinem T-Shirt und verband damit die Messerwunde, ein Druckverband, um den Blutverlust einzudämmen. Anschließend zog er los auf der Suche nach einem Verbandskasten.

Einer der anderen Security-Männer zückte ein Handy. »Ich muss den Notruf wählen und das melden.«

»Ihr holt die Polizei?«, fragte Tacoma.

»Nicht *diesen* Notruf!« Der Mann trat hinaus auf den Flur und begann, in gedämpftem Ton mit jemandem zu sprechen.

Der andere kehrte mit einem Verbandskasten zurück und bandagierte Tacoma den Arm.

»Das wird eine Zeit lang halten, aber es muss genäht werden. Wir müssen dich zum Arzt bringen.«

Der Mann, der draußen telefonierte, legte auf und kehrte zu den anderen zurück.

»Er braucht einen Arzt«, meinte der Mann, der Tacoma soeben den Arm bandagiert hatte.

»Noch nicht, fürchte ich«, sagte der Mann mit dem Telefon. »Der hier unternimmt jetzt erst mal einen Flug.«

Tacoma sah erschrocken aus und wich zurück. Obwohl er verletzt war, wusste er, dass er es mit allen dreien aufnehmen und entkommen konnte. Aber er musste herausfinden, wer sich am anderen Ende dieser Notrufnummer befand. »Was soll das heißen? Ich habe nichts Falsches getan.«

»Das sagt auch niemand«, erwiderte der Security-Mann. »Ich habe dem Mann erzählt, wie heldenhaft du den Boss verteidigt hast. Aber ich tue auch bloß, was man mir sagt.«

»Wohin fliege ich?«, fragte Tacoma.

»Die Antwort darauf weiß noch nicht mal ich.«

62

COMMONWEALTH TOWER
1300 WILSON BOULEVARD
ARLINGTON, VIRGINIA

»Ich glaube, ich habe hier etwas«, sagte Igor.

Katie, Jenna und Calibrisi versammelten sich alle hinter Igor, während er auf einem seiner Computerbildschirme ein Video aufrief.

Es zeigte den Hafen und den von Menschen gebildeten Ring. Tacoma war mit einem orangefarbenen Kreis markiert, als er in die Mitte des Rings marschierte und sein T-Shirt auszog.

»Woher ist das?«, wollte Katie wissen.

»Ich habe eine Drohne hochgeschickt«, sagte Igor. »Streng genommen ist es ja gegen das Gesetz, aber ich

dachte mir, warum nicht? Ihr wisst, was ich meine?« Igor blickte zurück zu Katie. »Beeindruckend, findest du nicht, Schönheit?«

Für einen kurzen Moment traf Katies Blick Igor. Dann verdrehte sie kopfschüttelnd die Augen.

»Das soll nicht heißen, dass Sie nicht auch eine attraktive Frau sind.« Igor drehte sich zu Jenna, doch sie erwiderte seinen Blick nicht. Sie konzentrierte sich auf das Video.

Es zeigte Tacoma und Wolkow im Zweikampf. Schweigend sahen sie zu, wie die beiden Männer Schläge austauschten.

»Er hat den Fight Club infiltriert«, sagte Jenna, ihr englischer Akzent klar und elegant. »Jetzt ist die Frage: Was hat das zu bedeuten?«

Aus einer Perspektive von hoch oben verfolgten Calibrisi, Katie, Jenna und Igor den Kampf auf Igors Bildschirm und sahen zu, wie Tacoma schließlich zu Boden ging und verlor.

»Rob hat getan, was Sie sagten«, meinte Calibrisi. »Er hat verloren. Er hätte Wolkow gleich mehrmals töten können, dreimal nach meiner Zählung.«

»Fünfmal«, korrigierte Katie.

Sie sahen zu, wie Wolkow die Hand ausstreckte und die beiden angeschlagenen Kämpfer hoch in Wolkows Büro gingen.

»Ich kann Ihnen sagen, was es bedeutet. Es bedeutet, dass Tacoma sich jetzt im inneren Zirkel befindet«, sagte Jenna.

»Ich weiß nicht, wie es euch geht, aber danach brauche ich einen Drink«, meinte Katie.

In diesem Moment erscholl Tacomas Stimme über den Lautsprecher: »Katie? Igor? Ich habe ein Problem. Wolkow kam mir auf die Schliche und ich musste ihn töten. Ich

sitze hier in seinem Büro in der Falle, aber ich habe eine Idee.«

Ein Besetztzeichen war zu hören, als hätte jemand den Anruf beendet.

»Scheiße!«, sagte Katie. »Rob, bist du noch da? Was ist los?«

Aber es kam nur Schweigen.

Geschockt sahen die vier einander an, bis Katie sich an Jenna wandte: »Nun, was jetzt, Sie Planungsgenie?«

63

DARRÉS ANWESEN
GREENWICH, CONNECTICUT

Tacoma wurden die Augen verbunden und er wurde mit Kabelbindern gefesselt auf den Rücksitz einer schwarzen Limousine verfrachtet. Nach einer Stunde Fahrt hielt der Wagen und Tacoma wurde zu einem Flugzeug geführt. Von den Stufen her war ihm klar, dass es sich um eine Gulfstream handelte.

In der Kabine wurde er auf einen Sitz geschoben, einen breiten, luxuriösen Ledersessel. Doch dann spürte er ein Drahtseil zwischen seinen Händen und hörte ein Schloss klicken. Jemand zog ihm die Augenbinde ab. Tacoma zuckte vor Schmerz zusammen, denn ein Teil des Materials klebte ihm am Auge. Der Stoff hatte zwar das Blut aufgesaugt, war aber hart geworden. Es war, als risse man ihm ein Pflaster ab. Das Drahtseil zwischen seinen gefesselten Händen war um den Sessel geschlungen. Er konnte sich

nicht bewegen. Er erkannte die Kabine einer Gulfstream G650.

Es dauerte nicht lange, und die Maschine hob ab. Zusätzlich zu den Piloten waren zwei Bewaffnete an Bord, ein junger, zerzaust wirkender Mann, der eine auf Tacoma gerichtete Uzi in der Hand hielt, und ein älterer Mann Ende 30 oder Anfang 40 mit einem Bürstenschnitt.

»Wohin fliegen wir?«, fragte Tacoma.

Er wiederholte die Frage mehrmals, sowohl auf Englisch als auch auf Russisch, erhielt jedoch keine Antwort.

Tacoma schloss die Augen und zwang sich zu schlafen. Ganz gleich, wohin sie flogen, es würde eine Zeit lang dauern. Die beiden hatten nicht vor, ihn umzubringen. Sie sollten ihn nur transportieren. Das hieß, er konnte sich zurücklehnen, ohne Angst zu haben, dass man ihn tötete. Tacoma schloss die Augen und dachte an seinen Bruder Bo, ein flüchtiger Gedanke – wie sie nach dem Skifahren abends in der Berghütte in Stowe Dame spielten. Damals waren sie noch kleine Jungen gewesen. Tacoma schlief ein, während er versuchte, sich an den Moment zu erinnern.

Er wachte auf, als sie ihn von dem Drahtseil befreiten, allerdings trug er immer noch die Plastikfesseln.

An der Treppe, die vom Jet herabführte, wurde Tacoma von einem Mann im grauen Anzug in Empfang genommen. Er führte Tacoma zu einem BMW, der im Leerlauf wartete. Der Mann legte Tacoma wieder die Augenbinde um, dann schloss er die Tür und klopfte zweimal aufs Dach, damit der Fahrer losfuhr.

Eine Stunde später kam der Wagen an ein majestätisches Eisentor in der Landschaft von Greenwich.

Nachdem sie das Tor passiert hatten, führte die Auffahrt fast einen Kilometer weiter durch gepflegte Felder,

Rasenflächen und wunderschöne Baumgruppen. Am Ende der Auffahrt stand ein vierstöckiges Herrenhaus, weißer Stuck, Schieferdach, umgeben von präzise geschnittenen Buchsbäumen, Blumengärten und Rasen.

Tacoma wurde ins Haus geführt, einen Flur entlang und auf einen Stuhl gedrückt.

»Jewgeni«, erscholl eine Männerstimme. Es war kein Russe. Er klang freundlich, amerikanischer, wenn nicht Südstaatenakzent. »Ich lasse dir jetzt deine Fesseln und die Augenbinde abnehmen. Mach keine Dummheiten. Drei Männer haben ihre Waffen auf dich gerichtet.«

Er merkte, wie sich seine Fesseln lösten. Schließlich wurde ihm die Augenbinde abgenommen. Abermals spürte Tacoma den Schmerz, als sie das Tuch von seinem verletzten Auge rissen.

Prüfend sah Tacoma sich um und betrachtete seine Umgebung. Es war ein schickes, geräumiges Zimmer. Bücherregale säumten die Wände. Auf der einen Seite des Raumes stand ein großer Schreibtisch. Hinter dem Schreibtisch stand ein Mann mit langem, blondem Haar. Er trug eine weiße Hose und ein weißes Button-down-Hemd. Links und rechts von ihm standen drei bewaffnete Männer.

»Ich heiße Bruno Darré«, sagte er. »Du warst vorhin Zeuge, wie Andrej Wolkow gestorben ist?«

Tacoma nickte. »Ja!«

»Wer hat ihn umgebracht?«

»Wiktor«, sagte Tacoma. »Mr. Wolkow beschuldigte ihn des Diebstahls und sie schrien sich gegenseitig an. Wiktor ging mit einem Messer auf ihn los. Anschließend stach er auf mich ein.« Tacoma blickte auf seinen Bizeps, um den ein provisorischer Verband geschlungen war, dazu eine Aderpresse. »Mr. Wolkow hat Wiktor erschossen.

Dann kamen auch schon die Männer. Wir haben bloß zusammen etwas getrunken. Er hatte mich eingeladen.«

Darré sah Tacoma fest an, über eine halbe Minute lang. Er musterte Tacoma, als versuchte er, einen Fehler in dessen Erzählung zu finden.

»Sag mir, Jewgeni, hast du irgendwelche Knast-Tattoos?«, wollte Darré wissen.

»Nein! Ich war im Gefängnis, ja, aber ich war jung und habe mich von den Gangs ferngehalten.«

Tacoma spürte die Umrisse des Blitzes auf seiner Schulter. Er reagierte nicht, begriff, dass dort drei bewaffnete Männer standen.

»Ich habe ein Tattoo auf der Schulter, einen Blitz.«

Darré lächelte, die Anspannung schien sichtlich von ihm abzufallen. Er ging an die Bar und schenkte sich einen Bourbon ein.

Tacoma beobachtete ihn aufmerksam und reimte sich alles zusammen. Das war der Mann, dem Wolkow unterstellt war, sein Boss. Tacoma war jetzt nur noch wenige Meter von dem Mann entfernt, der alles angeordnet hatte. Von dem Mann, der die Attentate auf Blake und O'Flaherty organisiert hatte, dem Mann, der Andrej Wolkow befohlen hatte, Billy Cosgrove zu töten.

Obwohl Tacoma diesen Kerl, Darré, am liebsten umgebracht hätte, sah er doch etwas in seinen Augen. Er spürte eine andere Präsenz, einen Hauch offenkundiger Angst, und ihm war klar, dass Darré nicht der Mann war, der das Sagen hatte. Er konnte es nicht sein. Jenna hatte recht, es gab noch jemanden im Hintergrund, eine größere Nummer. Das sah er Darré an den Augen an, an dem, was er tat. Das sagte ihm, dass er seine Rolle weiterspielen musste.

»Darf ich weiter im Hafen arbeiten?«, fragte Tacoma kleinlaut mit dem Anflug eines russischen Akzents. »Ich bin eben erst in die USA gekommen. Die Arbeit gefällt mir. Ich wünschte, ich hätte den Streit nicht mitbekommen. Ich habe versucht, Mr. Wolkow zu verteidigen. Es tut mir leid, dass ich es nicht geschafft habe, Chef.«

Darré trat zu Tacoma und stellte sich vor ihn hin. »Du hast nichts falsch gemacht. Wir müssen nur vorsichtig sein. Ich muss vorsichtig sein. Natürlich hast du deinen Job noch. Aber vielleicht könntest du ja direkt für mich arbeiten. Sicherheit ist ein wichtiger Aspekt in meinem Leben. Ich habe gehört, dass du mit Andrej gekämpft hast und dabei um ein Haar gewonnen hättest. Ich könnte jemanden mit solchen Fähigkeiten gebrauchen.«

»Natürlich möchte ich für Sie arbeiten. Ich spare, um meine Schwester nach Amerika zu holen«, sagte Tacoma.

Darré grinste. Er schnippte mit den Fingern, und eine ältere Frau betrat den Raum.

»Bringen Sie Jewgeni im Gästehaus unter«, sagte Darré. »Und rufen Sie den Arzt. Er muss nach den Wunden unseres Freundes sehen.«

64

DARRÉS ANWESEN
GREENWICH, CONNECTICUT

In dem kleinen Gästehaus auf Darrés Anwesen fand Tacoma keinen Schlaf. Er lag auf dem Bett und dachte nach.

Er musste etwas unternehmen, und zwar sofort. Die Zeit arbeitete gegen ihn. Seine improvisierte Geschichte würde nicht lange halten. Irgendwann würden sie erfahren, dass seine Geschichte über Wolkow und Wiktor nicht stimmte. Etwas würde sie stutzig machen. Sie suchten immer noch nach ihm, und wer auch immer Wolkow gewarnt hatte, würde ihn schließlich – zwangsläufig – aufspüren.

Auf Verstärkung konnte er nicht zählen. Er wusste nicht, ob Katie seine letzte Nachricht überhaupt gehört hatte, außerdem konnte sie nicht wissen, wo er sich befand. Das wusste er ja noch nicht einmal selbst.

Es war ein Rennen gegen die Zeit. Er hatte keine Waffe.
Hab deine Waffe stets griffbereit.

Tacoma glaubte, seine stärkste Waffe seien seine Fäuste, dicht gefolgt von seinen Füßen. Aber ohne Pistole auf der Lauer zu liegen war nicht einfach.

Er musste an etwas denken, das einmal jemand auf der Farm gesagt hatte:

Wartet nicht ab. Handelt unverzüglich. Falls ihr glaubt, morgen Nacht sei eine viel weniger riskante Gelegenheit zum Töten und die heutige Nacht sei aus den unterschiedlichsten Gründen voller Gefahren, entscheidet euch für heute Nacht.

Da draußen gab es noch jemand Größeren, einen Mann, der noch über Darré und Wolkow stand.

Wenn dieser Mann von Wolkows Tod erfuhr, würde er herausfinden, wohin Wolkows Mörder verschwunden war. Dann würden sie die Geschichte von dem Streit zwischen Wiktor und Wolkow durchschauen und als Farce erkennen.

Tacoma benötigte eine Waffe. Nicht um sich sicher zu fühlen, sondern weil sie kommen würden. Er würde kommen. Der Mann, der hinter allem steckte. Die Tatsache, dass Darré nicht wusste, dass Jewgeni in Wirklichkeit

Tacoma war, sprach Bände. Es bedeutete, dass der Mann, der die Fäden zog, ihm nicht traute.

Tacoma blieben höchstens noch ein paar wertvolle Stunden.

Aus einem der Fenster in dem kleinen, aber hübschen Cottage blickte er in den dunklen Himmel. Ihm war klar, dass das, was er vorhatte, ein hohes Risiko barg, aber es war notwendig. Tacoma stieg aus dem Bett und zog sich Jeans und ein Flanellhemd über. Er blieb barfuß.

Er kletterte aus dem Fenster und wartete, bis seine Augen sich an die Dunkelheit gewöhnt hatten. Überrascht, dass keine Security-Leute auf dem Gelände patrouillierten, ging Tacoma rasch über den Rasen zur Rückseite von Darrés Villa. Er kam an eine Verandatür neben einem Rosengarten und versuchte den Türknauf zu drehen, doch die Tür war verschlossen. Tacoma stemmte das Bein dagegen und versuchte, die beiden Türflügel einen Spaltbreit aufzuschieben. Er schaffte es, seine Fingerspitzen in die schmale Öffnung zu zwängen, und schlug mit einem Ruck die Türklinke hoch. Die Tür öffnete sich. Tacoma bewegte die Hand zur rechten oberen Ecke des Türpfostens, hielt seine Finger über den Sensor und wartete mehrere Sekunden. Der Sensor würde es als Anomalie registrieren. Er wartete, nahm die Hand wieder weg und schloss die Tür.

Er bewegte sich durch das dunkle Herrenhaus und fand Darrés Arbeitszimmer. Er ging an Darrés Schreibtisch und zog die Schubladen auf. Mehrere waren leer. Andere enthielten Geschäftsakten. In der obersten Schublade lag ein unbeschrifteter Manila-Umschlag. Er öffnete ihn und zog ein Blatt Papier heraus.

ORLOW, JEWGENI

Das Blatt enthielt Tacomas Foto von seinem gefälschten russischen Pass. Abgesehen davon und von seinem Namen stand nichts darauf. Bislang hatte Darré keine Ahnung, wer er war. Das war gut.

Tacoma ging hinter Darrés Schreibtisch und tastete im Dunkeln auf der Suche nach einem doppelten Boden, in dem womöglich ein Safe oder ein Versteck untergebracht war. Er fand einen Schlitz im Parkett und ließ den Finger zu einem kleinen Schalter gleiten, den er drückte. Ein kleiner Bereich des Fußbodens öffnete sich. Tacoma langte hinab und fühlte den stählernen Lauf einer Waffe. Eine MP7. Daneben ein Stapel Magazine.

Tacoma nahm die Waffe, rammte ein Magazin hinein und verbrachte ein paar Sekunden damit, eine Waffe zu befühlen, mit der er sich gut auskannte. Er steckte drei Ersatzmagazine ein und hängte sich die MP7 über die Schulter, sodass sie schräg nach vorn gerichtet war.

Er durchquerte den Garten und ging zurück ins Gästehaus. Da niemand in der Nähe war, der ihn beobachtete, nahm er die Vordertür und stieg wieder ins Bett, die MP7 in der Hand.

65

WHITE PLAINS AIRPORT
WHITE PLAINS, NEW YORK

Kaisers Jet landete in White Plains, und er stieg die Stufen hinab, wo bereits zwei Hubschrauber warteten. Ihre Lichter brannten, die Rotorblätter zerteilten die Luft. Der eine

war ein Sikorsky S-76C, der andere ein Airbus H225 Super Puma. Kaiser ging zu dem Puma und öffnete die Tür. Er blickte hinein und sah vier bestens ausgebildete, schwarz gekleidete Operators. Er wandte sich an einen der Männer, einen Kahlkopf, dessen Gesicht mit Tarnfarbe bemalt war.

»Der Einsatz ist Ihnen klar?«, fragte Kaiser.

»Ja. Den Amerikaner finden und umlegen. Wissen wir, wo auf dem Anwesen er sich befindet?«

»Im Gästehaus. Gehen Sie mit äußerster Vorsicht vor. Er muss sterben. Wenn Sie auf einen von Darrés Männern treffen, töten Sie ihn. Unterdessen werde ich Darré im Haus einen Besuch abstatten. Ich möchte, dass Sie alle Leichen verschwinden lassen. Werfen Sie sie mehrere Kilometer weit draußen ins Meer. Ist das klar?«

»Ja, Sir.«

»Sie werden mich nicht wiedersehen«, sagte Kaiser.

Er ließ den Blick über die Männer schweifen. Keiner sagte ein Wort, doch alle nickten sie schweigend.

Kaiser schob die Tür zu und ging zu dem wartenden S-76C, stieg in eine geräumige Kabine und nahm auf einem bequemen Ledersessel Platz. Er befand sich allein in der Kabine. Plötzlich gingen die Lichter in der Hubschrauberkabine aus und der Hubschrauber hob ab, gerade als das laute Dröhnen des Pumas alles erzittern ließ.

Kaiser beugte sich vor und beobachtete durchs Fenster des Sikorsky, wie das dunkle Phantom des Super Puma über den mondbeschienenen Himmel jagte, unterwegs zu demselben Ort, dem Kaiser zustrebte. Allerdings würde der Puma früher dort eintreffen. Der Plan war einfach. Landen und töten.

Erst Tacoma, dann Darré.

Die Nachricht von Wolkows Tod überraschte Kaiser nicht, und er hegte keinerlei Zweifel, wer es getan hatte. Das stand außer Frage. Tacoma.

Es war jetzt an der Zeit, sich Tacoma vorzuknöpfen. Damit konnte er zwei Fliegen mit einer Klappe schlagen. Kaiser wusste, dass der amerikanische Agent nun hinter Darré her war. Vermutlich hatte er Darrés Identität von Wolkow bekommen, bevor er ihn tötete. Rob Tacoma servierte Kaiser alles auf einem Silbertablett. Kaiser würde Darré und Tacoma auslöschen, die ganze Sache ein für alle Mal erledigen. Das Ziel war erreicht. Aber selbst Kaiser tat es leid, nicht nur eine wichtige Einnahmequelle zu verlieren, sondern mit Wolkow auch einen jungen Mann, der Kaiser an ihn selbst erinnerte, und mit Darré ein Finanzgenie, das seinesgleichen suchte. Er würde sie beide vermissen, aus unterschiedlichen Gründen. Doch nun war es an der Zeit, diesen ganzen Zweig der Odessa-Mafia abzuschneiden.

Der erste CIA-Agent, Cosgrove, war ja relativ einfach gewesen. Dafür erwies sein Partner sich als verdammt schwierig. Er wurde von Technikern und vielleicht sogar einem Planer unterstützt.

Der Amerikaner bewältigte komplexe Probleme in Echtzeit und verließ sich auf seinen Instinkt – und seine schieren Fähigkeiten als Attentäter waren beeindruckend. Doch Kaiser wusste, wer sein Gegner war. Er kannte seinen Namen. Robert Tacoma. Er sprach diesen Namen mehrmals vor sich hin.

Mit einem Grinsen sah Kaiser auf seine Uhr. In wenigen Minuten würde der Super Puma auf dem Rasen von Darrés Anwesen landen, dann begann das Team seinen Einsatz.

Heute Nacht musste Darré sterben. Er war die einzige Verbindung, die noch zu ihm zurückführte.

»Wie lange noch?«, fragte Kaiser.

»Zehn Minuten, Sir.«

66

DARRÉS ANWESEN
GREENWICH, CONNECTICUT

Tacoma hörte die Rotoren und fuhr im Bett hoch. Er sah die Lichter, dann erschien ein Kampfhubschrauber über den Bäumen. Ein schwarzer Helikopter senkte sich vom sternenklaren Himmel herab. Im Sinkflug beleuchteten seine roten und grünen Lichter einen dunklen Stahlrahmen. Es war ein Super Puma.

Tacoma ging ans Fenster, als der Hubschrauber auf Darrés Rasen landete. Er beobachtete, wie ein Schwarm schwarz gekleideter Operators mit Maschinenpistolen und Gewehren von hinten auftauchte.

Eine Minute später sah er zu, wie ein kleinerer, schlankerer Helikopter von Westen her auf das Anwesen herabschoss. Ein Sikorsky S-76C.

Gleich darauf sah er einen hoch aufragenden Mann, sehr groß, im Anzug, der vom S-76C auf den Rasen stieg und auf Darrés Haus zuging.

Tacoma gestattete seinen Augen, sich an die Lichtverhältnisse zu gewöhnen, und blickte suchend umher. Er registrierte mehrere Männer, konnte sich jedoch nicht sicher sein. Hier und da nahm er im ungewissen Schein

der Umgebung eine Bewegung wahr und sah dann ein kleines grünes Licht an einem Gerät, das eigentlich nicht eingeschaltet oder zumindest verborgen sein sollte. Er sichtete einen weiteren Bewaffneten, der sich am Rand des Wagenschuppens entlangbewegte.

Er war sich nicht sicher, aber wie es aussah, war er umzingelt.

Sie wussten, wer er war. Das war die einzige logische Schlussfolgerung.

Der Mann – der Hüne –, der ins Herrenhaus gegangen war, war der Kerl, von dem Jenna gesprochen hatte. Der Mann, der hinter allem steckte.

Tacoma blieb nur eine einzige Wahl. Diese Option kristallisierte sich zu einer Erkenntnis heraus, als er sich auf den Boden legte und anfing, über den Teppich zu kriechen, um von außen nicht gesehen zu werden.

Er hörte die Stimme.

Es gibt nur eine einzige Möglichkeit. Töten.

Tacoma zog die MP7, die er von Darré gestohlen hatte, zwischen Bettrahmen und Matratze hervor. Er kroch zu den Glastüren, die zu einer kleinen Dachterrasse direkt vor dem Schlafzimmer führten. Rasch begutachtete er das Zielfernrohr auf der Maschinenpistole – ein ATN Thor 4 384 Wärmebild-Zielfernrohr, ein tolles Gerät, mit dem Tacoma jeden lokalisieren konnte, der sich da draußen befand, indem es im Sichtbereich der Optik die Körperwärme anzeigte.

Langsam drehte Tacoma den Türknauf, bis die Tür offen war.

Wie von einem Windstoß ließ er sie aufschwingen. Er kniete nieder und hob die MP ans Kinn, mit der Bewegung automatisch der Visierlinie folgend. Ein etwaiger Beobachter

hätte keinen Verdacht geschöpft, dass sich hier ein Mensch befand.

Mit der MP7 erreichte Tacoma die Ecke der Terrasse. Langsam schwenkte er, durchs Zielfernrohr blickend, die Waffe. Er zählte alles in allem drei Männer, etwas weiter weg sah er einen vierten. Sie mussten Vorabinformationen haben, bis hin zu seinem Aufenthalt im Gästehaus.

Tacoma strich mit den Fingern über die im Magazin gestapelten Patronen und zielte. Doch bevor er feuerte, ging er die Sequenz noch einmal im Kopf durch. Die Kerle auszuschalten wäre ein Kinderspiel – lediglich eine Reihe schneller Salven aus der schallgedämpften MP7. Doch dann wurde ihm klar, dass er so präzise schießen mochte, wie er wollte. Er konnte sie unmöglich alle vier erschießen, ohne dass das Risiko bestand, dass einer von ihnen ohne Schalldämpfer zurückschoss, schrie oder einen Alarm auslöste. Bestünde sein Ziel bloß darin, die Kerle umzulegen, würde der Lärm keine Rolle spielen. Doch Tacomas Ziel befand sich im Herrenhaus. Der Mann dort drin durfte nicht mitbekommen, dass Tacoma auch nur einen von ihnen erledigte. Das Wesentliche war das Überraschungsmoment. Ja, es war das Einzige, was ihm womöglich das Überleben garantierte.

Von den vier Männern war nur einer isoliert. Er kniete ganz in Schwarz gekleidet an einer Steinmauer und zielte mit seinem Gewehr auf den Eingang zum Gästehaus.

Die übrigen drei deckten die rückwärtige Grenze, wo Tacoma sich befand. Denn versuchte Tacoma zu fliehen, würde er hierherrennen. In den Wald auf Darrés Anwesen.

Tacoma zielte und gab einen einzigen Schuss auf den an der Steinmauer knienden Mann ab. Nur durchs Zielfernrohr konnte er beobachten, was geschah. Er sah, wie die

grüne Digitalgestalt des Killers abrupt nach rechts kippte und umfiel. Volltreffer!

Er hatte nicht viel Zeit. Wenn sie per Funk miteinander in Verbindung standen, blieben ihm, wenn er Glück hatte, höchstens 30 Sekunden.

Tacoma schlich wieder zurück ins Haus und sprintete die Treppe hinab ins Erdgeschoss. Er ging durch die Vordertür hinaus, da er ja wusste, dass er soeben den Killer erschossen hatte, der sie bewachen sollte. Er hielt sich nach links und erreichte die Ecke des Hauses. Er suchte die Rückseite ab und erfasste die drei weiteren Killer. Alle in einer Reihe schauten sie zum Cottage hoch und bereiteten sich darauf vor einzudringen.

Abermals zerbrach Tacoma sich den Kopf über das Risiko, sie von seiner gegenwärtigen Position aus zu erschießen. Er konnte nicht zulassen, dass man im Herrenhaus etwas von dem Lärm mitbekam. Er durfte den Russen nicht auf sich aufmerksam machen.

Er brauchte die drei Ziele möglichst nahe beieinander – zur Mitte hin, sodass er die Waffe nur ganz leicht neigen und nicht herumschwenken musste, um die Kerle zu töten.

Tacoma war klar, dass die Männer Nachtsichtgeräte trugen, zweifellos auch mit Wärmebildfunktion. Er musste sie ablenken. Bisher hatte er das Gebäude benutzt, um jegliche Wärmestrahlung zu verbergen, die sein Körper abgab. Aber um alle drei Männer so in eine Reihe zu bekommen, dass er sie töten konnte, musste er sich rechts von dem Schützen zu seiner Rechten befinden. Hinter ihm.

Tacoma langte in seine Tasche, steckte sich seinen Stöpsel ins Ohr und tippte zweimal dagegen.

»Igor?«, flüsterte er.

»Ja, hier bin ich«, erscholl es einen Moment später.

»Der Kerl, den ich gerade umgelegt habe, kannst du dich in sein Handy einklinken?«

»Ja.«

»Ruf ihn an, aber lass es klingeln. Gibt es eine Möglichkeit, es klingeln zu lassen?«

»Ja, gib mir ein paar Sekunden.«

»Danke, Bruder.«

Tacoma wartete. Fünf, zehn, 15 Sekunden. Er schloss die Augen, als er hörte, wie die Killer näher ans Gästehaus vorrückten.

Auf einmal klingelte irgendwo weiter weg das Handy des Toten.

67

CIA-ZENTRALE
LANGLEY, VIRGINIA

»Ich habe gerade mit Rob gesprochen«, sagte Igor. »Er ist in Darrés Haus in Greenwich. Sobald ich ihn auf dem Anwesen lokalisieren konnte, habe ich das Grundstück abgesucht. Er war von vier bewaffneten Männern umzingelt. Unterdessen befanden sich zwei Personen im Haus. Einer ist Darré. Der andere muss Kaiser sein.«

»Wir müssen jemanden rüberschicken!« Katie blickte Calibrisi an. »Du hast ihn auf ein Himmelfahrtskommando geschickt«, schrie sie. Sie wurde emotional. »Damit du rausfinden kannst, wer hinter allem steckt. *Du hast Rob umgebracht! Es gibt dort keinen Ausweg, Hector!*«, schluchzte sie.

»Ich würde niemanden, auch Rob nicht, je in einen Einsatz schicken, wenn ich es für ein Himmelfahrtskommando halte«, erwiderte Calibrisi. »Der Job ist äußerst riskant, Katie. Aber Rob kann es schaffen.«

»Wie denn? Er sitzt dort in der Falle.«

»Ich habe heute Nachmittag Dewey nach Connecticut in Marsch gesetzt«, sagte Calibrisi.

Katie blickte hoch, sie hörte auf zu schluchzen.

»Tatsächlich?«, meinte sie voller Hoffnung. »Oh, Gott sei Dank.«

Calibrisi hielt sich das Telefon ans Ohr, nahe genug, damit Katie zuhören konnte. »Bist du bereit?« Er stellte den Lautsprecher an. »Ein Hubschrauber ist schon unterwegs.«

»Ja, ich bin bereit«, sagte Dewey.

68

DELAMAR GREENWICH HARBOR HOTEL
500 STEAMBOAT ROAD
GREENWICH, CONNECTICUT

Dewey Andreas stieg die Feuertreppe zum Dach des Delamar hinauf. Ein Hubschrauberlandeplatz war nicht nötig. Er hörte das ferne Dröhnen des Hubschraubers, gleich darauf kam er in Sicht: ein schnittig aussehender Bell 525 Relentless. Der Hubschrauber senkte sich herab, bis er nur noch ein kleines Stück über dem Dach war. Dewey kletterte an Bord, ohne dass der Hubschrauber auch nur die Räder ausfuhr. Während Dewey die Tür schloss, stieg der Hubschrauber bereits in die Höhe.

Dewey steckte sich einen Stöpsel ins Ohr und tippte dagegen.

»Priorität?«, meldete sich eine Frauenstimme.

»Virgo.«

»Peacemaker.«

»NOC zwei zwei vier neun Querstrich A.«

»Andreas, bereitgestellt.«

»Ich muss Hector oder Bill sprechen.«

»Warten Sie.«

Ein paar Sekunden später meldete sich Calibrisi in der Leitung.

»Also, was haben wir?«, fragte Dewey, während der Chopper schnurrend über Greenwich Richtung Norden jagte. »Wie ist die Lage?«

»Er ist umzingelt. Du kommst in eine Live-Umgebung. Einen von denen im Haus wollen wir lebend schnappen. Den Großen. Kaiser.«

»Kaiser?«, fragte Dewey. »Gut! Ich mag die Deutschen eh nicht.«

»Wir brauchen ihn lebend«, sagte Calibrisi.

»Verstehe«, meinte Dewey. »Ich werde ihn nicht umbringen, aber ist es okay, wenn ich ihn zum Krüppel mache?«

»Ja«, sagte Calibrisi. »Dewey, Rob ist undercover, aber sie sind dahintergekommen. Diese Kerle wollen ihn umlegen.«

»Alles klar!« Dewey tippte sich ans Ohr und beendete das Gespräch.

Als der Hubschrauber über die Landschaft von Greenwich raste, über den Hauptteil der Stadt, anschließend über Hügel voller Villen und Tennisplätze, ausladender Rasenflächen und Swimmingpools, holte Dewey sich einen langen, breiten

Schalldämpfer aus dem Waffenschrank. Er schraubte ihn auf die Mündung seines Colt 1911, während der Hubschrauber zu einem langsamen Landeanflug auf ein Feld unweit von Darrés Haus ansetzte.

Dewey stieg aus dem Chopper und fuhr sich mit der Hand über den Hals, das Zeichen für den Piloten, die Triebwerke abzustellen und zu warten.

Kaisers Hubschrauber landete auf Darrés Rasen, und Kaiser stieg aus. Er trug einen grauen Anzug, dazu ein blaues Hemd und eine rote Krawatte. Der Wind der Rotorblätter zerzauste ihm das Haar, doch unbeirrt ging er auf die Hintertür von Darrés Villa zu.

Er öffnete die Tür. Aus einem anderen Raum hörte er eine Vielzahl lauter Stimmen. In Darrés Villa fand gerade eine Dinnerparty statt.

Als Kaiser auf den schön gepflegten Rasen trat, fiel ihm mit einem Mal ein, warum der CIA-Agent ihm nicht aus dem Kopf ging. Plötzlich ergab alles einen Sinn. Ein längst vergessener Befehl, der an eine der Familien ging. Tötet den Generalstaatsanwalt!

Tacoma. Nun erinnerte Kaiser sich. Er wurde wohl doch langsam alt. Der Grund, weshalb die Akte über Tacoma eine Saite zum Klingen brachte. Es lag daran, dass Kaiser selbst die Ermordung des Vaters des Mannes angeordnet hatte, des Generalstaatsanwalts der Vereinigten Staaten.

Er gelangte in den Korridor vor dem etwas lärmerfüllten Esszimmer und wartete, bis ein Bediensteter mit einer Flasche Rotwein aus Darrés Keller den Flur entlangkam.

»Sagen Sie Mr. Darré, dass er Besuch hat. Ich warte in seinem Büro.«

Der Bedienstete nickte und wies Kaiser den Weg zum Arbeitszimmer. Kaiser machte kehrt und ging den Flur wieder zurück. Als er einen großen Schreibtisch sah und einen offenen Kamin mit mehreren Sofas und bequemen Sesseln, trat er ein.

Kaiser betrachtete die Fotos auf dem Schränkchen hinter Darrés Schreibtisch. Bilder von seiner Familie beim Skifahren, irgendwo auf einem Boot, vor einem Weihnachtsbaum stehend.

Sogar noch auf dem Teppich vernahm Kaiser die Schritte.

»Hallo, Bruno!« Nach wie vor starrte Kaiser die Fotos an. »Sie haben eine nette Familie.«

»Was wollen Sie?«, fragte Darré. »Was fällt Ihnen ein, unangekündigt hier aufzukreuzen? Sie haben ja keine Ahnung, wobei Sie hier stören könnten! Ich stecke hier mitten in einer gottverdammten Dinnerparty mit einigen äußerst wichtigen Klienten.«

»Eigentlich befinden Sie sich mitten in einem amerikanischen Komplott zur Vernichtung der russischen Mafia«, sagte Kaiser. »Ein CIA-Komplott.«

»Sie sind doch schuld an dem ganzen Chaos. Sie gaben uns doch Anweisung, Blake und O'Flaherty umlegen zu lassen«, sagte Darré.

»Eben deshalb stecken Sie mittendrin.« Er ging einige Schritte auf Darré zu, nahe genug, um ihn mit der Faust zu erreichen. »Ihre Dinnerparty ist mir scheißegal. Und Ihre äußerst wichtigen Klienten ebenfalls.« Er deutete zur Tür. »Sie haben einen amerikanischen Agenten auf diesem Anwesen. Sie haben nicht nur dabei versagt, ihn zu eliminieren. Sie haben ihn auch noch zu sich nach Hause eingeladen. Sie sind wirklich die schlimmste Art von Idiot.«

69

DARRÉS ANWESEN
GREENWICH, CONNECTICUT

Als Igor das Handy des Toten klingeln ließ und der Klingelton über die stillen Baumkronen hallte, beobachtete Tacoma die professionellen Killer durchs Zielfernrohr. Er registrierte, dass alle drei Männer den Kopf wandten. In diesem Moment rannte er los, auf den Mann zu seiner Rechten zu. Tacoma feuerte, die Kugel traf den Mann direkt über dem Ohr in die Schläfe.

Er stieß ein leises Stöhnen aus. Der ihm am nächsten stehende Killer hörte es, und seine plötzliche Bewegung wiederum ließ den dritten Mann herumwirbeln.

Tacoma sprintete auf den Mann zu, den er soeben erschossen hatte. Er schob den Feuerwahlhebel auf Dauerfeuer, gerade als die noch verbliebenen Killer sich zu ihm umwandten. Als sie im Begriff waren, auf Tacoma zu schießen, betätigte er den Abzug. Ein gedämpftes metallisches Rattern war alles, was man von der Salve hörte, die Tacoma losließ. Die beiden Männer gingen zu Boden. Das lauteste Geräusch war das Klingeln des Handys gewesen.

Lautlos ging Tacoma zum Haupthaus.

Jetzt spürte Tacoma es. Wusste es. Dort drin befand sich ein Mann, und er war böse. Der Mann, der hinter allem steckte, der Kerl, der befohlen hatte, dass sie Cosgrove aufhängten.

Und nun war dieses Individuum in Darrés Villa.

Nach Bewegung Ausschau haltend, überquerte Tacoma den ausgedehnten Rasen, entdeckte jedoch nichts. Nicht

lange, und er war auf der hinteren Terrasse des Herrenhauses. Dort sah er, wie sich zwei Gestalten in Darrés hell erleuchtetem Büro unterhielten.

Darré machte einen Schritt vorwärts, ging direkt auf Kaiser zu.

»Ich bin kein Idiot.« Mit dem Finger deutete Darré auf Kaiser. »Ihr habt mich doch unter Druck gesetzt. Und wen ich auf mein Anwesen gelassen habe, ist *meine* Sache. Immerhin ist es *mein* gottverdammtes Grundstück. Woher wollen Sie überhaupt wissen, dass er ein Spion ist? Dieser Junge ist nur ein weiterer ungebildeter russischer Krimineller – und die gibt's wie Sand am Meer.«

Kaiser zog eine große Pistole unter seiner Jacke hervor.

»Dieser kleine dumme Russe?«, sagte Kaiser bedächtig mit seinem schweren russischen Akzent. »Dieser kleine dumme Russe heißt in Wirklichkeit Rob Tacoma, ein hochrangiger CIA-Agent, der Andrej Wolkow und mindestens zehn seiner Männer getötet hat. Dieser kleine dumme Russe hat alles unterwandert, bis hin zu Ihnen, Bruno. Und er ist genau hier auf Ihrem Anwesen. Sie haben den Bock zum Gärtner gemacht.«

Darré starrte auf die Waffe.

»Tun Sie das nicht, Kaiser.« Flehend schüttelte Darré den Kopf. »Was auch immer geschehen ist, es tut mir leid. Wenn ich jemanden an mich herangelassen habe, dann war das ein Fehler. Aber die Verantwortung für Ihre rücksichtslosen Entscheidungen müssen Sie selber übernehmen.«

»Deshalb bin ich hier.« Kaiser lud die Waffe durch und kam einen Schritt näher. »Eine meiner rücksichtslosen Entscheidungen rücke ich gerade zurecht.«

»*Dann legen wir ihn doch einfach um!*«, bettelte Darré.
Bedächtig ging Kaiser mitten im Raum auf und ab, Darré wurde dadurch auf einer Seite in die Enge getrieben. Es gab kein Entrinnen. Kaiser nahm einen langen zylindrischen Schalldämpfer und schraubte ihn auf die Mündung der Pistole. Er richtete sie auf Darré.

»Tacoma ist bereits tot«, sagte Kaiser. »Ich habe ein paar Männer mitgebracht von der Sorte, die sich nicht von einem amerikanischen Agenten verarschen lässt.«

»Wir kriegen das wieder hin. Es ist noch nicht zu spät.«

»Ja, da haben Sie recht«, sagte Kaiser, »es ist noch nicht zu spät. Aber ich fürchte, wir brauchen einen Sündenbock. Das verstehen Sie doch bestimmt?«

»*Was soll das heißen?*«, kreischte Darré.

»Wir schieben alles Ihnen in die Schuhe«, sagte Kaiser. »Die Mordanschläge, den Tod der beiden CIA-Agenten Cosgrove und Tacoma. Und dann binden wir ein Schleifchen drum.«

Nervös sah Darré sich in seinem Büro um und betrachtete die Fotos auf dem Schränkchen, die Bücher in den Regalen, zwei hellbraune Barcelona-Ledersessel. Er konnte es nicht fassen. Das war doch unmöglich. Wie konnte alles nur so enden? Sollten das wirklich seine letzten Augenblicke auf der Welt sein?

»Ich habe alles getan, was Sie verlangt haben«, sagte Darré, einen wütenden Ausdruck im Gesicht, keine Furcht, keine anderen Emotionen, nur puren Hass.

»Manchmal ist es eben das, was wir verlangen. Wir werden Ihr Opfer zu schätzen wissen«, sagte Kaiser, während sein Finger sich allmählich um den Abzug krümmte.

Beim metallischen Knall eines schallgedämpften Schusses zuckte Darré zusammen. Er langte sich an die Brust, dorthin, wo ihn die Kugel getroffen haben musste.

Doch er spürte nichts.

Stattdessen stieß Kaiser ein leises, tiefes Stöhnen aus.

Darré blickte auf seine Hand und rechnete damit, dass sie blutig war, doch da war nichts.

Sein Blick wanderte zu Kaiser.

Der hünenhafte Russe hielt sich die rechte Hüfte. Die Pistole hatte er immer noch in der Hand, allerdings war sie auf den Teppich gerichtet, während er sich abmühte, nicht umzukippen.

»Tacoma ist also tot, wie ich höre«, sagte Tacoma. »Entschuldigung, ich habe gelauscht.«

Darré und Kaiser blickten zur Tür. In der Tür, die in den Garten führte, stand Tacoma, die MP7 in der Hand. Sie war auf Kaiser gerichtet.

»Waffe fallen lassen«, sagte Tacoma. »Lassen Sie sie fallen, sonst ziele ich beim nächsten Mal auf Ihren verfluchten Kopf.«

Kaiser war verletzt, anscheinend hatte er Mühe, sich auf den Beinen zu halten. Er bewegte sich langsam, mit Bedacht, und bedeutete Tacoma, dass er die Pistole auf den Boden legen werde. Doch dann geschah alles ganz schnell. Anstatt die Waffe niederzulegen, hob Kaiser die Pistole an und feuerte. Sie spie eine schallgedämpfte Kugel, die Darrés Stirn durchschlug. Tot sank er zu Boden.

Kaiser fuhr herum und richtete die Waffe auf Tacoma.

Es war der Mann, den er suchte.

Einen Augenblick lang herrschte Stille. Beide standen sie da, den jeweils anderen im Fadenkreuz.

Tacoma schoss, doch es machte bloß klick.

Das Magazin war leer.

Es entstand eine kurze Pause. Schließlich sagte Kaiser, während er die Pistole hob und auf Tacomas Kopf richtete: »U tebya vpechatlyayushchiye navyki, moy drug.«

Du hast beeindruckende Fähigkeiten, mein Freund.

»Du bist auch nicht schlecht.« Tacoma ließ die MP7 fallen. »Da habe ich mich wohl verzählt. Ich hätte schwören können, ich habe noch eine Patrone. Ich schätze, ich habe ein paar mehr gebraucht, um die ganzen Kerle umzulegen, die du mitgebracht hast.«

»Das Problem ist«, entgegnete Kaiser, »wir haben beide dein Magazin klicken gehört. Du bist erledigt. Es tut mir fast leid, dass es so enden muss.«

Kaiser hob den Schalldämpfer. Er zielte auf Tacomas Stirn und trat näher an Tacoma heran, der seinen Blick kalt und emotionslos erwiderte. Das Geräusch von splitterndem Glas war zu hören. In der nächsten Sekunde heulte Kaiser laut auf, als ihn eine Kugel von außerhalb des Hauses in die rechte Schulter traf. Kaiser wurde zur Seite geschleudert. Er fiel auf den Teppich und rührte sich nicht.

Einen Moment lang war Tacoma wie erstarrt, dann blickte er zur Tür. Vor lauter Tarnfarbe war Deweys Gesicht ganz dunkel. Er hatte Kaiser im Visier seines Colt Kaliber 45, doch Kaiser regte sich nicht. Er war tot.

Dewey ging zu Tacoma. »Hector meinte, du brauchst jemanden, der auf dich aufpasst.«

Tacoma grinste, einen Sekundenbruchteil lang empfand er tiefe Erleichterung. Dann nahm er eine Bewegung auf dem Boden wahr. Kaiser. Tacoma versuchte noch, Dewey zur Seite zu stoßen, da hallte auch schon ein tiefer, blecherner Knall durch den Raum. Tacoma spürte, wie die Kugel ihn in die Brust traf, hauptsächlich den Druck, denn der

Schmerz verwandelte sich schnell von akut zu surreal. Er fiel nach hinten. Tacoma sah auf seine Brust hinab und sah dunkles Blut, das aus einem Loch in seiner Brust quoll.

Als er aufblickte, sah er Dewey mit einem entsetzten Ausdruck im Gesicht. Dewey streckte die Hand nach ihm aus. Als Tacoma schon im Begriff war, das Bewusstsein zu verlieren, blickte er an Dewey vorbei zu Kaiser. Kaiser kam auf die Beine, Blut tropfte ihm von Hüfte und Schulter. Von der Größe her war er ein wahres Ungeheuer. Kaiser stürmte durch die Hintertür auf die Terrasse, gerade als es richtig windig wurde und der Geräuschpegel stieg. Der Super Puma schraubte sich abwärts und landete auf der Terrasse direkt vor dem Zimmer. Dabei ließ der geschickte Pilot nur wenige Zentimeter zwischen den Spitzen der Rotorblätter und dem Dach. Kaiser stieg an Bord, und der Hubschrauber hob ab.

Dewey tippte seinen Ohrstöpsel an. »Hector.«

»Ja.«

»Rob hat einen Schuss in die Brust abbekommen. Wir müssen ihn innerhalb der nächsten Stunde oder so zum Arzt bringen. Er blutet stark.«

»Ist er noch am Leben?«

»Ja.«

»Das heißt, das Herz wurde nicht getroffen. Ich werde jemanden organisieren. Sag dem Piloten, er soll ihn ins Columbia Presbyterian fliegen.«

»Alles klar. Wir sehen uns dort.«

70

COLUMBIA PRESBYTERIAN HOSPITAL
NEW YORK, NEW YORK

Der Hubschrauber flog Richtung Manhattan. Er hatte Tacoma an Bord, der bewusstlos war und stark blutete. Dewey hatte die Hand auf der Wunde und drückte sie ab in dem Versuch, das Blut in Tacoma zu halten.

Mitten in der Nacht landete der Chopper auf dem Dach des Columbia Presbyterian Hospital. Ein Team von Sanitätern wartete mit einer Trage. Im Laufschritt brachten sie Tacoma in einen hell erleuchteten Operationssaal, angefüllt mit einer Anzahl Krankenschwestern, Chirurgen und Anästhesisten. Sobald sie Tacoma auf den Edelstahltisch verfrachtet hatten, machte sich ein hochgewachsener Mann mit blondem Haar, einer der Ärzte, über ihn her und übernahm die Regie. Er setzte einen Schnitt in Tacomas Brust an, während verschiedene Leute Tacoma Nadeln injizierten und jemand anders ihm eine Sauerstoffmaske aufs Gesicht klatschte.

»Was haben Sie, Roger?«

»Er ist am Leben.«

»Wie sehr?«

»Der Herzschlag ist kräftig.«

»Geben Sie ihm eine Blutkonserve, Carol«, sagte Page, während er anfing, mit den Fingern in dem Hohlraum herumzuwühlen, den er soeben geschnitten hatte. »Sie sitzt in der Lunge. Besorg mir jemand ein XS. Bereiten Sie die Nähte vor. Wir müssen jetzt schnell sein, bevor sein Herz aussetzt.«

71

BERLIN, DEUTSCHLAND

Bis Kaiser in der Klinik eintraf, war er kreideweiß.

Sie legten ihn auf einen Tisch, und zwei Chirurgen machten ihre Einschnitte, obwohl es keinerlei Betäubung gab. Ein Arzt holte ihm eine Kugel aus der Schulter, während der andere ihm eine aus der Hüfte entfernte. Kaiser stieß noch nicht einmal ein Stöhnen aus, obwohl er nicht unter Schock stand. Nachdem sie ihn zugenäht hatten, stieg Kaiser von dem Edelstahltisch.

»Wodka«, keuchte er, während ihm der Schweiß vom Gesicht tropfte. »*Hol mir jemand eine Flasche Wodka!*«

72

COLUMBIA PRESBYTERIAN HOSPITAL
NEW YORK, NEW YORK

Tacoma lag im Bett, umgeben von einem Netzwerk aus Drähten, Infusionen und diversen sonstigen Apparaten.

Er war wach und ließ seinen Blick durchs Krankenzimmer wandern. Zuerst sah er Katie, die eine Zeitschrift las. Dann Calibrisi. Er saß mit übereinandergeschlagenen Beinen auf einem Stuhl und sah ihn an. Igor saß auf einem Stuhl in der Ecke und tippte auf einem Laptop. Zuletzt fand Tacomas Blick Dewey, er stand neben dem Bett. Tacoma bemerkte, dass Deweys Hand seinen Arm umklammert

hielt und ihn schüttelte. Deweys Finger gruben sich in ihn. Er hatte Tacoma wach gerüttelt.

»Hey, Kumpel«, sagte Dewey.

Tacoma nickte. Er brachte kaum ein Flüstern heraus. »Hey.«

»Ich habe eine gute und eine schlechte Nachricht für dich. Welche willst du zuerst hören?«

Tacoma starrte Dewey ausdruckslos an, Schläuche und Infusionen steckten in ihm. Er war benommen.

»Okay, ich treffe die Entscheidung für dich«, sagte Dewey. »Beginnen wir mit der guten Nachricht. Die gute Nachricht ist: Du bist noch am Leben, und als sie dadrin rumwühlten, haben sie festgestellt, dass du auch ein Herz hast. Die schlechte Nachricht ist: Der Chirurg muss dich noch mal aufmachen, er hat sein Handy dadrin vergessen. Außerdem will jeder in der Russenmafia dich umlegen.«

Tacoma grinste. Prompt spürte er einen stechenden Schmerz in der Brust.

»Du sollst für ein paar Wochen nicht lachen«, sagte Dewey. »Anscheinend haben sie Angst, dir könnte der Schniedel abfallen. Die hatten ganz schön zu tun, ihn zu finden. Brauchten eine Lupe dazu.«

Tacoma lachte und zuckte sofort wieder zusammen.

»Wo bin ich?«, flüsterte er.

»Im Columbia Presbyterian Hospital«, sagte Calibrisi.

»Hast du ihn gekriegt?«

Dewey schüttelte den Kopf.

»Nein, Kaiser ist entwischt«, sagte Calibrisi. »Dafür wissen wir jetzt, mit wem wir es zu tun haben. Jemanden, der bislang unsichtbar war, kann das nicht gerade glücklich machen.«

»Er mag zwar nicht tot sein, aber er ist kein Phantom mehr«, fügte Katie hinzu. »Außerdem haben wir O'Flaherty, Blake und Cosgrove gerächt.«

»Es war ein verdammt guter Anfang«, meinte Calibrisi.

Tacoma konnte seine Enttäuschung nicht verbergen.

Die Tür öffnete sich, und ein hochgewachsener Mann mit einem blonden Haarschopf trat ein. Er war noch jung, in den Dreißigern, und trug hellblaue OP-Kleidung und einen weißen Arztkittel.

»Tut mir leid, wenn ich Sie störe, aber ich habe gehört, dass Sie wach sind, Rob. Ich heiße Fred Page«, sagte der Doktor. »Ich bin derjenige, der Sie operiert hat.«

Tacoma starrte Page an.

»Die Kugel ging durch Ihren linken Lungenflügel«, sagte Page. »Wir konnten das meiste davon reparieren, aber es wird eine Zeit lang wehtun, hauptsächlich weil wir ein paar Muskeln durchtrennen mussten, um die Überreste der Kugel herauszuholen.«

»Wie lange muss ich hierbleiben?«

»Ein, zwei Wochen.«

»Danke«, sagte Tacoma.

»Ich werde meine Runde fortsetzen, aber nachher schaue ich wieder nach Ihnen.« Damit drehte Page sich um und ging.

Eine Schwester kam mit einem Tablett herein. »Abendessen«, sagte sie. Das Tablett war beladen mit orangefarbenem Wackelpudding, einem Schlag Kartoffelpüree und einem nicht sehr verlockenden, unidentifizierbaren grauen Stück Fleisch. »Essen Sie! Sie müssen wieder zu Kräften kommen.«

Schaudernd blickte Dewey auf das Tablett. »Ich glaube, Rob braucht jetzt Ruhe«, wandte er sich an Calibrisi und Katie.

»Ja, das denke ich auch«, meinte Calibrisi.

»Ich könnte jetzt ein Steak vertragen«, sagte Dewey. »Ein großes, saftiges Ribeye-Steak.«

Dewey und Calibrisi fingen an zu lachen, als Tacoma auf das Tablett hinabstarrte. Sie standen auf und gingen zur Tür.

»In New York City gibt es ein paar exzellente Steakhäuser«, machte Calibrisi weiter. »Allerdings gehe ich lieber nicht ins Sparks, falls es dir nichts ausmacht.«

»Wir bringen dir einen Doggy Bag mit«, sagte Dewey. »Einen Knochen. Dann hast du morgen was zu beißen, während du dir die Soap Operas reinziehst.«

Tacoma lächelte und zuckte prompt zusammen. Katie blieb mit ernster Miene sitzen. »Ich bleibe hier und leiste Rob Gesellschaft.«

»Das musst du nicht, Katie«, sagte Tacoma schwach.

Katie steckte die Hand in die Tasche ihres Blazers und fühlte nach dem Pistolengriff. »Ich weiß«, sagte sie. »Aber vielleicht will ich es ja.«

Doch das stimmte nicht ganz. Jemand musste tatsächlich hierbleiben.

Katie musste an Kaiser, Wolkow und die Männer am Flughafen denken, die Rob getötet hatte. Und an die Männer, die Rob umbringen wollten. Sie dachte an Audra und Slokawitsch, an Darré und die kleine Armee aus Leichen, die in seinem Anwesen zurückgeblieben waren. Dieses Kapitel war zwar abgeschlossen. Doch Katie war klar, dass der Krieg mit der russischen Mafia gerade erst begann. Sie durften sich keine Ruhe gönnen. Solange Rob Tacoma sich auf amerikanischem Boden befand, war er in Gefahr. Solange er am Leben war, war er in Gefahr. Er würde immer in Gefahr sein.

An der Tür blieb Calibrisi stehen. Er seufzte.

»Vor dem Zimmer sind vier FBI-Agenten postiert«, sagte er, als ahnte er ihre Bedenken. »Vier weitere in der Lobby, ganz zu schweigen von den NYPD-Beamten, ein ganzer Haufen davon.«

»Solange es da draußen Männer wie Kaiser gibt, wird es auch Verräter wie Peter Lehigh geben«, entgegnete Katie.

Calibrisi warf Dewey einen Blick zu. Die Chancen, dass jemand zu Tacoma durchkam, waren zwar unfassbar gering. Doch beiden war klar, dass sie recht hatte. Plötzlich hatten sie keine Lust mehr, in einem schicken Restaurant ein großes Steak zu essen. Außerdem hatten sie auch ein paar Gewissensbisse, weil sie Tacoma aufgezogen hatten. Sie traten zurück an Tacomas Bett und setzten sich.

Auf einem kleinen Fernseher lief ein College-Footballspiel, allerdings war der Ton abgedreht. Schweigend saßen die vier da und sahen sich das Spiel an.

Schließlich brach Dewey das Schweigen.

»Hey«, versuchte er, Tacomas Aufmerksamkeit zu erlangen. Er deutete auf das graue Stück Fleisch auf dem Teller. »Isst du das noch?«

DANKSAGUNG

Der Russe ist der erste Band einer neuen Thriller-Reihe. Daher musste ich wieder ganz von vorn anfangen. Nachdem ich acht Bücher der Dewey-Andreas-Reihe verfasst hatte, nahm ich an, dass mir das neunte leicht von der Hand gehen würde. Stattdessen fiel mir das Schreiben genauso schwer wie bei meinem ersten Buch, *Power Down*, vor zehn Jahren. Ich beschwere mich nicht, aber es wäre fahrlässig, würde ich nicht denjenigen Menschen angemessen danken, deren Zuspruch und Verständnis es mir ermöglichten, dieses Buch fertigzustellen.

An erster Stelle vielen Dank an meine Agentin Nicole Kenealy James beziehungsweise meinen Lektor Keith Kahla für eure Hinweise, eure Unterstützung und eure unglaubliche Geduld. Ohne euch hätte ich es nicht geschafft, und das sage ich nicht einfach so.

Dank an Sally Richardson, Jen Enderlin, Andrew Martin, George Witte, Martin Quinn, Lisa Senz, Paul Hochman, Jenn Gonzalez, Hector DeJean, Rafal Gibek, Amelie Littell, Mary Beth Roche, Robert Allen, Alice Pfeifer und überhaupt jeden bei St. Martin's Press und Macmillan Audio. Vielen Dank für das Vertrauen, das ihr mir immer wieder entgegenbringt.

Danke an Chris George, Rorke Denver und Ari Fialkos.

Dank an meine Familie: An Charlie, vor zehn Jahren brachte er mir, während ich schrieb, noch im Pyjama Kaffee. Heute ist er auf dem College und man kann wunderbar Plot-Ideen mit ihm besprechen. An Teddy. Als ich vor zehn Jahren an *Power Down* arbeitete, kam er

ständig rein und verlangte, dass ich mit ihm zu Dunkin' Donuts fahre. Und als ich *The Russian* schrieb, kam er immer noch dauernd rein und verlangte, dass ich ihn zu Dunkin' Donuts fahre. An Oscar. Damals kam er in seinem Schlafanzug auf meinen Schoß geklettert, um sich einzukuscheln und es warm zu haben. Möchte ich es warm haben, kann ich mich heute an ihn schmiegen. An Esmé. Damals war sie bloß ein kleines Mäuschen, das viel lächelte. Heute ist sie ein großes Mäuschen, das viel lächelt, wenn auch ein Mäuschen mit dem Mundwerk eines Müllkutschers und einem rechten Haken, den man nicht unterschätzen sollte. Danke, Leute, ich liebe euch.

Schließlich geht mein Dank auch an Shannon, meine wunderbare und wunderschöne Frau. Danke, dass du weiterhin der Kompass bist, der mich durch all das führt.

Wellesley, Massachusetts, 2019

Ben Coes bei FESTA:

Die *Dewey Andreas*-Serie
Power Down – Zielscheibe USA
Coup D'Etat – Der Staatsstreich
The Last Refuge – Welt am Abgrund
Auge um Auge
Ein Tag zum Töten
First Strike – Geiselnehmer
Trap the Devil – Verschwörung
Blutiger Sonntag

Die *Rob Tacoma*-Serie
Der Russe

Infos, eBooks & Leseproben:
www.Festa-Verlag.de

Die GRAY MAN-Serie

Die Abenteuer des Gray Man wurden unter der Regie von Joe und Anthony Russo (*Avengers: Endgame*) für Netflix verfilmt. In den Hauptrollen Ryan Gosling und Chris Evans.

FESTA

Infos, Leseproben & eBooks: www.Festa-Verlag.de

Die SCOT HARVATH-Serie

Nelson DeMille:
»Scot Harvath ist der perfekte amerikanische Held.«

Dan Brown:
»Brad Thor ist so brisant wie die Schlagzeilen von morgen!«

FESTA

Infos, Leseproben & eBooks: www.Festa-Verlag.de

Zuletzt erschienen in der Reihe FESTA ACTION:

Tim Tigner: *Der Preis der Zeit*
Mark Greaney: *The Gray Man – Deckname Dead Eye*
Brad Taylor: *Schwarze Witwe*
Vince Flynn: *Consent to Kill – Der Feind*
Tim Tigner: *Betrayal – Der Verrat*
Vince Flynn: *Lethal Agent – Die Pandemie*
Joel C. Rosenberg: *Russisches Roulette*
Vince Flynn: *Total Power – In die Finsternis*
Mark Greaney: *The Gray Man – Operation Back Blast*
Joel C. Rosenberg: *Das Jerusalem-Attentat*
Matthew Reilly: *Die sieben tödlichen Wunder*
Brad Thor: *Der Verräter*
Vince Flynn: *Act of Treason – Der große Verrat*
Matthew Reilly: *Die sechs heiligen Steine*
Jack Carr: *Menschenjäger*
Matthew Reilly: *Die fünf großen Krieger*
Vince Flynn: *Protect and Defend – Die Bedrohung*
Vince Flynn: *Extreme Measures – Der Gegenschlag*
Matthew Reilly: *Die vier mystischen Königreiche*
Mark Greaney: *The Gray Man – Tödliche Jagd*
Ben Coes: *Blutiger Sonntag*
Vince Flynn: *Enemy at the Gates – Der Feind im Nacken*
Matthew Reilly: *Die drei geheimen Städte*
Stephen Hunter: *Todesschuss*
Andrews & Wilson: *Spezialeinheit Tier One*
Dale Brown: *Polarsturm – Arctic Storm Rising*
Matthew Reilly: *Die zwei verschollenen Berge*
Jack Carr: *Die Hand des Teufels*
Andrews & Wilson: *Kriegsschatten – Spezialeinheit Tier One*
Ben Coes: *Der Russe*

Wenn Lesen zur Mutprobe wird ...
www.Festa-Verlag.de

Festa: If you don't mind sex and violence and lots of action

Niemand veröffentlicht härtere Thriller als Festa. Werke, die keine Chance haben, in großen Verlagen veröffentlicht zu werden, weil sie zu gewagt sind, zu neuartig, zu extrem.

Statt der üblichen Matt- oder Glanzfolie haben die Bücher von Festa eine raue, lederartige Kaschierung. Sie symbolisiert die Härte und sexuelle Gewagtheit unseres Programms. Diese »Bücher im Ledermantel« sind auch sehr widerstandsfähig – die Bücher wirken nach dem Lesen noch wie neu.

Unsere erfolgreichsten Buchreihen:

HORROR & THRILLER – Moderne Meister des Genres

FESTA ACTION – Blockbuster zum Lesen

MUST READ – Große Erzähler. Muss man gelesen haben

FESTA EXTREM – Wenn Lesen zur Mutprobe wird …

Wegen der brutalen und pornografischen Inhalte erscheinen die Titel ohne ISBN und werden nur ab 18 Jahre verkauft. Sie können nur direkt beim Verlag bestellt werden.

Festa steht beim Thema harte Spannung für viele Jahre bewährte Qualität. Darauf geben wir sogar eine Zufriedenheitsgarantie. Dieser Service ist für einen Buchverlag einzigartig.

Warum tun wir das?

Frank Festa: »Wir wollen, dass die Leser unsere Bücher lieben. Das geht nur mit Qualität. Und als Spezialist für Horror und Thriller aus Amerika können wir in dem Bereich diese Qualität garantieren – so einfach ist das.«

Entdecke die Festa-Community

- www.facebook.com/FestaVerlag
- www.twitter.com/FestaVerlag
- festaverlag
- Festa Verlag
- Forum: www.horrorundthriller.de
- www.Festa-Action.de
- www.Festa-Extrem.de
- www.Festa-Sammler.de

Wenn Lesen zur Mutprobe wird ...

www.Festa-Verlag.de

ACTION

BAND 120